버림 받은 황비

THE ABANDONED
EMPRESS

버림 받은 황비

정유나 장편소설

5
은빛 꽃나무 아래서

D&C
BOOKS

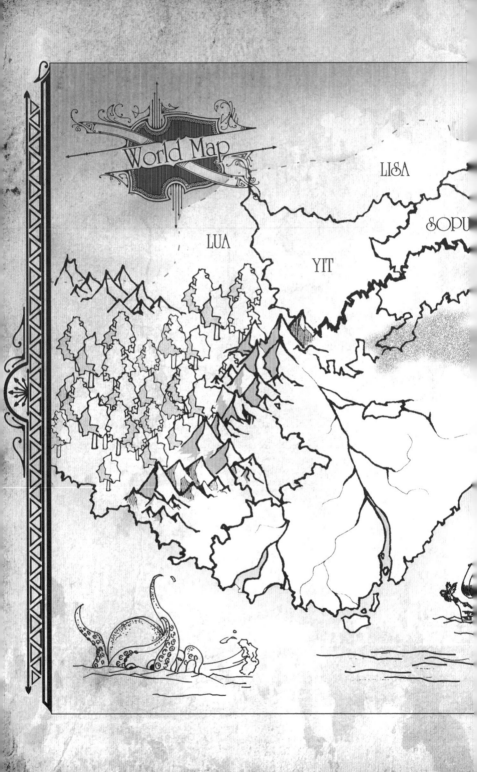

2부 현재편 VI

크게 숨을 내쉬었다.
벅찬 마음을 비워 낼 수 있도록, 아주 깊게.
다음에 그를 만나면 받아들일 수 없다 해야지.
있을 수 없는 일이라 말해야지.
그렇지만 오늘 밤만큼은 기뻐하면 안 될까.
사랑받고 있다는 사실에 그저 행복해 하면 안 될까.
어느새 그렁그렁 차오른 물방울이 하나둘 떨어졌다.
'이 눈물이 마르면, 내일은 평소의 나로 돌아가자.
약속해, 아리스티아.'

1. 베일 속에 가려진

"폐하?"

"쿨럭, 쿨럭, 컥!"

"폐하!"

황급히 달려들어 부축하는데, 무언가 비릿한 냄새가 코끝으로 확 번졌다. 깜짝 놀라 고개를 들자 청년의 입가에서 붉은 액체가 주르르 흘러내리는 것이 보였다.

심장이 덜컥 내려앉았다.

"폐, 폐하……?"

떨리는 목소리로 부르자, 굳게 닫힌 눈꺼풀이 서서히 열리고 흐릿해진 바닷빛 눈동자가 나를 향했다.

"……아리…….."

"자, 잠시만 기다리십시오, 폐하! 즉시 사람을 불러오겠……!"

"스……. 쿨럭!"

또다시 흘러내리는 붉은 피.

한층 짙어진 혈향에 온몸이 부들부들 떨렸지만, 그를 끌어안은 팔에 힘을 주며 재빨리 한 손으로 품을 뒤졌다. 몇 번이고 헛손질한 끝에 간신히 손수건을 꺼내 입가를 닦아 주자 당장에라도 사그라질 듯 희미한 음성이 들렸다.

"……티아……."

"네, 네, 폐하! 저 여기 있습니다! 말씀하십……!"

떨리는 목소리로 부르다 말고 멈칫했다. 언제부턴가 그에게서 전해 오던 열기가 더 이상 느껴지지 않았기에.

황급히 손을 뻗어 그의 이마를 짚었다. 몹시 불경한 짓임을 알고 있었지만 어쩔 수가 없었다. 그토록 뜨겁던 열기가 갑자기 내린 것이 두려웠지만, 나는 애써 흔들리는 목소리를 가다듬으며 다시한 번 그를 불렀다.

"……폐하?"

"……그…… 대……."

툭.

힘없이 기대어 있던 고개가 한쪽으로 꺾였다.

"폐하?"

"……."

"폐하!"

나는 엄습해 오는 서늘한 공포를 애써 뿌리치며 떨리는 손을 그의 코끝에 가져다 댔다.

……호흡이 느껴지지 않았다.

"폐하! 정신 차리십시오, 폐하!"

거세게 흔드는 힘에 한쪽으로 꺾인 청년의 고개가 이리저리 흔들렸다. 그 모습을 보자 눈앞이 새까맣게 변했다. 서늘하게 식어가는 체온이, 손끝에서 느껴지는 사자死者 특유의 한기가 맞닿은 피부를 타고 심장까지 전해져 오고 있었다.

"아냐, 이럴 리가 없어……."

고개를 젓는데, 문득 하얗게 변한 얼굴과는 대조적으로 피를 머금어 붉디붉은 입술이 눈에 들어왔다.

절로 안도의 한숨이 새어 나왔다.

그래, 아무래도 뭔가 잘못된 것이 틀림없어. 그가 어떤 사람인가? 대륙에서 유일한 제국의 주인, 이천만 제국민을 다스리는 황제가 아니던가. 그런 그가 이렇게 허망하게 갈 리가 없지. 생기가 도는 저 입술만 봐도 알 수 있잖아.

조심조심 귀를 가슴에 가져다 댔다. 지금은 모르는 척 눈을 감고 있지만, 언제 깨어나 불경한 일을 저질렀다 화를 낼지 모르니 최대한 행동거지를 조심해야 했다.

"……."

고개를 갸웃했다. 어째서 심장 소리가 들리지 않는 걸까. 왜 가슴이 오르락내리락하지도 않는 거지? 이래서야 정말로 죽은 사람 같잖아.

"장난이 지나치십니다. 이런 장난, 하나도 재미없습니다, 폐하. 허니 이만 눈을 뜨시지요."

하지만 돌아오는 답은 없었다. 굳게 닫힌 눈꺼풀도 열리지 않았다. 나는 또다시 불안하게 뛰는 심장을 애써 무시하며 그를 잡아 흔들었다.

"이제 그만하십시오."

"……."

"그만하시라니까요."

"……."

"그만……."

갑자기 목에서 뜨거운 기운이 울컥하고 솟아올랐다. 코끝이 핑 도는가 싶더니, 채 어찌해 볼 틈도 없이 눈에서 뜨거운 눈물이 폭포수처럼 쏟아졌다.

자꾸만 흐려지는 눈을 부릅뜨며 차갑게 식어 가는 그를 흔들었다. 하지만 아무리 손에 힘을 줘 봐도 변하는 것은 없었다. 손끝에 와 닿는 서늘한 냉기만 점점 더해 갔을 뿐.

문득 꼭 깨문 입술에서 화끈한 느낌과 함께 뜨거운 액체가 흘러내리는 것이 느껴졌다. 손등에 방울방울 떨어지는 따뜻한 그 온기는 손끝에서 전해 오는 냉기와는 너무도 달랐다.

"아아……."

차가운 손을 적시는 따스한 핏방울에, 꽁꽁 얼어붙어 더는 움직이는지조차 몰랐던 심장이 비명을 토해 냈다. 찢어질 듯 아려 오는 가슴에서 뜨겁게 녹아내린 피가 눈물처럼 쏟아졌다.

"눈 좀 떠 보세요, 폐하……."

"……."

"제발……."

신이시여, 그대가 나를 조금이라도 가엾이 여긴다면, 이 사람을 살려 주소서. 나 당신을 더는 믿지 않겠노라 했지만, 이 사람만 살려 준다면 무엇이든 할 수 있습니다.

또다시 운명에 순응하라 하여도, 내게 주어진 두 번째 시간을 도로 가져간다 하여도 나 달게 받아들일 터이니…….

"……아."

"제발……."

"……아, 티아?"

"그를 살려……."

"티아, 정신 차리거라!"

눈을 떴다. 뿌옇게 흐려진 시야에 은빛의 무언가가 어른거린다. 이게 어떻게 된 거지? 나는 분명 황궁에…….

"정신이 드느냐."

"……아버지?"

조금씩 선명해지는 세상 속에서 익숙한 인영 하나가 눈에 들어왔다. 나는 걱정스레 바라보는 아버지를 붙들며 황급히 물었다.

"폐하께서는, 폐하께서는 무사하신가요?"

"……폐하라니?"

"분명 피를 토하고 쓰러지셨……."

두서없이 쏟아놓는 말을 자른 아버지께서 단호하게 말씀하셨다.

"괜찮다. 전부 꿈일 뿐이야."

"하지만……."

"조금 전까지 폐하를 독대獨對하고 오는 길이다. 허니 그리 걱정하지 않아도 된다."

"아……."

순간 잔뜩 긴장하고 있던 몸에서 힘이 빠졌다. 맥없이 늘어지는 나를 조심스레 받아 안은 아버지께서 부드럽게 등을 토닥이며 말씀하셨다.

"악몽을 꾸었나 보구나. 아무래도 오후의 일이 마음에 걸렸던 게지."

"……."

"폐하께 말씀은 전해 들었다. 네가 큰 활약을 하였다고 하시더구나."

조곤조곤 건네 오는 목소리에 너무 울어 멍하던 머리가 조금씩 맑아졌다.

나는 천천히 고개 들어 아버지를 바라보았다. 조금 전까지 폐하를 독대하셨다는 말이 사실인 듯, 아버지께서는 군청색 제복 차림 그대로 나를 안고 계셨다.

깊은 한숨을 내쉬자, 등을 토닥이던 손길이 잠시 멈추는가 싶더니 다시 천천히 움직이기 시작했다. 나지막한 음성이 귓가에 들려왔다.

"일단 두고 볼까 하였는데, 이리 힘겨워하는 것을 보니 아니 되겠구나. 어찌할까, 아비가 너를 좀 도와줄까?"

"네? 그게 무슨 말씀……."

"오늘 일 말이다. 대신관과 너밖에 아는 자가 없다지. 시종장이야 적당히 둘러댔다고 하였으니 되었고."

"아, 네. 그렇잖아도 아버지께 도와주십사 말씀드릴 생각이었어요. 저 혼자 해결할 수 있는 사안이 아니라……."

"그랬더냐. 알겠다. 네가 필요한 것이라면 무엇이건 상관 말고 바로 얘기하거라. 그리 홀로 괴로워하지 말고."

"네, 아버지."

"그래. 허면 밝은 날 다시 얘기하도록 하고, 일단은 푹 쉬거라. 잠들 때까지 곁에 있어 줄 터이니 걱정하지 말고……."

"오늘은 이제 나가지 않으시나요?"

"그래, 옆에 있으마. 요사이 밤중에도 일이 있어 내 너를 등한시 했구나. 미안하다, 티아."

부드럽게 나를 눕힌 아버지께서 이불을 덮어 주며 말씀하셨다. 규칙적으로 토닥이는 손길에 까막까막 눈꺼풀이 감겼다.

든든한 아버지의 보호 아래서, 나는 또다시 잠의 세계로 스르르 빠져들었다.

토독토독.

자갈 위로 튀어 오르는 빗방울에 군청색 제복 자락이 짙게 물들 었다. 물 머금은 은색 휘장이 무겁게 늘어지고, 서늘하게 쏟아지 는 가을비에 온몸이 축축하게 젖어 들었다.

나는 잿빛으로 물든 하늘을 올려다보며 천천히 걸음을 옮겼다. 얼굴 위로 떨어지는 차가운 빗방울에 정신이 번쩍 드는 듯했다.

'너무 안일했어. 그리 쉽게 안도하다니.'

어젯밤의 악몽은 다시 생각하기조차 싫을 정도로 끔찍했지만, 어쨌든 그 꿈 때문에 나는 쉽게 풀어졌던 마음을 붙잡을 수 있었다.

아무리 대신관이 해독해 주었다 하더라도, 그리고 덕분에 그가 무사하다고 하더라도 그리 쉽게 안심해서는 안 되는 것이었다. 생각해 보면 그의 목숨이 위협받고 있다는 사실에는 변함이 없지 않은가. 그에게 붙어 있는 적의 간자가 누구인지, 그 배후는 또 누구인지, 그리고 그 규모는 얼마인지 제대로 파악하지 못한 이상 어제와 같은 일은 얼마든지 다시 일어날 수 있는 것이었다. 아니, 어쩌면 더 심해질지도 몰랐다. 그가 해독되었다는 사실을 적들이 알아차린다면 어찌 나올지 모르는 일이었으니까.

'시간이 얼마 없어. 최대한 빨리, 그리고 은밀하게 해결해야 해.'

어느새 가까이 다가온 새하얀 지붕에 시선을 주면서, 나는 반드시 빠른 시일 내에 배후를 찾아내겠다고 다짐했다.

"어서 오십시오, 모니크 영애."

중앙궁에 도착하자 정중하게 허리를 숙여 보인 시종들이 무거운 문을 양옆으로 당겼다.

나는 중앙궁까지 걸어오는 시간 동안 함빡 젖은 머리카락을 가볍게 털며 안으로 들어섰다. 뚝뚝 떨어지는 물기에 슬쩍 눈썹을 찌푸리는데, 낯익은 남자가 다가와 고개 숙여 인사를 건넸다.

"오랜만에 뵙습니다, 모니크 영애. 그간 무고하셨습니까?"

"네, 오랜만입니다, 페이 자작. 이번에 궁내부장으로 임명받았다지요? 축하드립니다."

"감사합니다, 영애. 헌데 흠뻑 젖으셨군요. 뭣들 하는 게냐? 어서 영애께 마른 수건을 가져다 드리지 않고."

선황제 폐하 시절 중앙궁의 시종장이었던 중년인은 이제 노년의 길로 접어들고 있었지만, 아랫사람을 휘어잡는 능력은 여전한 듯했다. 서슬 퍼런 꾸지람에 황급히 다가온 시종이 내게 마른 수건을 내밀었다. 곧이어 다가온 시녀들이 축축하게 젖은 몸을 닦아 주기 시작했다.

"고마워요. 아 참, 폐하께서 지시하신 일 말인데⋯⋯."

"아, 그렇잖아도 준비해 둔 참입니다만, 혹 따로 지시하실 것이라도 있으십니까?"

잠시 침묵한 채로, 나는 눈앞에 선 남자를 물끄러미 바라보았다.

'믿어도 되는 걸까?'

입이 무겁고 진중한 성격이라 선황제 폐하께서도 믿고 곁을 맡겼던 사람이었지만, 사안이 사안이니만큼 온전히 신뢰하기는 어려웠다. 그래서 나는 혀끝에 맴도는 말을 삼킨 채 그저 가볍게 고개를 저어 보였다.

"아닙니다. 무척 번거로운 일이었을 텐데, 이렇게 신경 써 줘서 고맙습니다."

"원, 별말씀을 다 하십니다. 우선 살펴보시고 더 필요한 것이 있으면 언제든 말씀해 주십시오."

"네, 그럼 오후쯤 사람을 보내겠습니다."

인자하게 웃어 주는 남자에게 가볍게 고개를 숙여 보이고서, 나는 천천히 집무실을 향해 걸음을 옮겼다.

어제보다 한결 안색이 나아 보이는 시종장을 힐끔 돌아본 뒤 방으로 들어서자 보좌관과 대화를 나누던 푸른 머리카락의 청년이 나를 돌아보았다. 여전히 조금 창백한 얼굴 때문인지, 단정하게 빗어 넘긴 머리카락이 오늘따라 유독 새파래 보였다.

어젯밤의 악몽 때문일까? 문득 그의 입가에서 피가 흐르는 것처럼 보였다. 나는 황급히 고개를 흔들어 삿된 환각을 떨쳐 내며 천천히 그를 향해 허리를 숙였다.

"……제국의 태양, 황제 폐하를 뵙습니다."

"어서 오시오. 음, 그대, 잠시만 기다려 주겠소?"

"네, 폐하."

"랑클 보좌관, 그럼 이 일은 이렇게 처리하도록. 요 며칠 수고가 많았으니 내일은 쉬도록 하고."

"황공합니다, 폐하. 그럼 이만 물러가겠습니다."

늘어져 있던 서류를 한데 모은 보좌관이 묵례한 후 집무실을 빠져나갔다. 잠시 그 모습을 바라보다 자리에 앉으려는데, 갑자기 몸을 벌떡 일으킨 청년이 내 손목을 잡아채며 눈살을 찌푸렸다.

"어찌 이러고 온 것이오. 온통 젖지 않았소."

손목을 옥죄어 오는 강한 힘과 맞닿은 피부를 타고 전해져 오는 따스한 체온에, 악몽을 꾼 이후로 내내 불안하던 마음이 스르르 가라앉았다. 나는 자꾸만 갈라지려는 목을 가다듬으며 천천히 고개 숙여 사죄의 뜻을 표했다.

"송구합니다, 폐하. 비가 오는 바람에……."

"감기라도 들면 어쩌려고 그러오. 가뜩이나 몸도 약한 사람이."

"괜찮습니다, 폐하. 이 정도야 기사라면 누구나……."

"일전에 말하지 않았소. 이제 그대의 괜찮다는 말은 믿기 어렵다고."

마른 수건으로 닦아 냈음에도 물기 머금은 탓에 여전히 무거운 제복 자락을 잡아 본 그가 못마땅하다는 듯 혀를 찼다. 줄을 당겨 곧장 목욕물을 준비하라고 이르는 모습에 괜찮노라고 거듭 항변해 보았지만, 그는 말없이 고개를 저을 뿐 명을 거둘 생각은 하지 않았다. 결국 나는 어쩔 수 없이 시녀를 따라 집무실 밖으로 나왔다.

"잠시 실례하겠습니다, 영애."

욕실에 들어서자 조심스럽게 다가온 시녀들이 정중하게 고개를 숙였다. 나는 시녀들의 시중을 받으며 더운 물에 몸을 담갔다. 눈을 감고 부드러운 손길에 몸을 맡기고 있는데, 문득 어젯밤 나를 괴롭혔던 꿈이 다시금 떠올랐다.

창백하게 질린 얼굴, 입가에 흐르던 뜨거운 피.

순간 드는 오한에 부르르 몸을 떨자, 시중을 들던 시녀들이 놀라 허겁지겁 물의 온도를 다시 확인하는 것이 보였다. 나는 가볍게 손을 저어 괜찮다는 의사를 표한 뒤 다시 눈을 감았다.

"……아리…….."

"자, 잠시만 기다리십시오, 폐하! 즉시 사람을 불러오겠……!"

"스…… 티아…….."

"네, 네, 폐하! 저 여기 있습니다! 말씀하십……!"

"……그…… 대…….."

두근두근.

한낱 악몽에 불과하다는 것을 알고 있으면서도, 귓가를 맴도는 가느다란 목소리에 또다시 심장이 불안하게 뛰었다.

'진정하자, 아리스티아. 그는 무사해.'

크게 숨을 들이쉬며 빠르게 뛰는 가슴 위에 손을 얹었다. 빠른 시일 내에 범인을 잡아 낼 필요는 있었지만, 그렇다고 해서 그깟 꿈 때문에 이렇게 불안해 할 필요는 없었다. 게다가 나는 조금 전 내 눈으로 그가 무사한 모습을 확인하지 않았던가.

"다 됐습니다, 영애."

"아, 그래. 수고했네."

천천히 몸을 일으키며 상념을 털어 냈다. 물기를 닦아 내고 준비된 옷으로 갈아입은 다음 집무실로 돌아가자, 나를 쓱 훑어본 청년이 말했다.

"훨씬 나아 보이는군."

"황공합니다, 폐하."

"어찌 그리 융통성이 없소. 제복 대신 예복을 입고 입궁하였더라면 이렇게 비를 맞을 일도 없었을 것 아니오."

답답하다는 듯 한숨을 내쉰 그가 말했다.

"기사란 여러모로 불편하군. 아마 대부분 이런 날은 싫어할 테지."

"아……. 네, 그렇습니다."

"그대는 어떠하오? 그대도 비 오는 날을 싫어하오?"

"아닙니다, 폐하."

"그렇소? 의외로군. 매번 피하지도 못하고 비를 맞아야 하니 당연히 좋아하지 않을 거라 생각했소만."

'그러고 보니…….'

고개를 갸웃했다. 예전에는 분명 싫어하지는 않았지만 그렇다고 해서 썩 좋아하지도 않았는데, 언제부터 비 오는 날을 좋아하게 된 거지?

'뭐, 지금 중요한 건 그게 아니니까.'

상념을 떨쳐 내며 자리에 앉았다. 지금은 비를 좋아하고 아니고에 대해 생각할 때가 아니었다.

"그보다 폐하께서는 좀 어떠하십니까? 아직도 미령하신지요?"

"괜찮소. 걱정해 주어 고맙소."

대수롭지 않다는 듯 답한 그가 좀 전에 가져왔던 서류들을 살피며 물었다.

"그게 오늘 봐야 할 것들이오?"

"아, 네. 이것은 기사단 업무에 관한 것이고, 어제 하명하신 일은 아직 조사 중입니다. 궁내부장에게 금일 자료를 넘겨받기로 하긴 했습니다만, 폐하를 뵙는 자리에 가지고 왔다가는 의심을 살 수도 있겠다 싶어 일단 두었습니다."

"그렇군. 알겠소."

"하온데 폐하, 이 일을 정녕 기밀로 할 생각이십니까? 자칫 잘못하여 폐하께서 또다시 해를 입으실까 저어됩니다."

"걱정 마시오. 내 각별히 주의를 기울일 것이니. 게다가 조속히 이 일을 해결하기 위해서는 어느 정도 위험을 감수해야 하지 않겠소?"

내게는 아직도 채 사라지지 못한 꿈의 잔상이 남아 주위를 맴돌고 있었건만, 그런 사정을 모르는 그는 태연한 얼굴이었다. 목구멍에 무언가가 걸린 듯한 느낌이었지만, 나는 애써 혀끝에서 맴도는 말을 삼키며 천천히 입을 열었다.

"……알겠습니다. 하옵고, 아버지께 작일 폐하를 독대하였단 얘기를 전해 들었습니다. 해서 어제의 일에 대해서 도움을 받기로 하였는데, 그리해도 되겠는지요?"

"그야 물론이오. 다른 사람도 아니고 모니크 후작인데 저어할 이유가 어디 있겠소. 아, 대신관에게는 내 따로 언질을 해 두었으니 크게 신경 쓰지 않아도 될 것이오."

"네, 폐하."

"허면 그 일은 진행되는 대로 다시 얘기하도록 하고……. 오늘
은 일단 이것부터 살펴봐야겠군."

얕은 한숨을 내쉰 그가 서류 뭉치를 집어 들었다.

팔랑팔랑 종이를 넘기며 한 손으로 관자놀이를 꾹꾹 누르는 모
습이 왠지 안쓰러웠다. 평소처럼 흐트러짐 없는 태도를 보여 주고
는 있지만, 그는 어딘가 조금 지쳐 보였다. 하긴 어제 대신관도 그
가 극심한 과로 상태라고 하지 않았던가. 게다가 그런 일을 겪었
는데 아무렇지 않을 리가 없었다.

자신을 향한 시선을 느낀 것일까? 서류에서 눈을 뗀 그가 고개
를 슬쩍 기울이며 물었다.

"어찌 그러오?"

"아, 아무것도 아닙니다."

"그렇소? 흠."

물끄러미 나를 바라보던 그가 말했다.

"아리스티아, 내 그대에게 따뜻한 차 한 잔만 부탁해도 되겠소?"

"아, 네. 물론입니다, 폐하."

가볍게 고개를 끄덕인 뒤, 나는 줄을 당겨 시종에게 차를 준비하
라 일렀다.

얼마나 시간이 지났을까? 종이 넘기는 소리를 제외하고는 고요
하던 사위를 가르며 노크 소리가 들려왔다. 곧이어 안으로 들어선
시종이 탁자 위에 차 상자와 함께 뜨거운 물이 담긴 주전자를 내
려놓았다.

'어떤 것으로 할까.'

잠시 고민하다가, 나는 수십 종류가 넘는 찻잎 중 피로 회복에 탁월한 효과가 있다는 것들을 골라 은은하게 우려냈다.

"여기 있습니다, 폐하."

"고맙소."

은찻잔을 건네받은 그가 슬쩍 입꼬리를 들어 올렸다. 그 모습에 어쩐지 가슴이 뛰어서, 나는 황급히 눈을 내리깐 채 손을 뻗어 찻잔을 쥐었다.

'후우……'

예법조차 잊고 뜨거운 차를 단숨에 들이켠 뒤 잔을 내려놓으려는데, 또다시 그와 눈이 마주쳤다. 나는 놀란 가슴을 쓸어내리며 찻잔을 움켜쥔 손에 힘을 주었다.

뭐, 뭐야? 대체 왜 그렇게 보고 있는 건데.

"폐하?"

조심스레 불러 보았지만, 그는 뭔가 알 수 없는 표정만 짓고 있을 뿐 답이 없었다. 대체 왜 그러나 싶어 시선을 따라가자 내 손에 쥐어진 찻잔이 보였다. 모서리에는 금박이 둘러 있고, 손잡이와 몸체에는 포효하는 황금 사자의 문장이 새겨져 있는 황실 전용 은찻잔이.

'왜 그러지? 차에 뭔가 문제라도 있었나?'

의아한 마음으로 탁자 위를 바라보다 멈칫했다. 어째서 찻잔이 하나밖에 없는 거지? 분명 그에게 하나를 건넨 뒤 내 몫의 잔을 따로…….

어라, 내가 내 몫의 잔을 따로 채웠던가?

황급히 돌아보자, 그때까지도 나를 물끄러미 바라보던 그가 피식 웃었다.

순간 얼굴이 확 달아올랐다.

'나, 그의 차를 마신 거야?'

"몹시 목이 탔던가 보오."

"소, 송구합니다, 폐하."

"탓하려는 것은 아니었소. 그저⋯⋯."

"네?"

"⋯⋯흠, 아무것도 아니오."

가볍게 고개를 저은 그가 주전자를 끌어당겨 빈 찻잔에 차를 따랐다.

'그거, 내가 쓰던 건데.'

"저, 폐⋯⋯."

황급히 만류하려 했지만, 어느새 그는 가득 채운 찻잔을 입가에 가져가고 있었다. 아무렇지도 않은 표정으로 잔을 기울이는 모습을 보자 안 그래도 달아올랐던 얼굴에 피가 확 몰리는 것이 느껴졌다. 나는 불에 덴 듯 뜨끈뜨끈한 볼을 양손으로 감싸며 고개를 푹 숙였다.

"음? 왜 그러오?"

"그게, 그러니까⋯⋯. 아, 아무것도 아닙니다."

차마 이유를 설명할 수가 없어 말을 얼버무리자, 그는 낮게 소리를 내어 웃었다. 어찌할 바를 몰라 하며 고개를 더 숙이는데, 노크 소리가 들리고 곧이어 안으로 들어선 시종장이 말했다.

"폐하, 베리타가의 사자가 급히 뵙기를 청하고 있습니다. 어찌할까요?"

"베리타? 들라 이르라."

'베리타가라고?'

왠지 모를 불안감이 엄습했다.

전갈이라니, 대체 뭘까. 이 비를 뚫고 보낼 정도의 소식이라면
설마……

"사자에게 충성을. 제국의 태양, 황제 폐하께 베리타가의 집사
트란 버틀러가 인사 올립니다."

"제국에 영광을. 그래, 급히 알현을 청하는 이유가 뭐지?"

"금일 오전 대공자 알렉시스 데 베리타가 주신의 품으로 돌아갔
기에, 이를 보고 드리고자 감히 알현을 청하였나이다."

"뭐라, 대공자라면 후계자가 아닌가. 그가 사망했다고?"

"그렇습니다, 폐하."

"허……. 알았다. 잠시 후 명을 내릴 테니, 일단 나가 있으라."

"명을 받듭니다."

비타의 품으로 돌아갔다고? 베리타 대공자가? 얼마 전부터 위
독하단 이야기를 듣고는 있었지만, 그 때문에 무척 심란해 하던
공작 전하의 모습도 보았지만, 그래도 이렇게 허무하게 세상을 뜰
줄은 몰랐는데.

순간 어젯밤의 악몽이 머릿속을 스치고 지나갔지만, 나는 간신
히 그것을 밀어내며 대공자의 얼굴을 떠올렸다. 알렌디스와 무척
닮은 외모였지만, 그저 미청년이구나 싶은 동생과는 달리 누가 봐
도 병약해 보이던 모습이었지.

대공자의 얼굴이 떠오르자 자동으로 알렌디스가 생각났다. 애써
기억 한구석에 미뤄 두었던 나의 가장 소중한 친구가.

욱신거리는 가슴 위에 손을 얹었다.

알렌디스, 넌 대체 어디 있는 거니? 무사하긴 한 거야? 네 형의 불행한 소식에 더럭 겁이 난다. 소식 하나 없는 너를 떠올릴 때면 자꾸만 불안한 생각이 들어.

떨리는 입술을 꽉 깨물었다.

'허튼 생각은 하지 말자, 아리스티아.'

알렌디스는 희대의 천재잖아. 그런 그가 이 사태의 중요성을 모를 리가 있겠어? 빨리 나타나지 않는다면 그 뒤의 일은 불 보듯 뻔한데. 방계에서 열심히 들고 일어나겠지. 작위를 넘겨받을 수 있는 절호의 기회를 가만히 두고 볼 리가 없으니.

어디 그뿐인가? 베리타가의 어느 선에 줄을 맬 것인지를 놓고 계파 내부에서도 의견이 분분할 터. 잠시 떠나 있다고는 하나 알렌디스 역시 대귀족의 일원이었다. 그런 일을 가만히 두고 볼 리가 없었다.

"……이오."

"네, 폐하?"

"많이 놀란 모양이오. 그리 넋을 놓고 있는 것을 보면. 친우의 집안이라 많이 걱정되나 보군."

"아……. 송구합니다, 폐하."

"아니오. 오늘 일은 여기까지 합시다. 그대도 그렇거니와, 본인도 머릿속이 복잡하여 더는 못할 것 같소."

"네, 폐하."

내가 서류를 모아 탁자 한구석으로 치우는 사이, 그는 찻잔을 들어 올리며 몸을 탁자 쪽으로 기울였다. 차갑게 식은 차라 씁쓸할 텐데, 그는 아무런 표정 변화 없이 찻잔을 기울이며 한 손으로 탁자를 톡톡 두드렸다.

얼마나 시간이 지났을까? 상념에 빠진 모습으로 한참 동안 생각을 정리하던 그가 불현듯 나를 돌아보며 물었다.

"그대, 베리타가로 갈 것이오?"

"네, 폐하. 퇴궁하는 길에 곧바로 들를까 합니다. 일단 아버지를 찾아뵙고 어찌하실지 여쭤 봐야겠지만요."

"그렇군. 흠……. 그렇다면 나와 함께 갑시다. 후작에게는 따로 얘기해 두겠소."

"네? 친림親臨하신다고요?"

"다른 곳도 아니고 재상의 가문이잖소. 후계자를 잃었으니 한 번쯤 찾아가야겠지."

분명 그렇기는 했다. 명을 달리한 대공자는 그의 지지 기반인 황제파 소속인데다가 귀족 중 서열 이 위에 해당하는 베리타가의 후계자였으니까.

그래도 이건 좀 아닌 것 같은데.

그를 중독시키려는 음모가 밝혀진 지 하루밖에 되지 않은 시점이었다. 범인은 누구인지, 어떤 의도를 가지고 그런 일을 벌인 것인지도 알 수 없는 상황에서 경계가 허술한 황궁 밖으로 나가는 것은 위험했다. 게다가 대공자의 사망 때문에 공작가의 식솔은 모두 제정신이 아닐 터. 그런 상황에서 그까지 방문한다면 혼란만 더욱 가중되지 않겠는가.

머뭇거리는 기색을 알아차린 듯, 그는 빈 찻잔을 내려놓으며 설명했다.

"그대가 어떤 점을 우려하는지 알고 있소. 해서 본인도 장례식에 참석하는 것과 지금 가는 것 중 어느 편이 나을지 고민해 보았소. 허나 아무래도 장례식 즈음엔 시간이 나지 않을 것 같군."

"하오나 폐하, 아무리 그렇다 해도 지금 같은 시기에 황궁을 비우시는 건……."

"내 주의하리다. 다른 곳도 아니고 베리타가의 일을 모른 척할 수는 없잖소."

"그래도……. 후우, 알겠습니다."

한숨을 내쉬며 답하자, 자리에서 일어난 그가 말했다.

"허면 바로 출발합시다. 따로 차비할 필요는 없어 보이는군."

"네, 폐하. 그럼 아버지는 어찌할까요?"

"내 따로 전령을 보내리다. 근무가 끝나는 대로 바로 베리타가로 오라 하면 되겠소?"

"네, 폐하. 깊으신 배려에 감사드립니다."

가볍게 고개 숙여 보이고서, 나는 그와 함께 베리타 공작가로 향했다.

⊹ ⊱✷⊰ ⊹

오랜만에 와 보는 베리타가의 저택은 늘 싱그러워 보이던 평소와는 달리 어딘지 모르게 숨죽인 듯한 슬픈 분위기가 흐르고 있었다.

"황제 폐하, 궂은 날씨에도 친히 왕림해 주시니 실로 가문의 영광입니다. 안으로 모시겠습니다. 드시지요."

황제의 방문 소식에 황급히 달려 나온 공작은 깔끔하던 평소와는 달리 조금 흐트러진 모습이었다. 이지적인 모습을 돋보이게 하던 안경은 온데간데없었고, 듣기 좋던 목소리는 잔뜩 갈라져 있었다.

검은 드레스 차림으로 나타난 공작 부인 역시 평소와는 달라 보였다. 넋이 나간 듯한 모습으로 예를 갖추는 그녀는 몹시 초췌해 보였다.

"뭐라 위로해야 할지 모르겠소, 공작. 어떤 식으로 말을 해도 마음에 와 닿지 않을 테지."

"송구합니다, 폐하."

"대공자는 몹시 훌륭한 인재였소. 그를 잃은 것은 제국으로서도 큰 손실이오. 참으로 안타깝군."

두 남자가 대화를 나누는 동안, 나는 공작 부인의 뒤에 서 있는 일리아를 바라보았다.

잔뜩 부어오른 얼굴, 너무 울어 붉게 변한 암녹색 눈동자.

손수건을 쥐고 있지만, 그녀는 쉴 새 없이 흐르는 눈물을 닦을 힘조차 없어 보였다.

"제국의 태양, 황제 폐하를 뵙습니……."

"베리타 부인!"

"작은 마님!"

허겁지겁 달려든 시녀들이 휘청하는 일리아를 부축했다.

"어서 새아기를 데려가라."

나지막한 공작의 명령에, 나는 청년을 돌아보며 말했다.

"제가 따라가 보겠습니다. 먼저 자리를 뜨는 것을 용서하십시오."

"그리하시오."

세 사람에게 양해를 구하고 응접실을 빠져나오자, 금방이라도 혼절할 것만 같은 모습으로 애써 고개를 숙여 보인 그녀가 잔뜩 잠긴 목소리로 말했다.

"감사합니다, 모니크 영애."

"안색이 너무 좋지 않아요, 일리아. 일단 방으로 돌아가 쉬는 것이 좋겠어요. 그녀의 방이 어디지? 안내하도록."

"이쪽입니다."

시녀들의 부축을 받으며 간신히 방으로 들어온 일리아는 또다시 왈칵 눈물을 쏟아 냈다. 그러고는 서둘러 건네는 위로의 말에도 아랑곳하지 않고 목 놓아 통곡하다 풀썩 쓰러졌다.

"일리아!"

다급히 흔들어 보았지만, 굳게 감긴 눈은 열리지 않았다. 나는 혼절한 그녀를 부축해 침대에 눕힌 뒤 밖으로 나오려다 말고 멈칫했다.

천천히 뒤를 돌아보았다.

퉁퉁 부은 눈, 눈물 젖은 얼굴.

문득 그 모습에 어젯밤 꿈속에서의 내 얼굴이 겹쳐 보였다.

"……."

어쩐지 가슴이 시려서, 그녀를 외면한 채 조용히 방을 빠져나왔다. 그때, 마침 맞은편 복도에서 걸어오던 녹색 머리카락의 남자가 멈춰 서는 것이 보였다.

"공작 전하, 무어라 위로의 말씀을 드려야 할지 모르겠습니다."

"……찾아와 줘서 고맙네. 그러고 보니 영애에게는 제대로 인사조차 하지 못했군."

"아닙니다. 당연한 일인걸요. 헌데 어찌 이곳에 계십니까? 폐하
께서는요?"

"안사람도 혼절한 터라 잠시 상태를 살피고 오라 하셨네."

"……그렇군요. 공연한 말로 심기를 어지럽혀 드려 죄송합니다."

"아닐세. 아, 그렇지."

멈칫 멈춰 선 공작은 평소답지 않게 잠시 망설이다 깊은 한숨을
내쉬며 말했다.

"비밀로 하겠다고 단단히 약속하긴 했지만, 아무리 그래도 영애에
게는 말해 줘야 할 것 같군. 실은 며칠 전 알렌디스가 찾아왔다네."

"네? 알렌…… 디스가요?"

"그렇다네. 알렉이 몹시 위독하단 소문을 들은 모양인지, 며칠
전 불쑥 찾아와 후계자로서 능력 검증을 마쳤지."

"그런……. 그럼 그는 지금 어디에?"

황급히 주위를 둘러보는 나를 향해 힘없이 미소를 지어 보인 공
작이 말했다.

"언젠가는 돌아올 테니, 그동안 힘 좀 더 쓰라 하더군. 못난 놈
같으니."

"그럼 도로 떠났다는 말씀이십니까?"

"그렇다네. 폐하께서 방문하실 거란 전갈을 받자마자 짐을 챙겨
떠났지. 그간 영애가 녀석의 행방을 찾기 위해 애썼다는 것을 알고
있기에 말해 주는 것이네. 잘 지내고 있는 듯하니 걱정하지 말게나."

"……그렇군요. 알겠습니다."

"루스, 여기 있었군. 티아, 너도 여기 있었구나."

간신히 고개를 끄덕이는데, 갑자기 복도 저 끝에서 익숙한 목소

리가 들렸다. 근무가 끝나자마자 달려오신 듯, 늘 단정하던 은빛 머리카락이 물기를 머금어 축 늘어져 있었다.

"아버지."

"왔는가, 케이르안."

"음."

성큼성큼 다가온 아버지께서 공작을 꽉 끌어안으셨다. 그러고는 고맙다 말하는 공작의 어깨를 툭툭 두드린 뒤 나를 돌아보며 말씀하셨다.

"아비는 아무래도 이곳에 좀 있어야 할 것 같으니, 티아 너는 먼저 집에 돌아가거라. 아비가 타고 온 마차를 쓰면 될 게다."

"네, 아버지."

"그럴 필요 없소, 후작. 짐이 영애를 데려다 주리다."

"……폐하."

"케이르안 라 모니크가 제국의 태양, 황제 폐하를 뵙습니다."

언제 온 것인지, 반대편에서 나타난 푸른 머리카락의 청년이 말했다. 예를 취하는 아버지에게 가볍게 고개를 끄덕여 보인 그가 베리타 공작을 향해 말했다.

"공작, 여러모로 정신이 없을 듯하니 짐은 이만 돌아가겠소. 행정부의 일은 짐이 알아서 처리할 테니 당분간 자택에서 마음을 추스르도록 하시오."

"그리하겠습니다. 깊으신 배려에 감사드립니다, 폐하."

"그럼 다음에 봅시다. 갑시다, 아리스티아."

"네, 폐하."

두 분에게 작별 인사를 건넨 뒤, 나는 그와 함께 마차에 올라 어두워진 창밖을 보며 생각에 잠겼다.

'……무사했구나, 알렌.'

다행이다. 정말 다행이야. 그렇게 돌아선 이후로 소식을 듣지 못했기에, 혹시라도 네가 잘못된 것은 아닐까 걱정했어. 돌아올 거라 믿으면서도 항상 마음이 답답했어. 네게 너무도 큰 상처를 줬기에, 혹시라도 좋지 않은 결심을 하는 것은 아닐까 걱정되었거든.

나, 이제 안심해도 되는 거지? 네가 돌아온다고 했으니까. 조금 섭섭하긴 하지만 괜찮아. 언젠가는 다시 만날 수 있을 테니.

항상 답답했던 마음 한쪽이 시원하게 뚫리는 느낌이었다. 한결 가벼워진 기분으로 작게 미소 짓다, 문득 시선이 느껴져 고개를 들었다. 바닷빛 눈동자가 나를 물끄러미 바라보고 있었다.

"무슨 생각을 그리했소? 불러도 전혀 듣지 못하던데."

"아, 송구합니다, 폐하. 실은……."

"아니, 됐소. 듣지 않아도 대충 알 것 같군."

서늘한 목소리에 몸이 움츠러들었다. 머뭇머뭇 눈치를 살피자, 잠시 침묵하던 그가 깊은 한숨을 내쉬고는 말했다.

"그나저나 참으로 안됐군. 본래 병약하다는 것은 알고 있었지만, 그래도 이리 허무하게 세상을 뜰 줄은 몰랐는데 말이오. 더욱이 결혼식을 치른 지 고작 일 년 남짓이라 들었소만."

"그렇습니다, 폐하."

"그나저나, 베리타 부인은 좀 괜찮소?"

"아, 네. 잠이 든 모습을 보고 나오는 참입니다."

"그렇군."

천천히 고개를 끄덕인 그는 한참 동안 말없이 밤거리에 내리는 비를 응시하다 말했다.

"이렇게 말하면 안 되겠지만, 그래도 나는 그들이 부럽소."

"네? 그게 무슨……."

"그들은 친인의 죽음을 순수하게 애도할 수 있지 않소. 체면을 따지거나 주위의 시선을 신경 쓸 필요 없이 말이오."

"폐하."

"나는 말이오. 친인의 죽음을 제대로 애도해 본 적이 없는 것 같소. 황후 폐하에게는 정이 없었고, 생모의 죽음은 아는 척조차 하면 아니 되었지. 그리고 부황 폐하는……."

"……그건 소녀 역시 마찬가지랍니다. 아니, 저는 아예 기억조차 못하는걸요. 어머니는 물론, 어린 시절의 추억 모두를 말이에요."

쓸쓸해 보이는 모습이 왠지 안쓰러워서, 불충이라는 것을 알면서도 그의 말을 끊었다. 지난번 이야기로 조금 응어리가 풀렸을지는 모르겠지만, 어쨌든 그에게 있어 선황제 폐하의 일은 상처일테니까. 존재조차 지워야 했던 생모나 사랑받지 못한 황후 폐하의 경우도 마찬가지일 테고.

묵묵히 나를 바라보던 그가 희미하게 미소를 지었다. 화제를 돌리려 했다는 걸 알아차린 모양이었다.

"그러고 보니 그랬지. 그렇다면 그대, 어린 시절의 기억은 전혀 없는 것이오?"

"네, 폐하."

"그것참 아쉽군. 당시엔 그대가 나를 많이 따랐는데 말이오."

"그렇습니까."

"그렇소. 지금 생각해 보면, 어릴 적 그대는 참으로 사랑스러운 아이였다오. 밝고 명랑하고, 누구나 잘 따랐지. 모든 이에게 사랑받는 사람이었소."

추억에 잠긴 듯, 그는 허공을 바라보며 말했다.

"당시 나는 마음의 여유가 없던 터라…… 그런 그대에게 잘 대해 주지 못했지. 아마도 그래서 지금 그 벌을 받고 있는 모양이오."

"……."

"그러고 보면 그대가 내게 마음을 쉽사리 주지 않는 것도 이해가 가오. 차갑게 굴기만 했던 내게 뭐 그리 정이 갔겠소. 다 자업자득인 게지."

"……폐하."

"기억하오? 그대 가문의 영지에서 있었던 일을. 넋을 놓아 버린 그대를 보는 순간, 후작 부인의 마지막 모습이 떠올랐소. 국경 시찰을 하면서도 그 모습이 자꾸만 눈에 밟히더군."

진지하게 가라앉은 바닷빛 눈동자가 나를 향했다. 뭐라 할 말이 없어 옷자락만 만지작거리고 있을 때, 마차가 멈춰 서고 곧이어 가벼운 노크 소리가 들렸다.

나는 속으로 안도의 한숨을 내쉬며 천천히 고개를 숙여 인사를 건넸다.

"그럼 이만 들어가 보겠습니다, 폐하."

"……조심히 들어가시오. 오늘 수고 많았소."

"네, 폐하. 그럼 내일 뵙겠습니다."

시녀들이 펼쳐 든 우산 그늘 아래서 빗속으로 사라지는 마차를 바라보다가, 천천히 저택을 향해 걸음을 옮겼다.

방으로 돌아와 옷을 갈아입은 뒤 곧장 집무실로 향했다. 그에게 보고도 하였으니, 이제 남은 것은 궁내부장이 보내온 서류를 검토한 후 아버지와 상의하는 일뿐이었다.

산더미처럼 쌓여 있는 종이 뭉치를 보자 절로 한숨이 튀어나왔지만, 애써 마음을 다잡으며 두터운 자료를 집어 들었다.

얼마나 시간이 흘렀을까?

무시무시한 서류 더미 속에서 간신히 찾아낸 이름을 보자 절로 입꼬리가 올라갔다. 서류를 뒤지기 시작한 지 한참. 궁내부원 모두에 대한 정보를 넘겨받은 탓에 원하는 자의 이름을 찾아내는 것만으로도 제법 많은 시간이 걸린 터였다.

"어디 보자……."

이안 벨로트.

제국력 927년생.

벨로트 자작가의 방계 출신이며, 현 자작과는 사촌 관계임.

제국력 945년 궁내부원(상급 하인)으로 선발, 세답洗踏, 빨래 담당과 청소 담당, 주방 보조를 거쳐 황태자궁에서 기미氣味를 보는 시종 중 하나로 승진.

현재는 중앙궁 소속 시종의 직위에 있으며, 황제 폐하의 와인을 담당하고 있음.

평소 품행이 단정하고 성실하여 동료들 사이에서도 평가가 좋은 편이며 본가인 벨로트 자작가와의 사이도 돈독함.

가족 관계 : 부인 사망, 딸 출가.

‘품행이 단정하고 성실하다, 라.’

문득 본격적으로 귀족파를 쳐 내기로 결의하면서 베리타 공작에게서 받았던 자료의 내용이 떠올랐다. 카롯 남작에게서 받았던 것보다 한결 상세했던 그것에는 내게 독을 먹였던 시녀와 이안 벨로트 사이의 관계가 낱낱이 적혀 있었다.

시녀의 가족은 모두 자취를 감춘 터라 어떻게든 흔적을 찾기 위해 고군분투하던 중 간신히 찾아낸 자, 이안 벨로트.

시녀와 내연 관계에 있던 자이니, 몰래 뒤를 밟다 보면 진정한 배후를 밝혀낼 수 있을지도 모른다고 했다. 다만 라니에르 백작과 접촉했던 정황이 여러 번 발견되었던 시녀와는 달리 이안 벨로트는 그런 점이 없어, 정말로 귀족파와 관련이 있는지는 알 수가 없다고도 했다.

그때는 그런가 보다 하고 넘겼는데, 그제의 일도 그렇고 궁내부장의 평가를 담은 서류도 그렇고, 어딘가 찜찜했다. 물론 부인과는 이미 사별한 만큼 도덕적으로 비난할 수는 없겠지만, 황제파 소속 가문 중 하나인 제 본가와의 사이가 돈독하다는 자가, 그리고 품행이 단정하다는 자가 하필이면 귀족파의 끄나풀이었던 시녀와 내연 관계였다는 점이 어쩐지 마음에 걸렸다. 하긴 그 때문에 베리타 공작도 마음을 못 놓고 계속해서 감시를 붙인 것일 터였다.

게다가 나는 베리타 공작조차 모르는 사실, 즉 정말로 폐하에게 독을 먹인 자가 있다는 사실을 알고 있는 상태가 아닌가. 폐하의 와인 담당자인 이안 벨로트라면 은식기의 검출에 걸리지 않고도 충분히 독을 탈 수 있었을 것이었다. 시녀라는 접점이 있었으니, 내게 썼던 그 독을 구할 수 있는 정황도 충분하고.

하지만 그것 역시 의심일 뿐, 그를 범인으로 지목하기에는 근거가 부족했다. 다른 것도 아니고 황제 폐하의 안위와 관련된 사항이 아닌가. 그러니 지레짐작만으로 일을 처리할 수는 없는 노릇이었다.

한숨을 삼키며 서류를 덮으려는데, 문득 빽빽하게 적힌 글자 중한 곳에 눈길이 닿았다.

기미를 보는 시종.

'그러고 보니⋯⋯!'

순간 머릿속을 스치고 지나가는 생각에, 황급히 눈앞의 서류 더미를 끌어당겨 빠른 속도로 훑어 내렸다. 그것은 무시 못 할 정도로 많은 양이었지만, 나는 가득 쌓인 종이를 읽고 또 읽은 끝에 간신히 목적했던 것들을 찾아낼 수 있었다.

에이프릴 솔미아.

제국력 933년생.

솔미아 남작가의 방계 출신이며, 현 남작의 조카.

제국력 950년 궁내부원(상급 하녀)로 선발, 중앙궁에서 기미를 보는 시녀 중 하나로 승진하였으나 제국력 964년 두 번째 달 해고되었음.

해고 사유 : 상급자에 대한 불손한 행동, 동료와의 불화.

메를린 듀베카.

제국력 930년생.

듀베카 남작가의 방계 출신이며, 현 남작과는 육촌 관계.

제국력 946년 궁내부원(상급 하녀)로 선발, 중앙궁에서 기미를 보는 시녀 중 하나로 승진하였으나 제국력 964년 세 번째 달 해고되었음.

해고 사유 : 상급자에 대한 불손한 행동, 동료와의 불화.

네이엔 리하나.

제국력 918년생.

리하나 자작가의 방계 출신이며, 현 자작과는 육촌 관계임.

제국력 934년 궁내부원(시종)으로 선발, 중앙궁 소속 시종장 중 하나로 기미 담당이었으나 제국력 964년 네 번째 달 해고되었음.

해고 사유 : 탄핵 — 하급자들에 대한 난폭한 행동(폭력, 폭언 등), 동료와의 불화.

'역시 그랬나.'

오랜 시간을 들여 간신히 찾아낸 서류들은 내 짐작이 틀리지 않았음을 얘기해 주고 있었다. 몇 달 간격으로 황궁에서 쫓겨난 시종과 시녀들의 해고 사유는 모두 같았다.

불손하거나 난폭한 행동, 그리고 동료와의 불화.

이것들은 모두 그와 내가 당했던 독의 중독 증상이 아닌가. 기미를 보는 자들이 하나같이 이런 행동을 보였다는 것은 그의 음식에 문제가 있었다는 사실을 입증해 주는 확실한 자료였다.

톡톡 책상을 두드렸다. 마음 같아서는 당장에라도 아버지를 찾아뵙고 상의하고 싶었지만, 아버지께서는 베리타가의 일 때문에 아직 귀가하지 않으신 상태였다.

'아무래도 아침에나 뵐 수 있으려나.'

한숨을 내쉬며 서류를 정리하는데, 문득 서신 하나가 눈에 들어왔다. 고급스러운 하얀 봉투에는 여러 갈래로 얽힌 나무의 형상이 찍혀 있었다.

이건 신전의 문장이잖아. 이게 언제부터 여기 있었던 거지?

천천히 손을 뻗어 봉투를 집었다. 봉인을 뜯은 뒤 편지지를 펼치자 언젠가 한번 보았던 필체가 눈에 들어왔다.

모니크 영애께.

가능하시다면, 금일 내로 신전을 방문해 주실 수 있겠습니까? 어제의 일로 상의를 드리고자 합니다.

주신의 두 번째 뿌리, 세쿤두스.

지금은 이미 새벽을 한참 지난 상황.

대신관이 방문해 달라고 부탁한 시각에서 한참 지난 다음이었다.

'뭐, 어쩔 수 없지. 날이 밝으면 방문하는 수밖에.'

다음 날.

견습 신관의 안내를 받아 백색과 녹색으로 이루어진 공간에 들어서자, 요람 앞에 앉아 성서를 읽고 있던 대신관이 보일 듯 말 듯 한 미소를 지으며 일어섰다.

그를 향해 미안한 웃음을 지어 보이고서, 나는 요람 안에 잠든 어린아이를 흘깃 쳐다보았다.

'저 아이가 여섯 번째 대신관이구나.'

"생명의 축복이 함께하시기를. 어서 오십시오, 모니크 영애. 그렇잖아도 언제쯤 오실까 기다리고 있었답니다."

"죄송합니다, 예하. 보내 주신 서신을 늦게 확인하는 바람에 그만……."

"괜찮습니다. 그렇잖아도 일정을 조정하느라 조금 바빴거든요. 자, 이쪽으로 앉으십시오."

나는 대신관이 빼 주는 의자에 조심스럽게 앉으며 고개를 숙여 감사를 표했다.

"감사합니다. 허면 떠나시기로 했던 일은 어찌 되었는지요?"

"당분간은 운신이 힘들 것 같으니, 그리 소원을 빌고 싶다면 직접 찾아오라고 전갈을 보냈습니다. 아무래도 조만간 제국을 방문하지 않을까 싶군요."

"네? 그런……."

놀라웠다. 또 다른 대신관이 제국을 방문한다니. 그렇다면 지금 저 요람 안에 있는 어린아이까지 포함할 경우, 한시적이라고는 해도 대륙에 단 여섯 명밖에 존재하지 않는 대신관 중 절반이 제국에 있게 되는 것이 아닌가.

말끝을 흐리는 나를 보며 엷게 미소를 지은 대신관이 말했다.

"분명 이례적인 일이긴 하나 이것 외에는 방법이 없지 않습니

까. 뒷방 늙은이들이 무어라 떠들어 댈 테지만, 하루 이틀 있던 일
도 아니니 그냥 무시하기로 했습니다."

"……그렇군요."

더는 무어라 언급하기가 곤란해서, 나는 말없이 잠든 아이를 내
려다보았다. 대신관들의 특징이라는 백발에 시선을 두자 문득 오
늘 아침 아버지와 했던 대화가 떠올랐다.

"이제 어찌할 것이냐. 직접 확인해 볼 생각인 게냐?"

"네. 아무래도 대신관 예하께 도움을 요청해야 할 것 같아요."

"대신관이라. 하긴, 황궁의들을 온전히 신뢰할 수는 없지."

"네. 자칫 기밀이 새어 나가기라도 하는 날엔……."

"알겠다. 허나 대신관 역시 속을 알 수 없는 자이니, 각별히 주
의하도록 해라."

사실 이안 벨로트의 유무죄 여부야 와인을 조사하면 간단히 알
수 있는 일이었다. 발각됐다는 사실을 아직 모르는 이상 범인들은
또다시 폐하께 독을 먹이려 들 테니까. 하지만 그렇다고 해서 무
턱대고 독의 검출 여부를 조사하라 할 수는 없는 노릇이었다. 만
에 하나라도 조사관 중에 범인의 끄나풀이라도 있는 날에는 기껏
기밀로 삼은 일들이 모두 무용지물이 될 것이기에.

그러니 지금은 대신관에게 부탁하는 것이 가장 안전했다. 그는
이미 이 일에 대해 알고 있을 뿐만 아니라, 아버지와 나를 제외하
고는 범인이 아닐 것이 가장 확실시되는 자가 아닌가. 만일 그가
이 일에 개입되어 있었다면, 폐하께서 중독되었다는 사실을 알려

줄 이유가 없었을 테니.

'괜찮을 거야. 만약을 위해 대비책도 세워 왔으니, 일단 한번 믿어 보자.'

마음을 다잡은 뒤 천천히 입을 열었다. 해독제도, 신뢰할 수 있는 다른 사람도 없는 이상, 지금은 그를 믿는 것 외에는 방법이 없었다. 만에 하나 신전이 이 일에 개입되어 있다 하더라도 차마 반역의 무리를 감싸지는 못할 것이니, 아무리 생각해 봐도 그 점을 감안하여 거래를 제안하는 편이 가장 이득이었다.

"실은 예하께 드릴 말씀이 있습니다."

"그렇습니까? 말씀하시지요. 세이경청洗耳傾聽하겠습니다."

나는 눈처럼 빛나는 청년의 머리카락에 시선을 고정하며 천천히 입을 열었다.

"라니에르 백작의 일에 관하여 본가가 수사권을 갖고 있다는 사실은 알고 계시는지요?"

"네, 들었습니다. 헌데 갑자기 그 일은 왜 꺼내시는지요?"

의외라는 듯 바라보는 모습에, 나는 속으로 다시 한 번 할 말을 고르며 몰래 호흡을 가다듬었다. 일단 거래를 하기로 마음먹은 이상 조금이라도 약한 모습을 보여서는 곤란했다.

"그럼 얘기가 쉽겠군요. 실은 얼마 전 독의 입수 경로를 조사하다가 이상한 점을 발견했답니다. 통상적인 경로로는 들어올 수가 없는데, 아무리 살펴봐도 밀반입을 한 것은 아니더군요. 그렇다면 대체 어떻게 국경을 넘은 걸까요? 제국에서는 만들 수도 없는 그 독이 말입니다."

"신전이라고 말씀하시고 싶은 겁니까?"

"글쎄요. 어떨 것 같으신가요?"

슬쩍 입꼬리를 들어 올리자, 곤란하다는 듯 입술을 만지작거리던 대신관이 웃음기 어린 목소리로 말했다.

"이런, 두 분은 어찌 그리도 닮으셨답니까. 얼마 전에도 이 비슷한 얘기를 듣고 몹시 당혹스러웠는데 말이지요."

닮았다니, 누굴 얘기하는 거지?

조금 당혹스러웠지만, 나는 애써 아무렇지도 않은 듯 무표정한 얼굴을 유지했다. 그런 내 마음을 알아채기라도 한 것인지, 대신관은 특유의 보일 듯 말 듯한 미소를 지으며 말했다.

"어쨌든 알겠습니다. 신전이 관련되어 있다고 친다면, 그 사실을 제게 말씀해 주시는 이유가 무엇인지요? 제아무리 떠돌이 신세라고 한들 저 역시 신관인데 말입니다."

"그렇기에 드리는 말씀입니다. 저의 일뿐만이라면 모르겠으나 예하께서도 아시다시피 폐하께서 관련된 일이 아닙니까. 이대로라면 황권이 신권에 관여하는 사태가 벌어질 터. 무작정 두고만 보실 생각은 아닐 테지요?"

"흠, 제게 거래를 제안하시는 겁니까? 원하시는 게 무엇인지요?"

한 손으로 턱을 괸 대신관이 말했다. 다 알고 있다는 듯한 태도가 영 마음에 걸리기는 했지만, 나는 슬쩍 입술을 깨문 뒤 재차 말문을 열었다. 다소 걸리는 점이 있다고는 해도 이미 기호지세騎虎之勢였기에 어찌할 도리가 없었다.

"곧 제국을 방문하신다는 또 다른 대신관 예하를 원합니다. 정확하게는, 그분의 신성력과 증언을요."

"음? 콰르투스Quartus 말씀이십니까?"

"그렇습니다."

나는 조금 당황한 듯한 대신관을 보며 빙긋 웃음을 지었다. 여유로운 태도 때문에 혹시 역으로 말려 들어가고 있는 것은 아닐까 걱정했는데, 다행히 그렇지는 않은 것 같았다.

하긴, 내가 거래의 조건으로 제시한 것은 본래 생각했던 내용이 아니라 조금 전 대신관의 말을 들은 후에야 번뜩 떠올린 것이었으니까.

"……아무래도 영애께서는 저를 완전히 신뢰할 수는 없으신가 보군요. 이거 좀 섭섭한데요?"

"……."

"뭐, 그거야 아무래도 좋습니다만, 만일 저나 콰르투스가 받아들이지 않겠다고 한다면 어찌하실 요량입니까?"

"글쎄요. 주신을 대리하는 인세人世의 태양을 그 가지들이 해하려 했다고 하면 백성들은 과연 어떤 생각을 할까요? 태양을 탓할까요, 아니면 태양을 넘본 가지를 탓할까요?"

"허……. 알겠습니다. 그리 나오신다면야 더 이상 드릴 말씀이 없군요. 좋습니다. 거래를 받아들이지요."

가볍게 혀를 찬 대신관이 천천히 고개를 끄덕이고는 말했다.

"대신 영애께서도 한 가지 일을 해 주셔야겠습니다."

"어떤 일 말씀이십니까?"

"아시다시피 저는 신전에서 운신의 폭이 좁습니다. 영애께서는 수사권에다 가문 자체의 정보력도 갖고 계시니, 저를 대신하여 이 일에 연루된 자들을 색출해 주실 수 있겠습니까. 뒷일은 제가 맡겠습니다."

"음······. 위의 조건에 덧붙여 문제의 독과 그 해독제를 한 달 내에 구해 주신다면 받아들이겠습니다."

"이런, 끝까지 저를 곤란하게 하시는군요. 좋습니다. 그리하지요."

난감하다는 듯한 표정으로 입술을 만지작거리던 대신관이 고개를 끄덕였다. 그러고는 살며시 미소 짓는 나를 물끄러미 바라보다 웃음기 어린 목소리로 말했다.

"이것 참, 찬란하게 빛나는 미모뿐만 아니라 날카로운 지성까지 겸비하셨군요. 영애에 대해 알면 알수록 경탄을 금할 수가 없습니다."

"······."

또 시작인가. 지겹지도 않느냐는 표정으로 바라보자, 붉은 입술이 스르르 호선을 그렸다.

"이제는 익숙해질 때도 되지 않으셨습니까. 하긴, 이런 면이 영애의 매력이기는 하죠."

"예하."

"그리 질색하는 모습을 보여 주시면 어쩐지 더 찬미하고픈 마음이 든단 말입니다. 이미 성년식도 치르신 분께 실례되는 말입니다만, 정말이지 귀여우십니다."

"······."

'말을 말아야지.'

한숨을 삼키는 나를 즐겁다는 듯 바라보던 그가 특유의 신비로운 목소리로 기도문을 외웠다.

"생명의 아버지께서 주신 아름다움을 찬미하라. 그대에게 우리 주 비타의 축복을 전합니다."

은은한 꽃향기가 주위를 감돌고, 분홍빛 꽃잎들이 나풀나풀 떨어졌다. 어느새 익숙해진 청량감이 온몸을 휘감았다.

"……감사합니다, 예하."

"별말씀을. 그럼 이제 일어나 볼까요? 기한을 맞추려면 아무래도 당장 일을 시작해야 할 것 같아서 말입니다."

"아, 네."

부디 이 거래의 결과가 성공적이기를 바라며, 나는 사락사락 긴 머리카락을 끌며 걷는 청년의 뒤를 따라 걸음을 옮겼다.

❈

"아가씨, 휘르 영애께서 오셨습니다."

며칠 뒤.

오전 근무를 마친 뒤 집에 돌아와 업무를 보고 있는데, 노크 소리와 함께 등장한 집사가 그레이스의 방문을 알렸다.

나는 서류에서 눈을 떼며 그녀를 안내하라 말했다. 어제 받았던 방문 요청에는 그 연유까지 적혀 있지는 않았기에 그렇잖아도 어째서 그녀가 나를 보자 한 것인지 궁금하던 차였다.

잠시 후, 노을빛 머리카락을 곱게 틀어 올린 그레이스가 나타나 고개 숙여 인사를 건넸다.

"오랜만에 뵙습니다, 모니크 영애. 그간 안녕하셨나요?"

"그럭저럭 지냈습니다. 그대는 어떠한가요?"

"염려해 주신 덕분에 잘 지냈습니다. 감사합니다."

나는 감사를 표하는 그레이스를 향해 엷게 미소를 지으며 시녀가 내온 찻잔을 들어 올렸다. 나와 마찬가지로 찻잔을 들어 은은한 레몬향을 음미하던 그레이스가 말했다.

"갑작스러운 방문 요청에 의아하셨을 텐데, 흔쾌히 받아 주셔서 감사합니다."

"괜찮습니다. 그대와 내가 서로의 방문을 꺼려 할 사이는 아니잖아요?"

"그리 말씀해 주시니 영광입니다, 영애."

고개를 숙여 감사를 표한 그레이스가 작은 봉투 하나를 꺼내 내밀었다.

"실은 이번에 제 언니가 제노아가의 차남과 약혼을 하게 되었습니다. 해서 열흘 후 두 사람의 약혼을 기념하는 연회를 열기로 했답니다. 이것은 그 초대장입니다."

"그렇군요. 휘르 영애에게 축하한다고 전해 주세요. 정식 축전은 조만간 따로 보내도록 하겠습니다."

나는 그레이스가 내미는 봉투를 받아 들며 빙긋 미소를 지었다. 하지만 웃고 있는 얼굴과는 달리 머릿속은 복잡했다.

'제노아가와 휘르가의 결합이라.'

본가와 그들은 최근 폐하와의 파혼 문제를 두고 갈등을 빚었던 사이가 아니던가. 물론 황실과의 연을 두고 휘르가와 경쟁할 의도 같은 건 추호도 없었지만, 그렇다고 해서 은근슬쩍 본가와 대립각을 세우고 있는 그들을 그대로 두고 볼 생각도 없었다.

그렇지만, 감히 폐하를 노리는 자들의 음모가 드러난 현 상황에서 더는 같은 황제파인 휘르가와 분열을 조장할 수는 없었다. 지금은 함께 힘을 합쳐도 모자랄 판이 아니던가. 그러니 일단은 관망하는 게 나을 듯했다.

곰곰이 생각을 정리하며 찻잔을 기울이는 내게 그레이스가 말했다.

"헌데 영애, 요즘도 많이 바쁘신가요? 외람된 말씀입니다만, 영애께서 계속해서 사교계에 나오시지 않는 것을 가지고 좋지 않은 말들이 나오고 있습니다. 아무래도 한 번쯤은 얼굴을 비추시는 게 좋을 듯합니다."

"알겠습니다. 염두에 두지요. 음, 혹 그동안 뭔가 새로운 일이라도 있었나요?"

"특별히 새로운 일은 없습니다만, 제나 공녀가 뭔가를 꾸미고 있다는 소문이 자자합니다. 신전과 연계해서 대대적으로 뭘 하려고 한다던데, 자세한 내용은 모르겠습니다."

그 얘기라면 일전에 엔테아를 통해 들은 터. 이미 대비하고 있는 일에 대해 굳이 걱정을 더할 필요는 없으니, 아무래도 지은에 관해서는 염려하지 않아도 될 듯했다.

알겠노라며 가볍게 고개를 끄덕이는 나를 물끄러미 바라보던 그레이스가 갑자기 미소를 지으며 말했다.

"하긴, 생각해 보면 그리 걱정하실 필요는 없을 듯합니다. 폐하께서 그리도 영애를 아끼시는데, 제아무리 제나 공녀라 한들 상대가 되겠습니까?"

"네?"

"어찌 그러십니까? 폐하께서 영애를 무척이나 아끼신다는 것은 모두가 아는 사실이 아닙니까."

"······그런가요?"

"그럼요. 이제 와 말씀드리는 거지만, 감히 황비가 되겠노라는 마음을 접은 것도 바로 그 때문인걸요. 물론 제가 원한다 한들 폐하께서 허락하지도 않으셨겠지만요."

"마음을 접다니요? 그게 무슨 말인가요?"

고개를 갸웃하자, 그레이스는 슬쩍 눈을 내리깔며 말했다.

"본격적으로 황비 후보로서 거론되기 시작하던 어느 날, 처음으로 황제 폐하를 배알하러 갔습니다. 몹시 떨렸더랬지요. 나서부터 그분의 반려였던 영애께서 계셨기에 그 누구도 감히 꿈꿔 보지 못했을 뿐, 황후에 버금가는 지위인 황비가 될지도 모른다는데 어찌 설레지 않을 수가 있겠습니까."

손가락을 뻗어 은찻잔에 새겨진 사자의 문장을 쓰다듬은 그레이스가 말했다.

"허나 폐하께서는 무덤덤하셨습니다. 예의를 차려 맞이해 주기는 하셨으나 오직 그뿐, 그저 일개 귀족 영애를 대하시는 태도 그 이상도, 이하도 아니었지요. 일전에 영애를 대하시던 모습을 보았기에······ 순간 깨달았습니다. 그분의 마음을 차지할 여인은 오직 한 분뿐이라는 것을요."

"······."

뭐라 할 말이 없어 침묵하자, 그레이스는 그런 나를 보며 엷게 미소를 짓고는 말했다.

"영애께서 사경을 헤매다 겨우 일어나셨던 날, 폐하께서는 저를 따로 불러 말씀하셨습니다. 일이 이렇게 된 이상 귀족파는 한시바삐 제나 공녀를 황후로 올리려 들 것이다, 그러니 저를 방패막이로 삼아야겠다고 말입니다. 대신 모든 일이 해결되면 제게 백작 부인의 작위를 주겠노라고 하셨습니다. 어떤 남자와 결혼하더라도 수도에서 편안하게 살아갈 수 있도록 말이죠."

"……."

"어찌 그런 제안까지 하시느냐 여쭈었더니, 폐하께서는 한마디 말씀만 하셨습니다. 당신께는 오직 한 여인만 있으면 된다고요. 그래서 그간 꾸준히 폐하를 찾아뵀었습니다. 한 번도 부름 받지 못하는 저나 공녀와는 다른 위치를 보여 주어 제게로 시선을 돌리기 위해서요."

무언가에 한 대 얻어맞은 듯한 기분이었다.

그랬던가. 그레이스는 그래서 꾸준히 황궁을 드나들었던 것이었나. 황비 후보 중 한 사람이면서도 전혀 자각이 없는 것처럼 보인 것도, 마음 놓고 에네실 후작을 좋아하는 것처럼 보인 것도 모두 그 때문이었단 말인가? 지은과는 달리 그를 주기적으로 알현한다는 소문을 듣고 내심 씁쓸했지만, 계파를 위해서는 다행이라며 애써 마음을 가라앉히곤 했는데.

그레이스의 말이 계속될수록 조금씩 뜨거워지던 피가 어느새 폭풍처럼 휘몰아치는 듯했다. 하지만 그런 내 기색을 아는지 모르는지, 그녀는 다소 걱정스러운 표정으로 슬쩍 눈치를 살피며 말했다.

"저, 영애, 지금 말씀드린 것은 비밀로 해 주시겠어요? 함구하라는 명을 받은 적은 없지만, 두 분의 일에 공연한 참견을 하는 것 같아 그렇습니다."

"……알겠습니다. 그리하죠."

고개를 끄덕이자, 그레이스는 그제야 안심한 듯 미소를 짓고는 그만 돌아가겠노라며 자리에서 일어났다.

나는 그녀를 보낸 뒤 멍하니 소파에 앉아 허공을 바라보았다. 자꾸만 머릿속에 좀 전의 대화가 맴돌았다. 그가 나를 무척 아낀다는 그레이스의 말이, 그리고 자신에게는 오직 한 여자만 있으면 된다고 했다던 그의 말이.

뜨겁게 달아오른 심장이 거듭해서 두근두근 뛰었다. 나는 빠르게 뛰는 가슴 위에 손을 얹으며 입술을 짓씹었다.

'왜 이러는 거야, 아리스티아. 요즘 들어 왜 자꾸만 나답지 않게 구는 건데.'

하지만 아무리 피가 나도록 입술을 깨물어도 한 번 빨라진 심장 박동은 쉽사리 되돌아오지가 않았다. 마음을 진정시키려 하면 할수록 자꾸만 온갖 생각이 떠올랐다.

얼마나 시간이 지났을까? 악전고투 끝에 간신히 마음을 진정시켰을 때, 정적을 가르며 노크 소리가 들려왔다. 잠시 후 방으로 들어선 카롯 남작이 놀란 표정으로 말했다.

"아니, 아가씨, 어찌 그리 얼굴이 붉으십니까? 뭔가 안 좋은 일이라도 있었습니까?"

"……아뇨, 괜찮습니다. 그보다 무슨 일인가요? 뭔가 새로운 문제라도 생겼나요?"

"그렇습니다. 각하께 먼저 보고 드렸는데, 아가씨께도 말씀드리라고 하시더군요."

"그렇군요. 일단 앉으세요."

고개를 끄덕이며 자리를 권하자, 걱정스러운 얼굴로 맞은편에 앉은 남작은 잠시 머뭇거리며 나를 살핀 뒤에야 들고 온 서류를 내밀었다.

"……얼마 전 지급至急으로 내려왔던 일에 관한 것입니다."

"네? 그게 벌써 나왔나요?"

놀란 눈으로 바라보는 나를 향해 빙그레 미소를 지은 남작이 말했다.

"전부는 아니고, 예전부터 예의 주시하고 있던 이안 벨로트라는 자에 관한 것만 있습니다. 특이 사항이 발견되는 즉시 보고하라 하셨기에 우선 이것만 가져왔지요."

"아, 그렇군요."

나는 고개를 끄덕이며 남작이 내민 서류를 집어 들었다. 그리 두껍지 않은 그것에는 몹시 놀라운 사실이 적혀 있었다.

"……이게 정말인가요? 이자의 딸이 한 결혼이 아무래도 정상적인 것이 아닌 것 같다? 그럼 설마 결혼을 빌미로 감금이라도 했단 소리……."

"그렇습니다. 일 년 가까이 관찰한 결과 내린 결론이니 거의 맞을 겁니다. 아무래도 위험 부담이 높은 일이니만큼 인질을 잡아 안전을 도모하려 했던 것 같습니다."

무거운 목소리로 답한 남작이 말했다.

"구출할까 여쭈었습니다만, 각하께서는 일단 보류하되 아가씨의 의견을 참고하여 행하라 하셨습니다. 어찌할까요?"

"……일단 두세요. 조금 더 지켜봐야겠습니다."

만약 남작이 가져온 정보가 사실이라면, 당장 이안 벨로트의 딸을 구출하는 것은 위험했다. 중요한 인질인 그녀가 사라진다면 범인은 필시 누군가가 자신들의 음모를 눈치챘다는 사실을 알아차릴 것이기에.

물론 그리된다면 범인의 정체를 밝히기는 쉽겠지만, 그렇다고 해서 무턱대고 일만 벌여 놓을 수는 없는 노릇이었다. 만약 범인이 내가 생각하는 그자가 맞다면 더욱 그랬다. 함부로 상대할 수 없는 자이니만큼, 웬만한 증거로는 옭아매기조차 힘들 테니까.

"알겠습니다. 그리고 아가씨, 참으로 면목 없는 말씀입니다만…… 제나가에서 아가씨께 밀서密書를 전해 왔습니다."

"밀서? 제나가에서요? 헌데 면목이 없다는 건 무슨 얘긴가요?"

"그것이, 제나가에 심어 두었던 정보원을 통해 온 것이라……."

"아."

그제야 나는 남작이 왜 그리 난처해 하는지 깨달았다. 제나가에 심어 둔 정보원을 통해 밀서가 도착했다는 것은 즉 해당 정보원의 정체를 제나가에서 이미 파악하고 있었다는 게 아닌가. 아마도 역공작을 펼칠 때를 대비해 모른 척 두었다가 이번 일에 써먹은 것이겠지. 어쩌면 지난 사건 이후로 정보원의 수를 갑작스럽게 늘리면서 보안이 허술해졌을 수도 있고.

그러나 이유야 어쨌든 정보 조직의 수장으로서 남작은 정보원의 정체조차 제대로 숨기지 못했다는 사실이 무척이나 민망한 모양이었다. 아무래도 길게 침묵할수록 더 난처해 할 것 같아서, 나는 말없이 제나가에서 보냈다는 밀서의 봉인을 뜯었다.

글자를 모르는 사람을 시켜 적은 것인지 꼬불꼬불한 글씨체가 쭉 이어진 편지는 유독 알아보기가 힘들었다. 결국 나는 한참 동안 애쓴 후에야 간신히 첫 줄을 읽어 낼 수가 있었다.

어째서 약속된 날짜에 나오지 않은 거지?

설마 이제 와 거래를 하지 않겠다는 건가?

"아……."

그러고 보니 그랬다. 지난번 내가 원하는 조건을 제시하면서 다음 협상 일을 잡았는데, 하필이면 그날 폐하께서 쓰러지시는 바람에 제나 공작 후계자와의 약속을 까마득히 잊어버렸던 것.

탄성을 내뱉는 나를 불안한 눈초리로 바라보던 카롯 남작이 조심스레 물었다.

"어찌 그러십니까, 아가씨? 혹 본가에 해가 되는 내용입니까?"

"아뇨, 그런 건 아니에요. 음, 남작, 그럼 그 정보원은 어찌되었나요?"

"일단 활동 중지 명령을 내린 뒤 대기하고 있으라 했습니다만, 철수하라 이를까요?"

"흠, 글쎄요."

나는 밀서를 끝까지 읽어 내린 뒤 생각을 정리하며 말했다.

"어차피 탄로 난 것, 이번 일이 끝날 때까지는 그대로 두는 편이 나을 것 같군요. 단, 조금이라도 신변의 위협이 느껴질 경우 그 즉시 철수하라고 일러두세요."

"알겠습니다."

"그리고 밀서를 건네준 자에게 이 말을 전달하라 이르세요. 그 때나 지금이나 내가 바라는 것은 오직 하나라고. 그리 말하면 알아들을 겁니다."

"그리하겠습니다."

공작 후계자가 바라는 것은 세 가지였다. 현 공작이 작위를 비롯한 모든 권한을 내놓고 물러나도록 해 줄 것과 자신이 작위를 승계하도록 도울 것, 그리고 제나가의 자산 및 지위를 현재의 7할 이상 수준으로 보장해 줄 것. 그 대가로 내가 내건 조건은 '그것'을 넘겨 달라는 것이었고.

　하지만 '그것'을 넘겨주는 것은 상당히 어려운 일이었다. 그렇기에 나는 일정 선까지는 협상할 생각도 하고 있었다.

　그러나 폐하께서 중독되는 사건이 벌어진 이상, 그리고 그 배후에 제나가가 있음이 의심되는 이상, 무턱대고 공자와의 거래를 진행할 수는 없었다. 그렇기에 시험이 필요했다. 과연 그가 이 일에 개입되었는지 아닌지를 파악할 수 있는 그런 시험이. 그것은 본디 구 할 이상을 보장해 달라던 조건에서 이 정도까지 공자가 굽히고 나온 사실에도 변함이 없었다.

　다음 지시를 기다리는 남작에게 그만 나가 보라 이르고서, 나는 그가 놓고 간 서류를 집어 들며 소파에 깊숙이 몸을 파묻었다.

　나를 해치려 했던―.

　그리고 폐하를 해치려고 하는 적을 물리치기 위해서는 조금 더 노력해야 했다.

2. 은빛 방패와 푸른 창

이런저런 생각으로 잠을 설친 탓일까? 아침부터 몸이 무거웠다. 포크를 두어 번 입에 가져가다 내려놓고서, 나는 집사가 두고 간 서찰을 끌어당겼다. 예의상 보내오는 귀족파의 서신과 자잘한 연회를 제외하고 나자 남은 것은 모레 있을 제노아가와 휘르가의 약혼 기념 연회에 참석할 것인지를 재차 묻는 초대장뿐이었다.

그러고 보니 그레이스가 왔을 때는 답을 보류했지. 아버지께 여쭤 본다 생각해 놓고 깜빡했네.

"저, 아버지?"

"왜 그러느냐."

"제노아가와 휘르가의 약혼 기념 연회 말인데요, 어찌해야 할까요? 가자니 최근의 관계가 껄끄럽고, 불참하자니 분열을 조장하는 것 같아 신경이 쓰이네요."

"흠. 그리 복잡하게 생각할 필요는 없다, 티아. 기분 전환 겸 가고 싶다면 참석하고, 가기 싫다면 불참하려무나. 요즘 들어 다소 관계가 소원해졌다고는 하나 오랜 세월 뜻을 함께한 가문들이다. 겨우 파티 한 번 불참했다 하여 확 틀어질 사이는 아니란다.”

“아……. 네, 그렇게 할게요. 감사해요, 아버지.”

한결 가벼워진 마음으로 초대장을 챙기는데, 들고 있던 서찰을 내려놓은 아버지께서 한숨을 내쉬며 말씀하셨다.

“그보다 티아, 혹 정무 회의에 참석하겠느냐?”

“정무 회의요? 하지만 저는……. 아.”

그러고 보니 그랬다. 제국의 귀족이기만 하면 누구나 참여할 수 있는 대회의와는 달리, 대부분의 정무 회의는 백작 이상의 작위를 가진 자 및 정식 후계자, 그리고 자작 이하의 작위를 가진 자 중 별도의 직책을 맡은 귀족만이 참석할 수 있었다. 따라서 최근에 정식 후계자가 된 나 역시 얼마든지 참석할 수 있었다.

잠시 고민하다 고개를 끄덕였다. 오늘은 별다른 일도 없고 하니 정무 회의에 참석하는 것도 나쁘지 않을 것 같았다.

“그리할게요.”

“……그래, 그럼 오후에 아비와 함께 가자꾸나.”

뭔가 더 하실 말씀이 있는 듯 잠시 멈칫하던 아버지께서는 끝내 별말씀 없이 자리에서 일어나셨다. 거의 손대지 않은 접시를 한 번 돌아보고서, 나는 아버지를 따라 식당을 나섰다.

"오랜만에 뵙습니다, 모니크 영애."

"안녕하세요, 에네실 후작 각하. 정말 오랜만에 뵙네요."

짙은 회색 제복을 단정하게 차려입은 백금발 청년이 빙그레 미소를 지었다. 그의 어깨에 달린 세 줄의 검은 끈은 윤기 흐르는 광택을 머금고 있었다.

그러고 보니 그가 단장이 된 이후로 만나는 것은 처음인가? 따지고 보면 서임식이 있던 때로부터 그리 긴 시간이 지난 것도 아닌데, 그동안 일이 너무 많았던 탓인지 무척 오랜만인 것처럼 느껴졌다.

에네실 후작을 비롯하여 몇몇 황제파 귀족과 담소를 나누고 있을 때, 의전관이 나타나 황제 폐하의 입장을 알렸다. 모두가 예를 갖추고 다시 착석하자 대공자의 사망으로 부재중인 베리타 공작을 대신하여 라스 공작이 자리에서 일어났다.

"금일 안건은 올해 걷을 세금 수입과 이번 건국기념제에 방문할 각국 사절단에 관한 것입니다, 폐하."

"세금 수입이라. 지난해에 있었던 폭염과 가뭄, 그리고 수해에 대한 복구는 얼추 이루어졌다고 들었는데. 그새 무언가 특별한 문제라도 발생한 것이오?"

나 역시 고개를 갸웃했지만, 잠시 후 이어진 라스 공작의 말에 의문은 금세 사라졌다. 수입은 평년과 비슷하나, 기사단의 증원과

유민의 유입으로 말미암아 발생한 비용의 증가, 수해 방지 사업 등으로 예산이 초과되었다는 것.

생각에 잠긴 표정으로 책상을 톡톡 두드리는 청년을 향해 하멜 백작이 말했다.

"폐하, 외람된 말이오나 황실의 재산을 조금만 풀어 주심이 어떠하십니까. 듣기로 직할령에는 피해가 거의 없어 올해도 황실의 수입이 상당하다 들었습니다."

"그게 무슨 소리요, 백작?"

"어찌 감히 황실의 재산에 손을 대려 한단 말이오!"

몇몇 귀족이 반박했지만, 하멜 백작의 태도는 완강했다. 여전히 책상을 톡톡 두드리며 그런 그를 물끄러미 바라보던 청년이 피식 웃었다.

불쾌해 하거나 분노하기는커녕 오히려 반기는 듯한 표정.

어째서 저런 반응이지? 설마하니 좀 전의 발언이 황실의 힘을 줄이겠다는 의도에서 나온 것임을 그가 모를 리는 없을 텐데.

"좋은 생각이오, 하멜 백작. 그리합시다. 내 기꺼이 황실의 수입을 내어 주겠소."

"현명하신 결단입니다, 폐하. 제국민 모두가 폐하의 황은에 감읍할 것입니다."

하멜 백작의 입가에 미소가 번졌다. 그때였다.

"단, 한 가지 조건이 있소. 요즘 들어 근위 기사단이 고생하는 것 같아 봉급을 올려 주려 하였는데, 부족분을 메워 주면 그것이 불가능하게 되오. 그러니 이렇게 합시다. 황실의 수입을 내주는 대신, 내 그간 공을 세운 이들을 추려 작위를 수여하겠소."

사위가 고요해졌다. 갑자기 밀려오는 깨달음에, 나는 놀란 눈으로 그를 바라보았다.

'설마 이걸 노린 것이었나.'

군권이 분산될 것을 감수하면서도 굳이 이 시기에 기사단을 확충한 것은, 그저 활용할 수 있는 병력의 절대적인 숫자를 늘리기 위해 어느 정도 위험을 감수한 거라고 생각했다. 근 이백 명에 가까운 정식 기사가 새로 서임되었음에도 근위 기사는 그리 많이 늘지 않은 점도 무심코 넘겼다. 그랬는데, 이 모든 것이 전부 지금의 한 수를 위한 포석이었다니.

국가 예산으로 봉급을 지급하는 행정부나 여타 기사단과는 달리 근위 기사단은 황실에서 모든 비용을 부담했다. 일어나서 잠들 때까지 근접 거리에서 밀착 경호하는 자들이기에 확실한 황실의 충복으로 만들 필요가 있는 탓이었다. 작위 계승권이 없는 이만을 뽑는 이유도 바로 그 때문이었다. 공을 세워 작위를 얻기 위해서라도 황족에게 충성을 다 바치는 것이 보통이니까.

따라서 대부분의 근위 기사들은 황제파에 속했다. 그런 그들에게 작위를 부여하겠다고 말하고 있는 것이었다, 그는.

우리가 귀족파와 매번 힘겨루기를 하는 이유가 무엇이던가? 그것은 귀족파에 비해 그 숫자가 부족한 탓에 세력상 우위에 설 수 없기 때문이었다. 선황제 폐하 시절 귀족의 수가 급감했음에도 새로이 작위를 받은 자가 극히 적었던 것도, 황제파의 숫자가 늘어나는 것을 우려한 귀족파에서 필사적으로 반대했기 때문이었다.

그런데 이 상황에서 적어도 십여 명, 많게는 수십 명까지 작위를 받는 자들이 생긴다?

한 번 터진 봇물은 걷잡을 수 없는 법. 당장은 큰 영향을 미치지 못한다 하더라도 장기적으로 봤을 때 그것은 귀족파에 크게 불리한 일임이 틀림없었다. 그러니 모두 저런 표정이겠지.

"폐하, 그것은……."

"음? 어찌 그러오? 그럴 리야 없겠지만, 이제 와 발언을 철회할 생각은 아닐 거라 믿소. 짐과 황실을 우롱하는 것이 아니고서야 그럴 리가 있나."

"……."

"폐하, 신이 발언을 요청해도 되겠습니까."

"그리하시오, 제나 공작."

어쩔 줄 몰라 하는 백작을 대신하여 발언권을 요청한 제나 공작이 말했다.

"황실의 재산을 내어 주신다는 폐하의 뜻에는 그저 감읍할 따름이나, 신하된 도리로서 어찌 그런 일을 두고 볼 수가 있겠습니까. 예산을 조정하면 될 일입니다."

"어디서 예산을 줄이겠단 말이오? 이미 재상을 비롯한 행정부의 관료들이 여러 번 생각하여 산출해 낸 결과인 것을."

"세율을 조금만 인상해도 이 정도 초과분은 충분히 감당할 수 있지 않습니까."

"세율 인상은 불가하다는 걸 잘 알고 있을 텐데. 뜸들이지 말고 본론을 얘기하시오, 공작."

여유로운 얼굴로 묻는 청년과는 달리 제나 공작은 무거운 표정으로 잠시 침묵하다 말했다.

"……신하된 도리로서, 폐하께서 솔선수범하시는데 어찌 가만히 있겠습니까. 부족한 부분은 신들이 갹출醵出하여 메우겠나이다."

"흠? 그대들의 충정이 그리 높은 줄은 내 미처 몰랐군. 이것은 공작의 뜻인가, 아니면 이 자리에 있는 모든 이의 뜻인가?"

"어찌 신 혼자의 뜻이라 하겠습니까. 모두가 같은 마음일 것입니다."

"흠. 뭐, 일단 그렇다고 해 둡시다. 좋소. 공작의 뜻을 받아들이리다."

"황공합니다, 폐하."

"허나 제국의 주인 된 자로서 한 번 입 밖에 낸 말을 곧바로 뒤집을 수는 없는 법. 부족분의 절반은 황실에서 부담하도록 하겠소. 대신 작위를 수여하는 것도 애초 계획했던 것에서 절반 정도로 규모를 축소하고, 계승 작위 대신 단승 작위를 내리도록 하지. 이의 있는 자는 지금 발언하도록 하시오."

곳곳에서 침음성이 흘러나왔다. 나는 놀란 눈으로 단상 위의 청년을 바라보았다.

'애초에 계획한 게 이것이었구나.'

단승 작위를 내린다면 영지를 수여할 필요가 없는 터. 작위를 내려 충성을 얻고, 세율을 동결하여 민심을 사로잡으며, 귀족들이 재산을 내놓게 하여 황실의 부담을 최대한 줄인다. 그러면서도 늘어난 군사력은 고스란히 유지한다. 기사단의 확충 하나만으로 이 모든 것을 꾀했단 말인가, 그는?

라스 공작이 안건의 통과를 선언하자, 무시무시한 눈초리로 하멜 백작을 노려보던 제나 공작이 말했다.

"……그보다 폐하, 건국기념제는 어찌할 요량이십니까? 채 한 달도 남지 않았는데, 아직도 주최할 자가 정해지지 않은 것으로 알고 있습니다."

"그렇습니다, 폐하. 지금부터 계획을 짜고 준비해도 시간이 빠듯합니다. 더욱이 이번 기념제에는 각국의 사절단까지 참석하지 않습니까."

"일전에도 주청 드렸지만, 오늘은 결론을 내려 주십시오. 이러다 무언가 미흡하기라도 하면 제국의 크나큰 망신이 아닙니까."

'건국기념제라고?'

고개를 갸웃했다. 당연히 라스 공작 부인이 주최한다 생각하고 있었는데, 그게 아니란 말인가?

제나 공작을 필두로 계속해서 무어라 말을 늘어놓는 귀족파 사람들을 지그시 노려보던 청년이 말했다.

"그 일이라면 아직 시간이 있으니 좀 더 고려해 보겠다 하질 않았소."

"정히 그러시다면, 이런 방법은 어떠하신지요?"

"어떤 방법 말이오?"

"며칠 전 주신의 네 번째 뿌리가 상크투스 비타를 방문했다 들었습니다. 갓 태어난 대신관과 그를 돌보기 위해 남은 대신관 세쿤두스까지 하면 무려 셋이나 되지요. 고작 여섯밖에 되지 않는 대신관 중 절반이 한곳에 모인 것은 몹시 이례적인 일. 이런 좋은 기회를 놓쳐서는 아니 될 것입니다."

동의를 구하듯 주위를 한 번 쓱 둘러본 제나 공작이 말했다.

"하오니 폐하, 이번 기념제는 신전과 연계하여 치르는 것이 어떠하실는지요? 주신의 가호가 제국과 함께하고 있음을 보여 주는 것입니다. 세 명의 대신관과 명망 있는 고위 신관들을 전면에 내세워 대대적인 축제를 벌인다면, 제국민들뿐만 아니라 각국의 사절단까지 크게 감명을 받을 것입니다."

"찬성합니다. 평생 한 번 생길까 말까 한 대사건인데다, 폐하의 대관식 이후 처음으로 열리는 건국제가 아닙니까. 황실의 위엄을 보여 줄 좋은 기회라 생각합니다."

공작의 의견에 동조하며 머리카락을 쓸어 넘긴 미르와 후작이 말했다.

"민심과 외교, 두 가지 문제를 해결할 수 있을 뿐만 아니라 그간 질질 끌어왔던 사안까지 한 번에 처리할 수 있는 일이 아닙니까. 어인 연유로 주최자 결정을 미루시는 것인지는 모르오나, 신전과 공조를 한다면……."

"조금 피로하군. 잠시 쉬었다 합시다."

오른손을 들어 후작의 말을 자른 청년이 한 손으로 관자놀이를 문지르며 말했다. 그런 그를 잠시 올려다보던 라스 공작이 가볍게 고개를 숙여 보이며 답했다.

"네, 폐하. 그럼 반 시간 뒤 회의를 재개하도록 하겠습니다."

"알겠소."

고개를 끄덕인 청년이 회의장을 빠져나가자, 아버지께서는 라스 공작과 잠시 할 이야기가 있다며 곧장 자리를 뜨셨다. 아마도 제나 공작의 주장에 대한 대책을 마련하시려는 듯했다. 덕분에 홀로 남은 나는 잠시 고민하다 에네실 후작을 향해 물었다.

"저, 각하, 설명을 좀 부탁드려도 될까요? 건국기념제를 주최할 자가 아직도 정해지지 않았다는 것이 무슨 얘기인가요?"

"아직 모르셨습니까? 몇 주 전부터 논의가 있었는데, 폐하께서 막으셨답니다. 그래서 아직도 이 상태죠."

"어째서 이런 논의가 나온 거죠? 라스 공작 부인께서 계시잖습니까."

"공작 부인께서는 몸이 좋지 않다는 이유로 거절하셨습니다. 그 며느리 되시는 루아 왕녀께서는 산후 조리 중이시고, 베리타가는 아시다시피 지금 그럴 여건이 안 되지 않습니까."

"그런……."

그렇다면 작년과 같은 상황이 연출되었단 말인가? 라스가와 베리타가의 부인들이 기념제를 주최할 수 없다면 그다음은 바로 우리 가문이었다. 즉, 관례대로라면 내가 이 일을 맡아야 한다는 말이었다.

그제야 나는 어째서 아침에 아버지께서 망설이셨는지, 그리고 폐하께서 왜 내게 아무런 언질도 하지 않으셨는지 깨달았다. 이 이야기를 들었을 때 내가 어떤 생각을 할 것인지 뻔히 알고 있는 두 사람이 아닌가. 차마 말을 꺼낼 수 없었을 테지.

평소였다면 어쩔 수 없다 생각하며 받아들였을 것이나, 이번은 달랐다. 대관식 이후 처음으로 맞이하는 축제, 각국의 사절단이 모두 참석하는 자리가 아닌가. 그런 곳에서 안주인 역할을 한다면 많은 이들이 나를 차기 황후로 여길 것이 자명했다. 그토록 피하고자 했던 황후로서의 운명에 한발 가까이 다가서는 것이었다.

하지만 내가 거절할 경우 제나 공작의 주장대로 일이 추진될지도 몰랐다. 신전과 연계하여 기념제를 치르자는 주장은 일견 타당해 보였지만, 그가 어떤 생각으로 그런 이야기를 꺼낸 것인지 모르는 이상 무작정 받아들이기는 어려웠다. 게다가 그 의견이 받아들여지지 않는다 하더라도, 지은이 이 일을 맡게 될 것이 불 보듯 뻔했다.

어떡하지?

답답한 가슴을 쓸어내리고 있는데, 문득 에네실 후작과 대화를 하느라 미처 듣지 못했던 수군거리는 소리가 귓가를 스치고 지나갔다.

"……째서 저리 망설이시는지 모르겠소."

"그러게 말이외다. 게다가 지금은 저쪽에서 먼저 모니크 영애를 황후로 삼으라고 주청을 올린 상황이 아니오."

"막상 그리하기에는 걱정스러우신 것이 아니겠소? 아무리 아끼신다고는 하나, 영애는 ……가 아니오."

마지막으로 들려온 한마디 말에, 나도 모르게 입술을 있는 힘껏 짓씹었다. 서늘하고도 뜨거운 무언가가 몸속에서 치밀어 오르는 듯했다.

"……괜찮으십니까."

"잠시 바람 좀 쐬고 오겠습니다."

측은하다는 듯 바라보는 백금발 청년을 외면한 채 자리에서 일어났다. 지금은 그 누구와도 말을 섞고 싶지가 않았다.

중앙궁 밖으로 나와 정처 없이 걸었다. 한동안 여러 가지 일로 정신없이 지내느라 잊고 있던 사실이 심장 한구석을 계속해서 후벼 팠다.

"아무리 아끼신다고는 하나, 영애는 석녀가 아니오."

그러고 보니 그랬다. 대체 나는 무엇 때문에 고민했던 것일까. 이미 일전에 깨닫지 않았던가. 중독되었던 그 순간부터 이미 내게 선택권 같은 건 없다는 사실을. 그리고 나 스스로가 석녀라 인정함으로써 조금이나마 남아 있던 기회마저 모두 걷어차 버렸다는 것을.

처음 듣는 말도 아닌데, 가슴속에서 찬바람이 부는 듯했다. 그 바람에서 전해져 오는 한기에 온몸이 차갑게 식어 내렸다.

얼마나 멍하니 걸었을까? 무의식중에 터벅터벅 발을 놀리는데, 문득 뒤에서 나를 부르는 목소리가 들려왔다. 천천히 뒤를 돌아보자 하얀 예복을 단정하게 차려입은 푸른 머리카락의 청년이 보였다.

"……제국의 태양, 황제 폐하를 뵙습니다."

"그대도 바람을 쐬러 나온 것이오?"

"네, 폐하."

"그렇군."

고개를 끄덕인 그가 내게 다가와 손을 내밀었다. 잠시 망설이다가, 나는 그 손 위에 가볍게 오른손을 얹었다.

침울한 분위기를 느낀 것일까, 아니면 그저 묵묵히 산책을 즐기는 것일까? 한참 동안 아무 말 없이 걷기만 하던 그는 제법 긴 시간이 흐른 후에야 나를 돌아보며 말했다.

"아리스티아, 내 그대에게 할 말이 있소."

"하명하십시오."

"이런 얘기를 꺼내서 미안하오만, 건국기념제 말이오."

"……혹 소녀의 일이 마음에 걸리시는 것이라면, 그리 신경 쓰실 필요 없습니다. 그저 심중에 두신 이에게 맡은 바 임무를 수행하라 명하시면 될 일입니다."

"그게 무슨 소리요?"

슬쩍 눈썹을 찌푸린 그가 말했다.

"어쩐지 어감이 이상하군. 그대, 지금 무슨 이야기를 하는 것이오."

"라스가와 베리타가 모두 사정이 있어 이번 일을 맡지 못한다 들었습니다. 서열상으로 보면 제 가문에서 일을 수행함이 마땅하나 그리 명하시지 않는다는 것은, 폐하께서 제게 이 일을 맡기는 것을 저어하고 계심이⋯⋯."

"그게 대체 무슨 소리요!"

기분이 이상했다. 이것은 마치 왜 내게 맡기지 않느냐며 따지는 듯한 모양새가 아닌가. 분명 수군대는 말을 듣기 전까지만 해도 이 일을 맡게 될까, 그래서 또다시 황실과 연을 맺게 되는 것은 아닐까 꺼려하고 있었으면서.

"물론 지난해의 일도 있고 해서 마음이 영 좋지 않던 참이었다고는 하나, 본인은 단 한 번도 그대의 능력을 의심해 본 적은 없소. 헌데 그대의 말은 마치 본인이 그대를 믿지 못한다는 것처럼 들리는군."

"⋯⋯."

"아니면 혹, 그대⋯⋯."

의아하다는 듯 나를 바라보던 청년의 눈동자에 무어라 형언할 수 없는 빛이 어렸다.

짙게 가라앉은 눈동자 속에 어른거리는 의문, 그리고 그 속에 숨어 있는 긴장과 기대.

찬물을 뒤집어쓴 듯 정신이 번쩍 들었다. 내가 대체 무슨 소리를 늘어놓은 거지?

"송구합니다, 폐하. 실언이었습니다."

"하지만……."

"요 며칠 과로한 탓에 그만 헛소리를 내뱉은 것 같습니다. 용서
하십시오."

"……."

한참 동안 물끄러미 나를 바라보던 그가 한숨 섞인 목소리로 말
했다.

"허면 그대는 이 일이 영 내키지 않는다는 얘기요?"

"……그렇…… 습니다."

"알겠소. 원치 않는다면, 하지 않아도 좋소."

"……."

"지난해의 일도 있고 해서, 나 역시 그대에게 맡기자니 마음이
영 좋지 않았소. 작년 건국기념제에서의 불미스러운 일 때문에 몹
시 힘겨웠던 그대가 아니오. 되었소. 이 일은 내가 알아서 처리하
리다."

"……송구합니다, 폐하."

"이만 돌아갑시다. 다들 기다리겠군."

담담하게 말하고 있었지만, 그는 어딘가 상처받은 듯한 표정이
었다. 쓸쓸한 미소를 지으며 돌아서는 모습에 문득 가슴이 아렸다.

그 때문일까, 아니면 내내 가슴속을 후벼 파고 있던 말에 대한
반발심 때문일까? 나도 모르게 뻗어 나간 손이 새하얀 옷자락을
움켜쥐었다.

"……아리스티아?"

"……폐하."

나는 놀란 눈으로 바라보는 그를 향해 머뭇머뭇 입을 열었다.

"……겠습니다."

"음?"

"제가…… 하겠습니다, 폐하."

힘겹게 움직인 입술이 간신히 한 문장을 토해 내자, 잡힌 옷자락을 내려다보던 청년의 고개가 번쩍 들렸다. 나는 묻는 듯한 눈으로 바라보는 그를 향해 뻣뻣하게 굳은 입술을 다시 한 번 움직였다.

"제가 하겠습니다, 폐하. 제게 맡겨 주십시오."

늘 담담하던 평소와는 달리 커다랗게 뜨인 눈과 반쯤 열린 입술.

나는 놀란 기색이 역력한 청년을 똑바로 바라보며 다시금 말문을 열었다. 어느새 돌아온 이성은 안 된다고 비명을 지르고 있었지만, 한 번 움직이기 시작한 입술은 멈출 생각을 하지 않았다.

"좀 전의 일은…… 오해가 있었습니다. 그러니, 방금 드린 말씀은 부디 잊어 주십시오. 제가 하겠습니다, 폐하."

"그대……."

물끄러미 나를 응시하던 바닷빛 눈동자가 조금씩 흔들리는가 싶더니, 푸른 물결이 시야를 가득 채웠다. 시원한 향이 온몸을 감쌌다.

"……애, 영애의…… 싶군."

"……."

"영애?"

툭툭.

화들짝 놀라 돌아보자, 아버지께서는 슬쩍 라스 공작 쪽을 눈짓해 보이셨다.

'이런, 정무 회의 도중에 다른 생각을 했다니.'

황급히 주위를 둘러보자 각양각색의 표정으로 나를 응시하고 있는 사람들이 눈에 들어왔다.

걱정스레 바라보는 황제파와 찌푸린 얼굴로 노려보는 귀족파, 그리고 한 손으로 턱을 괸 채 나를 바라보고 있는 청년.

묘한 열기가 서려 있는 바닷빛 시선을 마주하자 좀 전에 있었던 일이 다시금 떠올랐다. 때마침 보좌관이 그를 찾으러 왔기에 망정이지, 하마터면 지난번처럼 또다시 공개된 장소에서 입술을…….

'무슨 생각을 하는 거야. 정신 차리자, 아리스티아.'

화끈화끈 달아오르는 볼을 애써 무시한 채, 나는 황급히 라스 공작을 향해 고개를 숙여 사죄의 뜻을 건넸다.

"죄송합니다, 공작 전하. 한 번만 다시 말씀해 주시겠습니까?"

"영애의 의견을 묻고 있었네. 이번 건국기념제의 주최를 맡을 의향이 있는가?"

"그것이라면…….."

무심코 주위를 돌아보는데, 또다시 바닷빛 시선과 눈길이 마주쳤다. 어느새 올라간 손가락이 입술에 닿는 것이 느껴졌지만, 나는 자꾸만 올라가는 손을 애써 잡아 내리며 말했다.

"아직 많이 부족합니다만, 믿고 맡겨 주십시오. 제국과 황실에 누가 되지 않도록 성심을 다하겠습니다."

순간 계파 사람들의 얼굴에 흡족한 표정이 떠올랐다. 반면에 귀족파는 당황한 기색이 역력했다. 아무래도 내가 이렇게 나올 거라고는 미처 예상치 못한 듯했다.

걱정스럽게 돌아보는 아버지를 향해 미소를 지으며 복잡한 상념을 털어 냈다. 어떤 연유에서 내린 결정이건 간에, 나 스스로 하겠다고 한 이상 최선을 다할 생각이었다.

그때, 웅성거리는 귀족들 사이에서 홀로 침착한 태도를 유지하던 미르와 후작이 말했다.

"모니크 영애께서 중책을 맡아 주신다니 안심입니다. 영애의 뛰어난 기량이야 이미 만장일치로 입후 주청을 받을 만큼 잘 알려진 사실이 아닙니까. 흠, 그리고 보니 황후 건도 짚고 넘어가야겠군요. 라스 공작 전하, 이 건을 다음 회의의 안건으로 올려 주십시오. 이것은 귀족평의회의 이름으로 드리는 정식 요청입니다."

"……알겠네."

"감사합니다. 흠, 잠시 이야기가 샜군요. 어쨌든 영애의 기량은 인정하는 바입니다만, 지금은 시간이 매우 빠듯한 상황이 아닙니까. 이럴 때 역할을 분담한다면 일을 좀 더 치밀하게 진행할 수 있을 것입니다."

잠시 말을 멈춘 후작은 벌꿀색 머리카락을 한 번 쓸어 올린 뒤 다시 입을 열었다.

"그러니 현재 황비 후보로 거론되고 있는 제나 공녀께서 영애의 일을 돕도록 하는 것은 어떻습니까? 공녀께서는 그간 이 같은 일을 여러 번 수행해 오셨을 뿐만 아니라, 신탁의 아이로서 존경받고 있는 분이시기도 합니다. 그러니 신전과 연계하여 치르게 되는 이번 기념제 준비에 많은 도움을 주실 수 있을 것입니다."

"궤변입니다. 방금 그 말은 모니크 영애의 역량을 인정한다고 하면서도 실상은 믿지 못한다는 뜻이 아닙니까."

"아니지요, 버트 백작. 저는 어디까지나 영애를 보좌할 사람으로 공녀를 추천한 것뿐입니다. 어차피 차후에 황후와 황비가 되실 분들이 아닙니까. 미래에 대비한 예행연습이라고 봐도 무방할 듯싶습니다만."

그 말을 시작으로 양 계파의 사람들은 치열하게 논박을 벌이기 시작했다.

나는 어느새 논쟁에서 한발 빠진 채 사태를 지켜보고 있는 미르와 후작을 물끄러미 바라보았다. 그간 깜빡 잊고 있었던 사실, 즉 입후 건과 황비 문제를 다시금 상기시켜 준 젊은 후작은 나와 눈길이 마주치자 싱긋 웃어 보였다.

갑자기 헛웃음이 나왔다.

'뭐야. 체크check, 체스에서 킹이 공격받고 있는 상태를 가리키는 용어로서, 체크를 받은 킹이 그 상태를 해결할 수 없는 상태를 가리키는 체크 메이트와는 다른 개념라는 건가?'

어찌 돌아왔는지 잘 기억조차 나지 않는 나와는 달리, 휴식 시간이 끝난 뒤 태연한 표정으로 나타난 청년은 별말 없이 제나 공작의 제안을 받아들였다. 어째서 그런 것인지 정확하게는 알 수 없으나, 아마도 대신관과의 접촉을 자연스럽게 하기 위해서 그런 선택을 한 것이 아닐까 짐작되었다.

그것은 귀족파의 눈을 피할 수 있다는 점에서 보면 나쁘지 않은 방법이었다. 물론 그 바람에 지은이 끼어들 여지를 주기는 했지만.

'하지만 방법이 아주 없는 것도 아니지.'

나는 미르와 후작을 향해 마주 웃음을 지으며 발언권을 요청했다. 이미 위험 부담을 무릅쓰고 불리한 수에 몸을 던진 이상, 최소한 스테일메이트는 만들 생각이었다.

"일리 있는 말씀이군요. 지난 건국기념제를 함께 주최했던 경험도 있는 만큼, 공녀라면 충분히 저를 도와주실 수 있을 거라 생각합니다. 그 제안, 받아들이겠습니다."

"그게 무슨 말씀이십니까, 모니크 영애!"

"저런 말에 넘어가시면 안 됩니다!"

계파의 귀족들이 반발했지만, 나는 말없이 미소 띤 표정을 유지했다. 내내 웃는 얼굴로 나를 바라보던 미르와 후작이 말했다.

"잘 생각하셨습니다, 영애. 공녀께서는 분명 많은 도움이 되어 드릴 것입니다."

"감사합니다. 헌데 그 전에 한 가지 짚고 넘어가야 할 것이 있군요. 조금 전 후작께서는 차후 황후와 황비가 될 자로서, 라고 하셨습니다. 맞습니까?"

"그렇습니다."

"그렇다면 제나 공녀의 도움만을 받아들이는 건 불공평하지 않겠습니까? 황비 후보로 거론되고 있는 또 한 명의 영애가 있으니 말입니다. 그러니 제안하겠습니다. 제나 공녀와 휘르 영애, 이 두 사람이 저를 돕는 것과 저 혼자 이 모든 일을 수행하는 것 중 하나를 선택해 주십사하고 말입니다. 어느 쪽을 택하시겠습니까? 저는 아무래도 상관없습니다만."

답변을 구하듯 후작이 돌아보자, 시종일관 마뜩잖은 표정을 짓고 있던 제나 공작이 답했다.

"내 딸과 휘르가의 차녀, 두 사람이 영애를 돕는 쪽으로 하지."

"좋습니다. 그리하지요."

고개를 끄덕이자, 나와 미르와 후작의 공방을 지켜보던 푸른 머리카락의 청년이 가볍게 손을 들어 올렸다. 그러고는 나를 한 번 돌아본 뒤 슬쩍 입꼬리를 끌어 올리며 말했다.

"그럼 이 문제는 일단락 지은 것으로 하고, 향후 건국기념제와 관련된 일은 모니크 영애에게 일임하겠소. 라스 공작, 또 다른 안건이 있소?"

"없습니다, 폐하."

"좋군. 그럼 짐은 이만 일어나도록 하지. 모두 수고 많았소."

자리에서 일어난 그가 회의장을 빠져나갔다. 나를 노려보던 제나 공작이 몸을 돌려 나가고, 끝끝내 미소를 지으며 고개를 숙여 보인 미르와 후작도 자리를 떴다.

희색이 만면한 황제파 귀족들이 내게 다가와 앞다투어 인사를 건넸다. 예상한 것과 한 치의 오차도 없는 모습에 입맛이 썼지만, 나는 그들을 향해 애써 미소를 지어 보인 뒤 아버지와 함께 집으로 향했다.

다음 날.

아침 식사를 마친 뒤 주전자와 찻잔을 들고 이 층으로 향했다. 그것은 모처럼 한가한 오전이니 오랜만에 함께 시간을 보내자는 아버지의 말씀 때문이었지만, 막상 집무실에 도착한 우리를 반긴 건 산더미같이 쌓여 있는 편지들이었다.

아무래도 이것부터 정리해야 할 것 같아서, 나는 차를 우려내자마자 곧장 아버지를 도와 서신들의 분류 작업을 시작했다. 그러나 한참을 정리해도 한가득 쌓여 있는 그것들은 쉽사리 바닥을 드러내지 않았다.

"이건 영지에서 올라온 거네요."

"이쪽에 두거라."

"음, 이건 하멜가의 초대장이네요. 치워 버릴까요?"

"그래."

검토가 필요한 보고서나 반드시 응해야 하는 초대장은 왼쪽, 무시 혹은 거절해도 되는 것들은 오른쪽에 두며 정리하고 있을 때, 문득 편지 더미 중간에 놓여 있는 붉은색 봉투가 눈에 들어왔다. 암적색 밀랍으로 봉해진 그것에는 검과 장미의 문장이 찍혀 있었다.

라스가의 문장임을 확인하신 듯, 봉투를 열어 내용을 훑어본 아버지의 얼굴이 미묘하게 굳었다. 무슨 말이 적혀 있길래 저러시는 걸까.

"왜 그러세요, 아버지? 혹 좋지 않은 소식인가요?"

"······아무것도 아니다. 신경 쓰지 말거라."

"하지만······."

"신경 쓰지 말래도."

단호하게 자르시는 모습에 더 의아해졌다. 다른 곳도 아니고 라스가에서 온 서신이 아닌가. 감정을 거의 드러내지 않는 아버지께서 얼굴을 굳히실 정도면 뭔가가 있는 것이 분명했다.

의아해 하는 것을 알아채신 것일까? 정리가 끝난 뒤에도 한참 동안 생각에 잠겨 계시던 아버지께서 말씀하셨다.

"……어차피 내내 숨길 수도 없는 얘기이니……."

"네? 무슨 말씀이세요?"

"자, 받거라."

한숨을 내쉬며 서찰을 건네는 아버지의 눈동자는 걱정스러운 빛으로 가득 차 있었다.

나는 고개를 갸웃하며 붉은색 편지지를 펼쳐 들었다. 고급스러운 종이에는 태어난 지 갓 한 달이 된 라스가의 장손이 제국의 관습대로 이름을 짓는 의식을 치르게 되었다는 것과 이를 기념하기 위해 닷새 후 라스가에서 대대적으로 연회를 주최한다는 내용이 적혀 있었다.

'그랬구나. 그래서 아버지께서…….'

채 표정을 가다듬어 볼 틈도 없이 입가에 씁쓸한 미소가 그려졌다. 그제야 왜 아버지께서 한참을 망설이셨는지 이해가 갔다. 하필이면 자파 귀족들에게서 석녀라는 말을 들었던 다음 날 이런 것을 보여 주어 상처를 후벼 파고 싶지는 않으셨던 거겠지.

"……티아."

"괜찮아요, 아버지."

황급히 고소苦笑를 지우며 서신을 접었다. 가슴 한구석이 허전하고 찬바람이 부는 듯했지만, 이런 일로 아버지의 마음을 상하게 할 수는 없었다. 불임일지도 모른다는 이야기를 들었을 때, 당사

자인 나보다도 훨씬 가슴 아파하시던 분이 아닌가. 게다가, 라스가의 장손이라면 프린시아의 아이이자 카르세인의 조카였다. 마땅히 축하해 줘야 할 사안에 이런 표정을 보일 수는 없었다.

애써 얼굴을 밝게 하며 무어라 말을 꺼내려 했을 때, 노크 소리가 들리고 곧이어 안으로 들어선 집사가 정중하게 허리를 숙이는 모습이 보였다. 나는 왠지 모를 안도감에 속으로 한숨을 삼키며 말했다.

"무슨 일이야, 집사?"

"제나 공녀가 아가씨를 뵙기를 청하고 있습니다. 어찌할까요?"

"뭐? 이 시간에?"

절로 눈살이 찌푸려졌다. 방문 요청도 없이 다짜고짜, 그것도 대부분의 가문들이 막 아침을 시작하는 이런 이른 시간에 들이닥치다니. 지난번에도 말 한마디 없이 제멋대로 찾아오더니, 정말이지 매번 무례하기 짝이 없었다.

기다리건 말건 그냥 무시할까 하다가 천천히 고개를 끄덕였다. 기념제 준비를 같이하게 된 이상 어차피 계속해서 마주치게 될 터, 처음부터 분란을 일으켜 봐야 머리만 아플 것 같았다.

"알았어. 응접실로 가면 되지?"

"네, 아가씨."

"다녀오겠습니다, 아버지."

"……그리하거라."

선선히 응하는 것이 마음에 들지 않으셨던 걸까? 슬쩍 찌푸린 얼굴로 나를 바라보던 아버지께서는 잠시 후에야 천천히 고개를 끄덕이셨다.

나는 집사에게 프린시아와 아기에게 필요할 만한 선물을 준비할 것과 신전에 방문 요청을 넣을 것을 지시한 뒤 응접실로 향했다. 아침부터 지은과 맞설 생각을 하니 머리가 지끈지끈 아팠다.

"오랜만에 뵙습니다, 모니크 영애."

"안녕하세요, 제나 공녀. 무슨 일로 이런 이른 시간부터 저를 보자고 하셨나요?"

비꼬듯 물었음에도 지은은 뒤따르는 집사를 의식한 듯 말없이 미소만 지었다. 그러고는 탁자 위에 찻잔과 쿠키 접시를 내려놓은 그가 물러난 후에야 입을 열었다.

"너, 이제는 노골적이더라?"

"이번에는 또 무슨 얘기를 하려고 그러십니까."

"스스로 하겠다고 나선 것으로도 모자라서, 뭐? 황비 후보인 두 사람의 조력이 필요하다고 했다며?"

"누가 전달했는지는 모르겠으나 왜곡에 능하신 분인가 봅니다. 제게 조력자가 필요하다 하신 분은 공녀의 양부와 미르와 후작입니다만. 더욱이 저는 휘르가의 영애를 언급했을 뿐, 공녀께서 황비 후보라고 직접 말한 적은 없답니다."

무표정한 얼굴로 쿠키를 집으며 답하자 지은은 코웃음을 치며 말했다.

"후계자가 되겠다고 하더니 화술만 더 늘었군. 그런데 너, 자발적으로 나섰다는 건 부인하지 않네? 사실인 모양이지?"

"어차피 맡아야 하는 일이라면 자청하는 쪽이 모양새가 좋으니까요."

"흥, 핑계는. 요즘 기사단 일을 명분 삼아 그와 자주 만난다고 하더니, 그새 미련이 더 깊어진 모양이지? 그래 봐야 손 뻗어 가질 용기도 없는 주제에."

"쓸모없는 관심은 이만 접으시고, 어서 용건이나 말씀하시지요."

표정을 관리하며 싸늘하게 쏘아붙이자, 한참 동안 나를 노려보던 지은이 종이 뭉치 하나를 던지듯 내려놓았다. 나는 그것을 집는 대신 지은을 물끄러미 바라보며 물었다.

"이게 뭐죠?"

"일단 보기나 해."

또 무슨 짓을 하려고 이러나 싶었지만, 말없이 팔을 뻗어 종이 뭉치를 집어 들었다. 그리 두껍지 않은 그것의 첫 장에는 몇 글자가 적혀 있었다.

건국기념제 계획서.

웬 계획서? 설마 이걸 보여 주려고 찾아온 건가?

조금 의아했지만, 일단 그 계획서라는 것을 빠른 속도로 읽어 내렸다. 그것은 건국기념제 전반에 관한 내용으로, 제법 상세하게 적혀 있는 걸로 보아 예전부터 준비해 오던 것인 듯했다.

마지막 장까지 다 읽은 뒤 중간 즈음을 다시 펼쳐 내밀자 지은은 뚱한 얼굴로 나를 바라보며 물었다.

"왜?"

"여기 이 부분, 왜 비어 있는 거죠?"

"알아서 뭐하게?"

"흠. 뭐, 좋습니다. 이 부분은 신전과 합의가 아직 안 되었으니 그렇다 치죠. 하지만 이 부분은 왜 비어 있는 거죠? 설마하니 아직까지도 시동侍童의 의미를 모르시는 것은 아닐 텐데요?"

"어차피 네 맘대로 할 거 아냐?"

짜증 어린 목소리로 쏘아붙이는 지은을 물끄러미 바라보았다. 저 말이 사실일 리는 없고, 이곳을 공란으로 비워 둔 진짜 이유가 뭘까. 기념제의 시작을 알리는 깃발 담당 시동이 되는 것은 어린 영식들에게는 영예榮譽의 상징이나 마찬가지인데.

"그래요? 그럼 리안가의 사남은 어떻습니까? 프레이아가 후계자의 차남도 얼추 나이가 맞을 것 같고. 아니면 시모어가의 장손은요?"

"편할 대로 해."

'무슨 생각이지?'

한번 떠보자는 생각에 황제파 소속만 꼽았음에도 지은은 별말 없이 수긍했다. 그 모습에 더욱 의아해졌다. 자파의 권익을 위해 어떻게든 우기면서 이의를 제기할 줄 알았는데 의외였다고나 할까.

'혹시 귀족파랑 사이가 안 좋아지기라도 한 건가?'

나는 문득 스치고 지나가는 생각을 지워 내며 시선을 다시 아래로 내렸다.

전혀 기대하지 않았는데, 그녀가 내민 계획서는 생각보다 꽤 괜찮았다. 새삼 그녀가 달리 보이는 기분이었다. 하긴, 생각해 보면 작년 건국기념제에서도 지은은 단지 폐하의 취향에만 맞추지 못했을 뿐 연회장 자체는 제법 괜찮게 꾸몄더랬다. 시작 직후 쓰러지는 바람에 그녀가 연회를 어떻게 이끌었는지 직접 보지는 못했지만, 대소동이 일어난 가운데서도 그럭저럭 수습을 해냈다고도 들었다.

'그렇다고 순순히 괜찮다고 말해 줄 수는 없지.'

나는 입꼬리를 비뚜름하게 들어 올리며 탁자 한구석에 놓인 펜을 끌어당겼다. 그리고 붉은 잉크에 펜을 적셔 고쳐야 할 부분에 줄을 그었다. 조금만 다듬어도 괜찮을 부분까지도 크게 틀린 것처럼 가위표를 치면서.

"뭐, 뭐야, 이 붉은 잉크는? 가위표는 또 뭐고?"

"보시다시피 고쳐야 할 부분입니다만."

"장난해? 이건 예산 절감 때문에 어쩔 수 없이 넣은 거고, 여기 이 부분은 나름대로 각 국가 간 세력 구도를 생각해서 짠 거거든? 하, 애초에 네 밑에서 일한다는 게 문제였어. 선후 관계도 살필 줄 모르는 게……."

"뭔가 착각하고 계신 모양입니다만, 이번 연회의 주최자는 공녀가 아니라 저랍니다. 과거에는 모든 것을 혼자서 처리하셨을지 몰라도 지금은 어디까지나 저를 보조하는 역할이라는 걸 잊지 마십시오."

"뭐라고? 이게 진……."

"내일까지면 시간은 충분하겠죠? 그때까지 줄 그은 부분, 전부 고쳐 오세요."

느긋하게 찻잔을 들어 올리며 말하자, 이를 갈며 나를 노려보던 지은이 서류를 확 낚아챘다. 나는 그녀가 자못 흉흉한 기세로 자리에서 벌떡 일어나는 모습을 바라보며 천천히 입을 열었다.

"벌써 가시려고요?"

"그럼 너랑 여기서 계속 있을까?"

"알겠습니다. 서로 의견도 조율할 겸 신전에 함께 방문하겠노라고 전갈을 보냈습니다만, 정 그러시다면야 하는 수 없지요. 혼자 다녀오겠습니다."

정중함을 가장하여 고개를 슬쩍 숙여 보이자, 옷자락을 쥐어뜯 듯 움켜쥔 지은이 잇새로 억눌린 음성을 내뱉었다.

"······서."

"음? 뭐라고 하셨나요?"

"당장 앞장서라고! 가서 무슨 짓을 할 줄 알고 널 혼자 보내?"

"훗. 알겠습니다. 그럼 차비를 하고 올 테니 잠시만 기다리십시오."

나는 박박 이를 가는 그녀를 향해 짙게 미소를 지은 뒤 응접실을 빠져나왔다. 그리고 일부러 느릿느릿 준비를 마친 뒤에야 다시 돌 아갔다.

"······."

몹시 화가 난 듯, 지은은 한참 동안 입꼬리를 씰룩이며 나를 노 려보다 말없이 돌아섰다. 찬바람이 쌩쌩 도는 그 태도에 피식 웃 음이 나왔지만, 나는 더 이상 그녀를 자극하지 않은 채 묵묵히 신 전으로 향했다.

가슴이 뻥 뚫린 듯 시원했다.

⁂

햇볕이 쨍쨍 내리쬐고 있기 때문일까? 여름이 거의 지나가고 있 음에도 날씨는 제법 무더웠다. 자꾸만 달라붙는 옷자락을 정리한 뒤 마차에서 내리자, 미리 나와 있던 고위 신관 하나와 견습 신관들이 고개를 숙여 인사를 건넸다.

"생명의 축복이 함께하시기를. 어서 오십시오, 두 분 영애. 상크투스 비타에 오신 것을 환영합니다."

"안녕하세요, 오마르 신관. 매번 이렇게 나오시지 않아도 되는데, 제가 영 죄송하네요."

"그게 무슨 말씀이십니까, 그라스페 님. 신탁의 아이를 모시는 일인데 마땅히 나와 영접해야지요."

"감사합니다. 늘 이리 환대해 주시니 몸 둘 바를 모르겠어요."

신전에 늘 들락날락거린다더니, 지은은 고위 신관과 더불어 화기애애한 분위기를 연출하고 있었다. 그 모습을 보자 잠시 잊고 있던 경계심이 다시 솟아올랐다.

그러고 보니, 신전과 연계하여 행사를 진행하자고 한 사람이 제나 공작이었지.

제법 그럴싸한 명분을 들고 나왔지만 그게 본심은 아닐 터. 무엇 때문에 그런 주장을 한 걸까? 내가 예비 황후로서의 입지를 굳히는 것을 견제하기 위해서? 아니면 지은의 영향력을 보여 주려고? 그것도 아니면, 혹 폐하를 해하려는 또 다른 시도라도 하려는 건가?

지끈지끈 쑤셔 오는 관자놀이를 문지르며 회랑으로 발을 들이는데, 문득 문가에 한가득 피어 있던 장미가 시들어 가고 있는 모습이 보였다. 순간 나도 모르게 눈살이 찌푸려졌다. 명색이 생명의 아버지를 모시는 신전이면서 저런 것 하나 제대로 관리를 못한단 말인가.

속으로 혀를 차며 두어 걸음을 옮겼을 때, 회랑 저쪽에서 걸어오는 백발의 남자가 보였다. 그와 나란히 걷고 있는 낯선 청년도.

"생명의 축복이 함께하시기를. 어서 오십시오, 피오니아 님, 그리고 그라스페 님."

"오랜만에 뵙습니다, 예하."

"대신관 예하를 뵙습니다."

"오마르 신관, 두 분은 본인이 모실 터이니 그만 가 보도록."

"알겠습니다, 예하. 그럼 그라스페 님, 용건이 끝나면 잠시 들러주십시오. 최고위 신관들께서 그라스페 님을 뵙고 싶어 하십니다."

"그리하지요."

고개를 까딱이는 지은을 향해 깊게 허리를 숙여 보인 노신관이 자리를 뜨자, 차가운 눈빛으로 그 모습을 바라보던 대신관이 나를 돌아보며 말했다.

"그렇잖아도 전갈을 받고 기다리던 참이었습니다. 안으로 드시지요, 영애."

"네, 예하. 헌데 이쪽 분은 누구신가요?"

"일전에 말씀드린 적이 있지요? 이 녀석이 바로 주신의 네 번째 뿌리, 콰르투스입니다."

"네? 하지만 이분은……."

나는 의아한 눈으로 또 다른 대신관이라 소개된 청년을 바라보았다. 알렌디스나 카르세인 또래로 보이는 그는 대신관 특유의 백발 대신 햇살처럼 반짝이는 금발의 소유자였기 때문이었다. 물론 눈동자는 대신관 특유의 투명한 연둣빛이었지만.

"백발은 노인처럼 보인다며 굳이 염색을 하고 다니더군요. 콰르투스, 인사하게. 피오니아 님, 그리고 그라스페 님이시네."

"그 정도는 나도 알고 있습니다. 생명의 축복이 함께하시기를. 만나 뵙게 되어 영광입니다, 신탁의 아이들이시여."

"처음 뵙겠습니다, 대신관 예하."

"만나 뵙게 되어 영광입니다, 예하."

"그럼 인사도 마친 것 같으니, 그만 가실까요?"

대신관 세쿤두스의 말에, 반항적인 눈초리로 그를 노려보던 금발 청년이 휙 돌아섰다. 그 뒷모습을 잠시 바라보다가, 나는 두 사람과 함께 걸음을 옮겼다.

"오늘은 여기까지 하죠. 모두 수고하셨습니다."

"수고하셨습니다."

지은과 두 명의 대신관, 그리고 기념제 준비를 담당한 고위 신관들과의 대담은 해가 저물어 갈 때쯤에야 간신히 끝이 났다.

새침하게 일어선 지은이 먼저 돌아가겠노라며 고위 신관들과 자리를 뜨는 것을 확인한 뒤, 나는 긴 한숨을 내쉬며 의자에 몸을 기댔다. 예법에 어긋나는 행동이라는 것은 알고 있었지만, 한 나절 가까이 입씨름을 한 탓인지 몹시 피곤했다.

흩어진 종이를 모아 내게 건넨 백발의 청년이 부드럽게 눈꼬리를 휘며 말했다.

"피곤하신가 봅니다. 하긴 작은 일, 큰일 할 것 없이 사사건건 충돌했으니 그럴 수밖에요."

"……네, 조금 그러네요. 신경 써 주셔서 감사합니다."

"허면 어찌하시렵니까? 오늘은 이만 쉬시는 편이 나을 듯싶습니다만."

"아뇨, 기왕지사 여기까지 왔으니 일은 모두 마무리하고 가야지요. 일전에 부탁드린 일은 어찌 되었나요?"

지친 목소리로 묻자 대신관은 특유의 미소를 지으며 천천히 기도문을 외웠다. 익숙한 꽃향기가 번지는가 싶더니 곧이어 청량감이 나를 감쌌다.

"아, 감사합니다, 예하."

"그 이상한 축복 방식은 여전하시군. 이제 나이도 있는데 적당히 하지 그러십니까."

"서로의 취향은 존중하자고 했을 텐데. 콰르투스, 내가 언제 자네더러 그 머리 좀 어찌하라고 한 적 있던가?"

"됐습니다. 말을 말죠. 그보다……."

고개를 절레절레 저은 금발의 대신관이 나를 돌아보며 말했다.

"세쿤두스에게서 대강 이야기는 들었습니다. 제 도움이 필요하시다고요?"

"아, 네. 그렇습니다."

"신성력과 증언이라 했던가요? 뭐, 신성력을 써 드리는 것쯤이야 어렵지 않습니다. 증언도 마찬가지고요. 단, 한 가지 조건이 있습니다."

"조건이라면?"

"저는 세쿤두스와는 다릅니다. 신전의 명예나 사람들의 시선 따위 알게 뭡니까. 제가 원하는 건 오직 한 가지뿐입니다. 그건 바로……."

뭘 요구하려고 저렇게 뜸을 들일까.

고개를 갸웃하는데, 차분하던 좀 전과는 달리 다소 격앙된 듯한 목소리가 들려왔다.

"돈입니다."

"……네? 돈이요?"

절로 눈이 크게 뜨였다.

돈이라니, 내가 잘못 들은 걸까? 설마하니 대신관이 돈을 요구할 리는 없을 텐데.

하지만 아무래도 제대로 들은 것이 맞는 듯, 금발의 대신관은 잔뜩 흥분한 표정으로 말을 이었다.

"네, 돈 말입니다. 어찌 그런 눈으로 보십니까? 설마하니 영애께서도 돈이란 그저 평민들이나 신경 쓰는 하찮은 것에 불과하다고 생각하시는 겁니까?"

"아, 아뇨. 그런 것은 아닙니다만……."

"그렇다면 다행입니다. 돈! 이 얼마나 위대한 가치입니까! 솔직히 말해서, 신앙이 밥 먹여 줍니까? 충성, 명예, 품위, 그딴 것들이 무슨 소용이냐고요? 세상에서 가장 중요한 것은 돈! 바로 돈입니다! 돈이 있기에 사람들은 맛있는 것을 먹고, 따뜻한 옷을 입으며, 편안한 잠자리를 영위할 수 있는 겁니다. 아니 그렇습니까?"

"그, 글쎄요……."

"글쎄라니요! 생각해 보십시오. 영지를 꾸리는 데도, 나라의 살림을 하는 데도, 그리고 이렇게 웅장한 신전을 짓고 신을 찬미하는 데도 전부 돈이 필요합니다. 세상을 움직이는 건 바로 돈이란 말……. 아, 뭡니까, 세쿤두스?"

폭포수처럼 말을 쏟아 내던 청년의 뒤통수를 후려친 백발의 대신관이 말했다.

"적당히 하라 했을 텐데. 영애께서 오해하시잖나."

"제가 뭘 어쨌……."

"추태를 보여 드려 송구합니다, 영애. 허나 오해는 마십시오. 실은 콰르투스가 오래전부터 해 오던 일이 하나 있답니다. 바로 고아들을 후원하는 일인데, 이번에 왕국들 사이에서 벌어진 국지전으로 전쟁고아가 늘어나면서 재정적으로 많이 어려워진 모양이더군요. 아마도 그래서 저러는 듯합니다."

"아아, 그렇군요."

나는 가볍게 고개를 끄덕이며 당혹스러웠던 마음을 추슬렀다. 황당했던 기분은 여전히 조금 남아 있었지만, 자초지종을 들은 덕분인지 좀 전보다는 한결 나아진 듯했다.

"그거라면 어렵지 않습니다. 필요하신 액수를 말씀해 주시면 곧바로 지원해 드리도록 하지요. 아, 그리고……."

문득 머릿속을 스치고 지나가는 생각에, 나는 환하게 미소를 지으며 첨언했다.

"만약 예하께서 원하신다면, 본가의 영지에 고아들을 후원할 수 있는 장소를 따로 마련해 드리도록 하겠습니다. 물론 매해 일정 금액을 별도로 지원할 것입니다."

"진심이십니까? 영애께서 그리해 주신다면야 더는 바랄 게 없지요. 좋습니다. 그리하지요."

"감사합니다, 예하. 허면 빠른 시일 내에 황궁을 방문해 주실 수 있겠습니까? 폐하께는 제가 미리 말씀드려 놓겠습니다."

곧바로 고개를 끄덕이는 대신관을 보자 절로 웃음이 나왔다. 재정이야 다소 들겠지만, 영지에 고아원을 만드는 것쯤은 아무런 문제가 아니었다. 다른 일도 아니고 대신관이 특별히 애정을 갖고 있는 사업이 아닌가. 이번 일을 통해 그와의 연결 고리를 만들어 놓는다면 분명 어떤 식으로건 이득이 될 것이 분명했다. 설사 그렇지 않다 하더라도 제국민들 사이에서 본가의 이름을 높일 수 있는 기회이니 손해 볼 것은 없었다.

싱글벙글 웃는 금발의 대신관을 보며 혀를 차던 백발의 대신관이 말했다.

"쯧, 아직도 저리 순진해서야⋯⋯. 뭐, 어쨌든 좋은 게 좋은 거겠지. 아니 그렇습니까, 영애?"

알 만하다는 듯한 웃음을 보자 어쩐지 조금 민망했지만, 나는 아무렇지도 않다는 듯 미소를 되돌리며 말했다.

"그렇겠지요. 그건 그렇고 예하, 지난번에 부탁드린 일은 어찌 되었나요?"

"부탁하신 물품은 아직 구하지 못했습니다만, 조제할 수 있는 자를 추적 중이라고 하니 조만간 입수할 수 있을 겁니다."

"그렇군요. 알겠습니다. 단기간 내에 좋은 소식이 있기를 기대하지요. 아, 그리고 이것은 부탁하신 사항의 일차 조사본입니다."

나는 가볍게 수긍하며 들고 온 서류를 내밀었다. 이참에 해독제까지 입수했으면 좋았겠지만, 아직 손에 넣지는 못했더라도 구할 수 있는 가능성이 생긴데다 새로운 대신관과 거래도 성사된 만큼 이 정도 보답은 해도 될 듯했다.

무척 기대하고 있었던 듯, 대신관은 서류를 받아 들자마자 곧장 읽기 시작했다. 그러고는 마지막 장까지 다 살핀 후에야 서늘한 미소를 지으며 말했다.

"감사합니다, 영애. 큰 도움이 되었습니다."

"계속 조사 중이니, 조만간 더 상세한 내용을 드릴 수 있을 겁니다. 그럼 그때 다시 뵙는 걸로 할까요?"

"그게 좋겠습니다. 아, 기념제 일은 염려치 마십시오. 영애께서 걱정하시는 일이 없도록 잘 단속하겠습니다."

"감사합니다. 그럼 저는 먼저 일어나겠습니다, 두 분 예하."

가볍게 고개를 숙여 보인 뒤, 나는 두 명의 대신관을 뒤로한 채 자리에서 빠져나왔다.

복도로 나오자 녹색과 백색이 섞인 기둥과 벽에 기하학적으로 새겨진 무늬들이 눈에 들어왔다. 황금으로 만들어진 주신 비타의 상징들도.

환한 불빛 아래 드러난 광경, 몹시 화려하기 짝이 없는 그 모습은 오로지 순백으로만 이루어진 성소 산투아리움과는 너무도 달랐다. 호화로운 차림의 최고위 신관들과 단조로운 백색 신관복 차림의 대신관이 몹시도 달랐듯이.

'과연 최후의 승자는 누가 될 것인가.'

나는 문득 스치고 지나가는 상념을 털어 내며 저 멀리 보이는 정문을 향해 걸음을 옮겼다. 황금으로 장식된 문 주위는 그늘이 드리워 몹시 어두웠지만, 나를 알아본 신관들이 곧바로 문을 열어 준 덕분에 어렵지 않게 신전을 빠져나올 수 있었다.

오랜 시간 대기하고 있던 가문의 기사들에게 늦어서 미안하다고 사과한 뒤 마차에 오르려는데, 문득 문가에 흐드러지게 피어 있는 장미가 눈에 들어왔다. 화사하게 피어오른 그것들은 시들시들하던 오전과는 달리 생기를 한가득 머금고 있었다.

어떻게 된 거지? 대신관이 셋이나 되니, 그새 신성력이라도 쓴 건가? 하지만 한 명은 갓난아이고 다른 둘은 내내 나와 함께 있었는데 언제 그럴 만한 시간이 난 거지?

왠지 찜찜한 기분에 장미를 뚫어져라 바라보자, 나를 에스코트하던 기사가 의아한 목소리로 물었다.

"무슨 일이십니까, 아가씨?"

"아, 아무것도 아니에요. 이만 가죠."

석연치 않은 마음을 뒤로한 채로, 나는 기사들과 함께 집으로 향했다.

"그대, 이걸 한번 보겠소?"

다음 날.

오전 근무를 마치자마자 곧장 중앙궁으로 와 온갖 잡다한 업무를 처리하고 있는데, 나와 더불어 한참 동안 펜을 놀리던 청년이 문득 생각났다는 듯 봉투 하나를 건네며 말했다.

"재상이 올린 보고서요. 모니크가에 공동 수사권을 주었던 라니에르 백작에 관한 일 말이오."

"……그렇군요."

"일이 조금 공교롭게 돌아가는 바람에, 본의 아니게 그대의 일이 뒷전으로 밀리게 된 것 같아서 말이오. 내 잊지 않고 유념하고 있다 얘기해 주고 싶었소."

"아, 아닙니다, 폐하. 지금은 무엇보다 폐하의 안전이 우선인 것을요."

"미안하오. 대신 내 반드시 진범을 찾아내어 응분의 대가를 내리리다."

"깊으신 배려에 그저 감읍할 따름입니다."

깊숙이 고개 숙이는 나를 슬쩍 외면하며 헛기침을 한 그가 또 다른 봉투 하나를 건네며 말했다.

"그건 본인이 비밀리에 조사한 것이오. 이 건에 대한 논의가 다시 전개될 때 필요할 듯하여 보여 주는 것이니 참고하도록 하시오."

"은밀히 하셨을 정도라면 몹시 중요한 사항일 텐데, 제게 이리 보여 주셔도 되는 것입니까."

"일전에 약속하지 않았소. 이 사건에 관해서 원하는 자료는 얼마든지 제공하겠다고. 그러니 그리 심려치 않아도 되오."

"……황공합니다, 폐하."

가볍게 고개를 끄덕이고서, 나는 얇은 봉투를 받아 조심스레 봉인을 뜯었다.

'응? 이게 뭐지?'

얇은 봉투 안에는 또 다른 봉투가 들어 있었다. 두 번째로 뜯은 봉투 안에도 또 다른 것이 있었다. 슬쩍 한숨을 내쉬며 세 번째로 봉인을 뜯자, 그제야 비로소 봉투가 아닌 다른 것이 보였다.

반으로 접혀 있는 종이 한 장.

대체 어떤 내용이 적혀 있기에 이토록 단단히 봉인한 거지?

의아한 마음으로 종이를 펼쳐 첫 줄을 읽었다.

· 배후 : 미르와 후작이라고 자백받음.

뭐라고? 미르와 후작?

싱글거리며 말을 붙이던 벌꿀색 머리카락의 남자를 떠올리자 종이를 잡고 있는 손에 절로 힘이 들어갔다.

· 판단 : 자수범은 미르와 후작이 배후라고 주장하나 사실상 제나 공작이 시킨 것으로 보임. 다만 직접적인 증거를 찾을 수는 없었음.

· 개요 : 모니크 영애 중독 사건에 대한 수사 도중 관련자 하나가 자수해 왔는데, 미르와 후작을 배후로 지목함. 이후 미르와 후작을 조사하였으나 사건과 관련되었다는 명백한 증거를 찾을 수는 없었음.

· 이하 이 사건에 연루된 것으로 파악되는 자 : 하멜 백작, 라니에르 백작, 레슬렝 백작, 홀텐 백작(증거 불충분).

구겨진 종이의 끄트머리를 잡아 펴며 한숨을 내쉬었다.

제나 공작, 대체 어디까지 꼬리 자르기를 하려는 거지? 라니에르 백작에 이어 이번에는 미르와 후작인가?

하지만 그렇다고 보기에는 둘의 무게가 엄연히 달랐다. 아무리 폐하와 우리 파벌에서 큰 관심을 두고 있는 사건이라 해도 그렇지, 어떻게 자파 서열 이 위인 가문을 잘라 내려 한단 말인가.

최근 미르와 후작의 세가 무시 못 할 정도라 하던데, 혹 그를 견제하기 위함인가? 아니면 정말로 미르와 후작이 이 일에 관여한 것일까?

어째서 이 문서가 근 일 년이 지난 후에야 내 손에 쥐어진 것인지 알 것 같았다.

'혼란스러웠겠지.'

제나 공작에게 심증을 두고 수사하던 와중 뜻밖의 인물이 지목되어 당황했을 것이고, 뒤를 캐어도 별다른 것이 나오지 않는 미르와 후작 때문에 혼란스러웠을 것이 분명했다. 자백을 명분으로 후작을 처단하자니 어딘가 찜찜하고, 그렇다고 해서 제나 공작을 공격하자니 명백한 증거가 없어 난감했겠지.

그러나 이제는 달랐다. 중독된 사람은 나 하나가 아니었으니까.

오직 시녀와 내연 관계였다는 사실만 알아냈을 뿐, 귀족파나 독과의 연관성에 대해서는 아무것도 제대로 밝혀내지 못했던 이안 벨로트에게서 매우 그럴싸한 혐의가 발견되지 않았던가. 조만간 독 검출을 시행한다면 진범의 정체에 대해 좀 더 갈피를 잡을 수도 있을 테고…….

잠깐.

그렇다면 어째서 이걸 내게 준 거지? 예전이라면 모를까, 지금은 그리 쓸모 있는 자료는 아니라는 걸 못 알아챘을 리가 없는데. 그를 중독시킨 범인을 찾는 데 활용하라고 준 건가? 아니면 정말로 내 사건을 잊고 있지 않았다는 것을 보여 주기 위한 건가?

묻는 듯한 눈으로 바라보자, 오늘따라 한결 깊어 보이는 바닷빛 눈동자가 나를 향했다. 따가우리만큼 따라붙는 집요한 시선에 나도 모르게 이유를 물으려던 것도 잊고 눈길을 피하는 순간, 노크 소리가 들리고 곧이어 등장한 시종이 말했다.

"폐하, 전 루아 왕녀, 프린시아 데 라스가 알현을 청하고 있습니다. 어찌할까요?"

"라스 부인? ……들라 하라."

'프린시아가 여긴 웬일이지?'

고개를 갸웃하는데, 묘하게 굳은 듯한 목소리로 답한 청년이 나를 돌아보며 말했다.

"그대, 잠시만 자리를 비켜 주겠소?"

"네, 폐하."

어딘가 달라 보이는 모습이 조금 의아했지만, 나는 묵묵히 고개를 숙여 보인 뒤 자리에서 일어났다.

그렇지만 집무실 옆에 딸린 작은 방에 막 들어섰을 때, 갑자기 그가 주었던 서류를 놓고 온 것이 떠올랐다.

'이런, 하필이면 기밀문서를……'

속으로 혀를 차며 돌아서는데, 때마침 집무실 안으로 들어서는 백금발 여인이 눈에 들어왔다. 조금 초췌해진 그녀의 품에 안겨 있는 작은 아기도.

나도 모르게 발이 멈춰 섰다. 떨리는 시선이 눈을 꼭 감은 채 입을 오물거리는 아기에게로, 그리고 아기를 고쳐 안으며 예를 갖추는 프린시아에게로, 마지막으로 자리를 권유하며 아이를 향해 미소 짓는 청년에게로 향했다.

"……."

심장이 꽉 죄어들었다. 나는 쓰린 가슴 위에 손을 얹으며 담소를 나누는 두 사람을 바라보았다.

왜 이러는 것일까. 어째서 이리도 가슴이 아픈 거지? 왜 이렇게 씁쓸한 기분이 드는 거야?

도저히 이해할 수 없는 기분에 애꿎은 입술만 잘근잘근 씹는데,

갑자기 한 가지 생각이 머릿속에 떠올랐다.

그렇구나. 나는 그에게 저리 따스한 미소를 짓게 할 수 없으니까, 석녀일지도 모르는 나는 그에게 저리 따스한 표정을 짓게 할 수 없으니까. 그래서 이렇게 가슴이 아픈 거구나. 그래서 이리도 씁쓸한 것이구나. 그래, 그랬던 거였어.

과거, 저 미소를 바랐던 적이 있었다. 아이를 가졌다는 사실을 알게 되었을 때, 돌아서 있는 그의 마음이 그로 말미암아 내게 오기를 간절히 기도했다. 그저 그의 사랑을 얻을 수단으로만 생각했다. 그렇기에 아이를 잃었을 때에도 이제 더는 그의 마음을 돌이킬 수 없다는 사실에만 가슴 아파했다. 그랬는데.

아이를 내려다보는 프린시아의 눈빛, 세상 모든 것을 다 가진 듯한 미소를 보자 가슴이 시려 왔다. 그 아이가 무사히 태어났더라면, 그래서 이 품에 안아 보았더라면 어땠을까? 나도 그녀처럼 저리 행복하게 웃음 지을 수 있었을까?

두 팔을 들어 아이를 안듯 허공을 끌어안았다.

몇 달 동안 태명 하나 없었던 아이.

허무하게 사라졌음에도 애도의 눈물 한 방울조차 받지 못한 아이.

아아, 그래, 나는 그리도 잔인한 여자였더랬다. 그리 매정하게 군 것도 모자라서, 또다시 석녀가 되었다는 사실에도 슬퍼하기보다는 모멸감에 몸부림쳤을 만큼. 육 년이라는 시간이 흐른 후에야, 그것도 따스하게 웃는 프린시아와 그의 모습을 눈앞에 두고서야 간신히 깨달았을 만큼.

어느새 눈앞이 흐려지기 시작했다. 슬픔과 미안함, 죄책감으로 얼룩진 심장이 찢어질 듯 아파 왔다. 잃어버린 아이, 팽개쳐진 사랑, 다시 얻은 생에서도 아이를 가질 수 없을 것 같다 말하던 대신 관과 다 막아 줄 테니 곁에만 있어 달라던 그의 모습이 뒤죽박죽 섞여 들었다.

만일 내 몸이 이렇지 않았다면…….

만약에, 정말 만약에 내가 그의 마음을 받아들일 수 있었다면 어 땠을까?

흐릿해진 시야 속에 한 폭의 아름다운 그림이 떠올랐다. 따스하 게 바라보는 그와 그 옆에서 환하게 미소 짓는 나, 그리고 내 품에 안긴 그와 나의 아이. 너무나 따뜻하고, 행복하기 그지없는, 사무 치도록 아름다운…… 그런 상상이.

뿌옇게 변한 눈에서 물방울이 툭하고 떨어졌다. 방울방울 떨어 지던 눈물은 금세 뜨거운 강물이 되어 두 볼을 타고 흘러내렸다. 흐느낌이 새어 나올까 두 손으로 입을 꼭 막았다. 흐르는 눈물을 닦을 생각조차 하지 못한 채, 한참 동안을 나는 그렇게 숨죽여 울 었다.

얼마나 시간이 흘렀을까?

이만 물러가겠노라며 예를 갖추는 프린시아의 목소리에 화들짝 놀라 정신을 차렸다. 허겁지겁 눈물을 닦아 내며 몸을 돌리려는 데, 때마침 내 쪽을 돌아보던 청년과 눈이 마주쳤다. 자리에서 벌 떡 일어난 그가 황급히 내게로 다가왔다.

"그대……."

"……폐하."

"어찌 된 것이오. 내 자리를 피해 달라 일렀거늘……."

"송구합, 니다, 폐하. 불민한 모습을…… 보여 드려, 흡."

연신 새어 나오는 흐느낌을 애써 삼키며 서둘러 고개를 숙였다. 이미 다 보았겠지만, 그래도 그에게는 이런 모습을 보여 주고 싶지 않았다.

"고개를 좀 들어 보시오."

"……."

"아리스티아."

한숨 섞인 목소리로 부른 그가 부드럽게 내 얼굴을 들어 올렸다. 걱정스레 바라보는 눈빛에 또다시 눈물이 왈칵 솟아올라서, 허겁지겁 울음소리를 막으려 두 손으로 입을 가렸다. 소리 없이 떨어진 물방울이 두 손을 타고 흐르는 모습을 노기 띤 얼굴로 바라보던 그가 말했다.

"손을 떼시오."

"……."

"……차라리 그냥 울란 말이오. 예법 같은 건 신경 쓰지 말고."

도리질을 치자, 잔뜩 가라앉은 눈으로 바라보던 그가 깊은 한숨과 함께 나를 끌어당겼다. 그러고는 단단한 품에 꽉 끌어안은 채 작게 속삭였다.

"이리하면 아무 소리도 들리지 않을 것이오. 그러니 그리 참지 말고…… 차라리 그냥 우시오."

그 말이 시발점이 되었음인가? 꾹꾹 눌러 참던 흐느낌이 비명과도 같이 터져 나왔다. 맞닿은 몸에서 전해져 오는 온기에 서러운 눈물이 뚝뚝 떨어졌다. 과거의 그와는 너무도 다른, 다정하기 이를 데 없는 모습에 가슴이 시렸다.

자꾸만 눈앞에서 아른거리는 환상에서 벗어날 수가 없었다. 그와 나, 그리고 우리 두 사람의 아이가 행복하게 웃고 있는, 가슴 아프도록 아름다운 그 상상이 머릿속을 빙빙 맴돌았다.

그때도 이랬다면 얼마나 좋았을까. 그랬다면 지금처럼 간간이 떠오르는 과거의 잔상 때문에 고생할 일도, 끝없이 거부해서 그에게 상처 줄 일도 없었을 텐데. 정말 그랬다면, 마음 놓고 그를 사랑하며 잃어버린 아이에게도 애정을 퍼부어 줄 수 있었을 텐데. 그냥 그렇게…… 모두가 행복할 수 있었을 텐데.

서러웠다. 과거였다면 그저 기뻐했을 그의 관심과 배려조차 순수하게 감사하며 받아들일 수 없는 현실이 가슴 아파서, 부드럽게 등을 토닥이는 손길이 너무도 따스해서, 차라리 그냥 울라며 꽉 안아 주는 그에게 고맙고 또 미안해서……. 자꾸만 서글픈 눈물이 흘렀다.

얼마나 시간이 흘렀을까?

끝없이 흐르던 눈물이 차츰 줄어들고, 연신 새어 나오던 흐느낌도 조금씩 잦아드는 것이 느껴졌다. 하얗게 비었던 머릿속도 차츰 원래대로 돌아왔다. 그제야 나는 그에게 한 치의 틈도 없이 꽉 끌어안겨 있다는 사실을 깨달았다. 맞닿은 천 사이로 전해져 오는 온기에 갑자기 몸에서 열이 올랐다.

황급히 몸을 떼자 조금은 선명해진 시야에 축축하게 젖어 버린 하얀 예복이 들어왔다. 깊게 가라앉은 눈으로 나를 바라보고 있는 푸른 머리카락의 청년도.

말없이 손수건을 꺼내 젖은 얼굴을 닦아 준 그가 물었다.

"아이를 가지고 싶소?"

짙게 변한 바닷빛 눈동자를 멍하니 올려다보았다. 무슨 말인지 이해가 가지 않아 말없이 눈만 깜빡이자, 눈가에 고집스레 매달려 있던 물방울을 쓸어 낸 그가 말했다.

"본디 아이를 그리 좋아하지는 않으나, 본인 역시 그대와의 아이라면 갖고 싶소. 분명 그대를 닮아 아름답고 총명할 테지. 하지만 아리스티아."

"……"

"나는 말이오. 설사 그대가 아이를 낳지 못한다 해도 상관없소. 그대와 함께할 수만 있다면 아이는 없어도 좋소. 그러니……."

"……송구합니다, 폐하. 이만 물러나 보겠습니다."

더는 듣고 있을 수가 없어서, 황급히 몸을 돌려 집무실을 빠져나왔다. 그리고 모퉁이를 돌자마자 보이는 커다란 기둥 그늘에 몸을 숨긴 채 스르르 주저앉았다.

툭, 투둑.

이제는 말라붙었을 거라 생각했던 뜨거운 눈물방울이 또다시 떨어져 내렸다.

나와의 아이라면 갖고 싶다는 말을 들은 순간, 꿈이 이루어진 것만 같은 착각에 목이 메었다. 이제 그만 기대고 싶다는 생각이 머릿속을 빙빙 맴돌았다. 어떤 여자가 흔들리지 않을 수 있을까. 사랑하는 남자가 이토록 자신을 원한다는데. 자신의 책무를 누구보다 잘 알고 있을 그가, 저런 말까지 할 정도로 나를 깊게 생각하고 있다는데.

잡으면 안 될까. 내게 내민 저 손을 모르는 척 붙잡으면 안 될까? 눈 감고 귀 막은 채 따뜻한 상상 속에 취하면 안 될까?

눈앞에 아른거리는 환상을 향해 팔을 뻗었다.

그 순간, 아름답던 그 그림은 산산이 조각나며 부서졌다.

"하……."

온몸에 한기가 엄습했다. 가슴속에서도 칼바람이 불었다.

그 차가움에 꽁꽁 얼어붙어서, 한참 동안 나는 그렇게 그늘 속에 주저앉아 있었다.

⊰❈⊱

가쁜 숨을 몰아쉬며 한발 뒤로 물러났다.

흐트러진 자세를 바로잡은 뒤 땀에 젖어 미끄러운 손을 닦아 냈다. 검을 고쳐 쥐고서, 여유로운 표정의 은발 기사를 향해 재차 달려들었다.

창!

금속이 맞부딪히는 소리가 경쾌하게 울려 퍼졌다. 팔을 타고 저릿한 감각이 올라왔다. 다시 공격하려 했지만, 먼저 치고 들어오는 강력한 힘에 서둘러 방어에 집중했다.

화려하게 펼쳐지는 강맹한 검격을 온 신경을 집중해 막아 내자, 군청색 눈동자가 만족스럽게 빛났다.

"많이 늘었구나."

"정말요?"

"그래. 그간 꾸준히 수련한 성과가 있나 보다. 수고했다, 티아."

"감사해요, 아버지."

좀처럼 듣기 어려운 칭찬에 절로 미소가 나왔다. 복잡했던 심정이 한결 개운해지는 느낌.

저녁 수련을 마친 후 집무실에서 오늘 올라온 보고서와 오후 내 도착한 서신들을 살피고 있는데, 노크 소리가 들리고 곧이어 당황한 기색이 역력한 집사가 안으로 들어서는 것이 보였다.

나는 막 봉인을 뜯으려던 푸른색 편지지를 내려놓으며 물었다.

"무슨 일이야, 집사?"

"손님이 오셨습니다."

"손님? 이 시간에? 방문 요청은 못 받은 것 같은데, 누구지?"

"황제 폐하이십니다."

"뭐라고?"

절로 눈이 크게 뜨였다. 어째서 그가 여기까지 찾아왔단 말인가. 그것도 기별조차 하지 않은 채로. 혹시 어제 황급히 자리를 뜬 일 때문일까? 아니면 뭔가 긴히 할 말이라도 있나?

순간 시선이 아래로 향했다.

금빛 펄이 반짝이는 푸른색 편지지.

어쩐지 저 안에 답이 있을 것 같다는 생각이 들었지만, 제국의 주인을 기다리게 할 수는 없다는 생각에 그냥 응접실로 향했다. 그곳에는 평소와 다름없이 티끌 한 점 없는 예복 차림의 청년이 서 있었다.

"제국의 태양, 황제 폐하를 뵙습니다."

"그대, 어제는 잘 들어갔소?"

"네, 폐하. 헌데 이 시간엔 어인 일이신지요? 아직 외유를 하시기에는 상황이 좋지 못한 것 같습니다만."

"괜찮소. 충분히 방비를 하고 나왔으니, 그 점은 걱정하지 않아도 되오."

"하오나……."

"그보다, 내 그대에게 부탁을 하나 해도 되겠소? 나와 함께 어디를 좀 가 줬으면 하오만."

"네? 어디를 말씀이십니까?"

"그건 천천히 얘기하도록 하고, 일단은 어서 준비하도록 하시오. 시간이 없소."

이런 때에 또 어딜 간다는 거지? 몹시 의아했지만, 시간이 없다며 거듭 재촉하는 그 때문에 더는 묻지 못하고 방으로 향했다.

얼떨떨한 기분으로 외출 준비를 마친 뒤 응접실에 들어서자, 여유롭게 앉아 있던 청년이 자리에서 일어났다.

"오랜 시간 기다리시게 하여 송구합니다, 폐하."

"아아, 괜찮소."

사과의 말을 듣는 둥 마는 둥 하며 내게 다가온 그는 몇 걸음 앞에서 멈춰 서서는 말없이 나를 바라보았다.

왜 그러지? 뭔가 이상한가?

의아한 눈으로 올려다보자, 그는 한 발짝 더 가까이 다가오며 가볍게 손짓했다.

대기하고 있던 시녀가 탁자 위에 있던 함을 들고 와 뚜껑을 열었다. 그 안에는 정교하게 세공된 다이아몬드 목걸이가 영롱한 빛을 머금은 채 반짝이고 있었다.

"폐하?"

"잠시 그대로 계시오."

내 쪽으로 몸을 기울인 그가 목 뒤로 팔을 둘러 목걸이를 채워 주었다. 생각보다 쉽지 않은지, 고리 부분을 만지작거리던 손가락이 목덜미를 살짝 스치고 지나갔다. 귓가에 와 닿는 따스한 숨결에 솜털이 오스스 솟아올랐다. 간질간질하기도 하고 어딘가 오싹하기도 한, 생소하기 그지없는 느낌에 흠칫 몸이 떨렸다.

조금씩 가빠 오는 호흡을 천천히 내쉬는 동안, 간신히 고리를 채우는 데 성공한 그가 몸을 조금 일으켜 세웠다. 숨결이 느껴질 정도로 가까운 거리를 인식하자 갑자기 얼굴이 달아올랐다.

"이제야 완벽하군. 아름답소."

"화, 황공합니다, 폐하."

아무렇지도 않게 행동하려고 했는데, 주인을 배신한 입술이 잔뜩 떨리는 목소리를 토해 냈다. 빠르게 뛰는 심장 위에 손을 얹으며 한 발짝 뒤로 물러나자, 나를 빤히 바라보던 그의 입가에 희미한 미소가 번졌다.

"그대……."

"네, 네, 폐하?"

"아무것도 아니오. 갑시다."

물끄러미 나를 바라보던 그가 손을 내밀었다. 몰래 긴 숨을 내뱉고서, 나는 그와 함께 밖으로 향했다.

"그럼 출발하겠습니다, 폐하."

근위 기사들의 호위를 받으며 마차가 출발하자, 맞은편에 앉아 있던 그가 물었다.

"많이 놀랐소?"

"……아닙니다, 폐하."

"다짜고짜 끌고 나와 미안하오. 하지만 이렇게 하지 않으면 분명 싫다 할 것 같았소."

"……."

"음, 기분은 좀 괜찮소?"

"네?"

"어제……. 아니, 아무것도 아니오. 그냥 잊어버리시오."

말끝을 얼버무리는 그를 보자 문득 준비하는 내내 혹시 내 기분을 전환시켜 주기 위해 찾아오신 것이 아니냐며 종알거리던 리나의 이야기가 떠올랐다. 그때는 말도 안 되는 소리라며 일축했는데, 어제의 얘기를 꺼내려다 마는 것도 그렇고 기분이 어떠냐고 묻는 것도 그렇고, 어쩐지 그 말이 사실인 것만 같았다.

"그보다, 생각은 좀 해 봤소?"

"네, 폐하?"

"오전에 내가 보낸 서신에 대한 답 말이오."

어쩐지 난처해졌다. 조금 늦더라도 그냥 읽어 볼 걸 그랬나?

속으로 한숨을 삼키는데, 나를 물끄러미 바라보던 그가 말했다.

"미안하오. 마음이 급해져서 그만 재촉하고 말았군."

"아닙니다, 폐하. 실은 제가 아직……."

"괜찮소. 그리 급하게 답할 필요는 없으니, 결심이 서거든 그때 얘기해 주시오."

"그것이 아니오라……."

"되었소. 나중에 얘기해 주시오."

아직 보지 못했노라고 고하려 했을 뿐인데, 그는 뭔가 오해를 한 듯 나를 저지하며 서둘러 말했다. 아무래도 지금은 듣지 않을 것 같아서, 나는 하는 수 없이 말을 삼키며 창밖으로 시선을 돌렸다.

생각보다 긴 시간을 달린 마차가 멈춰 선 곳은 난생처음 와 보는 장소였다.

나는 마차에서 내려 주위를 둘러보며 눈을 동그랗게 떴다. 입술 사이로 미처 감추지 못한 탄성이 새어 나왔다.

휘영청 밝은 달 아래 푸르게 빛나는 호수가 펼쳐져 있었다.

달빛 아래 은빛으로 물든 색색의 꽃, 바람 한 점 없이 고요한 사위, 그리고 다정하게 손을 맞잡고 걷고 있는 연인들.

몹시 아름다운, 그러나 늘 보던 것과는 사뭇 다른 그 풍경은 시리도록 고왔다.

왠지 모르게 느껴지는 편안한 기운 때문일까? 아니면 낯선 곳에서 느껴지는 설렘 때문? 어쩐지 붕 뜨는 듯한 기분에, 나는 나도 모르게 몸을 돌려 그를 올려다보며 물었다.

"여기가 어디인가요, 폐하?"

"쉿, 누가 듣겠소."

"아……."

황급히 손으로 입을 가리는 나를 보며 슬쩍 미소를 지은 그가 손을 들어 올리자, 마차를 호위해 온 근위 기사들이 말없이 뒤로 물러났다. 그 덕분일까? 호숫가 주위의 연인들은 그와 내 차림을 보고 놀라워할 뿐 다행히 우리의 진정한 신분을 알아차리지는 못한 것 같았다.

살랑살랑 불어오는 바람에 은빛 꽃 내음이 묻어나왔다. 바람의 선율에 몸을 내맡긴 채 춤을 추던 꽃잎이 팔랑거리며 푸른 머리카락 위로 내려앉았다.

나도 모르게 손을 뻗어 꽃잎을 털어 내자, 천천히 나를 돌아본 그가 불현듯 걸음을 멈추며 물었다.

"이곳, 어떻소? 마음에 드오?"

"네, 폐⋯⋯. 음, 경치가 참 아름답습니다."

"그렇군. 다행이오. 펜릴 백작과 하루 종일 설전舌戰을 벌인 보람이 있군."

나는 슬쩍 입꼬리를 들어 올리는 청년을 물끄러미 바라보았다. 생각할수록 뭔가 이상했다. 늦은 시간에 황궁을 빠져나온 것이나 이런 장소에 온 것, 그리고 근위 기사들을 멀찍이 물린 것까지, 모두 평소의 그라면 결코 하지 않을 이례적인 일이 아닌가. 경치가 좋은 곳이라면 황궁에도 얼마든지 있을 텐데, 어째서 그답지 않게 이런 행동을 한 거지?

의아해 하는 기색을 알아차린 듯, 고개를 슬쩍 기울이며 나를 내려다본 그가 말했다.

"왜 황궁을 두고 이곳으로 왔는지가 궁금한 거요?"

"네, 폐하."

"그곳에서는 어디를 가도 그대에게 내가 황제임을 일깨워 줄 뿐이 아니오. 그런 제약에서 벗어나 보고 싶었소. 한 번쯤은 그대가 그런 굴레에서 벗어나 나 자신만을 봐 줬으면 좋겠다고 생각했기에."

"⋯⋯폐하."

흔들리는 눈으로 그를 올려다보았다. 나를 바라보던 바닷빛 시선 역시 흔들렸다.

그의 눈동자에서 깊은 바다처럼 일렁이는 무언가를 엿보았다 생각한 순간, 그 바다가 눈앞에서 사라졌다. 아쉬움을 느낄 새도 없이 입술에 뭔가 부드러운 것이 와 닿았다가 떨어졌다.

뭐지? 방금 뭐…….

반응할 틈도 없이 벌어진 일에 멍하니 눈만 깜빡이는데, 뒤늦은 깨달음이 뒤통수를 강타했다. 그러니까, 방금…….

깜짝 놀라 그에게서 떨어지려던 바로 그때, 눈이 마주쳤다.

온몸이 뻣뻣하게 굳었다. 짙은 바다색으로 변한 그의 눈에서 시선을 뗄 수가 없었다. 무언가에 홀린 듯한 기분, 마치 빨려 들어갈 것만 같은 느낌.

깊은 바다가 푸른 속눈썹이 드리운 그늘로 숨어들고, 따스한 숨결이 입술에 와 닿았다. 예고도 없이 앗아 간 좀 전과는 달리 한 치의 틈도 없이 포개진 입술은 마치 허락을 구하는 것인 양 미동도 없었다.

문득 주위의 풍경이 눈에 들어왔다. 휘영청 밝은 달빛과 푸른 호수, 어딘가 낯설지만 자유로운 느낌을 주는 주변의 경치가.

왠지 오늘만큼은 과거의 굴레에서도, 답답한 계파의 제약에서도 벗어나 자유로워지고 싶었다.

이건 다 저 풍경 탓이야. 푸른 달빛의 마력에 취한 탓인 거야.

그러니 오늘만큼은 솔직해지자, 라고 생각하며 그의 목을 끌어안았다.

스르르 눈을 감았다.

"그럼 이만 들어가 보겠습니다."

절로 안도의 한숨이 나왔다. 탁 트인 곳에 있을 때는 그나마 괜찮았는데, 밀폐된 공간에 단둘만 남게 되자 왜 그리 민망하던지. 어쩌면 그것은 마차 안에서도 손을 놓아주지 않던 그 때문일지도 몰랐다.

여전히 잡혀 있는 손을 조심스럽게 빼내며 몸을 일으키려는데, 슬쩍 힘을 주어 내 행동을 저지한 그가 말했다.

"그대."

"네, 폐하."

"이제 기분은 좀 나아졌소?"

걱정스레 바라보는 바닷빛 눈동자와 마주하자 가슴속이 조금씩 따뜻해졌다. 살며시 웃음을 지으며 고개를 끄덕이자, 그의 입가에도 스르르 미소가 번졌다.

"나아졌다니 다행이오."

"황공합니다, 폐하. 깊이 신경 써 주시니 그저 감읍할 따름입니다."

"아니오. 그럼 그대, 조심히 들어가시오."

"네, 폐하."

다시금 예를 갖추며 손을 빼내려는 순간, 잡고 있던 오른손을 들어 올린 그가 손등에 가볍게 입을 맞췄다. 살짝 내리뜬 눈 아래 짙은 속눈썹이 푸른 그림자를 드리웠다.

쿵쿵.

어딘가 유혹적인 그 모습에 심장이 조금씩 빠르게 뛰었다. 손등에 와 닿는 따스한 숨결에 오싹한 전율이 흘렀다.

"좋은 꿈꾸시오, 아리스티아."

속삭이듯 낮은 목소리에, 나는 무어라 답변하지도 못한 채 서둘러 마차에서 내렸다.

어떻게 들어왔는지도 모르게 방에 도착했다. 몸을 씻고 옷을 갈아입고, 잘 준비를 하고 마침내 홀로 남겨질 때까지도 꿈을 꾸듯 몽롱한 기분은 계속 이어졌다. 마차 안, 그리고 호수에서 있었던 일만이 머릿속을 거듭 맴돌고 있었기에.

푸른 달의 마력이 남았음인가?

호소하듯 간절했던 그와의 입맞춤이 떠올랐다. 눈을 떴을 때 보았던 그의 눈빛도. 바닷빛 눈동자에서 일렁이던 수많은 감정이 자꾸만 눈앞에서 아른거렸다.

맞잡은 손에서 전해 오던 온기가, 부드럽게 머리카락을 쓸어 넘기던 손길이, 손등에 와 닿던 입술의 느낌이 잊히지가 않았다. 가슴이 두근거려 좀처럼 잠을 이룰 수가 없었다.

이리저리 뒤척이다 침대의 휘장을 걷었다. 어차피 잠을 못 이룰 거라면 일이라도 하는 편이 나을 것 같았다.

옆문을 열고 책상으로 다가가는데, 푸른 바탕에 금빛 펄이 촘촘히 뿌려져 있는 화려한 봉투가 눈에 들어왔다. 순간 단호한 목소리로 말을 자르던 그의 모습이 떠올랐다.

'대체 뭐라고 적었기에 그랬던 걸까.'

어쩐지 심상치 않았던 물음을 생각하며 떨리는 마음으로 봉투를 집어 들었다. 그리고 하얀 잉크로 적혀 있는 그의 이름을 한 번 쓸어 본 뒤 크게 숨을 들이쉬며 봉인을 뜯었다.

간신히 진정한 그대를 공연히 흔드는 것이 아닌가 저어되어, 몇 번이고 망설이다 펜을 드오. 황급히 자리를 뜨던 그대가 떠오르자 도저히 그냥 있을 수가 없더군. 어제는 미처 하지 못했던 얘기도 남았고 말이오.

우선 이 말부터 해야겠소. 아리스티아, 그대는 석녀가 아니오. 대신관도, 황궁의도 몇 번이고 희망을 잃지 말라 하지 않았소. 그러니 미리 예단하여 절망하지 않았으면 하오. 오늘처럼 소리 없이 우는 모습은…… 정말이지 두 번 다시 보고 싶지 않소.

그리고 만일 그대가 아이를 가질 수 없다는 생각 때문에 나와 거리를 두고 있는 것이라면, 부디 그만둬 주시오. 나는 그대가 아이를 낳을 수 없는 몸이라 해도 상관없으니. 후계를 걱정하는 것이라면 그러지 않아도 되오. 그대만 좋다면, 나는 내 피를 이은 아이가 아니라 하더라도 받아들일 수 있소.

한순간의 감정에 취해 하는 얘기라 생각하지 말아 주시오. 이것은 내 진심이오. 그러니 그대가 나를 거부하는 이유가 진정 그것이라면, 부디 재고해 주시오. 내 이렇게 부탁하리다.

루블리스 카말루딘 샤나 카스티나.

스르르 주저앉았다.

맙소사. 황제가 자신의 피를 이은 후계자를 포기하다니, 이게 말이나 되는 소리인가.

'절대 안 돼.'

입술을 꽉 깨물었다. 결코 받아들일 수 없는, 그리고 받아들여서
는 안 되는 제안이었다. 절대로 있을 수 없는 일이었다.

하지만…… 가슴이 자꾸 두근거렸다. 이러면 안 되는데, 벅차오
르는 가슴을 주체할 수가 없었다. 실현 가능성이 거의 없다는 이
야기임을 알면서도, 엄청난 파장을 불러일으킬 이야기라는 것을
알면서도 내심 기뻤다. 그토록 이성적인 그가 저리 위험한 말을
할 만큼 나를 아낀다는 사실에 절로 눈시울이 붉어졌다. 행복했
다, 냉혹한 현실을 외면한 채 이대로 그의 뒤에 숨어 버리고 싶을
만큼.

뭐라 형언할 수 없는 기묘한 기분이 가슴 가득 번졌다. 이 느낌
을 어떻게 표현할 수 있을까. 기쁨? 만족감? 행복함? 뿌듯함? 아
냐, 지금 내가 느끼고 있는 것은 단순한 말로는 표현할 수 없는 종
류의 것이었다.

그제야 나는 그에게 진정 사랑받고 있다는 것을 깨달았다. 오래
전부터 알고 있었지만, 이토록 사무치게 와 닿은 것은 처음이었
다. 내가 흔들릴수록 서로의 상처만 커진다는 것을 알고 있음에
도, 가슴 가득 차오르는 수만 가지 감정 때문에 정말이지 아무런
생각도 할 수가 없었다.

'안 돼…….'

크게 숨을 내쉬었다.

벅찬 마음을 비워 낼 수 있도록, 아주 깊게.

다음에 그를 만나면 받아들일 수 없다 해야지. 있을 수 없는 일
이라 말해야지. 그렇지만 오늘 밤만큼은 기뻐하면 안 될까. 사랑

받고 있다는 사실에 그저 행복해 하면 안 될까.

어느새 그렁그렁 차오른 물방울이 하나둘 떨어졌다.

'이 눈물이 마르면, 내일은 평소의 나로 돌아가자. 약속해, 아리스티아.'

뿌옇게 흐려진 눈을 들어 창을 바라보았다. 물기에 번진 푸른 달빛이 까만 밤하늘을 가득 채우고 있었다.

2부 현재편 VII

드디어 내게 꽃을 보여 주려는 걸까?
지독하던 불길도 뜨거운 여름의 태양도,
그리고 몹시 가물었던 날씨마저도 모두 딛고 일어나
드디어 제대로 된 꽃을 피울 준비를 하는 것일까.
'올겨울에는 내게도 꽃을 보여 줄 거니?'
정말이지 그랬으면 좋겠다.
네가 피우는 꽃을 보면, 나 역시
과거에서 온전히 벗어날 수 있을 것 같다는 생각이 들어.

1. The Tempest(1)

싱그러운 바람이 살랑살랑 불어 들어오고, 커튼 사이로 비치는 아침 햇살은 황금색으로 눈부시게 빛났다. 즐겁게 재잘거리는 시녀들의 목소리와 아침을 노래하는 새들의 지저귐이 반쯤 열린 창을 타고 넘어왔다.

밤새도록 잠을 설쳤기 때문일까?

모두가 활기찬 아침이었지만, 나는 도저히 그 분위기에 동참할 수가 없었다. 머리가 지끈지끈 쑤시는 데다 몸마저 물 먹은 드레스처럼 무거웠기 때문이었다.

"정말 괜찮으시겠어요, 아가씨?"

"으응. 괜찮아."

못내 걱정스러운 표정인 리나를 뒤로한 채, 자꾸만 처지는 몸을 일으켜 승마복으로 갈아입었다. 이럴 때는 가만히 있는 것보다는 적당히 몸을 움직여 주는 편이 나았다.

"안녕, 실비아. 잘 잤니?"

갈기에 얼굴을 묻으며 속삭이자, 실비아는 마치 그렇다고 대답이라도 하는 듯 힘차게 투레질을 했다. 그 모습을 보자 문득 성인식 때의 일이 떠올랐다. 날뛰는 곰 때문에 무리에서 떨어졌던 일과 발목을 다쳐 절룩이는 실비아 때문에 난감했던 일, 갑자기 나타난 그의 말에 올라 함께 달렸던 일까지도.

'생각하지 말자, 아리스티아. 모두 잊기로 했잖아.'

씁쓸한 미소를 지으며 말 등에 오르자 어느새 내 뒤를 따라 말에 오른 하얀 제복 차림의 기사가 물었다.

"어디로 가실 겁니까, 영애?"

"음, 글쎄요……."

잠시 망설였다. 마음 같아서는 멀리 나가 보고 싶었지만, 그렇다고 해서 호위를 맡은 두 근위 기사에게 폐를 끼치기는 싫었다.

"그럼 귀족 지구를 가볍게 한 바퀴 도는 건 어떠하십니까? 암암리에 뒤따르는 이들도 있으니, 그 정도는 괜찮을 겁니다."

"그래도 될까요?"

"물론입니다. 뜻대로 하십시오."

"감사합니다."

저택의 문을 지키고 있던 기사들에게 가볍게 인사를 하고서, 두 근위 기사와 함께 넓게 펼쳐진 귀족 지구의 대로로 나섰다.

제법 이른 시간이라 그런지, 황금빛으로 물든 거리는 지나다니는 마차 하나 없이 한산했다. 고개를 들어 하늘을 올려다보았다. 더 이상 어둡지 않은 그곳은 고고하게 흐르는 구름도 은은하게 빛나던 달빛도 없이 홀로 푸르렀다.

불현듯 가슴속에서 뜨거운 무언가가 솟아올랐다.

"이랴!"

고삐를 감아쥐며 박차를 가하자, 은빛 갈기를 푸르르 흔든 실비아가 쏜살같이 앞으로 달려 나갔다.

이리저리 휘감기는 머리카락을 뒤로 쓸어 넘기며 아침 공기를 들이마셨다. 가슴 가득 차오르는 싱그러운 바람이 답답한 미련을 씻어 내는 듯했다.

잊어버리자. 행복의 눈물도, 그리고 어젯밤의 나도. 처음부터 없었던 것처럼, 그렇게 전부 잊어버리자.

"이랴! 하아!"

히히힝!

거칠게 투레질한 실비아가 속도를 더하자, 휙휙 지나가는 거리를 따라 어젯밤의 잔상이 떠내려갔다. 나부끼는 바람 가닥마다 푸른 달빛의 마력도 씻겨 나갔다.

다각다각 울려 퍼지는 말발굽 소리 아래, 한 줄기 물방울이 소리 없이 흘러내렸다.

"이제 오세요, 아가씨? 기분은 조금 나아지신 거예요?"

"응. 그런 것 같아."

"다행이네요. 아까는 너무 안 좋아 보이셨는데."

다행이라며 배시시 웃는 리나에게 마주 웃어 주고서, 출근하기 전까지 업무를 처리하기 위해 집무실로 향했다.

어젯밤 보다 만 편지와 서류들을 한참 동안 정리하고 있는데, 문득 낯익은 표식이 눈에 들어왔다. 굳게 봉인된 봉투에는 긴급 표시가 찍혀 있었다.

- 장미 꽃봉오리가 직접 접촉을 원함. 일시 및 장소 추후 통보 요망.
- '아마란타인' 관련, 문서 입수. '그것'의 존재 확인하였음.
- '포에나poena'관련, 협력자 발견. 추후 행동 지시 요망.
- 포도 열매가 거처를 옮긴다는 소문이 있음. 추후 행동 지시 요망.

 봉투를 뜯어 내용을 확인하는 순간, 입가에 절로 미소가 걸렸다. 아마란타인이라면 라니에르가의 문장이 아닌가. 그토록 찾아 헤매던 비밀문서를 드디어 입수했다는 소식에 몹시 반가운 마음이 들었다. 게다가 '그것'의 존재를 확인했다고 하니, 이제는 그것과 제나가와의 연관성만 밝히면 되는 일이었다. 그렇다면 적어도 나를 중독시킨 일에 대해서는 죄를 물을 수 있었다.
 '그런데……'
 책상을 톡톡 두드렸다.
 다른 것들은 전부 좋은 소식이었지만, 이안 벨로트의 딸이 거처를 옮긴다는 것만은 그렇지 않았다. 지금껏 얌전히 있었는데, 갑자기 왜 이사를 한다는 것일까. 혹 저들이 우리의 감시를 눈치채기라도 한 건가?
 '당장 구출해야 하나?'
 하지만 그럴 수는 없었다. 그저 통상적인 거주 이전일지도 모르는데다, 그녀를 데려오는 순간 우리의 정체가 드러날 것은 불 보듯 뻔한 일이었으므로. 그러니 그녀의 구출은 되도록 모든 일이 준비된 다음에 이루어져야 했다.

한참 동안 이 생각 저 생각을 하는데, 문득 보고서의 첫 번째 줄에 눈길이 미쳤다.

장미 꽃봉오리가 직접 접촉을 원함.

순간 머릿속에 한 가지 생각이 스치고 지나갔다. 그래, 마침 제나 공자가 접촉을 원하고 있으니, 거래도 할 겸 만나서 떠보면 될 일이 아닌가. 그러면 저들이 우리의 계획을 눈치챈 것인지 아닌지도 알 수 있을 터. 다소 위험부담은 있겠지만, 한 번쯤 시도해 볼 가치가 있을 듯했다.

서신을 잘 갈무리해 비밀 서랍에 숨기고서, 서둘러 자리에서 일어났다. 어느새 기사단으로 출근해야 할 시간이었다.

❦

"오랜만입니다, 제나 공자."

"그딴 식으로 날 부르지 말라 했을 텐데."

"그럼 작위도 없는 분을 뭐라고 불러야 하느냐고 저 역시 전에 말했을 텐데요?"

입꼬리를 비뚜름하게 끌어 올리자, 짜증스러운 눈초리로 나를 노려보던 남자가 말했다.

"말장난은 여기까지 하지. 농담 따먹기나 하자고 여기까지 온 것이 아니다."

"동감입니다. 그럼 거두절미하고 본론으로 들어가죠. 이곳까지 저를 부른 것을 보면, 드디어 제안을 받아들일 결심을 하신 모양이지요?"

"전에도 얘기했지만, 아무리 나라고 해도 그건 불가능하다. 다른 조건을 얘기하도록."

"흠? 분명 제 조건은 하나뿐이라 말씀드렸을 텐데요? 고작 이런 얘기를 하려고 사람을 오라 가라 하시다니, 아무래도 제가 공자를 잘못 보았나 봅니다. 됐습니다. 이 거래는 없던 것으로 하죠."

차갑게 내뱉으며 자리에서 일어나는 순간, 서늘한 기운이 목덜미에 와 닿았다. 어느새 호신용 단검을 뽑아 들어 내 목을 겨눈 중년 남자가 보랏빛 눈동자를 번뜩이며 말했다.

"다른 조건을 얘기하도록."

"싫습니다."

"마지막 경고다. 다른 걸 말해."

"싫다고 했을 텐데요?"

날카롭게 벼려진 검날이 당장에라도 목을 벨 듯 가까이 다가왔지만, 나는 어깨를 으쓱이며 태연자약한 표정으로 답했다.

'그토록 절실했나.'

이리 위협까지 할 정도라면, 그는 결코 이 거래를 놓칠 생각이 없다는 얘기가 된다. 그렇다면 내가 불리할 이유는 전혀 없었다. 본디 적당히 협상할 생각이었는데, 잘만 하면 원하는 바를 손에 넣을 수 있을 듯했다.

"'그것'을 주시지 않는 한 거래는 이루어지지 않을 겁니다. 자,

이제 어찌하시렵니까? 저를 찌르기라도 하시렵니까?"

"이……!"

"그리고 공자께서 한 가지 간과하고 계신 사실이 있습니다. 그건 바로……."

눈에 띄지 않게 조금씩 움직인 팔이 어느새 가슴 부근까지 올라와 있었다. 싸늘한 목소리에 남자가 주춤하는 사이, 나는 재빨리 팔을 뻗어 그의 손목을 거칠게 비틀었다.

챙강.

아래로 떨어진 단검이 바닥과 부딪히며 날카로운 소리를 냈다. 발치에 떨어진 단검을 걷어차 구석진 곳으로 치워 버린 뒤, 나는 어이없다는 듯 바라보는 남자를 향해 빙긋 웃었다.

"제가 기사라는 사실이지요. 이런 상황에 대한 대처 방법쯤이야 충분히 숙지하고 있답니다."

"네 이년!"

"그러니 쓸데없는 위협은 그만두시고, 이제 제대로 협상에 임해 보심이 어떻습니까? 아니면 정녕 거래를 하실 마음이 없는 겁니까?"

고개를 한쪽으로 기울이며 묻자, 남자는 이를 부득 갈며 한참 동안 나를 노려보았다. 그러고는 제법 긴 시간이 흐른 후에야 약간 누그러진 음성으로 말했다.

"……보관 장소. 그 이상은 알려 줄 수가 없다."

"보관 장소라……. 흠. 조금 부족한 듯하지만, 일단 들어 보겠습니다. 말씀하시지요."

"바라는 것이 방패와 검, 그리고 장미가 새겨진 인장이라고 했나? 그간 온 집안을 샅샅이 뒤져 보았지만 그런 것은 찾지 못했다.

대체 그런 걸 왜 본가에서 찾는 거지?"

"제가 그것까지 대답할 의무는 없다고 봅니다만."

"……뭐, 좋다. 정말 그 인장이 본가에 존재하는 것이라면, 그것이 있을 만한 장소는 단 한 군데다. 비밀 금고."

"비밀 금고?"

"그래. 오직 가주만이 들어갈 수 있는 비밀 금고 말이다."

됐다. 거기에 인장이 있을 것이 분명해.

"가주만이 들어갈 수 있다면, 암호는 모르시겠군요. 위치는 어딘가요?"

"그 전에."

보랏빛 눈동자를 번뜩이며 말을 자른 남자가 말했다.

"거래의 성사 여부부터 확실하게 짚고 넘어가야 할 것 같은데. 금고의 위치를 알려 주면, 내 조건을 받아들일 건가?"

"현 공작이 작위를 비롯한 모든 권한을 내놓고 물러나도록 해 줄 것, 공자께서 무사히 작위를 승계하도록 도울 것, 그리고 제나가의 자산 및 지위를 현재의 7할 이상 수준으로 보장해 줄 것. 맞습니까?"

"그렇다."

"조금 손해 보는 것 같지만…… 뭐, 좋습니다. 그리하지요."

그 인장의 존재를 밝히는 데 그 정도쯤이야. 물론 비밀 금고에 있다는 사실을 알아낸 것만으로도 절반의 성공을 거둔 것이기는 했지만, 아무리 그래도 금고의 위치 역시 알아두는 편이 유리했다. 그래야 모종의 방법이라도 써 볼 것이 아닌가.

흔쾌히 고개를 끄덕이는 나를 미심쩍다는 듯한 눈빛으로 바라보던 남자가 말했다.

"모니크가의 후계자 정도 되는 자가 허언을 하진 않겠지?"

"물론입니다."

"좋다. 금고는 서재에 있다. 왼쪽에서 두 번째 책장, 보라색 책을 뽑으면 나오지."

"그렇군요. 알겠습니다."

"한 가지만 경고하지. 위치를 알았다 하여 섣불리 침입할 생각은 하지 마라. 본가의 저력을 우습게 본 대가를 치르게 될 터이니."

"그야 겪어 보면 될 일이지요."

입꼬리를 슬쩍 끌어 올리자, 제나 공작 후계자는 나를 짜증스러운 표정으로 바라보다 금세 휙 돌아섰다. 그 뒷모습을 잠시 바라보다가, 나는 성큼성큼 걸음을 옮기는 그를 향해 느긋한 음성으로 말했다.

"헌데 공자, 실은 얼마 전 무척 흥미로운 사실을 발견했지 뭡니까. 연전에 방계 중 한 사람이 평민과 혼인했다면서요? 이름이 아마…… 델리아였나?"

순간 거침없이 나아가던 남자의 발길이 뚝 멈췄다. 잠시 후, 어이없다는 듯한 음성이 날아들었다.

"……이제는 별걸 다 조사하는군. 하찮은 방계 따위가 무슨 짓을 하건 내가 알게 뭔가."

"그렇습니까? 의외로군요. 귀 가문은 혈통을 몹시 중시하는 곳이 아닙니까. 방계라고는 해도 가문에 평민을 받아들이는 일인데, 설마하니 공작 전하께서 모르셨을 리는 없고……. 이것 참, 아무래도 제나가는 후계자의 권한이 상당히 적은가 봅니다. 이래서야 가문을 장악하실 수 있겠습니까? 좀 더 도와 드릴까요?"

비웃음 어린 말을 늘어놓자, 그는 화를 참는 듯 주먹을 꽉 움켜쥐며 거친 숨을 몰아쉬었다. 잠시 후 쾅하고 거칠게 문 닫는 소리가 들려왔다.

나는 굳게 닫힌 문을 바라보며 스르르 미소를 지었다.

'역시 그랬군.'

좀 전의 태도로 볼 때, 아무래도 그는 그녀의 존재를 몰랐던 듯했다. 그러니 갑작스럽게 던져진 말의 의도를 알아내기 위해 잠시 침묵했을 터. 그렇다면 그녀는 아직 안전하다고 봐도 무방했다.

하지만 이제 내게 남은 시간은 별로 없었다. 인질의 정체나 인장의 진정한 쓰임에 대해 모르는 것으로 보아 공작 후계자는 반역 사건에 대해서는 무고한 것이 확실했지만, 만에 하나 그가 공작에게 거래 내용을 털어놓거나 들키게 될 경우 일이 복잡해질 것이 분명했으니까.

구석에 떨어진 단검을 갈무리하고서, 나는 서둘러 밖으로 향했다. 이제부터는 시간이 생명이었다.

툭, 툭, 투두둑.

한두 방울씩 떨어져 내리던 빗방울이 금세 숨 가쁘게 쏟아져 내리기 시작했다. 축축하게 젖은 몸에 서늘한 공기가 닿자 으슬으슬

추웠다.

바르르 몸을 떨며 중앙궁에 들어서자, 서둘러 내게 다가온 시녀들이 수건을 여러 겹 둘러 주었다. 적당히 몸을 닦고 들어가려는데, 문득 얼마 전 그가 했던 말이 머릿속을 스치고 지나갔다. 비를 맞고 나타난 내게 왜 그리 융통성이 없느냐고 했지. 괜찮다는 얘기는 이제 믿기 어렵노라고도 했고.

어쩐지 그 말이 마음에 걸려서, 나는 젖은 머리카락과 몸을 깔끔하게 말린 뒤에야 집무실로 향했다.

"제국의 태양, 황제 폐하를 뵙습니다."

"어서 오시오."

사흘 만에 보는 그는 평소와 다름없는 표정으로 나를 맞이했다. 그의 대각선 양옆에는 낯익은 두 남자가 각각 자리하고 있었다.

"두 분 예하께서도 계셨군요. 그간 평안하셨는지요?"

"생명의 축복이 함께하시기를. 오셨군요, 영애. 그렇잖아도 영애를 기다리던 참이었습니다."

"어서 오십시오, 모니크 영애."

슬쩍 고개를 숙여 보이는 대신관들을 보자 절로 안도의 한숨이 새어 나왔다. 그날 이후로 폐하를 어떻게 다시 보나 걱정했는데, 다행히 독대를 할 일은 없을 듯했다.

조심스레 자리에 앉는 나를 일별한 백발의 대신관이 말했다.

"그럼 폐하, 좀 전에 하던 얘기를 계속하겠습니다. 언제쯤 이 일을 처리할 요량이십니까? 정화 주문을 계속해서 쓰고 있다고는 하나, 장기간 독에 노출되는 것은 위험합니다."

"아직은 아니오. 적어도 기념제가 끝날 때까지는 버텨야 하니,

조금만 더 기다려 주시오."

"알겠습니다. 허나 극도로 주의를 기울이셔야 합니다. 말씀하신 증상으로 보아 할 때, 이번에는 지난번보다 많은 양을 투입했음이 분명합니다."

"저들도 슬슬 의심을 시작했다는 얘기겠지. 알겠소. 유념하리다."

무겁게 고개를 끄덕이는 청년을 이채 어린 눈빛으로 바라보던 금발의 대신관이 물었다.

"헌데 폐하, 제가 할 일이라는 것이 정확하게 뭡니까? 정화 주문이야 굳이 제가 아니어도 될 텐데요."

"흠. 아리스티아, 그대가 설명해 주겠소?"

"아, 네, 폐하."

나는 금발의 대신관을 돌아보며 설명했다.

"지난번에도 말씀드렸듯, 예하께서 해 주실 일은 증언입니다."

"증언이라면?"

"오늘 일로 폐하께서 현재 독살의 위협에 시달리고 계신다는 사실은 아셨을 겁니다. 하여 그간 저는 어떤 경로로 독이 투입되고 있는지를 조사했고, 그 결과 기미를 보던 궁내부원들이 중독 증상을 보였다는 사실을 알게 되었습니다."

"아, 이해했습니다. 요컨대 그들 역시 중독되었다는 사실을 확인해 주면 된다는 얘기군요? 공식적인 자리에서 말입니다."

"그렇습니다. 신성력을 걸고 하는 확언만큼 효과적인 증언은 없으니까요."

"흠, 신성력을 걸어라? 뭐, 좋습니다. 없는 사실을 얘기하는 것도 아니니 별 상관없겠죠. 대신 대가는 확실히 주셔야 합니다?"

"물론입니다."

잠시 멈칫하던 금발의 대신관은 대가를 약속하자마자 언제 망설였냐는 듯한 태도로 흔쾌히 승낙했다. 몹시 일관된 그 모습에 실소를 머금으며 돌아보자, 내내 침묵하던 푸른 머리카락의 청년이 말했다.

"이번 일로 내 두 분께 단단히 빚을 지는군. 고맙소."

"공으로 하는 일도 아닌데 그리 말씀해 주시니 부끄럽습니다. 그럼 폐하, 저희는 먼저 일어나겠습니다. 기념제 준비라는 명분이 있다고는 해도, 장시간 머무르는 것은 좋지 않을 듯합니다."

보일 듯 말 듯한 특유의 미소를 지으며 말한 백발의 대신관은 청년의 허락이 떨어지자마자 자리에서 일어났다. 흐뭇한 표정의 금발 대신관 역시 그 뒤를 따랐다.

두 사람이 떠나자, 그와 나만이 남은 집무실에는 어색한 침묵이 흘렀다. 조금 전과는 달리 숨 막힐 듯한 공기가 주위를 맴돌았다.

나는 말없이 고개를 떨군 채 가져온 서류만 만지작거렸다. 그를 받아들일 수는 없노라고 결심한 이상 아무 일도 없었다는 듯 행동하는 것이 최선이라는 건 알고 있었지만, 막상 단둘이 마주하자 아무것도 떠올릴 수가 없었다. 뻣뻣하게 굳은 몸과 제멋대로 움직이는 심장만이 제 존재를 알리고 있었을 뿐.

그런 내 기색을 알아차린 것인지, 그는 한참 동안 침묵하다 한숨 섞인 목소리로 말했다.

"아리스티아."

"네? 아, 네, 폐하."

"기념제 준비로 무척 바쁠 것이라 생각하오. 허니 이제 이 일은 그만두어도 좋소."

"아…… 네, 그리하겠습니다."

그럼 이제 그와 함께 보내는 오후는 끝인가?

조금 전까지만 해도 어색한 마음에 안절부절못했으면서, 막상 오지 않아도 된다는 말을 듣자 왠지 섭섭했다. 서운한 기색을 감추려 슬쩍 입술을 깨무는 나를 향해 특유의 서늘한 목소리가 떨어졌다.

"단, 일주일에 한 번은 직접 찾아와 진척 상황을 보고하도록 하시오."

"네?"

나도 모르게 고개를 들어 올리며 묻자, 그는 어쩐지 조금 당황한 듯한 음성으로 말했다.

"아, 물론 그대를 못 믿거나 해서 하는 말은 아니오. 다만……."

"다만, 무엇이온지요?"

"……아무것도 아니오. 그저 신전과의 문제도 있고 하니 알아둘 필요가 있을 것 같아서 말이오."

"아, 네, 폐하. 그리하겠습니다."

'아무리 그래도 내가 직접 보고할 필요는 없을 텐데.'

뭔가 조금 이상하긴 했지만, 따지고 보면 그의 말에 틀린 구석은 없었다. 즉위 후 처음으로 치르는 큰 행사인데다 신전까지 끼어들었으니 신경 쓰이는 게 당연했고, 독약 사건까지 해결하려면 직접 접촉하는 편이 나은 것도 분명했으니까.

이유야 어찌 되었든 대화가 계속 이어지자 한결 살 것 같아서, 조금은 가벼워진 마음으로 가져온 서류를 내밀었다. 그리고 그가 그것을 읽는 동안 어제 있었던 제나 공작 후계자와의 거래, 또 오늘 아침 아버지와 했던 대화 중 그에게 보고할 만한 부분을 추려 냈다.

비밀 금고의 위치를 알아낸 후, 나는 아버지께 그간의 일을 말씀 드리며 한 가지 요청을 했다. 그것은 다름이 아니라 이번 일에 은랑銀狼을 활용할 수 있는지에 대한 물음이었다. 그자는 왜 찾는 것이냐며 얼굴을 굳히던 아버지께서는 자초지종을 들으시고는 알았다며 선선히 고개를 끄덕이셨다. 최선을 다해 인장을 손에 넣어 보겠노라며 약조도 해주셨다.

방패와 검, 장미, 그리고 '볼렌테 카스티나Volente Castina, 카스티나의 뜻대로'라는 문구가 새겨진 인장.

그것만 손에 넣을 수 있다면, 얼마 전 입수한 라니에르 백작의 문서와 일전에 아피누 백작에게서 전달 받은 문서를 통해 제나 공작의 죄상을 입증할 수 있을 터였다. 근 일 년을 끌어온 일을 드디어 마무리할 수 있게 되는 것이었다.

어디 그뿐인가? 지금은 추측에 불과하지만, 그리될 경우 폐하를 중독시킨 죄를 함께 물을 수도 있었다. 물론 단순한 귀족상해죄가 아닌 반역죄를 묻는 것이니만큼 쉽지는 않겠지만, 이미 확보한 대신관의 증언과 이안 벨로트를 비롯한 다른 궁내부원들의 증언, 그리고 열심히 찾고 있는 또 다른 증거들을 합친다면 불가능할 것도 없었다. 게다가…….

"……아. 아리스티아?"

"……네, 폐하?"

"무슨 생각을 그리했소? 여러 번 불러도 듣지 못하더군."

"아, 아무것도 아닙니다. 그저 잠시 보고드릴 내용을 정리하고 있었습니다."

나는 자꾸만 피어오르는 의심을 떨쳐 버리며 애써 담담하게 답했다. 분명 잘 풀리고 있는 것 같은데, 어쩐지 기분이 이상했다. 이번 일을 파헤치면 파헤칠수록 알 수 없는 그림자가 어른거리는 듯한 느낌이 자꾸만 든다고나 할까.

"그렇소? 흠. 그래, 뭔가 진척은 있었소?"

"네, 폐하. 실은……."

공작 후계자와의 거래는 아직 비밀로 해 두는 것이 좋을 것 같아서, 나는 그 부분만 제외한 채 그간의 사정을 쭉 풀어 놓았다. 라니에르 백작이 숨겨 둔 비밀문서를 찾아낸 사실, 독약의 입수에 신전이 관여했다는 것, 와인 담당자의 딸을 발견한 일, 그리고 어쩌면 그녀의 신변이 위험할 수도 있다는 얘기까지.

긴 시간 동안 이어진 보고가 끝나자, 생각에 잠긴 표정으로 침묵하던 푸른 머리카락의 청년이 말했다.

"그렇군. 알겠소. 그렇다면 문제는 시간이로군."

"그렇습니다."

"대신관의 얘기도 있고 하니 최대한 빠른 시일 내에 처리하는 것이 좋겠소. 기념제가 끝나는 즉시 문제의 여인을 구출한 뒤, 곧바로 이 일을 시작하도록 합시다."

"명을 받듭니다."

정중하게 예를 갖추며 답하자, 그는 무어라 말할 듯 잠시 입술을 달싹이다 한숨을 내쉬며 말했다.

"그대는 정말이지……."

"네, 폐하?"

"……되었소. 별말 아니니 신경 쓰지 않아도 되오."

또다시 깊은 한숨을 내쉬며 등받이에 몸을 기댄 그가 말없이 창밖을 바라보았다. 그 시선을 따라 나도 창밖으로 눈길을 옮겼다.

유리창 너머로 보이는 세상은 온통 회색으로 물들어 있었다. 쏟아지는 빗줄기를 보자 문득 언젠가 그와 함께 보냈던 비 오는 가을날이 떠올랐다. 서로의 마음이 닿기는커녕 몹시 두려워했던 시기였지만, 그때만큼은 지금처럼 침묵을 공유하며 평화로움에 잠겨 있었더랬지.

얼마나 시간이 지났을까?

추억을 곱씹으며 멍하니 창밖을 바라보고 있을 때, 머리카락 떨어지는 소리마저 들릴 만큼 고요한 사위를 가르며 서늘한 목소리가 들려왔다.

"아리스티아."

"네, 폐하."

"일전에 그대는 비 오는 날을 싫어하지 않는다 하지 않았소. 그럼 빗길을 걷는 것은 어떠하오? 좋아하오?"

"네, 좋아합니다."

선선히 고개를 끄덕이자, 창밖에서 시선을 떼며 나를 돌아본 그가 말했다.

"그렇다면 그대, 잠시 나와 걷지 않겠소?"

"네? 그게 무슨……."

"이것저것 신경을 썼더니 머리가 아파서 말이오. 그대만 괜찮다면, 함께 바깥 공기를 좀 쐬고 싶은데."

"하오나 폐하, 대신관의 얘기도 그렇고 아직은……."

"잠깐이면 되오. 내 약속하리다."

"……알겠습니다."

답이 떨어지기가 무섭게 자리에서 일어난 그가 내게 손을 내밀었다. 아무래도 많이 답답했던 모양이었다.

방문을 열자 대기하고 있던 근위 기사들이 황급히 고개를 숙여 예를 갖췄다. 그런 그들을 일별하며 말없이 걸음을 떼던 그가 문득 멈춰 서고는 말했다.

"경들은 여기 있도록."

"폐하, 그게 무슨……?"

"어찌 그러십니까, 폐하?"

"비가 제법 내리던데, 모두 맞고 다닐 것이 아닌가."

깜짝 놀라 그를 올려다보았다. 저것이 그가 한 말이 맞단 말인가? 차갑고 냉정하고, 다른 사람에게 좀처럼 정을 주지 않던 그가?

놀란 것은 나뿐만이 아니었던 듯, 멍하니 그만 바라보던 근위 기사들은 한참이 지난 후에야 하나둘 정신을 차리며 외쳤다.

"저희는 괜찮습니다, 폐하!"

"그렇습니다, 폐하!"

"정말이지, ……도 그렇고 경들도 그렇고, 하나같이 고집이 세군. 기사들이란 다 그런 것인가."

작게 한숨을 내쉰 그가 좋을 대로 하라며 돌아섰다. 나 역시 그를 따라 황급히 몸을 돌렸다. 순간, 감격한 듯 눈을 빛내며 그를 바라보는 근위 기사들의 모습을 언뜻 본 것 같았다. 의미심장한 미소를 지으며 나를 바라보는 이들도.

왜들 저러는 거지? 설마 그 일 때문인가?

사흘 전에 있었던 일이 떠오르자 얼굴이 화끈 달아올랐다. 그러고 보면 저들은 그 밤의 일도 보았을 터. 일전에 란크 경과 했던 대화를 생각해 보면, 그날의 일도 이미 소문이 났을 확률이 높았다.

갑자기 그에게 잡혀 있는 손이 불에 덴 듯 뜨겁게 느껴져서, 나는 시종에게 우산을 건네받는 척하며 은근슬쩍 그에게 잡힌 손을 빼내었다. 그런 뒤 의아하다는 듯 내려다보는 시선을 애써 모르는 척 걸음을 옮겼다.

"이리 주시오."

"하오나……."

"내 키에 맞추려면 그대, 상당히 힘들 텐데."

"……."

"정히 그렇다면 이렇게 합시다. 이리 주시오. 황명이오."

"……네, 폐하."

'이럴 때만 꼭 황명이래. 시종들도 그 말로 쫓아내더니.'

몰래 입술을 삐죽이며 우산을 건네자, 슬쩍 입꼬리를 들어 올린 그가 새하얀 우산을 펼쳐 들었다. 하늘을 가득 채운 잿빛 구름을 한번 올려다보고서, 나는 빗속에 펼쳐진 하얀 그늘 아래로 발을 들였다.

젖은 자갈이 발에 밟혀 달각거리고, 빗방울이 우산에 부딪히며 후두두 소리를 냈다. 아직 단풍물이 덜 든 초록빛 잎사귀들이 잔뜩 맺힌 물방울의 무게를 이기지 못해 우수수 떨어져 내렸다.

비 오는 날 특유의 선율, 회색으로 흐려진 세상 속에 울려 퍼지는 음악.

그 소리에 취해 눈을 감으며 축축하게 젖은 공기를 가슴속 깊이 들이마셨다. 기분 좋은 흙 내음이 코끝을 감돌았다.

"정말 비를 좋아하는 모양이오."

나지막하게 들려오는 목소리에 감았던 눈을 떴다. 어느새 멈춰 선 그가 우산 그늘에서 나를 물끄러미 내려다보고 있었다.

심장이 쿵쿵 뛰기 시작했다.

"네, 그렇습니……. 앗, 차거."

황급히 고개를 돌리며 걸음을 옮기다가, 온몸을 적시는 차가운 물방울에 몸을 부르르 떨었다. 나를 향해 빠르게 다가온 그가 머리 위로 우산을 씌워 주며 혀를 찼다.

"갑자기 그리 가면 어떡하오. 다 젖지 않았소."

"송구합니다, 폐하."

"아무래도 아니 되겠군. 좀 더 가까이 붙으시오."

"아, 아, 네……. 폐하."

"아직도 멀지 않소. 좀 더 가까이 오시오. 이렇게."

머뭇머뭇 다가가다가, 확 끌어당기는 손길에 놀라 눈을 동그랗게 떴다. 하지만 놀란 것도 잠시, 어깨를 부드럽게 감싸 안는 단단한 팔에 몸이 뻣뻣하게 굳었다.

지, 지금 뭘 하는 거야.

떨리는 눈으로 올려다보자, 슬쩍 미소를 지은 그가 나를 바짝 끌어당기며 말했다.

"한결 낫군."

"폐, 폐하."

"갑시다. 이래서야 어디 오늘 안에 산책을 끝낼 수나 있겠소."

"그······."

"베르 궁의 정원은 어떠하오? 지난번에 은색 꽃에 대해 궁금해하지 않았소."

"······네, 폐하."

서늘하고 축축한 공기에 둘러싸여 있음에도, 춥다는 생각은 전혀 들지 않았다. 아니, 오히려 더웠다. 어깨를 감싸 안은 팔과 맞닿은 몸에서 전해져 오는 열기 때문에.

쭈뼛쭈뼛 고개를 돌리자, 어깨를 감싼 그의 손가락에 은빛 머리카락이 감겨 있는 것이 보였다. 그 모습에 문득 그날 밤의 일이 떠올랐다. 조심스레 머리카락을 쓸어 넘기던 손길과 뜨겁게 와 닿던 입술, 부드럽고 짜릿하던 그 느낌이.

'정신 차려, 아리스티아! 잊어버리자고 했잖아.'

세차게 고개를 젓자, 의아하다는 듯한 목소리가 들려왔다.

"어찌 그러오?"

"아, 아무것도 아닙니다."

"그렇소? 흠."

더는 묻지 않는 모습에 속으로 안도의 한숨을 내쉬는데, 때마침 저 멀리 희미하게 은색 꽃나무의 윤곽이 보였다. 조금씩 거리가 가까워질수록 가슴이 두근두근 뛰었다. 이번에는 꽃이 피어 있을지 몹시 궁금했다.

얼마나 걸었을까? 어느새 나무 앞에 다가선 그가 걸음을 멈췄다. 나 역시 멈춰 서며 고개를 들었다.

우산을 슬쩍 뒤로 해 준 그 덕분에 올려다보는 데는 무리가 없었다. 찬찬히 봉오리를 살펴보다가, 나도 모르게 탄성을 질렀다. 나무에 맺힌 은색 꽃봉오리가 모두 반쯤 벌어져 있는 것이 아닌가.

어쩐지 가슴이 벅차올랐다. 드디어 내게 꽃을 보여 주려는 걸까? 지독하던 불길도, 뜨거운 여름의 태양도, 그리고 몹시 가물었던 날씨마저도 모두 딛고 일어나 드디어 제대로 된 꽃을 피울 준비를 하는 것일까.

'올겨울에는 내게도 꽃을 보여 줄 거니?'

정말이지 그랬으면 좋겠다. 네가 피우는 꽃을 보면, 나 역시 과거에서 온전히 벗어날 수 있을 것 같다는 생각이 들어.

속으로 중얼거리며 은빛 꽃봉오리를 올려다보는데, 옆에서 조금 가라앉은 듯한 음성이 들려왔다.

"저 꽃은……."

"네, 폐하?"

"저 꽃은, 그대를 닮았소."

"네? 그게 무슨……."

뜻밖의 말에 놀라 돌아보자, 어깨를 감싸고 있던 팔을 풀어 준 그가 내게 시선을 맞춰 오며 말했다.

"처음에는 몰랐는데, 보면 볼수록 그대를 닮았다는 생각이 드는군. 꺼질 듯 위태로우면서도 결국은 꿋꿋하게 이겨 내는 것하며, 보여 줄 듯 말듯 고집스럽게 닫고 있는 모습까지도."

"……."

"저 봉오리가 활짝 피어 꽃을 피워 낼 때쯤이면, 그대도 내게 마음을 열어 줄까. 나는 그것이 궁금하오."

가슴이 찌르르 울렸다.

흔들리는 눈으로 올려다보자, 그 역시 말없이 나를 내려다보았다.

후두두 떨어지는 빗방울 소리.

온통 잿빛으로 물든 세상.

오직 둘밖에 없는 것 같은 적막한 고요.

우산이 드리운 새하얀 그늘 아래에서, 깊고 깊은 바닷빛 눈동자가 말없이 나를 담고 있었다.

⟡⟡⟡

"……애."

"……"

"모니크 영애?"

"……아, 미안해요, 그레이스. 뭐라고 했나요?"

서둘러 사과하자, 그레이스는 난처하게 웃음을 지으며 옆을 돌아보았다. 그녀의 옆에는 어이없다는 듯한 눈빛으로 나를 노려보는 지은이 앉아 있었다.

"이런 중요한 시기에 딴짓이라니. 참으로 한가하십니다?"

"……죄송합니다, 공녀."

어쨌든 잘못한 것은 사실이기에, 울컥하는 대신 순순히 사과의 말을 건넸다. 그리고 또다시 창밖으로 돌아가려는 시선을 붙들며 눈앞에 놓인 종이를 들어 올렸다.

빼곡하게 적혀 있는 글씨를 보자 한숨이 나왔다. 여백조차 없이 꽉 들어찬 분량도 분량이었지만, 그보다는 내용이 더 문제였다.

도대체 이걸 가지고 몇 시간째 충돌하는 건지, 원.

"……이건 안 된다고 말씀드렸잖습니까."

"왜죠? 충분히 합리적인 제안이라고 생각하는데요?"

나는 점점 쑤셔 오는 관자놀이를 꾹꾹 누르며 한숨 섞인 목소리로 답했다. 사사건건 다른 의견을 제시하는 지은 때문에 머리가 지끈지끈 아팠다.

"공녀의 제안은 월권행위입니다. 그래서 안 된다는 것이에요."

"어째서죠? 이번 기념제에 대해 전권을 위임받았으니, 당연히 요인의 호위 및 경비 문제도 정해야 하는 거 아닌가요?"

"전권이라 하더라도 궁내부의 권한을 위임받은 것에 불과합니다. 호위 및 경비 업무는 기사단의 일이니, 제가 무어라 간섭할 성질의 것이 아닙니다."

딱 잘라 말하자 지은은 잠시 침묵했다. 나는 여전히 앙앙불락하는 그녀를 보며 눈을 가늘게 떴다. 설마 과거에는 기사단의 권한까지 침범했던 건가? 황후라는 명목으로?

"……좋아요. 기사단은 그렇다 치죠. 그럼 시종들은 왜 안 된다는 거죠? 바쁘게 움직이느라 모두 피곤할 테니, 평소보다 많이 쉬도록 사 교대로 가자는 거잖아요."

"사 교대로 움직이면 너무 어수선할 확률이 높습니다. 업무 파악도 늦어질 것이고요. 귀빈들이 방문하는 데 우왕좌왕하는 모습을 보여 줄 작정입니까? 효율적으로 움직이려면 이 교대가 좋습니다."

"영애께서는 지금 궁내부원의 실력을 무시하는 건가요? 게다가 이 교대라면 지나치게 혹사하는 결과가 된다고요."

점점 쑤시던 머리가 이제는 깨질 듯 아팠다. 분명 나쁜 의견은 아니지만, 이쪽 이야기도 좀 들어 줬으면 좋겠는데.

팽팽한 접전에 기가 눌린 것일까? 다소 질린 듯한 눈초리로 나와 지은을 바라보던 그레이스가 조심스레 말했다.

"저어, 두 분 영애, 잠시 쉬었다 하시는 게 어떨까요? 이대로는 끝이 나지 않을 것 같습니다."

"일에 집중하기 시작한지 얼마나 됐다고 또 휴식을……."

"좋습니다. 그리하죠."

따갑게 쏘아붙이는 말을 자르며 답하자, 지은은 사납게 눈을 치켜뜨며 나를 노려보았다. 나는 그 시선을 외면한 채 창밖을 바라보았다.

흐르는 정적 속에서 토독토독 떨어지는 빗소리가 들려왔다. 누군가가 지나가는 듯 찰박찰박 물 튀기는 소리와 까르르 웃는 경쾌한 웃음소리도.

"아리스티아."

문득 그 소리 속에서 나지막하게 나를 부르는 그의 음성이 들려오는 듯했다. 깊이 은애한다고, 그러니 이제 그만 닫힌 마음을 열어 달라고 속삭이던 목소리도.

어제 나는 결국 아무런 답도 하지 못했다. 그토록 애써 마음을 비웠음에도, 행복의 눈물을 흘리는 것은 하루뿐이라 굳게 다짐했음에도. 차마 그 상황에서 매정하게 거절할 수 없었다는 건 한낱 변명에 불과했다. 메어 오는 목 때문에 아무런 말도 내뱉을 수 없었다는 것 역시도.

빗속에서의 간절한 고백을 듣는 순간, 인정할 수밖에 없었다. 굳게 걸어 잠갔던 마음이 어느새 열려 있었다고, 꽁꽁 얼어붙어 있던 심장이 시나브로 녹아 있었노라고.

또다시…….

그를 사랑하게 되었노라고.

언제부터 이렇게 된 것일까? 처음에는 분명 두렵기만 했던 그였는데, 과거의 그 사람과는 다르다는 것을 조금씩 깨닫게 되면서도 언제 돌변해서 새로 얻은 삶을 앗아 갈지 모른다는 생각에 늘 불안해 하며 경계하던 그였는데. 두 번 다시 사랑하지 않겠노라며 마지막 숨을 내쉬는 순간 그리도 다짐하고 또 다짐했었는데, 어째서 나는 그에게 또다시 마음을 열고 만 것일까. 그와 나는 안 된다는 것을, 그러니 결국 남는 건 상처밖에 없다는 것을 익히 알고 있었으면서도.

하지만,

그럼에도 나는 그를…….

"……슬슬 다시 시작해 볼까요?"

가슴이 시리도록 아파 왔지만, 속으로 쓴물을 삼키며 애써 담담한 목소리로 말했다.

달콤했던 기억은 여기까지, 헛된 망상도 여기까지. 이제는 그만 쓰디쓴 현실로 돌아올 시간이었다.

"제나 공녀, 이 사안들에 대한 생각에는 아직도 변함이 없는 겁니까."

"그렇습니다만?"

"후우, 좋습니다. 그럼 이렇게 하죠. 현재 재상께서 부재중이신 터라, 예산 집행을 승인받기 위해서는 정무 회의에 참석해야 합니다. 그때 시종의 배치를 비롯하여 지금 문제되고 있는 사안을 가져가겠습니다. 공정한 판단을 위해 누구의 견해인지는 비밀로 하고, 공녀와 제 의견 중 어느 것이 나은지 여러 사람에게 물어보도록 합시다. 어떻습니까?"

"좋아요. 그리하죠."

내내 불만스러운 표정이던 지은은 그제야 만족한 듯 엷은 미소를 지으며 답했다. 나는 어쩐지 의기양양해 보이는 그녀를 바라보며 고소를 머금었다. 이렇게까지 해야 하나 싶어 영 찜찜했었는데, 저 태도를 보아 할 때 아무래도 한 번쯤은 이럴 필요가 있을 듯했다.

"그럼 황궁 쪽 일은 어느 정도 해결했고, 신전 쪽은 어떤가요? 지난번 만남 이후로 그다지 진척이 없었던 걸로 알고 있습니다만."

"그것 역시 영애가 고집을 꺾으면 끝날 일입니다. 별것도 아닌 일로 왜 그리 버티시는 거랍니까?"

"고집이라……. 이만하면 충분히 많이 양보했다고 생각합니다만? 공녀께서 원하시는 대로 연극의 내용도 수정했고, 광장에서의 행사도 요구하신 일정에 맞춰 진행하라 했을 텐데요."

"양보? 하, 그렇겠죠. 겉보기에는 그럴싸하니."

어이없다는 듯 나를 노려보던 지은이 코웃음을 치며 말했다. 나는 그 모습을 바라보며 슬쩍 입꼬리를 들어 올렸다.

'어리석기만 한 줄 알았더니, 그래도 그 정도는 알아챘나 보군.'

선황제 폐하께서 신전과 엮이는 것을 몹시 꺼리셨던 것과는 달리, 현 황제 폐하께서는 신전에 몹시 관대한 모습을 보이고 있었다. 적어도 겉으로 보기에는 그랬다. 이번 건국기념제만 봐도 알 수 있지 않은가.

하지만 속사정은 달랐다. 그는 신전과 황실이 연계하여 건국기념제를 치르는 사상 초유의 사태를 용인하는 대신 그것은 이번 행사에 한정한다고 선언했다. 그렇게 신전의 정치 참여를 허락한 것은 아니라는 사실을 다시 한 번 주지시킨 그는, 내게 따로 황실이 신전 위에 있음을 은연중에 드러내도록 기념제 전반을 기획하라는 명을 내리기도 했다. 해서 나는 그의 지시에 따라 적당한 부분에서 양보하는 척하며 중요한 것들을 챙기고 있었는데, 아무래도 지은이 그걸 눈치챘던 모양이었다.

'그래 봤자 이미 늦었어.'

얼마 전 대신관을 만났을 때, 나는 다시 한 번 거래의 내용을 확인한 뒤 최고위 신관들의 비리 내역을 넘겨주었다. 당시 대신관의 표정으로 보아 근시일 내에 문제가 터져 나오기 시작할 터. 그리 되면 최고위 신관들은 제 살길을 찾느라 바빠 더는 황실의 행사를 놓고 왈가왈부하지 못할 것이 분명했다. 그들의 힘을 등에 업지 못하는 귀족파 역시 별다른 힘을 쓰지 못할 테고.

우왕좌왕할 사람들의 모습을 떠올리자 만족스러운 미소가 절로 새어 나왔지만, 나는 서둘러 웃음을 지우며 지은에게 말했다.

"어쨌든 알겠습니다. 신전 쪽 문제는 다시 한 번 상크투스 비타를 방문하는 날 마무리 짓도록 하고, 오늘은 이만하도록 합시다. 두 분 모두 수고하셨습니다."

"수고하셨습니다, 영애."

"흥, 핑계는. 어쨌든 오늘은 그만 돌아가도록 하죠. 다음에는 좀 더 만족스러운 결과가 나왔으면 하는군요."

서류를 챙겨 든 지은이 휭하니 떠나고 나자, 그레이스 역시 몹시 피곤해 보이는 얼굴로 내게 작별을 고했다.

이제 좀 쉴 수 있겠다 생각하며 지끈거리는 관자놀이를 문지르는데, 문득 내내 들려오던 빗소리가 사라졌다는 것을 깨달았다. 이틀 내내 내리던 비가 드디어 그친 듯, 어느새 창밖이 환하게 변해 있었다.

어쩐지 우울해졌다. 비가 내리는 동안은 왠지 그와의 추억에 폭 감싸여 있는 것만 같았는데, 맑게 갠 창밖을 보자 이제는 정말로 그 추억을 지워야겠다는 생각이 들어서.

'그만해, 아리스티아. 무슨 말도 안 되는 생각을 하고 있는 거야.'

한숨을 내쉬며 자리에서 일어났다. 때마침 날도 개었으니, 답답한 가슴도 풀 겸 수련이나 하는 편이 나을 듯했다.

⫘⫘⫘❈⫘⫘⫘

이틀 내내 세차게 내린 비에도 연무장은 조금 젖어 있는 것을 제외하면 진흙탕 하나 없이 말짱했다. 무가의 연무장이니만큼 특별히 신경 써서 만들었기 때문인 듯했다.

어쨌든 덕분에 편안하게 수련할 수 있겠다고 생각하며 빈 공간을 찾는데, 문득 연무장 한쪽 구석에서 누군가와 검을 맞대고 있는 붉은 머리카락의 청년이 눈에 들어왔다. 검을 뽑아 든 채 그 주위를 둘러싸고 있는 몇몇 기사들도.

카르세인이잖아. 대체 무슨 일이지?

죽일 듯이 노려보는 두 사람과 그들을 둘러싸고 있는 기사들. 당장에라도 무언가 터질 것 같은 팽팽한 긴장감이 느껴져서, 나는 서둘러 연무장 안으로 들어서며 가장 가까운 기사에게 물었다.

"무슨 일이죠?"

"엇, 나오셨습니까, 아가씨? 별일은 아닙니다. 그저 대련을 하는 중이었습니다."

"대련…… 이라고요?"

생사대적을 앞에 둔 듯한 저 분위기가 대련이라고? 눈썹을 찡그리며 묻자, 젊은 기사는 난처하다는 듯한 미소를 지으며 답했다.

"비도 갰으니 찌뿌드드한 몸이나 풀까 하고 나왔는데, 갑자기 카르세인 경이 들이닥쳐서는 그러더군요. 원 없이 검을 휘두르고 싶으니 일대다-對多로 수련하는 걸 도와 달라고, 그렇게만 해 주면 모두에게 근사한 저녁을 사겠노라고 말입니다. 모르는 사이도 아니고 뭔가 사연이 있나 보다 해서 다들 그러마고 했는데, 죽일 듯이 덤벼드는 모습이 정말이지 악귀 같더군요. 아무래도 맺힌 게 많은가 봅니다."

"……그렇군요."

나는 그새 눈앞의 기사를 쓰러뜨린 뒤 다른 사람들에게 덤벼드는 청년을 물끄러미 바라보았다. 몸에서 김이 모락모락 날 정도로 땀에 흠뻑 젖어 있으면서도, 그는 한 치의 흔들림도 없이 검을 움켜쥔 채 상대방의 약점을 탐색하고 있었다.

창! 창! 차차창!

금속이 부딪히는 소리가 거듭해서 들렸다. 마주 보고 있던 두 남자 중 한 사람이 비틀거리며 한 걸음 뒤로 물러났다. 하지만 숨을 돌린 것도 잠시, 검을 고쳐 쥐며 가쁜 호흡을 고르는 남자를 향해 붉은색의 물결이 달려들었다.

"그만!"

나는 황급히 두 사람을 만류하며 대련이 벌어지고 있는 곳으로 다가갔다. 거칠게 검을 내지르던 카르세인이 동작을 멈추며 나를 돌아보았다.

"……티아?"

"응. 안녕, 세인. 오랜만이네."

"……어. 그러게. 정말 오랜만이네."

멈칫하며 검을 내린 그가 답했다. 주위를 눈짓으로 물린 뒤, 나는 그에게 연무장 구석에 있는 수건을 가져다주며 물었다.

"갑자기 웬 대련이야? 그것도 일대다로?"

"어, 그냥 좀 답답해서."

"그래? 그럼 나랑도 한판 할래? 나도 답답해서 나왔거든."

"아냐, 됐어. 이 정도면 충분해. 그보다 너는 왜 답답한데? 뭐 안 좋은 일이라도 있냐?"

"아니, 그런 건 아닌데……. 그냥 좀 그러네."

어색하게 웃는 나를 물끄러미 내려다보던 카르세인이 손을 뻗어 내 머리카락을 흐트러뜨렸다.

"꼬맹이 주제에 고민은. 요새 철 좀 들었다 이거냐?"

"……."

"야, 그런 건 너랑 안 어울리거든? 넌 그냥 눈치 없고 둔한 게 딱이야."

"뭐……."

"그러니까 변하지 마라, 꼬맹아. 오라비 가슴이 더 찢어지기 전에."

채 뭐라고 답하기도 전에 땀에 젖은 수건이 날아와 얼굴을 푹 덮었다. 축축하고 찝찝한 느낌에 진저리치며 수건을 떼어내자, 싱긋 웃음을 지은 카르세인이 말했다.

"너 말이야, 요새 바쁘다고 나한테 너무 소홀한 거 아니냐? 인사는커녕 내내 집무실에 처박혀 있질 않나, 편지 한 통을 보내기를 하나. 하다못해 기사단에서조차 안 보이더만?"

"……미안."

"바빠도 서로 인사는 하면서 살자, 응? 자꾸 그러면 아무리 나라도 상처 받는다고."

"응. 알았어. 정말 미안해."

"알았으면 앞으로는 잘해, 인마. 나 같은 남자가 어디 흔한 줄 아냐?"

장난스럽게 웃으며 내 이마에 가볍게 알밤을 먹인 그가 말했다.

"야, 그럼 오랜만에 같이 외출이라도 할래?"

"외출?"

"엉. 요새 일만 한다고 내내 처박혀 있었잖아. 휴식도 취할 겸, 거리 구경도 좀 하는 거지. 어때?"

"음……."

무척 끌리는 제안이었지만, 애써 마음을 다잡으며 고개를 저었다. 잠시 편하자고 외출을 하기에는 할 일이 너무 많았다.

"미안. 일이 많아서 그건 좀 곤란할 것 같아."

"잠깐도 안 돼?"

"응. 오랜만에 만났는데 정말 미안해, 세인."

"으휴. 그러다 일에 치여 죽는다, 너? 어쨌든 알았어. 그렇게 바쁘다면야 어쩔 수 없지."

슬쩍 한숨을 내쉰 카르세인이 말했다.

"그럼 대신 기념제 끝나고 이틀 정도만 시간 비워 주라."

"이틀?"

"엉. 이건 지난번에 했던 약속의 대가로 얘기하는 거니까, 꼭 지켜야 한다?"

"응? 약속? 무슨 약속?"

"기억 안 나? 왜, 부탁 하나 들어주기로 했잖아. 내 기사 서임을 축하하는 자리에 오지 못하는 대신 말이야."

"아, 맞다. 그랬지."

순간 한 가지 기억이 떠올랐다. 찬란하게 빛나는 카르세인을 바라보며 몹시 부러워했던 이 년 전 어느 날의 약속이.

당시 떠돌던 카르세인과의 뜬소문 때문에 아버지께서는 내가 그의 서임을 축하하는 자리에 참석하는 것을 금하셨더랬다. 둘밖에 없는 친구의 기념비적인 날에 불참해야 한다는 것이 마음에 걸렸던 나는 차일피일 답을 미뤘고, 결국은 서임식 당일 카르세인이 참석 여부를 물어 왔을 때에야 겨우 미안하다고 사과했었다. 그리고 그날, 어쩔 줄 몰라 하는 내게 그는 정 그리 미안하다면 대신 부탁 하나를 들어 달라고 했더랬지.

"알았어. 그렇게."

무엇 때문에 이틀이나 필요한지 궁금하기는 했지만, 나는 이유를 묻는 대신 순순히 고개를 끄덕였다. 이유야 어찌 되었건 한 번 했던 약속이니 반드시 지켜야했다.

"그럼 기념제 끝나고 같이 가는 거다?"

"응. 그래."

"좋아. 그럼 바쁘다니까 오늘은 이만 돌아갈게. 나중에 보자, 티아. 일 열심히 하고."

싱긋 미소를 지은 카르세인이 내 머리카락을 쓱쓱 쓰다듬고는 돌아섰다. 나는 여전히 온기가 느껴지는 머리카락을 만지작거리며 멀어지는 그의 뒷모습을 바라보았다.

일렁이는 붉은빛에서, 어딘가 어두운 그늘이 어른거리는 듯했다.

며칠 뒤.

나는 오전 근무를 마친 후 정무 회의에 참석하기 위해 중앙궁으로 향했다.

회의장 안으로 들어서자, 나를 발견한 자파 귀족들의 표정이 한결 밝아지는 것이 보였다. 상중이라 부재중인 베리타 공작에 이어 아버지와 에네실 후작까지 근무 때문에 불참하게 되자, 힘을 실어줄 고위 귀족이 없다는 사실에 불안했던 모양이었다.

안면이 있는 이들과 잠시 담소를 나눈 뒤 자리에 앉아 오늘 올려야 하는 안건을 정리하는데, 문득 따끔따끔한 시선이 와 닿는 것이 느껴졌다. 어느새 들어온 것인지 화려한 예복 차림의 지은이 나를 바라보고 있었다.

나는 자신만만하게 미소를 짓는 그녀를 일별하며 때마침 들어선 라스 공작을 향해 인사를 건넸다. 잠시 후 의전관이 나타나 황제 폐하의 입장을 알렸다.

모두가 예를 갖춘 뒤 다시 착석하자, 부재중인 베리타 공작을 대신하여 라스 공작이 자리에서 일어났다.

"금일 안건은 국경 지역에 기사단을 파견하는 문제와 건국기념제 예산 집행에 관한 것입니다. 어느 것부터 처리하시겠습니까, 폐하?"

"흠, 쉬운 것부터 하는 게 나을 것 같소. 일단 기념제 예산 집행에 관한 것부터 처리하도록 합시다."

책상을 톡톡 두드린 청년이 말하자, 가볍게 고개를 숙여 보인 라스 공작이 곧바로 발의를 시작했다.

계파의 대립과는 그리 관련 없는 사안인 덕분인지, 기사단과 행정부의 예산은 순조롭게 협의가 되었다. 그리고 다음은 궁내부 차례였다.

'드디어 시작인가.'

나는 자리에서 일어나 주위를 한 번 돌아본 뒤 말문을 열었다.

"일단 예산을 말씀드리기 전에 몇 가지 사안에 대해 여러분의 고견을 구하고 싶습니다. 우선 나눠 드린 자료를 참고해 주시기 바랍니다."

대부분은 이미 읽었다는 듯 고개를 끄덕였지만, 몇몇 사람은 그제야 앞에 놓인 종이를 훑어보기 시작했다. 나는 모두가 내용을 숙지할 때까지 잠시 기다렸다가 천천히 입을 열었다.

"자료에 있는 세 가지 사안에 대하여 1, 2, 3안 중 어느 것을 택할지에 대해 의견 대립이 있었던 바, 여러분의 고견을 구합니다."

"흠. 그리 시간을 오래 끌 만한 일은 아닌 것 같으니 거수로 처리하도록 하세."

가볍게 종이를 훑어본 라스 공작이 주변을 빙 둘러보며 말했다.

"일단 시종과 시녀의 교대 문제에 관하여, 1안이 좋다 생각하는 사람은 거수하시오."

잠시 침묵이 흘렀다. 지금 거수에 들어간 사안은 며칠 전 지은과 첨예하게 대립한 문제 중 하나로, 업무의 효율성을 위해 이교대로 근무해야 한다는 내 의견이 1안, 긴장하고 있을 궁내부원에게 충분한 휴식을 주어야 하므로 사교대로 해야 한다는 지은의 주장이 2안, 양자를 절충하여 삼교대로 하자는 그레이스의 견해가 3안이었다.

어느 안이 누구의 견해인지 알 수 없는 이상 파벌에 의해 의견이 갈릴 수는 없는 상황. 검은 눈동자와 시선이 마주친 순간, 제나 공작을 선두로 하나둘 손이 올라가기 시작했다. 계파를 막론하고 늘어나는 숫자에 지은의 얼굴에서 점점 핏기가 가셨다.

주위를 한 번 훑어본 라스 공작이 선언했다.

"만장일치로 1안이 채택되었음을 선언하오. 그럼 다음 안건으로 넘어갑시다."

다음 안건은 각국 사절단에 배정할 처소에 대한 것이었다. 이것은 매우 민감한 문제였다. 중앙궁에 가까울수록, 그리고 규모가 큰 궁을 배정받을수록 당해 국가의 위세가 높다는 의미였기에.

프린시아의 조국인 루아 왕국은 제국의 동맹국이니 첫 번째 위치를 차지하는 것이 당연했지만, 문제는 그다음이었다. 리사 왕국을 어찌 대우해야 것인가, 라는 문제가 발생한 것.

이에 대해 요즘 들어 국력이 많이 약해졌다고는 하나 그래도 아직 저력이 있는 왕국이고, 베아트리샤의 사건으로 국토의 일부를 제국에 바치게 되어 기분이 상해 있을 그들을 달래는 의미에서라도 두 번째 위치는 내줘야 한다는 내 의견이 1안, 사사건건 제국에 반항하려 하는 리사 왕국을 이번 기회에 끌어내려야 한다는 지은의 견해가 2안이었다.

귀족이라면 누구나 공감할 첫 번째 안건과는 달리, 이것은 각자의 신념에 따라 충분히 갈릴 수 있는 문제였다. 예상한 대로 아까와는 달리 육 할이 조금 넘는 인원이 1안에 찬성했을 뿐, 나머지 인원은 지은의 견해에 힘을 실어 주었다.

나는 거수가 진행되는 동안 지은을 물끄러미 바라보았다. 그녀는 다소 화가 난 것 같았지만, 그럼에도 좀 전보다는 한결 안도한 듯한 표정을 짓고 있었다.

"이것 역시 1안이 채택되었음을 선언하오. 그럼 마지막 안건으로 넘어가도록 하겠소."

마지막 안건은 지은과 가장 첨예하게 대립한 부분이었다. 평소 그녀의 행동으로 보아 대립각을 세울 것이라고는 전혀 생각지 못한 탓에 몹시 당혹스러웠던 사안이기도 했다.

기념제 당일의 배급 문제에 대하여 나는 빈민에게 한 끼 정도는 무상으로 제공하자는 의견을 제시했지만, 당연히 찬성할 줄 알았던 지은은 오히려 대가를 받아야 한다고 주장했다. 축제 기간에는 가건물 같은 것도 많이 필요할 터이니, 그를 건설하는 일에 빈민을 동원하는 대신 그 대가로 음식을 배급하자면서.

모름지기 인심을 쓸 때에는 제대로 베풀어야 하는 법. 모든 사람이 쉬는 축제날까지 억지로 노동하게 한다면 좋아할 이가 누가 있을까. 더욱이 안전하게 설치해야 할 가건물을 아무나 동원해서 지을 수는 없는 법이었다. 자칫 잘못했다가 인명 사고가 날 수 있음은 물론이고, 가건물을 설치하는 일로 먹고사는 사람의 생계를 위협할지도 모르는 일 아닌가.

하지만 그런 이유를 설명했음에도 지은은 빈민에게도 자립심을 길러 줄 필요가 있다며 주장을 굽히지 않았다. 그 때문에 이 안건 역시 어쩔 수 없이 정무 회의까지 가져왔지만, 그것 역시 첫 번째 안건과 마찬가지로 만장일치로 1안이 채택되었다. 그토록 대립했던 시간이 허무하게 느껴지리만큼 빠른 통과였다.

'그러게 그냥 내 의견대로 하자니까.'

새하얗게 질린 지은을 향해 허탈한 미소를 지었다. 그녀의 의견은 전반적으로 괜찮기는 했지만, 지나치게 귀족적이지 못한 것이 종종 있었다. 그리고 그것들은 그의 전폭적인 지지를 받았던 과거에는 어땠는지 모르겠으나 현재로서는 도저히 받아들일 수 없는 것이었다. 첫 번째 안건이 특히 그랬다. 시종의 편의를 위하여 번거로움을 감수할 귀족이 누가 있단 말인가. 이교대라 해도, 황궁에서 일할 정도의 베테랑 궁내부원이라면 충분히 감내할 수 있는 것을.

설마 귀족파 내에 이야기를 나눌 사람 하나도 없는 건가? 한 번만 제대로 대화를 나눠 보았다면, 아무리 같은 계파라 해도 받아들이기 어려운 일이라는 것 정도는 금세 파악할 수 있었을 텐데.

하얗게 질린 얼굴로 입술을 깨물고 있는 지은을 물끄러미 바라보았다. 그것 보라는 생각이 가장 먼저 들었지만, 이상하게도 다시는 느낄 일 없을 거라 생각했던 감정이 조금 솟아올랐다. 마치 과거 가족 이야기를 하며 우는 모습을 바라보았을 때 느꼈던 것 같은 그런 감정이.

"그럼 궁내부의 예산은 이걸로 확정 짓도록 하고, 다음 안건으로 넘어가겠습니다."

"그 전에 한 가지 짚고 넘어가고 싶은 문제가 있습니다. 이번 건국기념제에서 폐하의 파트너 문제는 어찌 되는 것입니까. 지난번처럼 공녀와 모니크 영애가 번갈아 가며 맡는 것인지요?"

갑작스럽게 치고 나온 발언에 어깨를 으쓱해 보인 제노아 백작이 말했다.

"그것이 무슨 소리요, 하멜 백작. 당연히 모니크 영애께서 사흘 모두 하셔야지요."

"어째서입니까?"

"모니크 영애는 정무 회의에서 양 계파 모두가 만장일치로 입후를 주청 드린 분이 아니오. 그런 분을 어찌 일개 황비 후보와 비교할 수 있겠소?"

"맞습니다. 당연히 영애께서 미래의 황후 폐하로서 황제 폐하의 곁을 지키셔야지요."

가볍게 고개를 끄덕인 버트 백작이 말했다.

"더욱이 이번 건국기념제에는 각국의 사절단이 참석하지 않습니까. 아직 파혼 사실이 공식 문서에 기록되지 않은 이상, 모니크 영애는 대외적으로 폐하의 약혼녀임을 잊어서는 아니 될 것입니다."

뭐라고?

절로 눈이 휘둥그레졌다. 파혼 사실이 공식 문서에 기록되지 않았다니. 그게 언제 적 일인데 아직도 처리되지 않았단 말인가.

고개를 돌려 상석을 올려다보았다. 눈이 마주치자마자 흠칫 몸을 굳힌 청년이 슬쩍 시선을 돌렸다.

헛웃음이 나왔다.

맙소사. 이게 뭐야. 다 끝난 일이란 생각에 주의를 기울이지 못한 내게도 잘못은 있었지만, 아무리 그래도 이건 아니잖아.

몹시 화가 났다. 솔직히 말해 그간 다소 흔들린 것은 사실이었다. 해서 몇 번이고 가슴을 쥐어뜯으며 그와 엮이지 않겠노라고 다짐하지 않았던가. 그나마 파혼을 했으니 다행이라고 생각한 것도 여러 번이었는데, 알고 보니 아직도 공식적으로는 약혼 상태였다니.

그렇다는 것은, 언제고 그가 약혼자의 권리를 행사하려 마음먹는 순간 속절없이 끌려갈 수밖에 없다는 이야기였다. 내 의견을 존중해 주겠다고 한 말이 전부 거짓이었다는 것과 진배없었다.

다른 것도 아니고 이렇게 중요한 사안을 어떻게 몇 달씩이나 숨길 수가 있지? 물론 제대로 확인하지 않은 내게도 잘못은 있었지만, 아무리 그래도 이건 아니었다. 이건 명백한 기만이었다.

하지만…….

문득 가슴 한구석에서 솟아오르는 감정 한 조각에 소스라치게 놀라 입술을 깨물었다.

'말도 안 돼. 설마 기뻐한 거야, 나?'

등골을 타고 오싹한 기운이 흘렀다. 그토록 바라던 자유가 내동 댕이쳐졌다는 좌절감과 분노 속에서도, 그 정도로 사랑받고 있었 나 하는 생각에 뿌듯한 마음 한 조각.

이 얼마나 모순된 감정인가. 이 얼마나 소름끼치는 생각인가. 이 얼마나 어이없는…….

"……애. 모니크 영애?"

"……네?"

"하멜 백작이 부르고 있습니다. 신전과 연계하는 큰 행사이니만 큼 다른 황비 후보들과 안주인 자리를 나누는 것이 어떻겠느냐는 군요."

나지막한 속삭임에 간신히 상념에서 벗어났다. 여전히 서늘한 기운이 온몸을 감싸고 있었지만, 지금은 당장에라도 잡아먹을 듯 덤벼드는 귀족파를 상대하는 것이 먼저였다.

"의견은 잘 들었습니다, 하멜 백작. 생각해 주신 것은 감사합니 다만, 마음만 받도록 하겠습니다."

"하지만 영애, 그대의 능력을 의심하는 것은 아니나 이번 기념 제는 여느 때와는 다른……."

자꾸만 흐트러지려는 정신을 애써 수습하며 하멜 백작의 말에 귀를 기울였다. 그 뒤로 이어지는 다른 사람들의 대화에도. 그렇 게 하지 않으면 자꾸만 엄습해 오는 모순된 감정에 잡아먹힐 것만 같았다.

얼마나 시간이 지났을까?

기념제 얘기를 비롯하여 국경 지역에 파견할 기사단 문제로 끊임없이 벌어지던 논쟁은 다음에 계속하자는 청년의 말이 떨어지고 나서야 간신히 끝이 났다.

혼란스러운 마음을 수습하며 자리에서 일어나는데, 갑자기 누군가가 눈앞을 불쑥 가로막았다. 곧이어 날카로운 목소리가 들려왔다.

"야, 너."

"……."

천천히 고개를 들자 싸늘하게 표정을 굳힌 지은이 눈에 들어왔다. 화사하게 미소 짓던 모양은 어디 갔는지, 그녀는 검게 가라앉은 눈동자로 나를 응시하고 있었다.

"……무슨 일입니까."

"그런 눈으로 보지 마. 재수 없으니까."

"……."

"지금쯤 속으로 나를 완벽하게 이겼다고 생각하고 있겠지? 웃기지 마. 난 너한테 졌다고 생각 안 하니까."

"……."

"아직 안 끝났어. 이제 시작이라고. 두고 봐. 결국 마지막에 웃는 사람은 내가 될 테니까."

싸늘하게 내뱉은 지은이 사나운 기세로 몸을 돌렸다. 화려한 예복 자락을 펄럭이며 조금씩 멀어지는 그녀를 어이없이 바라보는데, 멀리서 조심스럽게 다가온 시종 하나가 내게 깊숙이 허리를 숙이며 말했다.

"모니크 영애, 폐하께서 잠시 뵙기를 청하십니다."

"……알겠네. 어디 계시는가?"

"베르궁의 정원으로 가는 길에서 보자 하셨습니다."

"알겠네. 내가 알아서 찾아갈 터이니, 자네는 그만 가 보도록."

"알겠습니다, 영애. 그럼."

종종걸음으로 떠나는 시종을 따라 중앙궁을 빠져나오자, 오늘따라 유독 푸르게 보이는 하늘이 눈에 들어왔다. 그 모습을 보자 왠지 한숨이 나왔다. 세상은 저토록 시원해 보이는데, 내 마음은 왜 이리 늘 답답하기만 한 것인지.

무언가 얹힌 것처럼 갑갑한 가슴을 두드리며 터덜터덜 걸음을 옮기는데, 문득 초록의 향연 속에서 유독 도드라지는 푸른빛이 눈에 들어왔다. 나는 천천히 그곳을 향해 다가가 정중하게 고개를 숙여 예를 갖췄다.

"아리스티아 라 모니크가 제국의 태양, 황제 폐하를 뵙습니다. 찾아계셨다 들었습니다, 폐하. 어인 일로 소녀를 부르셨는지요?"

"……잠시 얘기를 좀 할까 해서 말이오."

"경청하겠습니다. 하명하십시오."

"……"

딱 자르는 대답에 작은 한숨 소리가 들려왔지만, 모르는 척 시선을 내리깔았다. 다소 무례한 태도라는 것은 알고 있었으나 지금은 별로 그와 대화하고 싶은 기분이 아니었다.

"……오늘 회의를 보아하니, 그간 제나 공녀와 충돌이 많았던 것 같더군. 그대가 고생이 많소."

"아닙니다, 폐하."

"너무 무리하지는 마시오. 그렇잖아도 신전과의 연계 때문에 신경 쓸 일이 많을 터인데."

"괜찮습니다."

"그…… . 음, 이제 얼마 남지 않았으니 조금만 더 수고해 주시오. 이런 말밖에 해 주지 못해 미안하군."

"괜찮습니다. 심려치 마십시오."

"……."

입을 꾹 다문 채 맞잡은 손끝만을 바라보는 나를 한참 내려다보던 그가 말없이 걸음을 옮겼다. 나 역시 묵묵히 뒤를 따랐다.

얼마나 시간이 지났을까? 어색한 침묵 속에서 자갈 밟히는 소리만을 들으며 걷기를 한참, 갑자기 멈춰 선 그가 나를 돌아보며 말했다.

"이토록 차가운 모습은 처음 보는 것 같군. 아니, 파혼해 달라 말했던 때 이후로 두 번째인가."

"……."

"미안하오. 하지만 그대를 기만하려 한 것은 아니었소."

"……."

"아리스티아."

천천히 고개를 들자, 호소하는 듯한 눈빛으로 나를 바라보는 청년이 보였다. 그 순간, 가슴속에서 울컥하고 뜨거운 무언가가 치밀어 올랐다. 기만하려 한 것이 아니었다고? 그럼 몇 달이 넘도록 속여 온 건 뭔데?

차마 무어라 말은 못하고 애꿏은 입술만 깨무는 나를 물끄러미 바라보던 그가 깊은 한숨을 내쉬며 말했다.

"……놓아주려 했소. 억지로 곁에 두었다 상처만 더 입을까 저어되어, 하루에도 몇 번씩 그대를 향한 마음을 접고자 애를 쓰곤 했다오. 헌데 말이오."

"……."

"막상 공식 문서에 기록하라고 명하려 하니, 도저히 그리할 수가 없더군. 그대와의 인연이 완전히 끊어지는 거 같아…… 차마 명할 수가 없었소. 내일은 해야지, 모레는 해야지 하며 차일피일 미루다 보니 이리되더군."

"……폐하."

애원하는 듯한 목소리, 간절해 보이는 눈빛.

몹시 진지해 보이는 그 모습을 마주하자 어느새 응어리진 마음이 스르르 풀어지는 것이 느껴졌다. 잠시 잠깐 뿌듯했던 좀 전의 감정이 삐죽 솟아오르려는 듯한 기분에, 나는 한 걸음 뒤로 물러서며 크게 숨을 들이쉬었다.

'이래선 안 돼.'

푸른 달밤의 결심, 눈물 섞인 그날의 다짐을 기억해. 솔직하기로 했던 것은 그날뿐, 기뻐하기로 했던 것도 그때뿐. 그의 곁에 설 수 없다는 걸 알고 있잖아. 그와 나 사이에는 행복한 미래 따위는 없다는 것 역시 알고 있잖아.

"송구합니다, 폐하. 저는……."

"……."

"아시잖습니까. 저는 폐하의 곁에 설 자격이 없는 여자입니다."

"그렇지 않소. 그러니 그런 얘기 마시오."

"부디 현실을 직시하시어 이제 그만 성심을 거두어 주십시오. 더는 저로 인해 황실의 위엄이 무너지는 모습을 보고 싶지 않습니다."

"아리스티아."

"온 귀족 앞에서 선언한 것이 언제인데 아직도 마무리 짓지 못하였다니, 이러다가 자칫 황실을 얕잡아 보는 삿된 무리가 생길까 두렵습니다. 부디 이 점을 살펴 헤아려 주십시오."

"후우……."

한숨을 내쉰 그가 옷깃을 잡고 흔들었다. 단정하던 모습이 순식간에 흐트러졌지만, 그는 그런 것에는 아랑곳하지 않은 채 나를 곧게 응시하며 물었다.

"그대, 아직도 내가 그리 싫소? 내게는 정녕 일말의 여지조차 없는 거요?"

"……."

"대답해 보시오, 아리스티아. 그대는 내가 싫어서 피하는 게요, 아니면 주변 환경 때문에 거부하는 게요?"

"……어떤 이유이건 무슨 상관이 있겠습니까. 이미 돌이킬 수 없는 것을요."

"아니, 상관있소."

"어인 말씀이십니까."

한숨 섞인 물음에 한 걸음 앞으로 다가온 그가 말했다.

"본인은 그대 앞에서는 황제이기 이전에 한 남자이고 싶기 때문이오."

"……폐하."

파르르 떨리는 입술을 꽉 깨물었다. 이러면 안 되는데, 진지하기 짝이 없는 눈빛에 자꾸만 마음이 약해지려고 했다.

"대답해 주시오, 아리스티아. 정치적 상황, 신분, 그 밖의 모든 것을 제외하고 오로지 한 여자로서만 생각해 달란 말이오. 그대는 한 남자로서의 나를 어떻게 생각하고 있소?"

"……그 모든 것들은 폐하와 저를 항상 따라다니고 있거늘, 어찌 정세나 신분을 배제하고 생각할 수 있단 말입니까."

목 끝에서 뜨거운 기운이 느껴졌지만, 몇 번이고 애쓴 끝에 간신히 입속을 맴도는 말 대신 거절의 말을 토해 냈다. 지금 마음을 인정한다면 그는 결코 혼약을 파기해 주지 않을 것이 분명했다. 어떻게 여기까지 왔는데, 간신히 해낸 결심이 이대로 무너지도록 놔둘 수는 없었다.

"제발, 폐하. 폐하께서는 과거가 아니라 앞으로의 미래를 걸어나가야 하는 분이십니다. 그러니 과거에 불과한 저는 이만 놓아주십시오."

"하……."

흐르지 못하는 눈물 대신, 그와 마주했을 때부터 쿡쿡 쑤셔 오던 심장에서 뜨거운 피가 흘러내리는 것이 느껴졌다. 바들바들 떨리는 입술을 있는 힘껏 깨물며 옷자락을 꽉 움켜쥐었다. 여기서 울수는 없었다. 아무리 상처 입은 가슴이 비명을 질러도, 입술에서 비릿한 피 맛이 느껴진다 하더라도, 그리고 아무리 뿌옇게 흐려진 눈앞이 당장에라도 폭발할 듯 일렁이고 있다 하더라도.

얼마나 시간이 지났을까? 영원과도 같던 침묵을 깨며 잔뜩 가라앉은 목소리가 들려왔다.

"다음에."

"……."

"다음에 다시 얘기합시다. 그러니, 한 번만 더 생각해 보시오."

"하오나 폐……."

펄럭.

하얀 물결이 일렁이고 곧이어 뚜벅뚜벅 걸어가는 발걸음 소리가 들렸다. 특유의 시원한 향이 조금씩 멀어지다 자취를 감추고, 그를 따르는 근위 기사들의 걸음 소리가 점점 작아지다 마침내 사라졌다.

그제야 비로소 참았던 눈물이 쏟아졌다. 잔뜩 구겨진 치맛자락, 은실로 수놓인 가문의 문장 위에 투명한 눈물이 방울방울 떨어졌다. 심장이 당장에라도 터질 듯 죄어들며 욱신거렸다.

아니라 말했으나—.

실은 그를 사랑했다.

황실의 위엄 따위가 다 무슨 소용이냐고, 나 역시 당신을 마음에 품고 있노라고, 파혼한 약혼녀 따위로 잊히는 대신 앞으로도 함께하고 싶노라고, 그렇게 말하고 싶었다. 원 없이 사랑받고 또 사랑하고 싶었다. 늘 서럽기만 했던 과거와는 달리.

하지만…… 두 번째 얻은 삶에서도 나는 결코 그와 함께할 수가 없었다. 이따금씩 떠오르는 과거의 잔재로도 모자라, 이제는 또다른 불안감까지 나를 갉아먹고 있었기에.

그는 제국의 주인, 여러 명의 부인을 맞이할 수 있는 황제가 아닌가. 내가 정말로 아이를 낳을 수 없는 몸이라면, 그는 후계자를 얻기 위해 어쩔 수 없이 다른 여자를 안아야 할 것이 분명했다. 아무리 그에게 그럴 뜻이 없다 해도 소용없었다. 주변 귀족들이 그를 가만히 두지 않을 테니까.

어디 그뿐인가? 사랑한다는 말에 넘어가 곁에 남았다가 낯선 여자에게 그가 정을 주기라도 한다면?

온몸이 부르르 떨렸다. 생각만 해도 끔찍했다. 사랑하는 이에게 비참하게 버림받는 경험은 한 번이면 족했다. 절대로 두 번 다시 그런 일을 겪고 싶지는 않았다. 비록 그와 함께하지 못해 가슴 아플지라도.

쓰라린 심장을 추스르며 걸음을 옮겼다.

오늘따라 유독 아름다운 초록의 물결이 눈물처럼 흘렀다.

✦

정무 회의가 있고 며칠이 지났다.

그동안 그와의 만남은 없었다. 일부러 피한 탓도 있겠지만, 그 또한 나를 피하는지 우연이라도 마주치는 일은 없었다. 하루라도 빨리 그를 만나 이 일을 해결해야 하는데, 나는 그러지를 못하고 있었다.

대체 왜 이러는 것일까. 이제 와 무슨 미련이 더 남아서.

문득 가슴이 답답해져서, 나는 따르는 시녀들도 모두 물린 채 혼자 정원으로 나섰다.

초록빛 풀잎 사이 함초롬히 맺혀 있던 이슬이 또르르 굴러 내리고, 세안을 마친 하얀 꽃잎들이 수줍게 웃으며 고개를 들었다. 흐릿한 사위 속에서 조심스레 손을 잡은 녹색과 흰색이 나붓이 미소를 지으며 한데 어우러졌다.

모두가 안개의 품에 안겨 잠들어 있는 이른 아침.

생명이 약동하기 직전의 차분한 고요, 새들의 지저귐조차 들리지 않는 평화로운 정적.

그 포근한 여유 속에서, 넉넉한 안개의 품에 몸을 던지며 눈을 감았다. 꿈꾸듯 몽롱한 기분이 온몸을 적시자 머릿속을 헤집던 복잡한 생각이 하나둘 사라지는 듯했다. 어느새 나도 모르게 입꼬리가 스르르 올라갔다.

얼마나 시간이 지났을까? 한결 편안해진 마음으로 세상과 무언의 대화를 나누고 있을 때, 멀리서 젖빛 안개를 가르며 작은 소리 하나가 날아들었다.

아쉬움에 한숨을 쉬며 안개의 품에서 벗어나 눈을 떴다. 주위를 둘러보자, 정원 저편에서 희미한 그림자가 아른거리는 것이 보였다. 이윽고 뽀얀 안개의 커튼을 젖히며 인영 하나가 모습을 드러냈다. 맑은 물기를 한가득 묻히고 나타난 남자는 바다의 색을 품고 있었다.

"……제국의 태양, 황제 폐하를 뵙습니다."

그제야 나를 발견한 것인지, 잠시 멈칫한 청년이 가볍게 고개를 끄덕여 보이고는 다시 걸음을 옮겼다. 나는 조금씩 멀어지는 그의 뒷모습을 보며 안도의 한숨을 쉬었다. 갑작스러운 만남에 어색하던 차였는데 다행이었다.

그런데 가슴은 왜 이리 답답한 것일까?

분명 안개의 품속에서 복잡했던 생각을 모두 떨쳤다 생각했는데, 간신히 비워 낸 가슴에는 어느새 무거운 돌덩이가 한가득 들어차 있었다.

"후우……."

크게 심호흡을 하며 돌아서는 순간, 갑자기 뒤에서 누군가가 나를 확 끌어당겼다. 깜짝 놀라 몸을 비틀었지만, 단단히 허리를 휘감은 팔은 나를 놓아줄 생각을 하지 않았다. 발버둥을 치면 칠수록 점점 더 죄어들기만 했을 뿐.

"내가 뭘 더 어찌해야 하겠소."

"……폐하?"

온몸을 휘감은 시원한 향기, 귓바퀴에 와 닿는 따스한 숨결에 솜털이 오스스 솟아올랐다. 그와 맞닿은 등이 불길이 이는 듯 뜨거웠다.

"무엇을 더 어찌해 주어야 하는 거요."

"폐하, 그게 무슨…….."

"참으로 잔인하오. 그대는 진정…… 잔인한 여자요."

"…….."

천천히 입을 다물자, 나를 바짝 끌어당긴 그가 몹시 괴로운 목소리로 말했다.

"나를 원치 않는다고 말하면서도, 그대의 눈은 그것이 전부가 아니라 말하고 있소. 그 눈빛의 의미가 궁금해 다가가면, 이러면 아니 된다며 또다시 밀어내곤 하지. 내가 왜 그리 싫은 건지 말해 달라고 수없이 부탁해도 절대로 답하지 않는 사람이 바로 그대요."

"…….."

"대관절 무엇 때문에 이토록 나를 믿지 못하는 것이오. 그대 하나만을 은애한다고, 다 필요 없으니 그저 곁에 있어만 달라 그리 애원하였거늘. 어찌하여 그대는 이리도 나를 거부하는 것이오. 왜 이리도 내게 잔인하게 구는 것이오."

"……폐하."

"이 목숨이라도 걸면 되겠소? 그리한다면 내 진심을 믿어 주겠느냔 말이오."

고통이 여실히 묻어나오는 목소리, 그리고 등을 타고 전해져 오
는 떨림.

갑자기 왈칵 눈물이 솟아올라서, 나는 아려 오는 가슴을 움켜쥐
며 속으로 울음을 삼켰다.

그냥 다 털어놓으면 안 될까. 조금 흐릿해지기는 했지만 여전히
지울 수 없는 과거의 상흔을, 그를 향한 마음을 품고 있음에도 받
아들이지 못하는 여러 가지 이유들을 모두 이야기해 버리면 안 될
까? 나를 꽁꽁 옭아매고 있는 것을 전부 내려놓고, 이제 그만 편안
해지면 안 되는 것일까?

곱게 흘러내린 치맛자락을 거세게 움켜쥐고서, 파르르 떨리는
입술을 열어 천천히 말을 꺼냈다.

"폐하, 저는……."

무수한 기억이 머릿속을 스쳐 지나갔다.

알 수 없는 적의를 불태우던 과거의 그와 처음 만났을 때.

늘 싸늘했던 그가 형식적이나마 지어 준 미소에 그만 마음을 빼
앗겼던 순간.

관심을 받고 싶어 알게 모르게 주위를 뱅뱅 맴돌던 시간.

지은을 향해 보여 주던 따스한 모습에 가슴 아파하던 날들, 그리
고 점점 더 심해지는 수모와 냉대에 남몰래 눈물 흘리던 날들.

반역죄로 몰려 결국 목숨을 잃었던 일.

어린아이로 다시 눈을 떴던 순간과 신에게조차 버림받았다는 생
각에 치를 떨었던 때.

그와 다시 엮일까 봐 두려워하던 날들과 정해진 운명에서 벗어

나고자 노력했던 수많은 날들.

그리고…… 그리고…….

"저는…… 그러니까……."

숨이 점점 가빠 왔다. 무슨 말을 꺼내야 할지, 어떻게 이야기해야 할지 알 수가 없었다. 과거의 악몽이 혀를 묶어 맨 것만 같았다. 뭔가 말을 해야 한다는 생각을 하면 할수록 머릿속은 점점 더 엉망으로 헝클어지고 있었다.

어떡하지? 무엇부터 말해야 하는 거야?

쏟아지는 기억의 파도 속에서 한참을 허우적대는데, 문득 나를 끌어안은 팔에 좀 더 힘이 들어가는 것이 느껴졌다.

그제야 비로소 정신이 들었다.

'침착하자, 아리스티아.'

턱까지 차오른 호흡을 가다듬으며 크게 숨을 들이쉬었다. 혼란스러웠던 마음을 차분하게 가라앉힌 뒤, 뒤죽박죽 섞인 기억을 차곡차곡 정리해 나갔다. 우선 과거의 일을 시간 순으로 재배열한 후, 그에게 해도 되는 이야기와 그렇지 않은 것을 분류하면서.

하지만…….

'정말 털어놓아도 되는 걸까?'

문득 의심이 들었다. 사실대로 이야기한다 한들 과연 믿어 주기는 할까. 진실을 털어놓기 싫어 허튼소리만 늘어놓는다고 생각하는 것은 아닐까? 그럴 리는 없겠지만, 혹시라도 황실과 그 자신을 모욕했다 하여 화를 내면 어떡하지? 따지고 보면 그토록 나를 각별하게 생각하던 알렌디스조차 믿지 못했던 이야기가 아닌가.

게다가 그가 내 말을 믿어 준다 해도 문제였다. 나 혼자 안고 가면 될 기억을 굳이 끄집어낼 필요가 있을까? 지금도 저리 괴로워하는데, 현재의 그는 과거의 그 사람이 아닌데. 직접 기억하고 있는 나야 어쩔 수 없다 하더라도, 가뜩이나 여러 가지 일로 힘겨울 그에게 굳이 상처 하나를 더할 필요가 있을까? 어차피 말을 꺼낸다 한들 내가 그를 받아들이지는 못할진대.

입술을 거세게 깨물었다. 아무리 생각해도 그와 나 모두를 위해 그냥 침묵하는 편이 나을 것 같았다.

"……드릴 말씀이 없습니다."

"……아리스티아."

"송구합니다, 폐하. 이것밖에는 드릴 말씀이 없습니다."

"하……."

기나긴 침묵 끝에 꺼낸 이야기에, 깊은 한숨을 토해 낸 그가 답답하다는 듯 말했다.

"제발, 아리스티아. 그대는 분명 심중에 무언가를 감추고 있잖소."

"……."

"정녕 내게는 아무것도 말해 주지 않을 참이오? 대관절 그 사실이 무엇이길래 이리도 잔인하게 구느냔 말이오."

"……."

"혹 계파 간의 알력이나 일전의 그 일 때문에 그러는 것이라면, 내가 다 막아 주리다. 무슨 수를 써서라도 그대가 상처 입지 않도록 보호해 주겠소."

"……송구합니다, 폐하."

거듭되는 말에 다시금 눈시울이 뜨거워졌지만, 입술을 꽉 깨물며 참아 냈다. 잠시 괴롭게 할지언정 그도 나처럼 계속해서 고통

받게 할 수는 없었다.

그런 내 태도를 다르게 해석했음인가? 잠시 침묵하던 그가 가라앉은 음성으로 말했다.

"그렇다면 그간 내게 보여 준 행동은 대체 무엇 때문이었단 말이오. 그대도 내게 어느 정도 마음이 있다 생각하였는데, 그저 내 착각이었던 것이오?"

"……"

"아니면 그 마음조차 거두어야 할 정도로 그대가 숨기고 있는 사실이 큰 것이오? 그것도 아니라면, 방금 말했듯 이리 애원해도 한마디 말조차 하지 않을 만큼 본인이 그대에게 믿음을 주지 못한 것이오?"

"송……"

"송구하다는 말이라면 되었소. 그만하면 충분하오."

화난 것 같은 음성에 천천히 입을 다물자, 그는 감정을 다스리는 듯 한참 동안 말없이 숨만 골랐다.

나는 자꾸만 움츠러드는 몸을 애써 꼿꼿하게 세우며 치맛자락을 만지작거렸다. 계속되는 침묵이 두려웠다. 어쩌면 뒤에서 안겨 있는 탓에 표정을 볼 수 없어 더 그런지도 몰랐다.

"……원하는 게 무엇이오. 공식적으로도 완벽하게 파혼해 주면 되는 거요?"

"……"

"부정하지 않는 것을 보니 맞나 보군."

"……"

무어라 할 말이 없어 그저 고개만 떨구었다.

그 순간, 갑자기 나를 보듬고 있던 팔이 떨어져 나갔다. 온몸을 감싸고 있던 온기가 사라지고, 그 자리를 서늘한 기운이 대신 채웠다. 어딘가 선득한 그 느낌에 절로 몸이 부르르 떨렸다.

이 냉기는 어디서 기인한 것일까. 그의 온기가 떨어져 나갔기 때문일까, 아니면 끝끝내 그를 외면해 버린 나 자신 때문일까.

"아리스티아, 내 마지막으로 한 가지만 묻겠소."

"……하문하십시오."

"그대는 내가 다른 사람을 곁에 두고 살아가는 걸 볼 수 있소? 정녕 아무렇지 않을 자신이 있소? 그대가 아닌 다른 여인을 황후라 일컬으며, 그녀와 함께 평생을 살아가는 모습을 지켜볼 수 있느냐 말이오."

가슴이 꽉 죄어들었다. 언젠가 보았던 그와 지은의 모습이 선명하게 떠올랐기에. 눈앞에 생생하게 펼쳐지는 그 광경에 절로 터져 나오려는 신음성을 겨우 삼켰다. 서늘하게 얼어붙은 심장에서 온몸을 태워 버릴 것처럼 뜨거운 피가 뿜어져 나왔다. 있는 힘껏 틀어쥔 치맛자락이 손아귀에서 거칠게 구겨졌다.

'정신 차려, 아리스티아.'

눈을 질끈 감았다가 떴다.

'이미 각오하고 있던 일이잖아. 새삼스레 왜 그러는 건데.'

호흡이 점점 더 거칠어지고 있었지만, 애써 마음을 가다듬으며 천천히 입을 열었다. 하얗게 질린 입술 사이로 무척이나 낯선 음성이 흘러나왔다.

"……세월 아래 무뎌지지 않는 것은 없다 하였습니다."

"하, 그렇군. 결국 그것이 그대의 뜻이로군."

"……."

"알겠소, 아리스티아. 그대가 원하는 대로 해 주리다. 원치 않는 사람을 억지로 계속 붙들어 두어 미안하오. 안심해도 좋소. 내 두 번 다시 이 일로 그대를 귀찮게 하지 않을 테니."

"폐……."

"시간이 많이 지체되었군. 그럼 극장에서 봅시다."

차갑게 돌아선 그가 성큼성큼 걸음을 옮겼다. 나는 멍하니 그 자리에 서서 멀어지는 그의 뒷모습을 한참 동안 바라보았다.

뽀얀 안개 속으로 숨어들던 푸른빛이 차츰 사라지고, 시리도록 아프던 그 색이 완전히 보이지 않게 되었을 때에서야 비로소 고여 있던 눈물이 툭하고 떨어졌다.

한 방울, 두 방울.

쉼 없이 떨어져 내리던 이슬이 바닥에 닿아 산산이 부서졌다.

'잘했어. 이제 다 된 거야.'

시린 냉기에 몸이 떨려 왔지만, 천천히 팔을 들어 젖은 볼을 닦아 냈다. 허리를 곧게 펴고서, 점점이 번져 드는 푸른 멍울을 끌어안은 채 흐릿한 안개 속을 향해 걸음을 떼었다.

파르라니 얼어붙은 눈물 조각만이 뒤에 남았다.

열 번째 달의 하늘은 높고 푸르렀다.

시원한 가을바람이 불어오는 거리에는 붉고 노랗게 물든 잎사귀들이 사르르 흔들리며 축제를 즐기고 있었고, 다랑다랑 음악 소리와 온갖 음식 냄새가 넘실거리는 길 위에는 들뜬 인파가 가득했다.

천천히 굴러가는 마차 안에서, 나는 몹시 흥겨워 보이는 그 풍경을 말없이 바라보았다. 고작 벽 하나를 사이에 두고 있을 뿐인데, 창밖의 세상은 내가 있는 곳과는 너무도 다른 분위기였다.

왠지 모를 부러움을 삼키며 창밖을 물끄러미 바라보고 있을 때, 내내 침묵하던 아버지께서 말씀하셨다.

"어찌 그런 표정이더냐. 어디가 안 좋은 게야?"

"……아무것도 아니에요. 그냥, 좋아 보여서요."

가볍게 고개를 저으며 답하자, 아버지께서는 잠시 입술을 달싹이다 한숨을 내쉬며 말씀하셨다.

"그렇구나. 그럼 티아, 아비와 함께 잠시 외출이라도 하겠느냐?"

"네? 하지만 지금은…….."

"네가 너무 답답해 하는 듯해서 말이다. 공식 행사가 끝나고 나면 아비와 함께 거리로 나가 보자꾸나. 어차피 일주일간 계속되는 축제이니, 하루 정도는 나가 볼 수 있을 게다."

"정말요? 공연히 저 때문에 무리하시는 거 아니에요? 요즘 내내 바빠 보이시던데…….."

"일이야 조정해서 할 수 있다. 내겐 내 딸이 더 소중하단다."

"감사해요, 아버지."

배시시 웃어 보이자, 희미하게 미소를 지은 아버지께서는 내 머리카락을 부드럽게 쓸어 넘기며 말씀하셨다.

"그리고 말이다, 티아."

"네, 아버지."

"……네 뒤에는 내가 있다는 사실을 잊지 말거라. 아비는 항상 네 편이란다."

"네? 갑자기 그게 무슨……."

"누가 뭐래도 너는 자랑스러운 내 딸이니, 항상 당당하게 행동하라는 얘기다. 좀 전처럼 그리 풀 죽어 있지 말고."

"아……."

가슴속에서 무언가 따뜻한 기운이 번지는 것이 느껴졌다. 티 내지 않으려고 나름대로 애를 썼는데, 이미 눈치채고 계셨던 걸까? 안개 속에서 폐하를 만난 이후로 눈에 띄게 울적한 기분이었다는 것을?

살며시 고개를 끄덕이자, 걱정스레 나를 바라보던 아버지의 입가에 희미한 미소가 걸렸다. 가라앉았던 기분이 한결 가벼워지는 듯했다. 마음이 몹시 든든했다.

"도착했습니다, 각하, 그리고 영애."

"수고했네."

아버지와 함께 마차에서 내려 극장 안으로 걸음을 옮겼다. 대부분의 귀족들이 관람하는 연극이었지만, 제법 붐빌 거라는 예상과는 달리 극장 앞은 한산했다. 아마도 의전 서열의 역순으로 입장하는 탓에 거의 마지막에 도착했기 때문인 듯했다.

오랜만에 와 보는 극장은 여전히 호화롭기 그지없었다. 무대를 중심으로 하여 반원형으로 배치되어 있는 좌석들은 전부 고급스러운 가죽으로 이루어져 있었고, 곳곳에 달려 있는 샹들리에에서는 아름다운 불빛이 뿜어져 나오고 있었다.

붉은 카펫이 깔려 있는 계단 위로 사락사락 옷자락 끄는 소리가 들리고, 검은 커튼으로 차단되어 있는 각 부스 안에서는 이미 도착한 자들이 대화를 나누는 듯 도란도란 말소리와 웃음소리가 흘러나왔다. 그 안에는 이미 도착한 각국의 사절단이 나누는 낯선 언어도 섞여 있었다.

"제국의 태양, 황제 폐하께서 드십니다."

아버지와 함께 황실 전용 부스 앞에 도착했을 때, 때마침 폐하의 도착을 알리는 시종의 목소리가 들려왔다. 잠시 후 근위 기사들의 호위를 받으며 푸른 머리카락의 청년이 등장했다.

"사자에게 충성을. 제국의 태양, 황제 폐하를 뵙습니다."

"제국에 영광을. 모두 착석하시오."

일제히 허리를 숙이는 사람들을 향해 서늘하게 말한 청년이 부스로 향했다. 나는 아버지를 향해 눈인사를 건넨 뒤 청년의 뒤를 따라 걸음을 옮겼다.

금실로 황가의 문장을 수놓은 푸른색 커튼 안에는 낯익은 여인이 서 있었다. 생글거리며 청년을 향해 예를 갖춘 그녀가 새침한 표정으로 나를 돌아보며 말했다.

"오셨군요, 모니크 영애."

"네. 안녕하세요, 제나 공녀."

며칠 전 있었던 정무 회의에서 귀족파는 아직까지도 황후를 정하지 못한 상황에 대해 정식으로 이의를 제기했다. 선황제 폐하 생전의 약조나 귀족평의회의 의결, 그리고 정무 회의에서의 만장일치 주청이 있었음에도 나를 황후로 삼겠노라는 윤언이 없는 것에 대해 따지고 나선 것.

공식적으로 파혼 사실을 기록하고 새로 황후를 뽑든가 아니면 내게 책후冊后의 명을 내리라는 압박에도 그는 침묵했고, 그 대신 제나 공작이 의장으로 있는 귀족평의회에서 제시한 의견을 받아들이기로 했다. 즉, 당장은 결정을 미루되 올해 안에는 황후를 결정하도록 약조한 것이다.

그 바람에 올해 건국기념제에서는 애초의 계획과는 달리 나와 지은 모두가 동등한 위치에서 그를 수행하기로 결정이 났다. 그 때문에 지은과 내가 지금 여기, 황실 전용 부스에 있는 것이었다.

"……."

지은은 인사를 마치자마자 곧장 그에게 말을 붙였다. 나는 그런 지은을 일별하며 천천히 걸음을 옮겼다. 그리고 조심스럽게 치맛 자락을 갈무리한 뒤 내게 배정된 자리인 그의 왼편에 앉았다. 언젠가 선황제 폐하와 함께 관람했을 때와 같은 바로 그 자리에.

잠시 후, 막이 올라가고 무대 위에 배우들이 하나둘 등장하기 시작했다. 황태자 시절부터 그가 쌓아 온 업적과 즉위 후 있었던 일들을 기리는 내용을 묵묵히 관람하고 있을 때, 갑자기 옆에서 몹시 즐거운 듯한 웃음소리가 들려왔다. 어느새 그에게 바짝 몸을 붙인 지은이 까르르 웃고 있었다.

"그래서 그 뒤로는 어찌 되었나요, 폐하? 혹 그자들을 그대로 두신 것은 아니지요?"

"흠, 공녀라면 어찌했을 것 같소?"

"당연히 모조리 잡아다 물고를 내야지요. 감히 제국의 위엄에 도전한 자들이 아닙니까."

"……그렇군."

뭐라고?

자비라고는 전혀 없는 말에 절로 눈썹이 찌푸려졌다. 슬쩍 옆을 돌아보자, 천천히 고개를 끄덕인 그가 더는 흥미가 없다는 듯 말 없이 정면을 응시하는 모습이 보였다. 그를 사이에 두고 마주친 검은 눈동자가 의기양양하게 빛나는 것도.

어쩐지 불쾌감이 들어서, 그것 보라는 듯 웃어 보이는 지은을 무 시하며 고개를 돌렸다. 무대 위에 시선을 고정한 채 배우들의 움 직임에 집중하기 위해 안간힘을 썼지만, 아무리 애를 써 봐도 연 극에 신경을 쏟는 것은 쉽지가 않았다. 거듭해서 그에게 말을 거 는 지은의 목소리와 간간이 답해 주는 그의 음성만이 점점 더 크 게 들려왔을 뿐.

꽉 움켜쥔 옷자락이 당장에라도 찢어질 듯 사납게 비틀렸다. 뜨 겁게 달아오른 피가 온몸을 태워 버릴 것처럼 거세게 내달리고, 어느새 거칠어진 숨소리가 입술 밖으로 조금씩 새어 나오는 것이 느껴졌다.

'도저히 안 되겠어.'

파르르 떨리는 입술을 꼭 깨물며 옆을 돌아보았을 때, 갑자기 여 기저기서 신음과도 같은 탄식 소리가 들려왔다. 환희에 찬 탄성 도. 순간 찬물을 뒤집어쓴 듯한 기분이 전신을 감쌌다. 내가 방금 무슨 짓을 하려 한 거지?

서둘러 정면을 바라보자, 은색과 검은색 가발을 쓴 두 명의 여배 우가 무대 위에 올라와 있는 것이 보였다.

정신 차리자. 공연히 책잡히지 않으려면, 이제부터는 정말로 조 심해야 해.

나는 딱딱하게 굳은 표정을 빠르게 펴며 배우들에게로 시선을 주었다. 본디 궁정극에서는 내가 신탁의 아이로서 그를 위해 신께서 손수 내려 준 고귀한 반려로 묘사되었으나, 올해부터는 귀족파의 반발로 인해 지은도 신탁의 아이로 등장하도록 극의 내용이 변경된 터였다.

"오직 하나뿐인 태양을 어여삐 여기사 신께서 손수 고귀한 반려를 내리셨으니, 신탁의 아이에게 축복 있으라."

같은 대사, 다른 내용.

그리고 갑자기 등장한 또 다른 '신탁의 아이'와 태양의 고뇌.

왠지 불편한 마음에 고개를 돌리는데, 무대를 바라보던 그가 깍지를 끼며 무척이나 흡족해 보이는 미소를 짓는 모습이 보였다. 무언가가 마음에 들지 않을 때 나오는 특유의 그 표정은 언젠가 함께 궁정극을 관람하던 때 그가 짓던 미소와 똑같았다.

문득 궁금해졌다. 그때는 분명 내가 그의 반려로 나오는 게 마음에 들지 않아서 그런 것이었지. 그렇다면 지금은? 그는 과연 무엇 때문에 기분이 나쁜 걸까? 귀족파의 압박에 밀려 어쩔 수 없이 지은을 등장하도록 한 것 때문에? 아니면 매정하게 자신을 저버린 내가 여전히 황후 후보로 나오는 것이 마음에 들지 않아서?

어쩐지 가슴이 싸하게 식는 것 같아 숨을 훅 들이켰다. 속으로 진정하자 되뇌며 다시금 무대 위로 시선을 옮기는 순간, 천정을 밝히고 있던 샹들리에가 일제히 꺼지며 주위가 어둠으로 물들었다.

"폐, 폐하, 이게 어찌된 일입니까?"

"흠. 일단 지켜봐야 알 것 같소."

특유의 서늘한 음성은 파르르 떨리는 지은의 목소리와는 대조적으로 무척이나 담담하게 들렸다. 갑작스러운 상황에 놀란 사람들이 웅성거리는 소리가 들리고, 만약의 사태에 대비해 황급히 부스 안으로 달려 들어오는 근위 기사들의 발걸음 소리도 들렸다.

나는 눈을 거듭 깜빡여 어둠에 익숙해지도록 하며 천천히 상황을 되짚어 보았다. 요란한 소리가 나지 않은 것으로 보아 몇 해 전 선황제 폐하와 함께 왔을 때처럼 샹들리에가 떨어진 것 같지는 않고, 단순 사고인가? 아니면 극적인 효과를 만들어 내기 위함?

"때가 되어도 달이 뜨지 않으매, 세상이 어둠에 감싸였도다."

그때, 엄숙한 목소리가 공기를 울리고 무대 양옆에서 촛불을 든 자들이 하나둘 등장했다. 줄줄이 이어지는 촛불의 행렬에 무대 위가 환하게 밝아지자, 마침내 방석 위에 반짝이는 무언가를 받쳐든 한 남자가 나타났다.

"결례를 용서하십시오, 황제 폐하, 그리고 귀빈 여러분."

얼굴 가득 미소를 짓고 있는 남자는 어딘가 낯이 익었다. 어느새 침묵하며 무대 위를 지켜보고 있는 관객들을 향해 약식으로 예를 갖춘 남자가 한쪽 무릎을 꿇으며 말했다.

"영광된 제국의 주인이자 오직 하나뿐인 태양이시여, 미천한 이 자가 한 가지 청을 올려도 되겠습니까."

"말하라."

"하늘에 태양은 하나, 고귀한 달도 하나. 태양의 오직 한 분뿐인 반려, 고귀하신 달께 작은 성의를 바치고 싶습니다. 부디 소인의 정성을 가납하여 주십시오."

좌중의 시선이 남자가 들고 있는 방석으로 쏠렸다. 그 위에 놓인 것은 백금과 다이아몬드로 만들어진 티아라였다. 그것도 그 높이와 크기로 볼 때 오직 황후만 쓸 수 있는 것이 분명한.

"……."

'작은 성의'의 정체를 확인한 청년이 침묵하자, 영롱한 빛을 뿜어내는 티아라에 쏠려 있던 사람들의 시선이 하나둘 황가의 부스 쪽으로 옮겨 오기 시작했다.

'선택하라는 건가? 지금 이 자리에서?'

이것 또한 귀족파가 미리 꾸며 두었던 일인가? 아니면 혹 자꾸만 압박하는 귀족파를 견제하기 위해 자파에서 벌인 일?

옆에서 느껴지는 싸늘한 한기에 온몸이 얼어붙을 지경이었지만, 나는 바르르 떨리는 손을 옷자락 속에 감추며 애써 태연한 표정을 지었다. 공연히 티를 내서 그나 내가 몹시 불편한 심정이라는 것을 만인에게 알릴 필요는 없었다.

"……가납한다."

"허면 어느 분께 드리오리까?"

"짐에게 다오. 달이 태양의 옆에 온전히 뜨는 날, 짐의 손으로 직접 씌워 줄 터이니."

순간 멈칫하던 남자는 이내 언제 그랬냐는 듯 정중하게 허리를 숙여 예를 갖췄다.

"황공합니다, 폐하. 대대손손 광영으로 삼겠나이다. 위대하신 황제 폐하께, 그리고 고귀하신 미래의 달께 무궁한 영광이 있으시기를."

"고맙군."

비뚜름하게 입술을 끌어 올린 청년이 오른손을 들어 올리자, 잠시 중단되었던 연극이 다시 재개되었다. 나는 어느새 무표정한 얼굴로 돌아와 무대를 응시하고 있는 청년의 옆얼굴을 말없이 바라보았다. 평정을 가장하고 있었지만, 깊게 가라앉은 바닷빛 눈동자는 차갑게 불타오르고 있었다.

누구라도 금세 알아차릴 수 있을 정도로 싸늘하게 식은 공기, 옆자리에서 전해져 오는 서늘한 분노.

그가 화를 내고 있는 대상은 누구인가. 귀족파? 황제파? 그것도 아니면, 혹시 나?

어쩐지, 가슴이 선득했다.

"……이다. 제국에 무궁한 영광이 있기를."

"와아아!"

"황제 폐하, 만세!"

"제국에 영광 있으라!"

신전 앞 광장을 메운 인파 사이에서 함성이 터져 나왔다. 수많은 인파가 외치는 소리에 거대한 공간이 우렁우렁 울렸다.

축사를 마친 청년이 가볍게 손짓하자, 아래층에서 대기하고 있던 신관들이 미리 설치해 둔 단상 위로 오르는 모습이 보였다. 두 명의 대신관과 최고위 신관들, 그리고 강보에 싸여 있는 아기 대신관까지도.

와아아!

평생에 한 번 볼까 말까 한 대신관들과 최고위 신관들의 등장에 다시 한 번 커다란 함성이 터져 나왔다. 여기저기에서 주신의 이름을 부르며 기도문을 외는 소리도 들려왔다.

"생명의 축복이 있으라. 이 자리에 모인 모든 이에게 주신 비타의 은총이 함께할지어다."

가볍게 오른손을 들어 올린 대신관 콰르투스가 말했다. 공식적인 자리에 모습을 드러내는 탓에 염색을 풀고 백발로 돌아온 그는 일전에 만났을 때와는 달리 몹시 엄숙한 태도로 의식을 진행하고 있었다.

"……지니, 영광된 카스티나 제국에 주신의 축복 있으라."

그리 길지는 않았던 축사가 끝나고 콰르투스가 뒤로 물러나자, 긴 백발을 끌며 대신관 세쿤두스가 한발 앞으로 나섰다.

"생명의 아버지, 나의 주 비타시여, 기쁘고 복된 이 날을 맞이하여 당신의 백성들에게……."

신비로운 목소리가 기도문을 계속해서 외는 동안, 나는 말없이 두 발짝 앞에 선 청년의 뒷모습을 바라보았다. 늘 그렇듯 눈부시게 새하얀 예복에 황실의 문장이 수놓인 푸른 망토를 걸친 그는 한 치의 흐트러짐도 없이 꼿꼿하게 서서 광장을 응시하고 있었다. 극장에서의 일로 아직도 화가 나 있는지는 알 수 없었지만, 미동도 없는 그의 뒷모습은 무척이나 딱딱해 보였다.

"안심해도 좋소. 내 두 번 다시 이 일로 그대를 귀찮게 하지 않을 테니."

문득 떠오르는 목소리.

손 뻗으면 닿을 곳에 서 있음에도, 점점 멀어지다 마침내 사라지던 그때처럼 멀어 보이기만 하는 차가운 뒷모습.

시린 냉기에 몸을 떨며 파르라니 얼어붙은 눈물을 떨구던 그때를 떠올리자 가슴이 알싸해졌다. 천천히 손을 들어 욱신거리는 심장 위에 얹는 순간, 그에게 바짝 다가간 지은이 귓가에 대고 무언가를 속삭이는 모습이 보였다. 묵묵히 앞만 응시하던 그가 그녀를 돌아보며 천천히 고개를 끄덕이는 것도.

활짝 웃어 보인 지은이 그를 향해 가볍게 예를 갖춘 후 돌아섰다. 그러고는 나를 향해 비뚜름하게 미소를 지은 뒤 발코니를 빠져나갔다.

'어딜 가는 거지?'

조금 의아했지만, 별일은 아닐 거라는 생각에 나는 다시 광장으로 시선을 옮겼다.

그러나 기도가 모두 끝나고 최고위 신관들을 비롯한 고위 신관들이 경건하게 성가를 부르며 축사를 읊는 동안에도 지은은 나타나지 않았다. 모든 식순이 끝나고 대신관들을 제외한 나머지가 단상 아래로 내려가는 순간까지도.

대체 어딜 간 걸까, 라고 생각하며 무심코 아래를 내려다보는데, 문득 단상을 장식한 꽃들이 시들어 가고 있는 모습이 보였다.

나는 눈썹을 찡그리며 생기라고는 하나도 없는 꽃들을 바라보았다. 분명 저건 지은의 소관이었던 것 같은데. 그렇게 자신만만하더니, 고작 꽃 하나를 관리하는 일조차 제대로 못한단 말인가? 더욱이 제가 하겠다고 아득바득 우겨서 맡은 일을?

잠깐.

순간 묘하게 찜찜한 기분이 가슴을 스치고 지나갔다. 뭔가 잘못 되고 있는 것 같다는 느낌, 어딘지 모르게 불길한 그런 예감이.

분명 이 비슷한 장면을 어디선가 본 것 같은데, 그게 어디더라?

"와아아!"

잡힐 듯 말 듯하던 무언가가 떠오르려던 바로 그때, 거대한 함성 이 나를 현실로 끌어당겼다.

나는 절로 찌푸려지는 표정을 애써 잡아 펴며 아래를 내려다보았 다. 그곳에서는 오늘 행사의 핵심이자 가장 야심차게 준비했던 것, 즉 두 명의 대신관이 펼치는 대규모 축복이 이루어지고 있었다.

"생명의 아버지께서 주신 아름다움을 찬미하라. 이곳에 모인 모 든 이에게 우리 주 비타의 축복이 있을지어다."

"생명의 주, 주신 비타의 은혜를 찬양하라. 이곳에 모인 모든 이 에게 아버지의 축복이 있을지어다."

인세의 것 같지 않은 신비로운 음성이 광장을 울리고, 곧이어 두 사람의 몸에서 새하얀 빛이 뿜어져 나왔다.

여기저기서 탄성이 터져 나왔다. 대규모의 신성력이 만들어 낸 광경, 청량한 풀내음이 감돌며 분홍색 꽃잎이 하나둘 흩날리는 그 모습은 무척이나 아름다웠다. 잠시나마 머릿속을 맴돌던 생각이 잊혔을 만큼.

그 바람에 나는 지은이 단상 위로 오르는 모습을 제때 발견하지 못했다. 뭔가 이상하다는 생각이 들었을 때는 이미 그녀가 두 손 을 경건하게 모으며 입을 연 뒤였다.

"생명의 아버지, 주신 비타의 은총을 찬미할지어다. 나 '신탁의 아이' 이자 주신의 축복을 입은 지은 그라스페 데 제나가 여기 선 모든 이에게 아버지의 사랑을 전하노라."

"안⋯⋯!"

뒤늦게 터져 나온 비명을 덮으며 눈부시게 새하얀 빛이 주위를 감쌌다. 그 빛을 받은 단상 위의 꽃들이 방금 꺾은 듯 생기를 되찾으며 싱싱하게 피어나기 시작했다.

광장에 침묵이 깔렸다.

'이것이었나? 네가 노리던 것이.'

씁쓸한 웃음이 나왔다.

언젠가 신전을 방문했던 때, 분명 오전에는 시들어 가고 있던 장미가 저녁때는 흐드러지게 피어 있는 모습을 본 적이 있었다. 어딘가 이상하다고 여기면서도 대신관 중 누군가가 했을 거라 생각하며 무심코 지나쳤더랬지. 그랬는데.

'한 수를 감춰 뒀을 거라는 것쯤은 염두에 두고 있었다. 그것이 이런 방식일 거라고는 꿈에도 생각지 못했지만.'

"서, 성녀다!"

"성녀님이 등장하셨다!"

여기저기서 하나둘씩 터져 나오는 말소리와 오연하게 서 있는 검은 머리카락의 여인, 그리고 그런 그녀를 말없이 응시하고 있는 푸른 머리카락의 청년.

"와아아! 황제 폐하, 만세! 성녀님, 만세!"

"제국에 영광 있으라!"

'당했다. 그것도 아주 제대로.'

오늘의 일로 제국민들의 뇌리에 지은은 성녀로서 확고하게 자리

잡았을 터. 신탁의 아이라는 명분에 이어 민심마저 등에 업은 그녀를 과연 황제파에서 제대로 견제할 수 있을까? 그나마 가장 나은 후보였던 그레이스마저 황비가 될 수 있을지 없을지 불투명한 이 상황에서?

까맣게 변한 시야에 문득 과거의 어느 날이 떠올랐다. 그가 나 대신 지은과 함께 꽃길을 걷던 날, 내게 보여 주던 차가운 눈빛 대신 따스한 미소를 지으며 황후의 관을 그녀에게 씌워 주던 바로 그날이.

"하……."

왜 이러는 것일까. 스스로가 싫다며 던져 버린 자리였는데. 세월이 지나면 잊히지 않는 것은 없노라 당당하게 말했던 사람은 바로 나인데.

얼어붙은 심장이 산산이 부서졌다.

아찔하게 밀려오는 흉통을 참으며, 나는 소리 없이 신음했다.

"훌륭하군요. 역시 궁내부장입니다."

"과찬이십니다, 모니크 영애."

"앞으로도 지금까지 해 온 것만큼만 해 주세요. 늘 노고가 많습니다."

정중하게 허리를 숙여 보이는 궁내부장을 향해 살며시 미소를 지은 뒤 주변을 돌아보았다. 폐하와 첫 춤도 추었고 각국의 사절단과 인사도 나누었으니, 이제부터는 낮의 일은 잠시 접어 두고 안주인으로서의 역할에 충실해야 했다.

연회장 곳곳을 살피는데, 문득 저 멀리 한쪽 구석에서 홀로 서 있는 적금발 여인이 눈에 들어왔다. 나는 슬쩍 눈썹을 찡그리며 그쪽으로 걸음을 옮겼다. 타국의 사절단도 와 있는 마당에 그녀를 일방적으로 따돌리는 작태가 영 마음에 들지 않았다.

"오랜만이네요, 베아트리샤. 그동안 잘 지냈어요?"

"아…… 안녕하세요, 아리스티아."

머뭇머뭇 대답하는 모습에 속으로 혀를 찼다. 베리타 공작 부인과 일리아가 부재중인 지금 라스 공작 부인의 심기를 거스르면서까지 그녀에게 접근할 사람이 있을 리가 없다는 건 알고 있었지만, 아무리 그래도 너무들 한다 싶었다.

"그동안 자주 연락하지 못해 미안해요. 아이를 보러 한번 찾아가려 했는데, 통 짬이 나질 않네요."

"저야 언제나 환영이지만, 무리는 하지 마세요. 여러 일 때문에 무척 바쁘실 텐데."

"아니에요. 그렇잖아도 이번 연회를 준비하면서 그대가 많이 생각났답니다. 예전에 프린시아, 그레이스와 더불어 넷이서 함께했던 일이 자꾸 떠올라서 말이에요. 만일 다음에 기회가 된다면, 그땐 도움을 청해도 될까요?"

"물론이죠. 저도 그땐 무척 즐거웠는걸요."

수줍게 미소 짓는 베아트리샤를 향해 마주 웃다가, 왠지 창백해 보이는 모습에 고개를 갸웃했다. 어디 아픈가? 아니면 사절단 때문에 마음이 불편해서 그런 건가?

"그런데 베아트리샤, 안색이 영 좋지 않아 보여요. 혹시 어디 불편한 곳이라도 있나요?"

"아뇨. 조금 어지럽긴 하지만 괜찮아요."

"음, 그래도 잠시 쉬는 편이……"

"오랜만입니다, 모니크 영애."

조심스레 말을 건네는데, 갑자기 옆에서 냉랭한 목소리가 들려왔다. 크림색 드레스 차림의 라스 공작 부인이 차갑게 가라앉은 눈으로 나를 바라보고 있었다.

"안녕하세요, 라스 공작 부인. 그간 평안하셨는지요?"

"그럭저럭 지냈습니다. 그보다 영애, 바쁘지 않다면 내게 시간을 좀 내어 주었으면 하는군요."

불쑥 끼어들어 시간을 달라는 모습이 썩 좋아보이지는 않았지만, 어쨌든 그녀는 카르세인의 어머니였다. 그래서 나는 정중하게 미소를 지으며 이유를 물었다.

"그리 바쁘지는 않습니다만, 어찌 그러시는지 여쭈어도 되겠습니까?"

"가만 보니 주로 젊은 영애들과 어울리더군요. 물론 그걸 탓하자는 것은 아닙니다만, 슬슬 부인들과도 친분을 쌓아야 하지 않겠어요? 마침 계파의 주요 가문이 대부분 참석하였으니, 이번 기회를 활용해 보도록 하세요. 영애와 좀 더 교류하고 싶다는 청에 아주 귀가 따가울 지경입니다."

평소 나를 못마땅하게 여기던 그녀가 갑자기 왜 이러나 궁금했지만, 순순히 고개를 끄덕였다. 귀부인들과의 담소 역시 연회의 안주인으로서 마땅히 해야 할 일이었으니까.

"알겠습니다. 그리하지요. 거기 자네, 페덴 남작 부인을 휴게실로 모셔 가도록."

나는 지나가는 시녀에게 베아트리샤를 휴게실로 데려가라 말한 뒤 공작 부인을 따라 걸음을 옮겼다. 그러고는 여러 귀부인들과 더불어 대화를 나누다 제법 긴 시간이 흐른 후에야 자리를 빠져나왔다.

어디 보자.

주위를 둘러보자 춤을 추고 있는 젊은 남녀들과 삼삼오오 모여 담소하는 사람들이 보였다. 저 멀리 사절단 대표들과 대화를 나누고 있는 폐하와 그 옆에 서 있는 보좌관, 그리고 행정부 관료들의 모습도 눈에 들어왔다.

푸른 머리카락을 보자 어쩐지 가슴이 답답해졌다. 슬쩍 한숨을 내쉬며 시선을 돌리려는데, 문득 그의 주위에 리사 왕국의 대표가 보이지 않는다는 생각이 들었다. 어디로 간 거지? 아무리 다른 왕국과 사이가 좋지 않더라 하더라도, 보이지 않는 외교가 이뤄지는 이런 장소에서 홀로 빠져 있는 것은 그리 현명한 행동이 아닐 텐데.

왠지 찜찜한 기분에 다시 주위를 살피는데, 갑자기 뒤에서 호통 소리가 들려왔다. 깜짝 놀라 돌아보자 허리를 푹 숙이고 있는 시종과 화를 내고 있는 노귀족이 보였다.

"도대체가, 제대로 되어 있는 구석이 하나 없군."

"죄송합니다, 공작 전하. 즉시 가져오겠습……."

"닥치지 못할까? 천한 시종 따위가 무얼 잘했다고 꼬박꼬박 말대답인 것이냐!"

"공작 전하, 일단 언성을 낮추시지요. 내빈들 앞에서 이 무슨 추태이십니까."

슬쩍 인상을 찌푸리며 만류하자, 바람 소리를 내며 돌아본 제나 공작이 분기탱천한 음성으로 말했다.

"뭐라? 추태?"

"우선 진정하시지요. 무슨 일이 있기에 이리도 노화를 내시는 것입니까."

"음료 하나 제대로 관리 못하는 주제에 누구더러 추태 운운하는 것인가. 도대체가 하나부터 열까지 마음에 드는 구석이 없군그래. 역시 천한 피는 어쩔 수 없음이야."

'뭐라고? 천한 피?'

순간 속에서 뜨거운 무언가가 울컥하고 치밀어 올랐지만, 나는 꿈틀거리는 분노를 꾹꾹 누르며 마음을 가라앉혔다. 당장에라도 반박하고 싶은 마음은 굴뚝같았으나 그러기에는 시선이 너무 많았다.

"보는 눈이 많으니 일단 자리를 옮기는 것이 어떠하십니까. 조용한 곳에서 차분히 얘기하시지요."

"지금 누구를 가르치려 드는……."

"공작 전하, 여기 계셨군요. 한참을 찾아다녔습니다."

짜증 어린 목소리에 눈살을 찌푸리는 순간, 싸늘하게 가라앉은 분위기를 가르며 목소리 하나가 끼어들었다. 사람 사이를 비집고 들어온 남자가 부드럽게 인사를 건넸다.

"모니크 영애께서도 계셨군요. 그간 안녕하셨습니까?"

"……미르와 후작 각하."

흉흉한 기세를 못 알아차렸을 리 없건만, 그는 아무 일도 없다는 듯 태연하게 미소를 짓고 있었다. 그 모습을 보자, 머리끝까지 치솟았던 화가 급속도로 사그라졌다. 어쩐지 허탈했다.

"공작 전하께서 오랜만에 보는 내종손녀가 반가운 나머지 다소간 격앙되신 모양입니다. 너그러이 이해하십시오, 영애."

"뭐라? 내종손녀? 누가 저 천한 것과……!"

"아 참, 영애, 조손간의 오붓한 만남을 방해하는 것 같아 죄송하기 그지없습니다만, 폐하께서 찾으시는 것 같더군요."

너무 기가 막힌 탓일까? 또다시 천한 핏줄 운운하는 노인을 보면서도 화를 낼 수가 없었다. 내종손녀라니. 누가 저자의 혈육이란 말인가. 물론 외할머니의 오라비이니 틀린 말은 아니었지만, 그렇다고 해서 제나 공작과 혈연관계로 엮이고픈 생각은 티끌 한 점만큼도 없었다. 상상만 해도 끔찍했다.

하도 어이가 없었기 때문일까? 공작을 가로막으며 남자가 건넨 말은 머릿속에서 반 박자 늦게 해석되었다. 방금 그가 뭐라고 했지? 폐하께서 나를 찾으신다고?

"……폐하께서 저를 찾으신다고요?"

"그렇습니다. 그러니 어서 가 보십시오. 폐하를 오래 기다리시게 해서야 되겠습니까."

그럴 리가 없을 텐데. 아침에 그렇게 헤어진 이후로 내내 냉기만 날리던 그가 아니던가.

고개를 갸웃하자, 나를 향해 슬쩍 미소를 지은 미르와 후작이 한쪽 눈을 찡긋해 보였다.

뭐야, 거짓이었어?

헛웃음이 나왔다. 아무리 그래도 그렇지, 상황을 정리하기 위한 핑계로 감히 폐하를 이용하다니.

왠지 휘둘리는 것 같은 느낌에 기분이 썩 좋지는 않았지만, 이 이상 주목받을 필요는 없다는 생각에 나는 모르는 척 고개를 숙여 보인 뒤 자리를 빠져나왔다.

'그런데 제나 공작, 갑자기 왜 저러는 거지?'

흘낏흘낏 바라보는 사람들 사이를 지나가는데, 문득 의문 하나가 떠올랐다. 그가 원래 집안싸움을 외부인에게 보여 줄 정도로 막 나가는 인물이던가? 그 정도라고는 생각지 않았는데. 물론 대회의에서의 전적이 있기는 했지만, 왕녀들을 초청했을 때는 그래도 어느 정도 자제하는 모습을 보여 주지 않았던가.

"공작 전하, 요 며칠 조금 이상해 보이지 않아요? 왠지 좀 초조해 보인달까."

"그건 그래요. 어쩐지 화도 자주 내시는 것 같고……."

'요 며칠 초조해 보이는 데다 화를 자주 낸다고? 왜지? 혹시 그 일 때문인가?'

며칠 전 아버지께서는 내가 일전에 부탁했던 '그것', 즉 검과 방패, 그리고 장미가 새겨진 인장을 가져다주셨다. 은랑이 한 일이 맞느냐고, 누군지는 모르겠으나 참으로 대단한 실력을 가진 자라고 기뻐하는 나를 보며 아버지께서는 알 수 없는 표정을 지으셨지만, 묵묵히 인장을 넘겨준 것 외에는 더 이상 아무런 말씀도 하지 않으셨다. 그랬는데…….

벌써 들킨 건가? 아니면 혹시 이쪽에서 눈치챘다는 걸 알아차린 걸까?

아무리 생각해 봐도 제나 공작이 초조해 할 만한 이유는 그것 외에는 없었다. 귀족평의회의 의결을 통해 눈엣가시처럼 여기는 나를 반쯤 밀어내는 데 성공한 데다 오후의 일로 지은이 민심까지 얻지 않았던가. 그런 상황에서 저토록 신경이 날카로운 이유가 달리 무엇이 있을까.

속으로 혀를 찼다. 진품을 빼돌리고 가짜를 넣어둔 것이 들킨 것이든 아니면 이쪽에서 눈치챘다는 사실을 들킨 것이든 간에, 제나 공작이 저런 태도를 보인다는 건 좋지 못한 신호였다. 아무래도 좀 더 서둘러야 할 것 같았다.

'뭐, 그 일은 그 일이고, 일단은 연회에 집중하자.'

고개를 흔들어 복잡한 상념을 털어 내며 휴게실로 향했다. 안으로 들어서려는데, 갑자기 커튼이 휙 걷히더니 좀 전에 행방을 궁금해 했던 남자가 달려 나왔다. 자칫하면 충돌할 뻔한 상황이었지만, 그는 사과의 말을 건네기는커녕 놀란 가슴을 쓸어내리는 나를 무시하며 황급히 어딘가로 사라졌다. 일국의 왕자치고는 몹시 무례한 태도였다.

아, 뭐야. 오늘따라 대체 왜들 이러는 건데.

짜증스러운 마음으로 커튼을 걷는 순간, 축축하고 비릿한 냄새가 코끝을 훅 찔렀다.

"이게 무……."

눈앞에 펼쳐진 믿을 수 없는 광경에 눈이 커다랗게 뜨였다.

배를 움켜쥔 채 쓰러져 있는 여자. 신음하고 있는 베아트리샤의 드레스 자락이 붉게 물들어 있었다.

"꺄악! 누, 누구 없어요?"

등 뒤에서 찢어지는 듯한 비명 소리가 들려왔다.

무언가에 얻어맞은 듯 머리가 멍했지만, 반사적으로 돌아서며 커튼을 내렸다. 바르르 떨리는 손을 치맛자락 속에 감추며 주위를 살피자, 때마침 사람들 사이에 서 있는 백금발의 청년이 보였다.

"에네실 후작 각하."

"말씀하십시오, 영애."

"주위를 좀 물려 주십시오. 부탁드립니다."

"알겠습니다."

곧바로 고개를 숙여 보인 에네실 후작이 주위를 정리하기 시작했다. 모여 있던 사람들이 커튼 뒤를 흘낏거리며 물러나는 모습을 잠시 지켜보다가, 나는 어찌할 바를 모르고 있는 시종들을 손짓하여 불렀다. 오늘따라 자주 듣는 것 같은 고저 없는 목소리가 입술 사이로 흘러나왔다.

"시간이 없으니 빠르게 지시하겠다. 거기 자네, 당장 가서 황궁의를 데려오도록. 제2기사단의 페덴 경과 궁내부장도. 페덴 남작 부인이 위독하다."

"알겠습니다, 영애."

"그리고 자네는 지금 즉시 황제 폐하께 이 사실을 보고하고 지시를 기다리겠노라고 전하라. 혹 타국의 사절단과 함께 계시다면 이렇게만 말씀드리도록. 모니크 영애가 재작년 이맘때 황태자궁의 정원에서 있었던 일로 긴히 드릴 말씀이 있으니, 즉시 뵙기를 청한다고 말이다. 알아들었나?"

"물론입니다."

"좋다. 마지막으로 자네, 자네는 라스 공작 부인께 현 상황을 간

략히 설명해 드린 뒤 일을 수습하는 동안 연회 주관을 부탁드린다고 말씀드리도록 하라. 알겠나?"

"알겠습니다, 영애."

"좋아. 그럼 당장 움직이도록."

말이 떨어지기가 무섭게 예를 갖춘 시종들이 곧장 몸을 돌려 사람들 속으로 사라졌다.

나는 어느새 주위를 모두 정리한 에네실 후작에게 외부인의 출입을 엄금해 줄 것을 부탁한 뒤 다시 커튼 안으로 들어섰다.

"베아트리샤? 내 말 들려요?"

한결 짙어진 혈향에 현기증이 일었지만, 없는 힘을 겨우 짜내어 신음하는 여인을 부축했다. 새하얗게 질린 얼굴과 붉게 물든 드레스 자락을 보자 귓속이 윙윙 울렸다. 과거의 기억이 자꾸만 머릿속을 뱅뱅 맴돌았다.

소리 없는 비명이 절로 터져 나왔지만, 나는 입술을 꽉 깨물어 뇌리를 잠식하려는 어둠을 간신히 떨쳐 내며 작게 속삭였다.

"조금만 더 힘을 내요. 곧 황궁의가 올 거예요."

"아기, 내 아기가……"

"아이는 괜찮을 거예요. 그러니 조금만 더 힘을 내요, 네?"

그러나 침착한 목소리와는 달리 속마음은 그렇지 못했다. 점점 지독해지는 혈향에 심장이 불안하게 뛰고, 한껏 가늘어진 신경이 당장에라도 끊어질 듯 바르르 떨리는 것이 느껴졌다.

황궁의는 왜 이렇게 안 오는 거야. 페덴 경과 궁내부장은? 아까 그 시종이 제대로 전하기는 한 건가?

"역시 리사 왕녀였군. 이게 어찌 된 일이지?"

얼마나 시간이 지났을까? 커튼이 열리는 소리가 들리고 곧이어 냉랭한 음성이 들려왔다. 싸늘하기 그지없는 특유의 그 목소리에 잔뜩 굳어 있던 몸에서 비로소 힘이 빠졌다.

그가 왔구나. 이제 됐어.

전신을 휘감고 있던 긴장이 사라진 탓일까? 머릿속이 점점 비어 갔다. 어딘가 나른한 느낌이 온몸으로 번져 나갔다. 누군가가 두런두런 대화를 나누는 것 같기도 하고 왔다 갔다 하는 것 같기도 했지만, 제대로 들리지도 보이지도 않았다. 그저 몽롱했다.

한참을 멍하니 주저앉아 있다, 피 냄새를 밀어내는 시원한 향에 정신을 차렸다. 고개를 들자 돌아서는 청년의 뒷모습이 보였다.

나는 조금씩 멀어지는 청년을 바라보며 멍하니 눈을 깜빡였다. 그는 어디로 가는 걸까. 베아트리샤는 또 어디에 있고?

"저, 모니크 영애, 별실로 모시라는 폐하의 명이 있었습니다. 혼자 일어나시기 힘든 듯한데, 잠시 실례를 해도 되겠습니까."

"아, 아뇨. 괜찮습니다."

말을 건네 온 근위 기사는 여전히 걱정스러운 표정이었지만, 나는 애써 그를 외면하며 후들거리는 다리에 힘을 주어 몸을 일으켰다. 부축을 받고 싶은 마음이야 있었지만, 공연히 그랬다가 이 일에 대한 소문에 한몫을 더하기는 싫었다.

한 걸음 한 걸음 힘겹게 뗐기 때문일까? 그리 먼 거리가 아니었음에도 별실에 도착한 것은 제법 시간이 흐른 후였다. 조심스레 안으로 들어서는데, 문득 지금 이 구도가 어디선가 본 듯하다는 생각이 들었다.

붉게 물든 드레스 차림으로 혼절해 있는 베아트리샤와 그녀를 바라보고 있는 푸른 머리카락의 청년, 그리고 문가에 서 있는 나.

피를 흘리던 나와, 나를 당황한 얼굴로 내려다보던 과거의 그.

그리고 문가에 서 있던 검은 머리카락의 여인—.

등줄기를 타고 한기가 흘렀다. 후들거리던 다리가 얼어붙은 듯 그 자리에 멈춰 섰다.

뻣뻣하게 굳은 나를 무심하게 돌아본 청년이 말했다.

"……왔군."

깊게 가라앉은 눈빛을 마주하자 절로 몸이 움츠러들었지만, 몰래 숨을 들이쉬며 태연한 척 예를 갖췄다. 앞으로도 그와 마주칠 일이 한두 번이 아닐 텐데, 그때마다 이럴 수는 없었다.

"송구합니다, 폐하. 실은……."

"자초지종은 천천히 듣도록 하고, 우선 급한 일부터 처리합시다. 일단 응급처치는 하였소만, 대기 중이던 자는 이쪽 분야는 잘 모른다고 하더군. 해서 이 방면에 통달한 다른 황궁의를 데려오라 일렀소."

"그렇습니까."

그렇잖아도 저기 서 있는 황궁의가 왜 치료는 안 하고 환자의 상태만 살피고 있나 했더니, 그런 이유 때문이었던 모양이었다.

하혈이 심하던데 괜찮을까 생각하며 의식을 잃은 베아트리샤를 바라보고 있을 때, 노크 소리가 들렸다.

반가운 마음에 홱 돌아보았지만, 안으로 들어선 사람은 황궁의가 아니라 검은 머리카락을 높게 틀어 올린 여인이었다.

"부르셨다 들었습니다, 폐……."

뭔가 이상한 것이라도 본 것일까? 화사하게 미소를 짓던 얼굴에서 조금씩 웃음이 자취를 감췄다. 애교스럽게 건네던 목소리가 차츰 작아지다 사라졌다.

늘 나를 노려보고 있던 검은 눈동자가 다른 이를 담고 있었다. 그에게 고정된 그 눈동자는, 항상 그랬던 것처럼 어둡게 불타오르는 대신 무언가 알 수 없는 빛을 띠고 있었다.

왠지 모르게 싫다는 기분이 드는 순간, 나도 모르게 움직인 몸이 밤하늘색 시선을 그에게서 차단했다. 그와 동시에 등 뒤에서 서늘한 목소리가 들려왔다.

"제나 공녀, 공녀의 신성력을 잠시 빌려야겠소."

"……아, 네, 폐하."

꿈에서 막 깨어난 사람처럼 멍한 표정으로 뒤늦게 답한 지은이 나를 보며 얼굴을 잔뜩 찌푸렸다.

뭐지? 설마 그녀도 나처럼 과거를 떠올리기라도 했던 걸까?

의아한 마음으로 돌아보았을 때는 지은이 이미 베아트리샤의 옆에 선 뒤였다. 나는 두 손을 모은 채 무언가를 연신 중얼거리는 지은을 바라보며 고개를 갸웃했다.

'신성력이 원래 저렇게 쓰는 것이던가?'

오후에 봤던 것도 그렇고 대신관들이 쓰는 것을 생각해 봐도 그렇고, 지금 그녀가 하는 행동은 평소 내가 보아 왔던 모습들과는 많이 달라 보였다.

하지만 아무리 미심쩍다 한들 내가 할 수 있는 일은 아무것도 없었다. 공연히 말을 걸었다가 치료를 방해하기라도 하면 어찌한단 말인가.

얼마나 시간이 지났을까? 한참 후에야 나타난 황궁의는 땀이 송골송골 맺힌 얼굴로 황급히 예를 갖추고는 곧장 베아트리샤에게 달려들었다.

다급한 손길로 드레스를 벗겨 내는 모습에 고개를 돌린 청년이 창가로 향했다. 나는 왠지 차가워 보이는 그 뒷모습을 애써 외면하며 베아트리샤에게로 향했다.

치료하는 데 걸리적거리지 않도록 조금 떨어진 곳에 자리를 잡자, 그때까지도 무언가를 중얼거리던 지은이 신경질적인 표정으로 얼굴을 일그러뜨리는 것이 보였다. 왠지 이상하다 싶더니만, 역시 뭔가 잘 안 되고 있던 것이었나.

'그럼 오늘 오후에 보여 줬던 건 뭐지?'

문득 머릿속에 의문 하나가 떠올랐다. 일전에 대신관에게서 그녀가 가지고 있는 신성력은 불완전한 것이라 들었던 적이 있었는데, 그게 저런 걸 말하는 것이었나? 그럼 혹시 하루에 쓸 수 있는 양이 정해져 있다거나 한 건가? 아니면 성공률이 낮다거나.

의아한 마음은 여전했지만, 일단 지은에게서 시선을 떼어 황궁의들을 바라보았다. 짜증스러워 보이는 지은과는 달리 두 사람은 무척 진지한 표정으로 무언가 열심히 대화를 나누고 있었다.

걱정스러운 마음으로 그쪽을 바라보는데, 문득 둘 중 한 사람이 무척 낯익다는 생각이 들었다.

'어, 저 사람은……?'

식은땀을 흘리며 여자의 말에 집중하고 있는 남자. 이쪽 분야는 잘 몰라 응급처치만 했다는 서른 후반의 황궁의는 과거에 내 주치의 중 하나로서 내게 불임 사실을 통보했던 바로 그자였다. 비상시를 대비해서 폐하의 주위를 지키는 황궁의 중 하나이기도 했고.

"후우, 하혈이 심해 걱정하였는데, 천만다행일세."

"그러게 말입니다."

"헌데 어째서 나를 불렀는가? 자네도 이 방면에 일가견이 있지 않던가."

워낙 거리가 가까웠던 탓일까? 속삭이는 듯한 두 사람의 목소리는 한껏 낮추었음에도 여과 없이 내게로 전달되었다.

순간, 절로 눈살이 찌푸려졌다. 하긴, 생각해 보면 그가 부인들의 일에 대해 모를 리가 없었다. 정말 그랬다면 과거 내 주치의 중 하나로 임명받지도 못했을 테니까. 그럼 어째서 거짓을 고한 거지? 베아트리샤의 치료를 거부할 만한 이유라도 있는 건가?

"저야 헤레스 님에 비하면 아직 미천한 실력이지요. 게다가 워낙 상태가 위중해 보이지 않았습니까."

"하긴 혼자보다야 둘이 낫겠지. 흠, 얼추 수습된 듯하니 이만 보고드리세나."

깨끗한 수건에 손을 닦아낸 중년 여인이 창가로 다가가 깊숙이 허리를 숙였다.

"제국의 태양, 황제 폐하께 헤레스 란트가 인사 올립니다. 경황이 없어 제대로 예를 갖추지 못했던 점을 용서하여 주십시오."

"괜찮다. 남작 부인은 좀 어떠한가?"

"하혈이 심해 유산이라 생각하였으나, 다행히 아이는 무사한 것 같습니다. 다만 아이와 부인 모두 기력을 몹시 소모한 터라 출산까지는 각별히 주의를 기울여야 할 것으로 사료됩니다."

"그런가. 수고했군."

절로 안도의 한숨이 나왔다. 이기적인 생각이었지만, 눈앞에서 자꾸만 되풀이되던 과거의 장면이 더는 이어지지 않을 거라는 생각에 마음이 한결 가벼워졌다. 물론 그렇잖아도 아픔이 많을 베아트리샤에게 또다시 커다란 상처가 더해지지 않았다는 사실에 안심하기도 했지마는.

"저, 모니크 영애?"

"무슨 일인가."

"안색이 썩 좋지 않으신데, 괜찮으시다면 제가 한번 살펴 드려도 되겠습니까?"

'그렇게 티가 났나?'

조금 뜨끔했지만, 나는 어느새 내 앞에 다가와 답을 기다리는 여인을 향해 천천히 고개를 저었다. 과거의 일이 떠올라 그랬다고 털어놓을 수도 없을진대, 진찰을 받는다 한들 무슨 소용이 있겠는가.

"되었네. 그저 잠시 놀란 것뿐인데 번거롭게 수고를 끼치고 싶지는 않군."

"그러하십니까."

"그냥 받으시오. 많이 놀란 듯한데, 이참에 간단하게라도 살펴보는 게 나을 것 같군."

깜짝 놀라 돌아보자, 창문에 몸을 기댄 그가 팔짱을 낀 채 나를 바라보고 있는 모습이 눈에 들어왔다. 아침 이후로 내내 거리를 두던 그가 건네 온 따뜻한 말에 눈이 크게 뜨였지만, 그것은 이내 원래대로 돌아왔다. 나를 향한 그의 얼굴이 지독히도 무표정했던 탓이었다.

"……네, 폐하. 그리하겠습니다."

천천히 고개를 끄덕이자, 여인은 정중하게 양해를 구한 뒤 나를 살피기 시작했다. 잠깐 정도면 끝날 거라 생각했는데, 그녀는 살며시 눈썹을 찌푸린 채 이곳저곳을 짚어 볼 뿐 아무런 말도 하지 않았다.

왜 그러지? 뭔가 문제라도 있나?

왠지 긴장되는 마음에 마른 입술을 축이는 순간, 계속해서 이곳저곳을 살펴보던 여인이 조심스럽게 물었다.

"실례되는 말씀이오나 영애, 달거리는 하십니까?"

"······아니네만."

"허면 이전에 달거리를 하신 적은 있습니까?"

"불미스러운 사건이 있기 전에는 그랬네. 헌데 그건 왜 자꾸 묻는 겐가."

혼자 있는 자리도 아닌데 거듭 달거리 운운하는 여인 때문에 얼굴이 화끈 달아올랐다. 창가 쪽을 힐끔힐끔 돌아보며 작은 소리로 영문을 물었지만, 그녀는 답해 줄 생각 같은 것은 전혀 없는 듯한 표정으로 말했다.

"저 영애, 송구한 말씀이나 피를 조금만 내어 봐도 되겠습니까."

"······그리하게."

"감사합니다. 그럼 잠시 실례하겠습니다."

가볍게 고개를 숙여 보인 여인이 들고 온 가방에서 작은 은침을 꺼냈다. 그러고는 내 손가락 끝을 찔러 나온 피를 무언가 알 수 없는 시약 위에 떨어뜨린 뒤 한참 동안 살펴보았다.

"으음······."

여인의 고심이 길어질수록 불안한 마음도 점점 더 커져 갔지만, 나는 애써 태연한 얼굴로 말없이 그녀가 하는 행동을 지켜보았다.

다른 사람도 아니고 그와 지은이 있는 자리에서 초조함을 드러내 보일 수는 없었다.

얼마나 시간이 지났을까? 갑자기 벌떡 일어선 여인이 한껏 올라 간 목소리로 외쳤다.

"아, 이럴 수가. 기뻐하십시오, 폐하! 영애는……!"

"잠깐 기다리도록."

오른손을 들어 여인을 저지한 청년이 지은을 돌아보며 말했다.

"제나 공녀, 그대는 이만 나가 봐도 좋소."

"……폐하."

"수고가 많았소. 내 이 일에 대해서는 반드시 후사하리다."

명백한 축객령에 지은의 눈빛이 흔들렸다. 잠깐 동안 말없이 그를 바라보던 그녀가 천천히 예를 갖춘 뒤 방을 빠져나갔다.

지은의 모습이 사라진 후에도 침묵하던 그는 한참 후에야 중년 여인을 돌아보며 물었다.

"계속하라. 영애가 어떻다는 것인가."

"실은 예전부터 궁금했던 점이 있었습니다. 영애가 당한 독은 아기집을 서서히 마르게 하는 것과 그 독을 크게 증폭시킨 것 두 가지라 들었사온데, 그리 심하게 중독이 되었음에도 어찌해서 목 숨을 잃지 않았는지 말입니다."

'그건 대신관의 축복 때문이 아니었던가?'

조금 의아했지만, 나는 일단 말없이 여인의 설명에 귀를 기울였다.

"사건 당시 영애가 하였다는 달거리는 정상적인 것이 아니라, 아마도 계속해서 쌓이는 독 때문에 견디지 못한 아기집에서 흘러 내린 혈흔일 것입니다. 그와 함께 독이 일부 빠져나간 덕분에 목숨을 건지게 된 것일 테고 말입니다.”

“흠, 그게 어쨌단 말인가?”

“하온데 이제 보니 아무래도 아기집이 완전히 말라붙은 것은 아닌 듯합니다. 제 진단이 맞는다면, 아마 두어 달 내로 달거리를 다시 시작하실 것입니다. 즉, 아이를 가질 수도 있다는 이야기지요. 감축드립니다, 폐하! 실로 제국의 홍복이 아닙니까!”

뭐라고?

머릿속이 뒤죽박죽 엉망으로 헝클어졌다. 갑작스럽게 떨어진 이야기에 정신이 하나도 없었다.

‘그러니까, 내가…… 불임이 아닐 수도 있다고?’

내가, 아이를 가질 수 있다고? 그 언젠가 떠올렸던 가슴 시리도록 아름다웠던 한 장면이, 소리조차 내지 못하고 그저 속으로만 피울음 흘리게 했던 그 상상이…… 한낱 이룰 수 없는 바람이 아니었단 말인가?

“하…….”

가슴이 뻐근하게 차올랐다. 심장이 터질 듯 두근거리고, 무어라 형언할 수 없는 기분이 온몸을 휘감았다. 당장에라도 눈물이 차오를 것만 같았다.

그러나 떨리는 시선이 나도 모르게 그를 향한 순간, 밀려오던 기쁨의 파도는 그대로 얼어붙었다. 어느새 몸을 돌려 창밖을 바라보고 있는 그의 뒷모습이 눈에 들어왔기에.

두근대던 심장이 싸하게 식어 내렸다.

나는 차갑게 굳은 손을 들어 얼음에 베인 것처럼 시린 가슴 위에 얹었다. 어쩐지 몹시 허탈했다.

'너 진짜 웃긴다, 아리스티아.'

입술을 꽉 깨물었다. 그리 매달려도 싫다고 밀어냈으면서 고작 등 한 번 보여 줬다고 속상해 하다니. 이보다 더한 것도 감수할 수 있노라며 당당하게 얘기한 건 나였잖아. 겨우 이런 것에 흔들리면 어쩌자는 건데.

어렵사리 그의 등에서 눈길을 떼고서, 뻣뻣한 입가에 힘을 주어 오랜 세월 연습해 온 미소를 만들어 냈다. 여기서 더 지체하면 황궁의가 이상하게 생각할 것이 분명했다.

"고맙……."

"황궁의."

무언가 치하의 말을 건네려는 순간, 조금은 가라앉은 듯한 목소리가 들려왔다. 깊숙이 허리를 숙이는 여인의 머리 위로 서늘한 음성이 떨어졌다.

"두 사람 모두 당분간은 이 사실에 대해 함구하도록 하라. 황명이다."

"명을 받듭니다."

"명을 받듭니다, 폐하."

"그럼 잠시 물러가 있도록. 조금 뒤에 다시 부르겠다."

"네, 폐하."

하긴 이 사실이 흘러나가서 좋을 것은 없었다. 계파에서는 또다시 나를 내세우려 들 게 뻔했고, 오늘 일로 물러설 곳이 없는 귀족파에서도 가만히 지켜보지만은 않을 것이 분명했으니까.

"……."

내게도 뭔가 지시를 내릴 거라 생각했지만, 두 남녀가 물러간 후에도 그는 여전히 창밖만 응시할 뿐 아무런 말이 없었다. 단단히 벽을 치고 있는 것만 같은 모습.

더는 버틸 수가 없어서, 나는 가라앉은 목을 가다듬으며 입을 열었다.

"폐하, 이만 물러남을 허락해 주십시오. 긴 시간 동안 자리를 비웠으니, 이제는 그만 돌아가 봐야 할 것 같습니다."

"……그리하시오."

차가운 뒷모습을 한 번 더 돌아보며 천천히 문을 닫았다.

굳게 닫힌 문에 등을 기대고 서서, 무언가가 얹힌 것처럼 답답한 가슴 위에 손을 얹었다. 이제 그만 돌아가야 한다는 것은 알고 있었지만, 발걸음이 쉽사리 떨어지지 않았다. 근위 기사들의 시선이 느껴짐에도 그랬다.

'정신 차리자, 아리스티아.'

이를 악물며 문에서 등을 뗐다. 마지막으로 한 번 뒤를 더 돌아보고서, 연회장을 향해 천천히 걸음을 옮겼다.

어쩐지 다리가 몹시 무거웠다.

"수고하였소. 그럼 내일 봅시다."

"황공합니다, 폐하."

폭풍처럼 밀려드는 일을 처리하다 정신을 차렸을 때는 어느새 연회가 모두 끝난 뒤였다.

형식적인 치하의 말만을 남긴 채 돌아서는 청년을 향해 예를 갖추고서, 나는 무거운 발걸음으로 건국기념제 기간 동안 머물 궁으로 향했다.

꽉 조인 코르셋 때문일까? 오늘따라 유독 답답한 가슴 위에 손을 얹었다. 크게 숨을 들이쉬는데, 저 멀리 반가운 이의 모습이 보였다.

구름에 가린 달빛 아래 희미하게 반짝이는 은색 머리카락. 아버지였다.

"티아, 여기 있었구나."

"네, 아버지. 헌데 아직도 퇴궁하지 않으셨던 거예요? 오늘은 저녁까지만 근무하시는 걸로 알고 있었는데……."

"하나밖에 없는 딸이 새벽까지 고생하는데, 아비가 되어 어찌 편안히 잠을 잘 수 있겠느냐."

"하지만, 많이 피곤하실 텐데……."

"이 정도는 괜찮다. 그보다, 이제 그만 집에 가자꾸나. 어서 가서 쉬어야지."

"네? 집이라니요?"

의아했다. 분명 사흘에 걸친 연회 준비를 보다 원활하게 하기 위해서 기념제 기간에는 황궁에 머무르기로 했는데.

고개를 갸웃하는 나를 보며 희미하게 미소를 지은 아버지께서 말씀하셨다.

"이미 윤허를 받았으니 그 점은 걱정 말거라. 많이 힘들었을 터이니, 오늘은 집에 데려가 쉬게 하라고 하시더구나."

"……폐하께서요?"

"그래. 어찌 그러느냐? 무언가 안 좋은 일이라도 있었던 게야?"

"안 좋기는요. 아니에요. 오히려 정말 기쁜 소식을 들었는걸요? 실은…….''

황궁의에게서 들은 이야기를 전해 드리자, 아버지께서는 젖은 음성으로 내게 그것이 사실이냐며 몇 번이고 되물으셨다. 그러고는 말없이 나를 끌어안고서 한참 동안 머리카락을 쓸어 주셨다.

단단한 품에 얼굴을 묻으며 씁쓸하게 웃었다.

이상하기도 하지. 어째서 기쁘지가 않은 걸까. 나 역시 저리 좋아해야 정상인데, 피울음 삼킬 정도로 한 맺혔던 일이 해결되었는데. 그런데 왜 이렇게 가슴이 답답하기만 한 거지? 어째서 이리 울고 싶은 기분이 드는 걸까?

어떻게 집에 돌아왔는지 기억이 나지 않았다. 방에 돌아와 침대 위에 몸을 던졌을 때에야 간신히 정신이 돌아왔지만, 이틀 만에 돌아오는 집이니 분명 편안해야 할 텐데도 이상하리만치 잠이 오지 않았다.

한참 동안 이불 속에서 이리저리 뒤척이다 몸을 일으켰다. 이대로는 도무지 잠이 올 것 같지가 않았다.

멍하니 주위를 둘러보는데, 문득 희미하게 비쳐 드는 달빛 아래 푸르게 빛나는 상자가 눈에 들어왔다. 천천히 팔을 뻗어 그것을 집어 들고서, 뚜껑을 열어 그 안에 있는 인형을 한참 동안 들여다보았다. 정확하게는, 은발 인형의 머리 위에 놓여 있는 보석 티아라를.

또록또록.

태엽을 감았다.

잔잔하게 울려 퍼지는 선율 사이로 사랑한다 속삭이던 목소리가 들려왔다. 황제가 아닌 한 남자로 봐 달라던 이야기도, 그저 자기 자신만을 봐 달라던 간절한 부탁도.

또록또록.

다시 태엽을 감았다.

방 안을 가득 채운 푸른 달빛 사이로 언젠가 함께 거닐었던 호숫가가 떠올랐다. 한 우산 아래 걸었던 비 내리는 정원도, 별빛 아래 함께 잠들었던 은빛 꽃나무 아래도.

또록또록.

또다시 태엽을 감았다.

차가운 금속의 감촉 사이로 단단한 품에서 전해져 오던 온기가 떠올랐다. 독에 취해 비몽사몽이던 내 볼을 쓸어 보던 서늘한 감촉도, 맞닿았던 입술에서 느껴지던 뜨거움도.

하얀 이불 위에 잿빛 얼룩이 하나둘 늘어났다. 물 먹은 속눈썹이 파르르 흔들리고, 산산이 부서진 심장이 소리 없이 흩어졌다.

푸른 달빛이 스러지고,

황금빛 햇살이 방 안을 가득 채울 때까지—.

온밤 내내 나는 태엽을 감고 또 감았다.

2. The Tempest(2)

태양이 등장을 예고하며 어둠을 조금씩 밀어내고 있었다.

어스름이 막 가시기 시작한 이른 새벽, 나는 근무를 서기 위해 황궁으로 향했다. 요 며칠 잠을 제대로 이루지 못해 몸이 무거웠지만, 연회 기간 내내 하지 못한 업무를 보충하기 위해서는 어쩔 수 없었다.

"좋은 아침입니다, 모니크 경."

"아침은 무슨, 자네 눈에는 아직 해도 제대로 뜨지 않은 게 안 보이나?"

"좋은 새벽은 뭔가 어감이 이상하잖나."

아침부터 투닥거리는 두 기사를 보자 웃음이 나왔다. 저 두 사람, 어릴 적부터 아는 사이라고 했지. 그래서 그런지 굉장히 친하네.

"안녕하세요, 리안 경, 그리고 딜론 경. 두 분 모두 오랜만에 뵙는 것 같네요. 그간 잘 지내셨나요?"

"음, 사실 별로 잘 지내지는 못했습니다. 좋은 답을 드리지 못해 죄송하군요."

"네? 뭔가 좋지 않은 일이라도 있었나요?"

"이런, 벌써 모르는 척하시는 겁니까?"

다소 과장된 동작으로 손을 가슴 위에 가져다 댄 딜론 경이 극적인 어조로 말했다.

"경께서 제2기사단으로 옮기시는 바람에 제가 단장님의 보좌관을 다시 맡게 되었단 말입니다. 덕분에 요새 아주 죽을 지경입니다. 심지어는 머리카락도 마구 빠지고 있다니까요. 이거 어떻게 책임지실 겁니까, 예?"

"허, 지금 감히 누구에게 책임을 전가하는 것인가. 자네 머리숱이야 원래 적지 않았나."

"그게 무슨 말도 안 되는 소린가! 단장님에게 시달린 탓이지, 그전에는 나도 이렇지 않았단 말일세."

순간 나도 모르게 시선이 딜론 경에게로 향했다. 서글서글해 보이는 인상의 남자는 젊은 나이임에도 정말로 머리숱이 적었다. 옆에 있는 리안 경과 비교해 보니 더 그랬다.

"큭⋯⋯."

황급히 입을 틀어막았지만, 이미 손바닥 사이로 웃음소리가 새어 나간 다음이었다. 이런. 이게 무슨 결례람.

"아, 죄송해요, 딜론 경. 그게⋯⋯."

"저, 방금 굉장히 상처받았습니다. 다른 사람도 아니고 설마 경께서 그러실 줄이야."

비틀거리며 가슴을 틀어쥐는 남자를 보자 간신히 진정했던 웃음이 또다시 터져 나왔다. 마치 한 편의 희극을 보는 것 같은 느낌이었다고나 할까.

쿡쿡 웃는 나를 보며 빙그레 미소를 지은 남자가 말했다.

"이제야 조금 나아 보이시는군요."

"네?"

"요즘 왜 이리 주위에 힘들어 하는 사람이 많은지 모르겠습니다. 하지만 뭐, 남자들이야 제가 알 바 아니고, 저는 그냥 경만 응원하렵니다. 기운 내십시오, 모니크 경. 웃을수록 좋은 일이 온다는 말도 있지 않습니까."

"아……. 네, 감사합니다."

"그럼 인계를 마쳤으니 저는 이만 가 보겠습니다. 아 참, 무례를 용서하십시오. 이 친구, 아마 지금 인사드릴 정신이 없을 겁니다."

"네?"

무슨 소린가 싶어 되물었지만, 딜론 경은 더는 아무 말도 하지 않은 채 고개를 숙여 보인 뒤 멍하니 서 있던 리안 경을 데리고 사라졌다.

무례라는 게 저걸 말하는 거였나?

고개를 갸웃하며 돌아서는데, 막 떠오른 해를 등진 탓에 새까맣게 보이는 인영이 바짝 다가와 있는 것이 보였다.

까, 깜짝이야.

소스라치게 놀란 탓에 심장이 거세게 뛰는 것이 느껴졌지만, 나는 가슴을 쓸어내리며 애써 태연하게 인사를 건넸다.

"아, 안녕하세요, 스피아 경. 오랜만에 뵙습니다."

"그렇군요."

밤잠을 설친 탓일까? 고개만 까딱해 보이는 모습이 묘하게 거슬렸지만, 나는 거기에 대해 언급하는 대신 다른 화제를 꺼냈다. 어쩌면 지난번 승급 시험에서 불합격한 탓에 신경이 날카로울 수도 있겠다 싶어서였다.

"제4기사단으로 옮기셨단 이야기는 들었습니다. 적응하느라 힘드시겠습니다."

"그럭저럭 할 만합니다. 그나저나 사랑받는 건 여전하시군요."

"네?"

"리안 경이야 그렇다 쳐도, 딜론 경은 본래 견습 기사에게 엄하기로 유명하시거든요. 아, 이런. 실례했습니다. 그리고 보니 경께서는 이제 정식 기사이셨죠."

"아, 네. 음, 내년에는 경께도 좋은 결과가 있을 겁니다. 그러니 너무 심려치는……."

"감사합니다."

어딘가 가시 돋친 듯한 어조. 원래 그런 사람은 아니었던 것 같은데, 아무래도 승급 심사에서 떨어진 일로 마음이 몹시 상한 모양이었다. 하긴 그럴 만도 했다. 지난 심사에서 정식 기사로 승급한 사람 중에는 분명 스피아 경의 동기나 후배도 있을 터. 하루아침에 그들의 지휘를 받는 신세가 되었다고 생각하면 심기가 불편한 것이 당연했다.

제국에서는 매우 엄격한 기준을 거쳐 정식 기사를 뽑았기에, 그들과 견습 기사는 그 대우에서 하늘과 땅만큼의 차이가 있었다. 아무리 먼저 입단했다 하더라도 견습 기사는 정식 기사를 선배로서 깍듯하게 대접해 주어야 했고, 삼 할밖에 안 되는 봉급을 받으며 그들의 지휘하에 일해야 했다.

과거에는 그나마 승급하는 이들이 적었기에 덜했지만, 이번에는 대대적인 선발이 있었던 만큼 필시 스피아 경과 같은 경우도 많이 생겼을 터였다. 사실 나만 해도 이번 기회가 아니었다면 정식 기사로 서임될 일은 없었을 테고.

얼마나 시간이 지났을까?

어색한 분위기 속에서 간신히 근무를 마치고서, 나는 곧바로 회의장으로 향했다. 기념제 연회가 끝난 바로 다음 날 정무 회의가 열리는 것은 몹시 이례적인 일이었다. 피곤한 탓에 되도록이면 가고 싶지 않았지만, 백작가 이상의 모든 가문은 반드시 참석하라는 황명이 있었기에 어쩔 도리가 없었다. 뭔가 짐작되는 구석이 있기도 했고.

"제국의 태양, 황제 폐하께서 드십니다."

모두가 예를 갖춘 뒤 착석하자 베리타 공작이 천천히 몸을 일으켰다. 얼마 전 대공자의 장례를 치렀다 들었는데, 백작가 이상은 빠짐없이 참석하라는 황명이 있었던 만큼 그 역시 모습을 드러낸 모양이었다.

"금일 안건은······."

"잠시만 기다리시오, 베리타 공작. 내 분명 빠짐없이 참석하라 하였거늘, 어째서 미르와 후작은 보이지 않는 거요?"

"그 일이라면 신이 알고 있습니다, 폐하."

가볍게 고개를 숙여 보인 레슬랭 백작이 말했다.

"실은 작일 함께 연회를 즐기던 도중 미르와 영지에서 온 급보를 받았는데, 영지에 불이 나는 바람에 농지農地의 삼 할 정도가 소실되었다 합니다. 해서 그 길로 상황을 파악하기 위해 떠난 것으로 알고 있습니다."

"그렇군. 헌데 어째서 짐에게 보고가 올라오지 않은 거지? 정규 기사단의 단장이 수도를 뜨면서 윤허조차 받지 않았단 말인가?"

서슬 퍼런 물음에 순간 정적이 흘렀다. 못마땅하다는 듯한 표정으로 주위를 한번 돌아본 청년이 책상을 톡톡 두드리며 말했다.

"뭐, 좋소. 이 일에 대한 문책은 나중에 하도록 하고, 베리타 공작, 계속하시오."

"네, 폐하. 금일 안건은 리사 왕국에 대한 처결 문제입니다. 대부분 소문을 들어 알고 있을 거라 생각하나, 혹시 모르는 분들을 위해 우선 정황부터 설명하겠습니다. 모두 페덴 남작 부인을 기억하십니까? 이 년 전 제국으로 귀화한 리사 왕국 출신 왕녀 말입니다."

베리타 공작의 설명에 따르면, 사흘 전 베아트리샤는 그녀를 쫓아온 리사 왕국의 삼왕자와 맞닥뜨리게 되었고, 페덴 경과의 일로 말다툼을 벌이다 그만 그런 일을 당한 것이라고 했다.

다행히 그녀와 아이 모두 무사하다고는 하나, 이미 제국의 귀족이 된 그녀에게 타국의 왕자가 상해를 입힌 것은 결코 묵과할 수 없는 일이었다. 그렇기에 오늘의 자리가 마련된 것이었다.

최대한 사견을 배제한 채 정황을 설명한 공작이 물러나자, 곧바로 발언권을 요청한 하멜 백작이 말했다.

"폐하, 리사 왕국에 응분의 대가를 내리셔야 합니다. 그들은 감히 다른 씨앗을 품은 왕녀를 태자빈 후보로 보내 제국과 황실을 모욕했던 것으로도 모자라, 이번에는 제국의 품에 안긴 왕녀를 해하려 함으로써 또다시 제국을 능멸하였습니다. 이제 더는 그들의 건방진 작태를 두고 볼 수 없음입니다."

"맞습니다. 한 번 관용을 베풀었더니 이제는 제국을 우습게 보는 것이 틀림없습니다. 이참에 리사 왕국을 단죄하여 다른 왕국에 대한 본보기로 삼아야 할 것입니다."

하멜 백작의 말에 맞장구친 사람은 뜻밖에도 황제파 소속인 리그 백작이었다. 독특한 검술로 유명한 리그가의 가주로서 무인의 피가 끓어오르는 모양이었다.

"단죄라. 어떤 식으로 말인가? 설마 군대라도 일으키자는 이야기인가?"

"전면전까지는 가지 않더라도, 충분히 징치할 정도는 해야 한다 생각합니다."

"맞습니다. 그렇잖아도 리사 왕국은 크리얀스 3세의 즉위 이래 계속 불온한 움직임을 보이고 있지 않습니까."

이번에 제3기사단의 부단장을 맡게 된 귀족파 소속 홀텐 백작이 말했다.

이구동성으로 징벌을 주장하는 사람들을 보자 왠지 웃음이 나왔다. 평소 으르렁대던 그들이 이토록 일치된 의견을 낼 거라 그 누가 상상이라도 했을까.

나와 같은 생각이었던 듯, 묵묵히 세 사람의 주장을 듣던 푸른 머리카락의 청년이 피식 웃었다.

"짐이 아주 기분이 좋군. 매번 대립각을 세우던 사람들이 이리 합심하는 모습을 보게 될 줄이야."

"……."

"어쨌든 세 백작의 의견은 유념하도록 하지. 흠, 다른 견해를 가진 자는 없나?"

"신이 한 말씀 올려도 되겠습니까."

행정부, 그중에서도 외무부에 적을 두고 있는 휘르 백작이 말했다.

"이 문제는 그리 간단하게 생각할 것이 아닙니다. 리사 왕국은 현재 다른 왕국과 소소하게 국지전을 벌이는 중이 아닙니까. 지금 군사를 일으킨다면 왕국 간의 싸움에 제국이 끼어드는 모양새가 됩니다."

"흠."

"그렇습니다, 폐하. 제국은 오랜 세월 동안 대륙의 중재자를 자처해 왔습니다. 루아 왕국과 동맹을 맺은 것 역시 평화 유지라는 명분이 있었기에 가능했던 일이 아닙니까. 허나 이번 일은 다릅니다. 신중히 생각하셔야 합니다."

휘르 백작을 거들고 나서는 제노아 백작의 말에 귀족파의 요인 중에서도 상당수가 고개를 끄덕였다. 대부분은 행정부에 적을 두고 있는 자들이었다.

어디 보자. 무관은 거의 군사를 일으켜야 한다는 쪽이고, 문관은 주로 반대인 건가? 하긴, 문관은 전쟁으로 크게 얻을 것이 없으니까. 아무리 후방 지원을 잘한다 한들 공을 인정받는 쪽은 주로 전방에서 싸우는 자들이니.

말 한마디에 큰 책임이 따르는 대귀족 가문이 모두 침묵하는 가운데, 백작가의 사람들만 계파에 관계없이 치열한 공방을 벌였다.

얼마나 시간이 지났을까? 계속해서 설전이 이어지던 끝에 드디어 처음으로 무게감 있는 인물이 침묵을 깼다. 오랜만에 공식 석상에 모습을 드러낸 베리타 공작이었다.

"폐하, 신 역시 감히 제국의 귀족을 해하려 한 리사 왕국에 합당한 벌을 내려야 한다는 것에는 이견이 없으나, 그 전에 그들이 세운 공도 참작해야 한다 생각합니다."

"공이라. 그런 것이 있었소?"

"물론입니다. 리사 왕국은 스스로 약점이 될 왕녀를 보내와 땅을 내어 주더니, 이번에는 그 왕녀를 해하려 들어 또 다른 이득을 안겨 주려 하고 있지 않습니까. 이 어찌 갸륵하지 않다 할 것입니까."

"하하하!"

여기저기서 웃음소리가 터져 나왔다. 나 역시 한 손으로 슬쩍 입을 막았다.

'그건 그렇네.'

스스로 알아서 명분을 가져다 바치다니, 제 손으로 제 무덤을 판 격이 아닌가. 그것도 한 번도 아닌 두 번씩이나.

즐겁게 웃는 사람들을 보며 빙그레 미소를 지은 베리타 공작이 장내를 한번 둘러보고는 말했다.

"하오니 폐하, 리사 왕국에게 마지막으로 한 번만 더 관용을 베푸는 것이 어떠하십니까."

"어떤 식으로 말이오?"

"이토록 제국에 대해 강한 충성심을 보이고 있으니, 그들 중 몇몇을 선발하여 제국의 문물을 직접 견식할 수 있는 기회를 주시는 것은 어떻습니까."

볼모를 잡자고?

절로 고개가 끄덕여졌다. 특유의 호전적인 성향 때문에 늘 제국의 골칫거리인 곳이니만큼, 이번 기회에 리사 왕국의 지도층을 친

제국화 하는 것도 좋은 방법일 것 같았다. 그런 생각은 마찬가지인 듯 다른 귀족들 역시 수긍하는 표정이었다.

"괜찮은 견해인 듯합니다, 폐하. 이것으로 리사 왕국의 생각 역시 알 수 있을 터이니, 제안을 거부한다면 그때 징치하면 될 일입니다."

"좋소. 왕세자를 비롯하여 백작가 이상 가문의 후계자 정도면 되겠지. 그럼 삼왕자를 제외한 사절단 전원의 구속을 풀어 주고 자국으로 돌려보내도록 하시오. 나머지는 리사 왕국의 답을 받은 후 다시 논의하도록 합시다."

라스 공작의 말에 잠시 생각에 잠겼던 푸른 머리카락의 청년이 선언했다. 모두가 동의한다는 듯 깊숙이 고개를 숙여 보이자, 회의장을 한 번 돌아본 그가 말했다.

"생각보다 시간이 길어졌군. 오늘 회의는 여기서 파하도록 합시다. 모두 수고하였소."

"황공합니다, 폐하."

"아, 그리고 그동안 있었던 그대들의 노고를 치하하기 위해 짐이 간단한 자리를 마련하였으니, 모두 그대로 앉아 있도록 하시오."

'역시……'

백작가 이상의 가문은 반드시 참석하라는 황명을 받았을 때 얼추 짐작하고 있기는 했지만, 아무래도 그는 오늘 당장 '그 일'을 시작할 모양이었다.

"무슨 일이시지?"

"글쎄, 본인은 잘 모르겠구려. 백작은 무슨 일인지 아시오?"

"아니, 나도 잘 모르겠소만."

자리를 뜰 준비를 하던 귀족들의 대다수가 어리둥절한 표정으로 수군거렸지만, 청년은 아무렇지도 않은 얼굴로 말했다.

"참, 신전과의 연계 행사가 무사히 끝난 것도 축하할 겸해서 내 특별히 두 분 대신관을 모셨소. 의전관."

청년의 부름에 허리를 숙여 보인 의전관이 문을 열자, 백색 신관복 차림의 두 남자가 안으로 들어섰다.

기다란 머리카락을 끌며 단상 가까이로 다가간 백발의 대신관이 말했다.

"별로 한 일도 없는데 이리 환대해 주시니 감사드립니다, 폐하."

"아니오. 두 분 덕에 올해 건국제를 성황리에 끝마칠 수 있었소. 내 진심으로 감사의 뜻을 표하는 바요."

"그리 말씀해 주시니 감사드립니다."

"자, 앉으시오. 이러다 음식이 식겠군."

청년이 가볍게 손짓하자, 문이 열리고 은쟁반을 받쳐 든 시종과 시녀들이 들어와 각자의 앞에 테이블보를 깔았다. 황실의 문장이 새겨진 은포크와 나이프가 놓이고, 여러 모양의 잔과 은접시가 하나둘 늘어서기 시작했다.

모두의 앞에 식기가 놓이자, 식전주가 담긴 유리잔을 들어 올린 청년이 말했다.

"즉위 이래 첫 건국제를 무사히 넘긴 것에 대한 축배를 듭시다. 제국의 영광을 위하여!"

"제국의 영광을 위하여!"

백작가 이상의 고위 귀족들이 모인 자리답게, 수많은 사람이 있음에도 식기 부딪히는 소리 같은 것은 나지 않았다.

숨 막히는 정적 속에서 말없이 음식만 들기를 한참.

처음에는 그의 의도가 무엇인지 몰라 조심스럽게 행동하던 사람들의 표정이 하나둘 자연스럽게 풀어지기 시작했다. 일부는 여전히 대신관들을 흘끗거리고 있었지만, 대다수는 편안한 모습이었다. 어느새 여기저기서 주위 사람들과 도란도란 대화를 나누는 소리가 들려오고, 반쯤 빈 와인잔을 채우기 위해 시종과 시녀들이 바쁘게 움직이는 모습이 보였다.

얼마나 시간이 지났을까? 가벼운 전채 요리로 시작된 오찬은 제법 많은 시간이 흐른 후에야 간신히 끝이 났다.

디저트로 입가심을 마친 푸른 머리카락의 청년이 냅킨을 접으며 말했다.

"모두 즐거운 시간이 되었길 바라오."

"물론입니다, 폐하. 신들을 이리 생각해 주시니 몸 둘 바를 모르겠나이다."

"그리 말해 주니 고맙군. 흠⋯⋯."

잠시 말끝을 흐린 그가 검지로 테이블을 톡톡 두드리다 불쑥 말했다.

"어차피 더는 시간을 끌 수도 없는 노릇. 밖에 있는가? 들어오라."

뜬금없이 던져진 말에 의아해 하던 귀족들은 문이 열리고 등장하는 사람의 모습에 더욱 어안이 벙벙한 표정이었다. 물론 그중에 몇몇은 딱딱하게 굳은 얼굴이었지마는.

"제국의 태양, 황제 폐하께 앨리 코로나가 인사 올립니다."

"헤로드 스트라가 제국의 태양, 황제 폐하를 뵙습니다."

정중하게 예를 갖추는 하얀 옷차림의 남녀는 무언가를 손에 쥐고 있었다. 두 사람의 정체, 그리고 그들이 쥐고 있는 것이 무엇인지를 알아본 사람들이 웅성거리기 시작했다.

"저들은 검시관이 아니오? 어째서 저들이 이곳에 나타난 건지 백작은 아시오?"

"모르겠소. 헌데 저들이 들고 있는 것, 혹 은봉銀棒이 아니오?"

"은봉? 그렇다면 설마……."

"모두 정숙하도록."

수군거리는 사람들의 머리 위로 서늘한 음성이 떨어졌다.

차갑게 가라앉은 눈으로 좌중을 한번 둘러본 청년이 손깍지를 끼며 등받이에 몸을 기댔다. 그러고는 어딘가 나른하게 들리는 목소리로 말했다.

"얼마 전 짐이 갑작스레 쓰러졌던 적이 있었소. 당시에는 다소 과로한 탓이라 여겨 가벼이 넘어갔으나, 생각하면 할수록 이상하더군. 본디 강건한 체질이라 여겼거늘, 고작 그만한 일을 하였다고 쓰러지기까지 하다니."

그는 무척 흡족해 보이는 웃음, 즉, 몹시 불쾌할 때 짓는 특유의 미소를 입가에 건 채 계속해서 말했다.

"해서 요 며칠 곰곰이 생각을 해 보았소. 헌데 말이오. 아무리 생각해도 짐의 상태가 마치 중독된 것과 비슷하더란 말이지."

"그게 무슨 말씀이십니까, 폐하!"

"중독이라니오! 그럴 리가 없지 않습니까!"

"천부당만부당하신 말씀이십니다! 누가 감히 폐하께 그런 짓을 할 수가 있단 말입니까!"

여기저기서 숨넘어가는 소리와 함께 비명과도 같은 외침이 들려왔다. 하긴 그럴 법도 했다. 그가 말하는 게 사실이라면, 그것은 곧 한바탕 불어올 피바람을 예고하는 것과 마찬가지였으니까.

"그럴 리가 없다……. 흠. 해서 오늘 그대들이 보는 앞에서 간단한 조사를 해 볼까 하오. 자고로 이런 일은 일말의 의심조차 남겨 두어서는 아니 되는 법. 모두가 보는 앞에서 독 검출을 실시하는 것이 가장 공정할 것 같더군."

"……."

"검시관들은 즉시 조사를 시작하라."

"명을 받듭니다, 폐하."

정중하게 허리를 숙인 남녀가 그의 앞에 놓인 식기들을 가져가 꼼꼼히 살펴보기 시작했다.

나는 그들이 은봉을 긁어 가루를 떨어뜨려 보기도 하고 시약을 꺼내 반응을 살피기도 하는 모습을 지켜보다 단상 위를 돌아보았다. 모두가 조마조마한 표정으로 검시관들이 하는 양을 지켜보는 것과는 달리, 그는 관심 없다는 듯 무심한 얼굴이었다.

하긴 그럴 법도 했다. 어차피 결과는 정해져 있었으니까.

사흘 전, 나는 대신관에게서 밀서 한 통을 받았다. 그것은 일전에 고위 신관들의 비리를 조사해 주는 대가로 부탁했던 일, 즉 내가 중독되었던 독과 그 해독제를 입수하는 것에 성공했다는 내용이었다. 시간이 빠듯하던 차에 받은 반가운 소식에 나는 곧장 그것을 폐하께 전달해 달라고 요청했고, 그 부탁은 즉시 이루어졌다. 그 결과가 바로 오늘의 자리였던 것.

그를 해하려 했던 범인들이 저 음식에 독을 넣었건 아니건 간에, 오늘 저 접시에서는 반드시 독이 검출될 것이었다. 처음부터 그러기 위해 해독제뿐만 아니라 독까지 구해 달라 한 것이었으니까.

'자, 제나 공작, 당신은 이제 어떻게 할 거지?'

참으로 아쉬운 일이었지만, 인장을 손에 넣었음에도 공작이 이 일을 사주했다는 명백한 증거를 찾아낼 수는 없었다. 관련 문서를 찾기 위해 백방으로 노력 중이기는 했으나 아직까지는 그랬다.

그러나 와인 담당자의 딸을 인질로 잡고 있는 점이나 독을 밀반입해 온 신전의 고위 신관들과 긴밀한 관계를 갖고 있다는 점, 그것을 운반한 상단의 주인이 제나가와 인척 관계라는 점 등을 고려해 보면 십중팔구는 그가 범인일 터였다. 그러니 잘만 하면 그에게 죄를 물을 수도 있었다.

입꼬리를 비틀며 돌아보자, 무표정한 얼굴로 검시관들을 지켜보고 있는 완고한 인상의 노인이 보였다. 그 옆에서 타오르는 듯한 눈빛으로 나를 노려보고 있는 보랏빛 머리카락의 중년 남자도.

"결과가 나왔습니다, 폐하."

"보고하라."

"아뢰옵기 송구하나 폐하께서 짐작하신 바가 맞습니다. 독이…… 검출되었나이다."

"도, 독!"

순간 날카로운 침묵이 흘렀다. 다른 것도 아니고 황제의 음식에서 독이 검출되었다는데, 더 이상 무슨 말이 필요하겠는가.

경악과 공포에 어찌할 바를 모르는 사람들을 싸늘하게 훑어본 청년이 말했다.

"독이 검출되었다, 라. 감히 짐을 해하려 했던 자가 있단 말이지."

"뭐, 뭔가 오해가 있을 것입니다, 폐하. 누가 감히 폐하께 그런 짓을……."

"오해? 저리 명백한 증거가 나왔는데도 말인가?"

색이 변한 시약들을 본 하멜 백작이 입을 다물었다. 침묵하는 그를 보며 입꼬리를 비뚜름하게 끌어 올린 청년이 말했다.

"뭐, 좋다. 오해일 수도 있겠지. 그렇다면 이건 어떠한가. 마침 이 자리에는 대신관들이 있으니, 저 음식들에 독이 있는지 없는지를 가려 낼 수 있겠지. 더불어 짐이 중독되어 있는지도."

"……."

"대신관, 내 두 분에게 부탁 좀 해도 되겠소?"

"물론입니다, 폐하."

슬쩍 고개를 숙여 보인 두 명의 대신관이 단상 앞으로 다가갔다.

백발의 대신관이 청년을 이리저리 살피는 사이, 작은 소리로 기도문을 외운 금발의 대신관이 손을 시약병에 가져다 댔다. 그 순간, 눈부시게 하얀 빛이 뿜어져 나오며 붉게 변했던 액체가 본래의 색을 되찾았다.

"저, 저것은……!"

"역시 독인가!"

여기저기서 흘러나오는 신음 사이로 신비로운 목소리가 들렸다.

"독이 확실합니다, 폐하. 이것은 주신의 네 번째 뿌리로서 이름 받은 저 콰르투스의 신성력을 걸고 말씀드릴 수 있습니다."

"동의합니다. 더불어 폐하께서는 현재 중독되신 상태라는 것을 저 세쿤두스의 신성력을 걸고 말씀드리는 바입니다."

두 대신관의 말이 끝나자, 회의장에는 공포 섞인 침묵만이 흘렀다. 싸늘한 눈빛으로 주위를 둘러본 청년이 말했다.

"두 대신관이 신성력을 걸고 증언했다. 이런 데도 오해라 할 텐가?"

"……."

"이 시간부로 모든 귀족들의 자택 근신을 명한다. 또한 내일 이 시간에 대회의를 소집할 것이니, 수도 내에 있는 모든 귀족들은 반드시 참석하도록 하라. 이것은 황명으로, 이를 어길 시에는 반역에 가담한 것으로 간주, 즉결 처분할 것이다."

"화, 황명을 받듭니다."

"짐은 그대들을 믿고 싶다. 허니 부디 경거망동하지 않기를 바란다. 이상."

차갑게 말을 남긴 그가 자리에서 일어났다. 여전히 충격에 휩싸인 사람들만을 뒤로한 채, 거대한 문이 쿵 소리를 내며 닫혔다.

'드디어 시작되었는가. 그토록 기다려 왔던 시간이.'

입가에 짙은 미소가 걸렸다.

다음 날.

그가 예고했던 대로 대회의가 열렸다.

오랜만에 와 보는 대회의장은 여전히 그 규모가 어마어마했다. 평소였다면 제아무리 대회의라 해도 각자의 사정으로 인해 어느 정도 자리가 비어 있었을 테지만, 오늘만큼은 좌우로 늘어선 책상이 꽉 들어차 있었다. 하긴 어제 그런 말을 듣고도 감히 불참할 정도로 간 큰 귀족은 없을 터였다.

"제국의 태양, 황제 폐하께서 드십니다."

의전관의 말에 황황히 일어난 사람들이 단상 위에 오른 그를 향해 예를 갖췄다. 오늘따라 유독 정중한 태도였다.

"사자에게 충성을. 제국의 태양, 황제 폐하를 뵙습니다."

"제국에 영광을. 모두 착석하도록."

서늘한 음성이 떨어지자 널찍한 회의장은 잠시 바스락거리는 소리로 가득 찼다. 사람들이 전부 착석한 것을 확인한 의전관이 긴 종이를 펼쳐 들었다.

"위대한 카스티나 제국에 영광 있으라. 찬연한 태양의 광휘가 함께하사……."

"그만. 개회사는 생략하고 곧바로 본론으로 넘어가지."

일 년에 한두 번 열릴까 말까 하는 데다 제국의 모든 귀족이 모이는 자리였으므로, 본디 대회의의 시작 전에는 장황하게 개회사를 늘어놓는 것이 관례였다. 제국과 황실에 대한 찬양, 그리고 공정할 것을 촉구하는 내용으로 이루어진 그것을 손짓 한 번으로 생략시켜 버린 그가 말했다.

"베리타 공작, 설명하시오."

자리에서 일어난 베리타 공작은 잠시 침묵하다 모두의 주의가 자신에게 쏠린 후에야 천천히 입을 열었다.

"감히 입에 담기도 민망하나, 오늘 대회의를 소집한 이유는 황제 폐하를 시해하려 했던 사건이 발생했기 때문입니다. 조사 결과 당해 독은 모니크 영애가 중독되었던 것과 같은 것으로 밝혀졌습니다."

"모니크 영애라니오. 그렇다면……?"

"맞습니다. 하여, 역적의 무리를 찾아내기 위해 금일은 모니크 영애 중독 사건의 사후 처리부터 진행할 것입니다. 간단한 사실 확인 절차 후 곧바로 법정이 열릴 것이니, 우선 나눠 드릴 자료를 참고하여 기본적인 사실 관계를 숙지하시기 바랍니다."

공작의 말이 끝나자 시종들이 바쁘게 돌아다니며 자료를 나눠 주기 시작했다. 그리 얇지도 두껍지도 않은 서류에는 그동안 있었던 일이 일목요연하게 정리되어 있었다.

정신을 잃은 나를 진찰한 황궁의 중 하나가 중독의 가능성을 제시한 것, 중독이 맞다는 사실을 알게 되어 주변 인물을 전부 조사했다는 것, 제1기사단에서 내 시중을 들던 시녀가 차를 우려내기 위한 물에 독을 타고 있었다는 사실을 알게 되었으나 그녀를 잡으러 갔을 때는 이미 죽어 있었다는 것, 해독제를 구하고 대신관을 찾기 위해 사람을 보냈다는 것 등을 단숨에 읽어 내린 뒤 다음 장으로 넘어가자 시녀의 죽음으로 잠시 캐낼 수 없던 배후를 다른 곳에서 찾아냈다는 이야기가 눈에 들어왔다. 그것은 바로 내게 독이 든 음료수를 건넨 시종에 관한 이야기였다.

신문訊問 결과 그에게 직접 지시를 내린 자는 비야 남작이었으며, 최종 지휘자는 라니에르 백작이었다는 사실이 밝혀졌다. 이 사건에 직·간접적으로 연루된 다른 자들 역시도. 그들은 현재 감옥에 수감 중이었다.

"아직 내용을 숙지하지 못했거나 의문이 있는 자는 거수하십시오."

침묵을 가르며 들려오는 목소리에 고개를 들었다. 하지만 잠시 기다려 봐도 손을 드는 사람은 없었다.

*

무표정한 제나 공작과 안절부절못하는 하멜 백작을 힐끔 쳐다본 베리타 공작이 재차 말했다.

"없습니까? 그럼 재판을 시작하겠습니다. 제국법에 따라 신문에는 누구든 참여할 수 있으며, 모든 절차가 끝나게 되면 거수로 유무죄를 가리게 됩니다. 허나 오늘의 법정은 역도들의 정체를 알아내기 위한 것이므로 유무죄의 판단은 모든 사건이 종결된 후에 이루어질 것입니다. 질문 있습니까?"

사위는 머리카락이 떨어지는 소리조차 들릴 정도로 고요했다. 무표정한 얼굴로 앉아 있던 청년이 고개를 끄덕이자, 안경을 끌어 올린 베리타 공작이 말했다.

"의전관, 비야 남작을 데려오라."

소리 없이 열리는 문 사이로 초췌한 남자가 보였다. 기사들의 감시를 받으며 들어선 그가 단상과 마주 보는 곳, 심판의 대상이 되는 자의 자리에 섰다.

이제 시작인가?

"데니스 로 비야. 제국력 924년생. 비야 영지의 영주이며 남작 작위를 가지고 있음. 행정부 산하 내무부의 칠 급 관료. 맞는가?"

"그렇습니다."

"귀하는 작년 건국기념제 연회에서 당시 황태자이셨던 황제 폐하를 사칭하여 모니크 영애에게 독을 탄 음료수를 건네라는 지시를 내린 바 있다. 이 같은 사실을 인정하는가."

베리타 공작의 말에 잠시 머뭇거리던 남자가 내 쪽을 바라보았다. 불안한 듯 눈동자를 굴리는 모습을 보자 문득 의아해졌다. 뭐지? 설마 도움을 요청하는 것은 아닐 테고, 이제 와 협상을 제안하기에는 너무 늦었을 텐데.

"다시 한 번 묻겠다. 귀하는 폐하를 사칭하여 모니크 영애에게 독배를 건넨 사실을 인정하는가."

"……."

"비야 남작, 본 법정에서 침묵은 허용되지 않는다. 답하라. 위 사실을 인정하는가?"

서릿발 같은 물음에, 안절부절못하던 남작이 흠칫 몸을 굳혔다. 천천히 고개를 떨군 그가 잔뜩 가라앉은 목소리로 답했다.

"……인정합니다."

순간, 상반된 분위기가 장내를 휩쓸었다. 귀족파에서는 탄식이, 황제파에서는 환희가.

여유로운 자세로 관전을 시작한 계파의 귀족과는 달리 귀족파 사람들은 잔뜩 긴장한 표정으로 비야 남작을 응시했다. 이제부터 가 진짜였으니까.

"그렇다면 그 일은 귀하의 단독 범행이었는가? 아니면 공범이나 배후가 있었나?"

"저는 같이 일을 도모한 자들과 함께…… 한 사람의 지시를 받 아 행동했습니다."

"그들이 누구인가."

"에넨 남작, 소이 남작, 케트 자작입니다. 모두 라니에르 백작의 지시를 받았습니다."

예상했던 범위 내의 답이 나왔기 때문일까? 몇몇 이름이 흘러나 왔음에도 귀족파는 별다른 동요 없이 침묵을 유지했다. 심지어는 안심한 표정을 짓고 있는 사람마저 보였다.

"라니에르 백작이라. 그가 귀하에게 이번 일 외에 더 지시한 사항이 있는가?"

"만일을 대비해 시종 두엇을 더 매수하라 하였습니다. 그것 외에는 없습니다."

"시종? 어느 궁의 시종 말인가? 그자들의 이름을 고하라."

"모니크 영애가 쓰러지고 난 뒤 모두 죽였습니다. 현재 궁에 남아 있는 자는 없습니다."

"모두 죽였다? 그게 사실인가?"

"그, 그렇습니다."

"흠, 좋다. 허나 만일 숨긴 것이 있거나 거짓을 고한 사실이 밝혀지는 날에는 순순히 죄를 인정한 것에 대한 참작 또한 사라질 것이다. 알겠나?"

"알겠습니다."

순순히 대답하는 남작을 보며 흡족하게 미소를 지은 베리타 공작이 말했다.

"그렇다면 정상 참작을 해 줄 일은 없겠군. 방금 제 입으로 거짓을 고했으니 말이지."

"그, 그게 무슨 말씀이십니까! 저는 분명 아는 대로……."

"귀하가 매수한 시종은 아직 살아 있는 것이 분명하다. 그러니 감히 황제 폐하의 잔에 독을 넣을 수 있었겠지."

"화, 화, 황제 폐하라니오? 그럴 리가 없습니다! 저는 정말 모르는 일입니다! 매수했던 시종 모두 확실하게 처리된 것을 제 눈으로 똑똑히 확인했단 말입니다!"

시퍼렇게 질린 얼굴로 외치는 남작은 몹시 필사적이었다. 하긴 그럴 법도 했다. 일개 귀족 영애인 나를 죽이려 했던 것과 황제 폐하를 시해하려 든 것은 차원이 다른 문제였으니까.

도움을 청하듯 주위를 두리번거리는 남자를 차가운 눈으로 내려다보던 푸른 머리카락의 청년이 말했다.

"비야 남작, 방금 전 했던 말이 사실인가?"

"그렇습니다, 폐하! 주신의 이름에 맹세코 한 치의 거짓도 없는 사실입니다! 믿어 주십시오!"

"좋다. 믿어주지."

"화, 황공합니다, 폐하! 황은에……."

"허나 그대는 스스로 한 말에 책임을 져야 할 것이다. 만에 하나 그 말이 거짓이었다면, 짐은 그대뿐만 아니라 비야가의 모든 식솔들에게 반역죄를 물어 참수형을 내릴 것이다. 대답하라. 방금 전 했던 말이 사실인가?"

냉혹하기 짝이 없는 말에 침을 꿀꺽 삼킨 남자가 고개를 끄덕였다. 그 모습을 싸늘하게 바라보던 청년이 가볍게 손짓하자, 헛기침을 삼킨 베리타 공작이 한 발짝 앞으로 나섰다.

"흠흠, 그럼 다음 죄인을 불러들이겠습니다. 의전관, 에넨 남작을 데려오라."

별일 없었다는 듯 행동하고 있었지만, 차갑게 얼어붙은 분위기를 전환하려는 공작의 시도는 무위로 돌아갔다. 가문 전체를 말살하겠다는 청년의 말에서 선황제 폐하 시절의 혈사를 떠올린 사람들이 시퍼렇게 질려 있었기 때문이었다. 결국 서늘하게 얼어붙은 공기는 에넨 남작이 등장하고서야 간신히 가라앉았다.

다시 한 번 헛기침을 삼키며 안경을 끌어 올린 베리타 공작이 말했다.

"페르마 로 에넨. 제국력 918년생. 에넨 영지의 영주이며, 남작 작위를 가지고 있음. 행정부 산하 외무부의 육 급 관료. 맞는가?"

"맞습니다."

"귀하는 에넨가 산하 상단을 이용, 리사 왕국에서 독을 밀반입하여 이를 비야 남작에게 건네주었다. 이 같은 사실을 인정하는가."

"아니오. 인정할 수 없습니다."

에넨 남작이라는 자는 어딘가 오만해 보이는 태도로 베리타 공작을 직시하고 있었다. 뭐가 저리 당당하지? 죄인, 게다가 고작 남작밖에 안 되는 자가.

"인정할 수 없다, 라. 그렇다면 귀하는 무죄를 주장하는 건가."

"그렇습니다. 저는 그런 일을 한 적이 없습니다."

남작의 답을 들은 베리타 공작이 안경을 고쳐 쓰며 빙그레 미소를 지었다. 마치 배부른 루나와도 같은 그 표정에 눈치 빠른 몇몇 사람의 얼굴이 일그러졌다.

"에넨 남작, 귀하는 행정부 산하 외무부 소속으로, 리사 왕국을 전담하는 부서에서 교역 및 관세에 관한 부분을 담당하고 있다. 맞는가?"

"그렇습니다."

"그렇다면 리사 왕국과 교역 시 검문 받지 않거나 관세를 물지 않는 방법에 대해 잘 알겠군."

"아니오. 잘 모르겠습니다."

"오 년이 넘게 담당해 온 일인데 모른단 말인가?"

"그렇습니다. 이것 참 민망하군요."

끝까지 모르쇠로 일관하는 에넨 남작을 향해 빙긋이 웃어 보인 베리타 공작이 말했다.

"그런가? 그것참 이상하군. 에넨가의 상단은 최근 오 년 동안 크게 발전했다고 들었는데 말이지. 주로 취급하는 것이 리사 왕국과의 교역품, 그중에서도 무관세 물품이라고 했던가."

"그게 무슨 말씀이십니까. 저희 가문에는 상단이 없습니다만."

남작의 반박에 다시 한 번 미소를 지은 베리타 공작이 책상 위에 놓인 서류 더미를 뒤적거리며 말했다.

"맞네. 에넨가에는 공식적으로 상단이 없지. 하지만 방계 출신 신관 휘하에는 있지 않은가. 선선대 가주의 삼남, 그러니까 귀하의 숙부에게는 말일세."

"그건 또 무슨…… 신관이 어찌 상단을 운영할 수 있단 말씀이십니까. 그런 일은 없습니다."

"아아, 그도 분명 자신의 이름으로 상단을 만들지는 않았지. 그러나 실질적 주인인 것은 사실이 아니던가. 그에게서 큰 은혜를 입은 자가 상단을 이끌고 있으니."

"신관이 선행을 베푸는 것은 당연한 일이거늘, 신관에게 은혜를 입었다 하여 그를 위해 상단을 운영한다는 건 지나친 비약이 아닐는지요."

모욕감에 흥분했던 것도 잠시, 남작은 시종일관 당당하게 반론을 제기했다.

그 모습에 고무된 것일까? 내내 잠잠하던 레슬렝 백작이 입을 열었다. 아무래도 사태를 관망하고 있는 제나 공작이나 하멜 백작을 대신해 나선 듯했다.

"남작의 말이 맞습니다. 단순히 은혜를 베풀었다는 이유만으로 그렇게 단정 지을 수는 없을 듯합니다만."

"설마하니 본인이 아무런 증거도 없이 그런 말을 했겠는가. 자, 이것은 해당 상단에서 신관에게 건넨 기부금 목록일세. 보다시피 신전이 아니라 특정 신관을 지정하여 낸 기부금이지."

"상단의 주인이 그 신관에게 큰 은혜를 입었다 하니, 충분히 그럴 수도 있는 일이 아닙니까."

"매번 상단의 이익 중 정확히 팔 할을 기부금으로 내는 데도 말인가?"

"일정 비율을 정해서 하는 기부금 형식도 있다 들었습니다. 액수가 다소 크기는 하지만, 얼마를 기부하건 그것은 본인의 자유가 아니겠습니까."

두 사람의 공방이 계속되자, 팽팽한 대립을 지켜보던 푸른 머리카락의 청년이 오른손을 들어 올렸다. 즉시 입을 다무는 두 사람을 향해 서늘한 목소리가 떨어졌다.

"이런 식으로 하다가는 끝이 없을 듯하군. 베리타 공작, 우선 에넨가의 상단과 본 사건이 어떤 관계가 있는지부터 설명하시오. 둘 사이에 아무런 관련성이 없다면, 에넨가가 무관세 물품을 이용해서 큰돈을 벌었든 아니든 상관없는 일이 아니오."

"네, 폐하. 이는 의외로 간단합니다. 폐하께서도 아시다시피, 신전으로 들어가는 물품은 국경을 통과해도 검문하지 않는 것이 관례입니다. 에넨 남작은 이 같은 사실을 악용, 가문의 상단을 통해 독을 국내로 반입한 것입니다. 방계 출신 신관에게 보내는 물품으로 가장해서 말입니다."

"흠, 입증 방법은?

"상단의 책임자와 해당 신관을 소환했으니 그들의 말을 들어 보면 될 것입니다."

"좋소. 들이시오."

그의 허락이 떨어지고 얼마 지나지 않아 두 사람이 안으로 들어섰다. 그중 옅은 연두색 신관복 차림의 노인은 다소 편안한 표정이었지만, 서른 중후반 즈음으로 보이는 남자의 얼굴은 새하얗게 질려 있었다.

"생명의 축복이 함께하시기를. 제국의 태양께 비타의 보잘것없는 가지, 소렐이 인사 올립니다."

"제, 제, 제국의 태양께 바, 바르바 로안이, 에, 로안이, 이, 인사 올립, 니다."

바르바 로안이라.

나는 부들부들 떨며 말을 더듬는 남자를 내려다보았다. 중간 성이 없는 걸 보니 단성 귀족인가? 분위기를 보아하니 그저 성만 가지고 있을 뿐 가신으로 대우받지도 못하는, 사실상 평민으로 취급받는 자인 것 같은데.

"로안이라. 십오 년 전 멸문한 로안 남작가와는 어떤 관계지?"

"며, 멸문이라굽쇼? 저, 저는 잘 모릅니다요. 진짭니다. 육 대조 할아버지께서 남작가의 둘째 아들이셨다는 것 말고는, 정말 아무것도 모릅니다. 믿어 주십시오, 나으리."

울 것 같은 표정으로 애원하는 남자를 내려다보던 베리타 공작의 입가에 짙은 미소가 걸렸다.

"좋다, 믿어 주지. 대신 묻는 말에 정직하게 답변하도록. 알겠나?"

"그야 물론입죠! 제 마누라를 걸고 정직하게 답변하겠습니다요. 감사합니다요, 참으로 감사합니다요, 나으리!"

"바르바 로안, 너는 바르바 상단의 책임자로 리사 왕국에서 물품을 들여와 제국에다가 판매하는 일을 하고 있다. 맞나?"

"네, 네, 맞습니다요."

"그중에 신전에 보내는 물품도 있는가."

"물론입니다요. 신관님들께 필요한 물품도 사들여서 기부하곤 합니다. 차나 가죽 같은 것이 아주 인기가 많지요."

나는 시선을 바닥에 고정한 채 연신 고개를 주억거리는 남자를 물끄러미 바라보았다.

저자, 제국민 맞나.

무슨 말투가 저렇지? 억양은 또 왜 저렇고? 혹시 저게 말로만 듣던 방언이라는 걸까? 예전에 얼핏 평민은 그런 것을 쓴다고 들었던 것 같은데.

"혹 일이 년 전부터 소렐 신관에게 특별한 물품을 주기적으로 구해다 준 적이 있는가? 부피가 작으면서도 아주 비싼 것이라든가, 구하기 어려운 희귀한 약이라든가 하는 것 말이다."

"그, 그런 건 없습니다요. 저희 신관님은 아주 검소하신 분이라, 그런 값비싼 물건은 다 사양하시는뎁쇼."

"그럼 반드시 소렐 신관에게 전달해야 한다든가, 특별히 잘 간수하라고 했던 물건은 없나?"

"모르겠는뎁쇼. 아마 없는 것 같습니다요."

"바르바 로안, 여기 이렇게 증거가 있는데도 계속 발뺌할 텐가? 네 정녕 모니크 영애를 해할 목적으로 독을 들여온 적이 없단 말이냐!"

"도, 도, 독이라굽쇼?"

공작이 흔드는 종이를 본 남자가 새하얗게 질렸다. 황급히 앞으로 나선 에넨 남작이 단상 위를 바라보며 말했다.

"폐하, 이는 명백한 겁박입니다! 계속 두고 볼 요량이십……."

"그게 독인 줄 알았으면 절대 신관님께 전해 드리지 않았을 것입니다요! 정말입니다요!"

"흠. 에넨 남작, 그대의 말은 인정하네만, 일단 저 말은 들어 봐야 할 것 같군. 바르바 로안, 계속하라. 신관에게 무엇을 전달했다는 것이냐."

싸늘한 목소리에 남작은 비틀거리며 뒤로 물러섰다.

차갑게 경직된 분위기를 아는 것인지 모르는 것인지, 바르바 로안은 어색하기 짝이 없는 이상한 말투로 더듬더듬 말했다.

"그, 그러니까, 이 년 전쯤 저희 신관님께서 그러셨습죠. 수도에 계신 신관님들께 드릴 귀한 약이 필요하다고 말입니다요. 그래서 가끔 구해다 드리곤 했습죠. 다른 신관님들께서 아시면 곤란하니 비밀로 해 달라 하셔서 방금 그리 말씀드렸지만, 그게 도, 독인 줄은 몰랐습니다요! 정말입니다!"

"맹세할 수 있느냐."

"그러믄요! 주신께 맹세코 사실입니다요! 모, 모니크 영애라면 황후가 되실 거라는, 귀하신 분이 아닙니까. 나라의 어머니가 되실 분께 소인이 어찌 그런……. 도, 독이라니……. 소인도 제국의 백성입니다요. 그런 짓은 절대로 못합지요."

'황후라…….'

애매한 기분이었다. 이제는 나와 상관없는 호칭이라 생각했는데, 아직도 나를 그리 생각하는 자가 있던가. 어쩌면 복잡한 정계의 사정을 알 리 없는 일반 백성에게는 그게 당연한 것인지도 몰랐다. 불과 얼마 전까지만 해도, 나는 주신이 내린 태양의 반려이자 신탁의 아이라고 대대적으로 선전되곤 했으니까.

"아마 저희 신관님도 모르셨을 겁니다요. 믿어 주십쇼! 저희 신관님은 절대로 황후가 되실 분을 해하려 들 분이 아닙니다요. 하모요! 영애께서는 시, 신탁의 아이가 아니십니까. 주신께서 정해 주신 나라의 어머니를, 그토록 높고 귀하신 분을, 착한 저희 신관님이 해치려 들 리가 없습지요!"

"흠, 소렐 신관에게는 죄가 없다, 라."

"물론입지요! 저희 신관님께서 그러실 리가 없습니다요! 아, 그렇지! 저희 신관님도 저처럼 속으신 것이 분명합니다요! 맞습니다! 저자, 툭하면 저희 신관님에게서 재물을 뜯어 가던 사악한 저자가 속인 것이 틀림없습니다요!"

남자의 필사적인 변호를 듣던 청년이 손짓하자, 잠시 뒤로 물러나 있던 베리타 공작이 한발 앞으로 나서며 말했다.

"소렐 신관, 저자의 말이 사실인가? 그대 역시 남작에게 속았을 뿐인가, 이 말이다."

갑작스러운 물음에 소렐 신관은 흠칫 몸을 굳히며 복잡한 표정으로 눈을 굴렸다. 남작을 힐끔 바라보며 침을 꿀꺽 삼킨 그가 말했다.

"그, 그렇습니다. 저 역시 그저 시키는 대로 행동하였을 뿐, 남작에게 그런 의도가 있었을 줄은 꿈에도 몰랐습니다."

"그 사실을 증명해 보일 수 있는가."

"그것은……."

"말뿐인 주장은 공허한 것. 증명할 방법이 없다면, 그대 역시 이 일의 공범이라 생각할 수밖에."

"이, 있습니다! 비밀리에 쓸 곳이 생겼으니 리사 왕국에서만 나는 희귀한 약을 구해 달라면서, 공연히 검문에 걸리면 자신이 난처해지니 신전의 이름으로 들여와 달라고 당부했던 편지가 있습니다! 약이라고 했기에 저는 그저 그런 줄만 알았습니다. 정말입니다! 말미를 조금 주시면 보여 드릴 수 있습니다!"

"뭣이라고! 소렐, 네놈이 감히!"

내내 침착하던 남작이 노호성을 질렀다. 갑작스러운 태도 변화에, 다소 느슨한 자세로 관망하던 황제와 귀족들이 몸을 바로 하며 장내를 주시했다.

펄펄 뛰는 남작을 바라보던 베리타 공작이 산더미 같은 서류 뭉치에서 한 장의 종이를 빼 내밀었다.

"이것 말인가?"

"그, 그걸 어떻게!"

"제국의 정보력을 너무 쉬이 생각한 것 같군. 흠, 그 외에도 여러 가지가 있기는 하나, 어쨌든 진실을 이야기한 점은 참작하도록 하지."

털썩 주저앉는 신관을 향해 짙게 미소를 지은 공작이 말했다. 나는 무척 즐거워 보이는 공작을 바라보며 눈을 가늘게 떴다.

어쩐지 추궁하는 게 영 그답지 않아 보이더라니, 처음부터 이 모든 상황을 의도한 것이었나?

"그만. 이만하면 충분한 것 같군. 서기관, 서신의 필체를 남작의 친필과 대조해 보도록."

냉기 어린 목소리에 모두가 입을 다물었다. 신관을 향해 계속 고함을 지르던 남작마저 기사들에게 제압되고 나자, 회의장 안에는 긴장 섞인 정적이 내려앉았다.

얼마나 시간이 흘렀을까? 대조 작업을 마친 서기관들이 일제히 고개를 들었다. 남작의 친필이 맞다는 말에 피식 웃음을 지은 푸른 머리카락의 청년이 말했다.

"뭐, 더는 볼 필요도 없겠군. 모두 끌고 가 투옥하라. 단, 소렐 신관의 경우 신전의 입장을 고려해 상크투스 비타에 그 신병을 맡긴다."

에넨 남작과 상단의 책임자, 그리고 신관을 내보낸 다음에도 재판은 계속해서 이루어졌다.

쉴 새 없이 진행되는 신문에 모두가 조금씩 지쳐 가고 있을 때, 정신이 번쩍 들게 하는 말이 들려왔다. 라니에르 백작, 사사건건 나를 깎아내리지 못해 안달이던 귀족파 중진의 차례라는 이야기가.

황급히 고개를 들자, 회의장 안으로 들어서는 모래색 머리카락의 남자가 보였다. 그 모습을 보자 나른하던 몸에 뜨거운 피가 빠르게 돌았다. 나와 마찬가지인 듯, 계파의 귀족들 역시 다소 느슨해졌던 자세를 바로 하며 초췌한 남자를 내려다보았다.

"요르네 세 라니에르. 제국력 927년생. 라니에르 영지의 영주이며, 백작의 작위를 가지고 있음. 행정부 산하 내무부의 삼 급 관료. 맞는가?"

"그렇습니다."

"귀하는 모니크 영애 독살 계획의 주도자로서 에넨 남작과 신전을 이용하여 리사 왕국에서 독을 반입, 이를 수도까지 운반하였으며, 작년 건국기념제 연회에서 황제 폐하의 이름을 사칭하여 모니크 영애에게 독배를 건네는 일련의 일을 지휘하였다. 이 같은 사실을 인정하는가."

줄줄이 이어지는 말에 남자는 잠시 침묵하며 주위를 돌아보았다. 연회장을 훑던 그의 눈이 제나 공작에게 잠시 머물렀지만, 공작은 그저 무심한 표정으로 앞에 놓인 서류를 한 장 넘겼을 뿐 별다른 행동을 취하지 않았다.

주먹을 틀어쥔 채 그 모습을 바라보던 백작이 말했다.

"……그렇습니다."

"호, 인정한다고?"

"어차피 그간의 조사에서 다 알아낸 일이 아닙니까. 더는 구차해지고 싶지 않습니다."

담담한 어조로 답하는 백작을 보자 문득 의아해졌다. 어째서 저렇게 순순히 답하는 거지? 거듭되는 회유에 넘어오지 않는 것을 봐도 그렇고, 역시 공작과 사전에 합의라도 본 것일까?

"좋다. 그럼 한 가지 더 묻지. 모두가 알다시피 모니크 영애를 중독시킨 독은 두 가지다. 꾸준히 하독下毒해 온 것과 그간 쌓인 독을 증폭시키는 것. 귀하는 그중 후자의 것을 사용하였다고 인정했다. 그렇다면 제1기사단의 시녀를 매수하여 영애에게 지속적으로 하독해 온 자는 누구인가? 그 역시 귀하가 지휘한 일인가?"

"두 가지 독 모두 제가 반입한 것이 맞으며, 독배의 일을 지휘한 사람 역시 저이나, 시녀를 매수하여 하독하는 작업은 제가 한 것이 아닙니다. 그 사건에 관여한 자들과 총책임자는 따로 있습니다."

"그들이 누군가?"

순간 팽팽한 긴장감이 장내를 휘감았다. 모두가 숨죽인 채 이어질 말을 기다리는 가운데, 제나 공작을 필두로 한 귀족파 사람들을 다시 한 번 훑어본 남자가 비웃듯 입꼬리를 들어 올리며 말했다.

"홀텐 백작."

"흠, 그는 지난 달 국경 지역으로 파견을 나간 상태군. 그리고?"

"레슬랭 백작."

"백작, 그게 무슨 말이오! 내가 언제 이 사건에 관여했다는 거요!"

"하멜 백작."

"라니에르, 네 이놈! 오래도록 갇혀 있더니 미친 건가! 폐하, 이것은 모함입니다!"

"그리고……"

펄펄 뛰는 두 백작을 무시한 채 남자가 목소리를 조금 높여 말했다.

"……미르와 후작입니다."

싸늘한 침묵이 내려앉았다.

미르와 후작이라고? 진정 그가 범인이었단 말인가?

잠시 머리가 복잡해졌으나 곧바로 고개를 저어 상념을 털어 냈다. 갑작스럽게 터져 나온 발언에 당혹스러웠지만, 여러 가지 정황을 고려해 보건대 아무래도 저 발언 역시 지난번 폐하께서 주신 자료와 마찬가지로 생각하는 게 옳을 것 같았다.

나와 마찬가지 생각이었던 듯, 잠시 목을 축인 베리타 공작이 물잔을 내려놓으며 말했다. 짙은 녹색 눈동자가 싸늘하게 백작을 응시했다.

"미르와 후작이라. 흠, 귀하의 주장을 입증할 방법은 있나?"

"워낙 용의주도한 자라 명확한 증거는 없습니다만, 그가 반역죄를 저지른 것은 확실한 사실입니다."

순간 옆에 계신 아버지의 몸이 움찔하는 것이 보였다. 내내 말없이 앉아 있던 라스 공작이 손깍지를 끼며 몸을 앞으로 기울이는 모습도 보였다. 안경을 치켜 올린 베리타 공작의 입가에 짙은 미소가 걸리고, 잔을 들어 올리던 제나 공작이 멈칫하며 동작을 멈추는 것도 보였다.

뭐지? 모두 왜 저러는…….

잠깐.

방금 뭐라고 했지? 반역죄?

황급히 백작을 돌아보는 순간, 지루해 보이던 태도를 싹 걷어 낸 푸른 머리카락의 청년이 몹시 흥미롭다는 표정으로 말했다.

"라니에르 백작, 그대가 어떻게 그 사실을 알고 있지?"

"무얼 말씀하시는 겁니까?"

"방금 말한 것도 잊은 건가? 짐은 지금 사건 직후 잡혀서 내내 감옥에 갇혀 있던 백작이, 어떻게 법정에 참여한 다른 이들조차 어제야 간신히 알게 된 사실을 언급하고 있느냐고 묻는 거다."

"그게 무슨……."

"쯧, 아직도 모르겠나? '반역죄' 운운한 것 말이다."

내내 여유롭던 남자의 얼굴이 딱딱하게 굳었다. 그제야 상황의 심각성을 깨달은 듯, 억울함을 토로할 기회만 엿보던 하멜 백작과 레슬랭 백작이 얼어붙었다.

당황한 남자를 바라보던 청년이 입꼬리를 비뚜름하게 끌어 올리며 말했다.

"반역을 꾸미던 자가 아니고서야 어찌 짐조차 얼마 전 간신히 깨달은 사실을 미리 알고 있었단 말인가. 그것도 외부와의 접촉이 엄중하게 금지된 상황에서."

"아, 아닙니다, 폐하! 반역이라니오! 신은 모르는 일입니다! 모니크 영애를 해하려 한 것은 맞지만, 주신께 맹세코 폐하를 시해하려 한 적은 없습니다!"

"모르는 일이라. 허면 밤새 누군가가 짐의 근신령을 어기고 백작에게 소식을 전달하기라도 했단 소린가?"

"그, 그렇습니다! 신은 정녕 몰랐사온데, 어젯밤 전갈이 오는 바람에 알게 된 것뿐입니다! 믿어 주십시오!"

시퍼렇게 질린 얼굴로 외치는 백작의 머리 위로 서늘한 음성이 떨어졌다.

"전갈을 보냈다……. 짐의 근신령을 무시한 데다 황궁 감옥의 엄중한 감시를 뚫고서 말이지. 뭐, 어쨌든 좋다. 허면 그 전갈을 보낸 자가 누구란 말인가?"

"그것이…… 미, 미르와 후작입니다. 총책임자로서 보내는 마지막 전언이라고, 그러니 절대 언급해서는 아니 된다고……."

"미르와 후작이라."

말꼬리를 길게 늘이며 손깍지를 낀 청년이 말했다.

"라니에르 백작, 그대는 언제까지 짐을 능멸할 생각인가? 백작의 말대로 미르와 후작이 진정 이 사건의 수괴라 하더라도, 그는 결코 그대에게 이 사실을 전달해 줄 수 없는 사람이다. 그젯밤 수도를 떠났으니 말이지."

"그, 그것은……."

"경고하건대 백작, 짐이 진정으로 분노하기 전에 그 입 다무는 것이 좋을 거다. 뻔한 거짓으로 짐을 능멸한 것으로도 모자라 계속해서 거짓된 입을 놀리려 하다니. 곧 죽을 목숨이라 겁도 사라졌나?"

몹시 화가 난 듯, 그는 냉기가 서리서리 묻어나는 목소리로 일갈했다. 그 모습에, 무어라 변명하려던 라니에르 백작이 천천히 입을 다물었다.

터질 것 같은 긴장감이 좌중을 감쌌다. 계속되는 재판 과정을 보며 잔뜩 움츠러들었던 귀족파 사람들은 모두 어쩔 줄 몰라 하는 표정으로 안절부절못하고 있었다. 심지어는 조금 전까지만 해도 그럭저럭 여유롭던 백작 급조차 그랬다.

"폐하."

싸늘한 침묵 속에서 적지 않은 시간이 흘렀을 때, 잠시 물러나 있던 베리타 공작이 한발 앞으로 나서며 말했다.

"이만하면 모니크 영애 독살을 주도한 자들과 폐하를 시해하려던 역적의 무리가 같음이 밝혀진 것 같습니다. 하온데 폐하, 역도의 수괴로 지목된 미르와 후작이 부재중인 이상 신문을 계속 진행하기는 무리일 듯싶습니다만……. 어찌하시겠습니까? 휴정할까요?"

"흠, 좋소. 시간도 제법 늦었으니, 오늘은 이만합시다."

"후우……."

여기저기서 한숨 소리가 터져 나왔다. 가슴을 졸이고 있던 귀족파도, 쉴 새 없이 진행된 재판에 지쳐 있던 황제파 귀족들도 모두 같은 마음인 듯했다.

"그럼 다음 공판은 언제로 하시겠습니까?"

"흠. 두 사건의 배후가 동일인임이 밝혀졌으니, 그에 초점을 맞춰 새로이 조사할 시간이 필요할 터. 이렇게 합시다. 공작, 내 그대에게 일주일의 시간을 주겠소. 그대의 능력이라면 그동안 모든 조사를 끝마칠 수 있을 거라 믿소."

"성심을 다하겠습니다."

공작의 말에 가볍게 고개를 끄덕여 보인 청년이 왼쪽을 돌아보며 말했다.

"하멜 백작, 레슬랭 백작, 일단 발고가 들어온 이상 조사를 받아야 함이 원칙이라는 것은 알고 있겠지. 그간의 공을 보아 구금하지는 않을 것이나 자택을 벗어나는 것은 엄금하겠다. 그대들이 진정 무고하다면, 조사에 성실히 응하여 누명을 벗도록 하라. 알겠나."

"……네, 폐하."

"이는 부재중인 미르와 후작과 홀텐 백작에게도 해당하는바, 라스 공작, 기사들을 파견하여 두 사람에게 즉시 수도로 귀환하도록 명하시오. 불응할 경우 이 일에 연루된 것으로 간주, 그 신병을 구속해도 좋소."

"명을 받듭니다."

"또한 이 자리에 참석한 모든 귀족은 재판이 완전히 종결되는 날까지 수도를 떠나는 것을 금한다. 이를 어기거나 일주일 후의 소집에 불응할 경우 반역죄에 가담한 자로 간주할 것임을 명심하도록. 그럼 오늘은 이만 폐정하도록 하지."

자리에서 일어난 그가 모습을 감추자, 맞은편에서 깊은 한숨 소리가 터져 나왔다. 털썩 주저앉는 자, 가슴을 쓸어내리는 자, 물을 벌컥벌컥 들이켜는 자 등, 팽팽했던 긴장감에서 벗어난 귀족파 사람들은 어딘가 허탈해 보였다.

반면에 황제파 사람들은 다소 지친 것을 제외하고는 무척 생기발랄한 모습이었다. 일부는 미묘한 표정을 짓고 있기도 했지만 대부분은 그랬다.

어수선한 주변을 돌아보며 자리에서 일어나는데, 중앙궁의 시종 하나가 조심스럽게 다가와 허리를 숙였다.

"모니크 후작 각하, 그리고 영애, 폐하께서 찾으십니다."

"그런가? 알았네."

다소 의아한 표정이었지만, 아버지께서는 별말 없이 고개를 끄덕이셨다. 옆에서 서류를 챙기던 베리타 공작이 마침 잘됐다는 듯 말했다.

"함께 가세나. 나도 잠시 폐하를 뵈어야 할 듯하네."

"그런가? 그럼 그리하세. 가자, 티아."

"네, 아버지."

웅성거리는 사람들을 뒤로한 채, 나는 두 사람과 함께 알현실로 향했다.

"제국의 태양, 황제 폐하를 뵙습니다."

"어서 오시오, 후작. 공작도 왔군. 그렇잖아도 이 일을 마친 후

부르려고 했는데, 마침 잘되었소."

　무표정한 얼굴로 공작을 돌아본 푸른 머리카락의 청년이 말했
다. 원래도 그런 편이기는 했지만, 오늘따라 유독 감정이 느껴지
지 않는 모습에 심장이 불안하게 뛰었다.

　"찾으셨다 들었습니다."

　"그렇소. 실은 내 이것을 전해 주려 그대를 불렀다오. 진작 해결
했어야 했는데, 너무 오랜 시간이 걸렸군."

　가볍게 고개를 끄덕인 청년이 한 장의 종이를 내밀었다. 묵묵히
그것을 받아 내용을 살핀 아버지의 입매가 슬쩍 굳었다.

　"……진정이십니까."

　"그렇소."

　"알겠습니다, 폐하. 신 케이르안 라 모니크, 황명을 받듭니다.
그리고…… 모니크가를 대표하여 진심으로 감사드립니다."

　'대체 어떤 내용이기에 저러시는 거지?'

　옷깃에서 브로치를 풀어 낸 아버지께서 종이에 인장을 찍으셨
다. 그 순간, 뭔가 이상한 것이 눈에 들어왔다. 그가 내민 종이의
끄트머리에는 방금 아버지께서 찍으신 본가의 문장만이 아니라
포효하는 황금 사자의 문장이 새겨져 있었다.

　황가와 모니크가. 나란히 찍혀 있는 두 가문의 문장.

　순간 몸이 굳었다.

　'저건, 그러니까…….'

　얼어붙은 피를 타고 차가운 기운이 온몸 구석구석으로 번져 나갔
다. 포효하는 황금 사자, 그리고 창과 방패의 문장이 새겨진 종이.
공식 문서라는 것을 알려 주듯 반듯한 정자체로 적혀 있는 그것.

그것은 다름 아닌 혼약파기서였다.

"……."

눈을 떼려 애써 보았지만, 파혼이라는 단어에 못 박힌 시선은 떨어지기를 거부했다.

차갑게 식어 버린 피 탓일까? 엄습해 오는 추위를 막으려 두 팔로 몸을 감싸 보았지만, 선득한 한기는 여전했다. 당장에라도 하얀 입김이 뿜어져 나올 것만 같았다.

"되었군. 베리타 공작, 이 문서를 가지고 가서 공식적인 기록으로 남기도록 하시오."

"당장 말씀이십니까?"

"되도록 빨리 처리했으면 좋겠지만, 여건상 그럴 수는 없겠지. 흠, 이렇게 합시다. 일단 보관하고 있다가, 차후 이 일이 마무리되거든 처리하도록 하시오. 그럼 문제될 것 없겠지."

"네, 폐하. 그리하겠습니다."

"그럼 그건 그리하고, 다음 회의에서 논의할 내용들에 대해 간략하게 설명해 주시오."

"지난번에 드렸던 보고에서 크게 다르지는 않습니다. 다만 제나 공작의 경우……."

나는 서류에 눈을 고정한 채 공작의 목소리에만 귀 기울이고 있는 청년을 바라보았다. 단 한 번도 시선을 주지 않는 모습에 가슴이 찌르르 울렸다.

두 사람의 대화는 계속해서 이어지고 있지만, 그 내용은 머릿속까지 전달되지 않은 채 귓가를 맴돌다 사라졌다. 무어라 정의하기 힘든 감정이 나를 칭칭 옭아매고 있었다.

무슨 말을 했는지, 어떻게 자리에서 물러나왔는지 기억나지 않았다. 정신을 차렸을 때는 이미 백발의 대신관이 내 앞을 가로막고 선 다음이었다.

"모니크 후작 각하, 영애와 잠시 대화를 나누어도 되겠습니까? 영애께 꼭 드릴 말씀이 있어서 그렇습니다."

"……그리하십시오."

"감사합니다, 그럼."

보일 듯 말 듯하게 미소를 지은 대신관이 내게 손을 내밀었다. 나는 잠시 아버지를 돌아본 뒤 대신관과 함께 걸음을 옮겼다.

정원으로 나와 걷기를 한참, 곧게 뻗은 그늘 아래 멈춰 선 대신관이 말했다.

"대회의를 마무리 짓고 나면, 영애와의 거래도 끝이군요. 그간 수고하셨습니다."

"아, 아닙니다. 예하께서 고생이 많으셨지요. 백방으로 애써 주신 점, 진심으로 감사드립니다."

"아닙니다. 덕분에 많은 도움이 된 것을요. 그런데 영애, 어찌하여 그리 표정이 좋지 않으십니까? 분명 좋은 소식이 있다 들었는데 말입니다."

"네? 좋은 소식이라니오?"

"실은 오전에 미리 황제 폐하를 찾아뵈었습니다. 흠, 믿지 않았는데, 제대로 보니 알겠군요. 확실히 많이 좋아지셨습니다."

"네?"

알아들을 수 없는 소리만 잔뜩 늘어놓은 대신관이 보일 듯 말 듯한 미소를 지었다. 그러고는 한참 동안 말없이 바라보다 특유의 신비로운 목소리로 말했다.

"신의 뜻을 인간이 깨달을 수는 없는 법. 폐하와 거래를 한 것도, 그리고 영애와 이리 연을 맺은 것도 모두 비타의 뜻이겠지요. 축하드립니다, 영애. 잃어버릴 뻔한 가능성을 찾으셨군요."

"아……. 감사합니다, 예하."

무슨 소리인가 싶어 잠시 멈칫했지만, 문득 떠오르는 생각에 곧바로 감사를 표했다. 가능성을 운운하는 것으로 보아 아무래도 불임이 아닐 수도 있다던 얘기를 말하는 듯했다.

그런데 거래라니? 폐하와 대신관이 무슨 거래를 했다는 거지?

"헌데 예하, 거래라니오? 폐하께서 무슨 거래를……."

"역시 모르고 계셨군요. 그러니 그 깊은 바다에 그리도 격랑이 일고 있는 것이겠지요. 흐음, 이것 참. 그저 지켜보는 것도 나름대로 즐겁기는 합니다만, 어쩐지 옛 생각이 자꾸 나서 그냥 지나치기가 어렵군요."

"네? 그게 무슨……."

"실은 말입니다. 영애께서 제게 거래를 제안하시기 전, 이미 그와 같은 얘기를 한 사람이 있었답니다. 바로 폐하셨죠."

그렇다면 그 역시 그것을 염두에 두고 있었단 말인가? 신전의 개입 가능성을 보고했을 때, 교권에 함부로 간섭할 수 없다며 딱 잘라 말하는 것을 보고 몹시 섭섭해 했었는데.

"아무리 최고위 신관들과 대립하고 있다고는 하나 저 역시 비타를 모시는 신관입니다. 교단이 무너질 것을 생각하니 가슴이 선득하더군요. 해서 어떻게든 선처를 구해 보려 했습니다만……."

"……."

"저보다 앞서 폐하께서 그러시더군요. 거래하지 않겠느냐고. 이 일에 연루된 신관들에 대한 전권을 제게 위임할 테니, 대신 한 가지 요구를 들어 달라고 말입니다."

그게 무엇일까. 사사건건 정치에 간섭하려 들던, 선황제 폐하께서 그토록 경계하셨던 신전을 잘라 낼 기회조차 버리면서까지 받아 낼 만한 것이. 자신이 중독되고 있다는 것도 몰랐을 때의 일이니, 딱히 대신관에게서 받아 낼 만한 무언가가 존재하지도 않았을 텐데.

하지만 아무리 생각해 봐도 머리만 아파 올 뿐 이렇다 할 것은 떠오르지 않았다. 관자놀이를 꾹꾹 누르는 나를 보며 희미하게 미소를 지은 대신관이 말했다.

"잘 떠오르지 않으시는 모양이군요. 하긴 저도 그랬으니까요."

"네, 잘 모르겠습니다."

"그 모든 것을 덮어 주는 대가로 폐하께서 요구하신 것은 바로 축복입니다."

"네? 축복이라고요?"

"그렇습니다. 일회성으로 끝나는 것이 아닌, 주기적인 축복이지요."

주기적인 축복이라고?

고개를 갸웃했다. 어째서 그런 걸 요구한 거지? 아무리 그래도 신전의 일을 덮어 줄 정도는 아닌 것 같은데. 폐하께서 주기적으로 축복을 받았다는 소문이 돌지 않은 걸 보면, 자신을 위해서 요구한 것도 아닌 거 같고.

축복이라. 축복. 주기적인 축복……. 가만, 주기적인 축복?

"서, 설마……."

절로 눈이 크게 뜨였다.

있었다, 주기적으로 축복을 받았던 자가. 남들은 평생 한 번도 받기 어렵다는 축복을 무려 보름에 한 번씩 받았던 사람이.

그건 바로 나였다.

"맞습니다. 영애를 위한 축복이었죠. 축복이란 본디 나쁜 기운을 막아 주는 것. 미약한 가능성에 불과하더라도 한 번 희망을 걸어 보겠다 하시더군요."

"헌데 어째서 제게는……."

"공연히 희망을 품었다가 마음 상하게 하고 싶지 않다고, 그러니 비밀로 해 달라고 하셨습니다. 제가 후작 부인께 빚을 진 건 맞습니다만, 그 이유만으로 축복을 드렸던 건 아니란 얘기지요. 섹스투스를 데려온 것도 실은 그 때문입니다. 제국에 계속 머무를 수 있는 명분을 만들어야 했거든요."

"하……."

절로 탄식이 흘러나왔다.

그랬던가. 어쩐지 지나치다 싶을 정도로 어머니의 이야기를 꺼내는 모습이 석연치 않다 싶더라니. 그렇다면 매번 성소에 들어선 뒤에야 축복을 내린 것이나 집에 찾아오면서까지 축복해 주었던 것 역시 전부 주기적으로 비밀리에 해 달라는 거래 때문이었단 말인가.

모두가 지켜보는 앞에서 석녀라며 공개적으로 모욕당했던 때, 상처받은 긍지와 자존심에 반쯤 눈이 뒤집혔었다. 지켜 주겠다는 그를 차갑게 내치고, 여성으로서의 삶을 포기하겠다며 드레스를 모두 불태웠더랬지. 혼약을 파기해 달라던 내게 그는 애원했었다.

그리 단정 짓지 말라고, 자신이 다 해결해 주겠노라고. 지지기반이 흔들리지도 모르는 위험마저 감수하겠다고 얘기하면서.

복잡한 심경으로 입술을 잘근잘근 깨물다 황급히 몸을 뒤로 뺐다. 투명한 연두색 눈동자가 어느새 지척 거리에 와 있었기에. 놀란 가슴을 쓸어내리는 나를 바라보던 대신관이 사르르 흩어지는 목소리로 말했다.

"죄송합니다, 영애. 잠시 옛일이 떠오르는 바람에 하지 않아도 될 얘기를 해 버렸군요."

"……."

"그리 상심하지 마십시오. 아리따운 레이디께 울적한 표정을 짓게 하였으니, 당장 이 죄에 대한 참회의 기도를 올려야겠습니다."

"……예하."

"말씀하십시오."

"감사드립니다. 연유야 어찌 되었건 간에, 거듭 축복을 내려 주신 분은 예하이시니까요."

"별말씀을요. 마음을 주신다면야 더 좋겠지만, 어쨌든 뜻은 잘 받겠습니다."

눈꼬리를 휘며 웃음을 지은 그가 돌아섰다.

순백의 신관복이 물결치는 모습에 잠시 시선을 빼앗기는 사이, 머리 위에 무언가가 얹히는 느낌이 들더니 곧이어 은은한 꽃향기가 주위를 맴돌았다. 하나둘 떨어지는 분홍색 꽃잎 사이로 대신관의 손에 맺힌 하얀 빛이 보였다.

"감사합니다, 예하."

"별말씀을요. 이런, 시간이 너무 지체되었군요. 가시지요, 영애.

각하께서 계신 곳까지 모셔다 드리겠습니다."

보일 듯 말 듯한 미소를 지은 대신관이 손을 내밀었다. 그의 에
스코트를 받으며, 나는 아버지가 계신 곳으로 향해 천천히 걸음을
옮겼다.

———✦❈✦———

대신관이 해 준 이야기 때문일까, 아니면 혼약파기서를 본 탓일
까. 한번 가라앉은 기분은 집에 도착할 때까지도 계속해서 이어졌
다. 울적한 마음으로 마차에서 내리는 나를 찌푸린 얼굴로 바라보
던 아버지께서 말씀하셨다.

"잠시 따라오거라."

"네, 아버지."

고용인들의 인사를 받으며 저택으로 들어와, 아버지의 뒤를 따
라 이 층으로 올라갔다. 무슨 일로 그러시나 싶어 의아한 마음으
로 방에 들어서는데, 갑자기 단단한 팔이 나를 듬직한 품으로 끌
어당겼다.

"아버지?"

"그냥 울거라."

고개를 들려는 나를 저지한 아버지께서 말씀하셨다.

"네? 갑자기 그게 무슨 말씀……."

"차라리 그냥 울란 말이다. 그리 힘없이 웃지 말고."

"하지만, 저는 울 일이······."

"나자마자 맺었던 혼약이다. 줄곧 거부해 왔다 하나 어찌 그 의미가 크지 않겠느냐. 숨 쉬는 것처럼 당연한 일이었거늘."

조곤조곤 들려오는 목소리에 어쩐지 목울대가 뜨거워졌지만, 나는 거세게 도리질하며 항변했다.

"아니에요. 저는 그렇게 생각한 적 없는걸요."

"진정이냐."

"그럼요. 제가 무엇 때문에 검술을 배워 왔는데요. 몇 번이나 후계자가 되겠다고 말씀드렸잖아요. 모든 것이 원하던 대로 이루어졌는걸요. 다음 번 대회의에서 저를 해하려 했던 자들을 단죄하기만 하면, 이제 더는 바랄 것이 없어요. 그러니까 저는······. 어?"

거듭 괜찮다 말씀드리는데, 갑자기 눈에서 후드득 물방울이 떨어졌다. 맞닿은 아버지의 셔츠 자락이 조금씩 젖어 드는 것이 느껴졌다. 당혹스러운 기분에 서둘러 몸을 떼려 했지만, 아버지께서는 팔에 힘을 주어 나를 저지하며 등을 토닥여 주셨다. 위로하듯 다정한 그 손길에 가슴속에서 아슬아슬 유지되던 무언가가 툭 하고 끊어졌다.

빗장 풀린 마음에서 온갖 감정들이 쏟아져 나왔다. 심장이 욱신거렸다. 한없이 배려해 주었는데, 그토록 사랑받고 있었는데, 그럼에도 다가갈 용기가 없는 나 자신이 미웠다. 과거의 그와 다른 사람이라는 건 알고 있었지만, 더는 예전처럼 비참한 미래가 오지 않을 거라는 것도 믿었지만, 그럼에도 두려워하는 나 자신이 답답했다.

빳빳한 셔츠 자락을 꼭 움켜쥔 채 서러움을 토해 냈다.

손 뻗어 잡지도, 그렇다고 온전히 놓지도 못하는 바보 같은 나. 맺고 끊는 게 확실했던 과거의 모습은 온데간데없이 우유부단하기 그지없는 나. 이리 아파하면서도 다가갈 자신은 없는 나. 그런 나 자신에 대한 원망이 담긴 눈물은 그칠 줄 모르고 끝없이 흘러내렸다.

얼마나 시간이 흘렀을까? 쉴 새 없이 흐르던 눈물이 잦아들고, 가빴던 호흡도 차츰 원래대로 돌아왔다. 점점 늘어지는 몸을 가누려 애쓰자, 부드럽게 어깨를 감싸 쥔 아버지께서 나를 앉혀 주셨다. 느릿느릿 눈을 깜빡이는데, 문득 귓가에 나지막한 음성이 들려왔다.

"어째 이런 것까지 네 어미를 쏙 빼닮았는지 모르겠구나."

"어머니…… 요?"

"그래. 흠, 그러고 보면 폐하께서 왜 그리 네게 목을 매시는지 알 것도 같구나. 부전자전인 게지."

"네?"

무슨 말씀인가 의아했지만, 아버지께서는 답변해 주실 생각이 없는 듯했다. 묵묵히 내 머리카락을 쓸어 넘기던 아버지께서 말씀하셨다.

"티아."

"네, 아버지."

"이번 일 끝나면 말이다. 아비와 함께 한두 달 정도 쉬다 오자꾸나."

"네? 정말요?"

"그래. 휴양지로 소문난 곳을 돌아보는 것도 좋겠구나. 넓은 호수로 유명한 딘 영지나 울창한 숲이 아름답다는 시모어 영지가 어떠하냐. 흠, 헤르가의 영지도 괜찮겠구나. 마침 그 애송이 건으로 할 말도 있었고…….”

어깨를 감싸 안은 아버지에게서 전해져 오는 온기, 규칙적으로 머리카락을 쓰다듬는 손길에 까막까막 졸음이 밀려왔다. 나는 자꾸만 감겨 오는 눈꺼풀을 힘겹게 깜빡이며 무거운 머리를 어깨에 기댔다.

나지막한 목소리가 점점 작게 들려왔다. 든든한 품에 몸을 맡긴 채, 나는 잠의 세계로 몸을 던졌다.

3. 운명의 수레바퀴

시리도록 푸른 하늘 아래, 오색으로 물든 잎사귀들이 마지막 남은 생명을 불사르고 있었다. 잃어버린 강렬함을 서운해 하듯, 먼지 피어오르는 바닥에 내리쬐는 가을 햇살이 찬란한 황금빛으로 빛났다.

수련하는 기사들을 방해하지 않도록 조심하며 연무장 구석에서 수건과 물통을 집어 들었다. 그리고 그늘에 앉아 땀에 젖은 머리카락을 풀어 내렸다. 살랑살랑 불어오는 바람이 무척 시원했다.

마른 수건으로 땀을 닦아 내고서, 축축한 머리카락을 한데 모아 다시 묶은 뒤 물을 마셨다.

격렬한 움직임에 한껏 달아오른 탓일까? 목을 타고 넘어가는 물은 오늘따라 무척 달았다. 그 느낌이 기분 좋아서, 나는 미소를 머금은 채 두꺼운 나무줄기에 등을 기댔다.

"좋은 아침입니다, 모니크 경."

맑고 깨끗한 하늘의 색에 흠뻑 빠져들어 있을 때, 흐르는 땀을 닦아 내며 그늘 안으로 들어서는 남자가 있었다. 물기를 머금은 탓에 평소보다 한결 짙어 보이는 밤색 머리카락. 페덴 경이었다.

"안녕하세요, 페덴 경. 아침이라고 하기엔 조금 늦은 시간인 것 같지만, 날씨는 정말 좋네요."

정말 그렇다고 답하며 내게서 조금 거리를 두고 앉은 그가 말했다.

"지난번 일은 정말 감사했습니다. 당시에는 경황이 없어 제대로 인사도 못 드렸군요. 경께서 빠르게 조치를 취해 주신 덕에 아내와 아이 모두 무사할 수 있었다고 들었습니다."

"아닙니다. 연회의 주관자로서 당연히 해야 할 일을 했을 뿐인데요. 베아트리샤는 좀 어떤가요?"

"다소 충격을 받긴 했으나 이제는 많이 안정되었습니다. 두어 달 정도 조섭만 잘하면 괜찮을 거라 합니다."

"정말 다행입니다. 집사에게 일러 임산부에게 좋다는 것을 좀 챙겨 보낼 터이니, 부디 사양치 말아 주세요. 그저 작은 우정의 표시랍니다."

"그리 말씀하시니 사양할 수가 없겠군요. 감사합니다, 모니크 경. 경께는 매번 받기만 하는군요."

정중하게 감사를 표한 남자는 한참 동안 말이 없었다. 아무래도 더는 할 얘기가 없는 듯해 보여서, 나는 잠시 그를 바라보다 하늘 위로 시선을 돌렸다.

살랑살랑 불어오는 바람에 기분이 나른하게 풀렸다. 밀려오는 졸음을 쫓으며 자꾸만 감겨 오는 눈을 느릿느릿 깜빡이고 있을 때, 조금 가라앉은 듯한 목소리가 들려왔다.

"리사 왕국에서 볼모를 받자는 논의가 나왔다고 들었습니다."

"아……. 네, 사실입니다."

느슨하게 풀어졌던 자세를 바로 하며 페덴 경을 돌아보았다. 혹 죄책감이라도 느끼고 있나 싶어 탐색하듯 쳐다보았지만, 밤색 눈동자는 그저 담담하게 나를 응시하고 있을 뿐이었다.

미심쩍어 하는 것을 알아챈 듯, 희미하게 웃어 보인 페덴 경이 말했다.

"그리 보지 마십시오. 아내와 저 모두 제국에서의 생활에 만족하고 있으니까요."

"……그런가요?"

"물론입니다. 왕국을 걱정하거나 하는 마음에 꺼낸 얘기는 아니었습니다. 공연한 참견 같습니다만, 아내가 경께 안심하시라는 말을 꼭 좀 전해 달라 했기에 드리는 말씀일 뿐입니다."

"안심이라니요?"

고개를 갸웃하자, 페덴 경은 찬찬히 설명했다.

"크리얀스 3세의 성격이라면 분명 볼모 중에 왕녀를 포함하려들 것이라고 하더군요. 제 생각도 그렇습니다. 아마 후궁으로 밀어 넣으려 하겠죠."

"……."

"허나 걱정하지 마십시오. 폐하께서는 그리 호락호락하게 넘어가실 분이 아니니까요. 계파를 이끌고 계시는 분들도 그렇고 말입니다. 오랜 시간 뵈었던 것은 아니지만, 적어도 이 점에 대해서는 확신할 수 있습니다."

"……그렇군요. 배려의 말씀, 감사드립니다."

"별말씀을요. 그럼 모니크 경, 저는 근무가 있어 이만 가 봐야 할 것 같습니다. 수고하십시오."

"아, 네. 다음에 봬요."

정중하게 고개를 숙여 보인 남자는 곧바로 연무장을 빠져나갔다. 그 뒷모습을 잠시 바라보다가, 나 역시 천천히 몸을 일으켰다.

'후궁이라.'

문득 며칠 전 그를 알현했던 일이 떠올랐다. 나란히 찍혀 있던 황가와 모니크가의 문장, 그리고 반듯한 정자체로 또박또박 적혀 있던 혼약파기서라는 글자도.

'후궁이라……'

그날의 한기, 혼약파기서라는 글자를 보는 순간 스치고 지나가던 선득한 그 냉기가 또다시 엄습해 오는 듯했다. 이토록 찬란하게 내리쬐는 햇살 아래 걷고 있음에도 그랬다.

"모니크 영애가 아니십니까. 좋은 아침입니다."

무척 반가워하는 듯한 목소리에, 온몸을 꽁꽁 옭아매던 얼음 사슬이 그제야 부서져 나갔다. 차갑게 얼어붙은 몸에 와 닿는 햇볕이 몹시 따뜻했다.

천천히 옆을 돌아보자 꼬장꼬장해 보이는 인상의 남자가 미소를 짓고 있는 모습이 보였다. 나는 아직까지도 뻣뻣하게 굳은 입가를 애써 끌어 올리며 말했다.

"좋은 아침입니다, 페이 자작. 일주일 만이던가요?"

"연회 이후로 처음 뵙는 것이니 맞을 듯싶습니다. 헌데 궁내부에는 어쩐 일이십니까?"

사실 발길 닿는 대로 걷다 보니 온 것이었기에 별다른 용무는 없었지만, 막상 궁내부장의 얼굴을 보자 불현듯 한 가지 생각이 머릿속을 스치고 지나갔다.

'그때 그자들의 이름이 뭐였더라?'

천천히 기억을 더듬으며 말문을 열었다. 원래는 집사를 시켜 적당한 약재를 보내려 했지만, 아무래도 그것보다는 당시에 베아트리샤를 살폈던 황궁의를 통하는 편이 나을 듯했다. 기왕이면 보다 정확한 약재를 골라 보내는 것이 받는 쪽이나 보내는 쪽 모두에게 좋을 테니까.

"음, 실은 한 가지 부탁할 것이 있어 찾아왔습니다. 매번 번거롭게 해서 미안하군요."

"아닙니다, 영애. 당연히 제가 해야 하는 일인 것을요. 무엇이 필요하십니까?"

"혹 얼마 전 연회에서 페덴 남작 부인을 살폈던 황궁의들을 기억합니까? 한 사람은 마흔 초중반 정도의 여자로 부인병에 능하다 들었고, 다른 한 사람은 서른 후반 정도 되는 남자입니다만. 남자 쪽은 중간키에 몹시 마른 체구였던 것으로 기억합니다."

"아아, 란트 황궁의와 세나르 황궁의 말씀이시군요. 당장 데려오라 이르겠습니다."

가볍게 고개를 끄덕인 궁내부장이 무어라 지시하자, 근처에 있던 시종 중 하나가 재빨리 어딘가로 향했다.

두 사람을 기다리며 페이 자작과 함께 이런저런 대화를 나누고 있을 때, 한 남자가 방 안으로 들어서는 모습이 보였다. 그는 베아트리샤의 사건이 있던 날 그녀를 살폈던 황궁의, 과거 내게 불임 사실을 통보했던 바로 그자였다.

"궁내부장께서 저를 어쩐 일로……. 헛, 모, 모니크 영애?"

여상스럽게 인사를 건네던 남자는 나를 발견하자마자 갑자기 말을 더듬었다. 몹시 당황한 것 같은 모습에 의아한 마음이 들었지만, 나는 일단 의문을 접으며 물었다.

"어째서 자네 혼자 온 것이지? 다른 자는 비번인가?"

"누구…… 말씀이십니까?"

"페덴 남작 부인을 보살폈던 여의 말일세."

"아, 란트 황궁의 말씀이십니까? 그렇습니다만…… 어찌 그러시는지요?"

'뭔가 수상한데.'

절로 눈매가 가늘어졌다. 나를 보자마자 화들짝 놀란 것 하며 말을 길게 늘이는 모양새가 어쩐지 영 미심쩍었다.

'한번 찔러 봐?'

하지만 그건 불가능했다. 넘겨짚는 것도 정도껏이지, 무슨 일로 그러는지 전혀 짐작도 안 되는데 어떻게 찔러 볼 수가 있겠는가. 그래서 나는 한 가닥 의문만을 마음속 깊이 묻어 둔 채 본래의 용건을 꺼냈다.

"페덴 남작 부인 때문에 그러네. 도움이 될 만한 약재를 조금 보내고 싶은데, 어떤 것이 필요한지 모르겠더군. 자네가 좀 알려 줄 수 있겠는가?"

"아, 약재 말씀이십니까? 물론입니다. 금방 적어 드리겠습니다."

나는 남자가 종이에 몇 가지 약재와 수량을 적는 모습을 빤히 바라보았다. 용건을 듣자마자 눈에 띄게 안심하는 모습이 아무리 봐도 수상쩍었다.

"여기 있습니다."

"고맙네. 내 따로 사례하도록 하지."

아무래도 조사를 시켜야겠다고 생각하면서, 나는 남자가 내미는 종이를 받아 궁내부를 빠져나왔다.

타박타박 길을 걷는데, 문득 페덴 경과의 대화가 또다시 떠올랐다.

일주일의 말미를 두고 대회의를 휴정한 지 닷새째. 이틀 뒤 대회의가 종결되면, 황실과 나의 인연 역시 완전히 끝날 것이었다. 공식적으로 파혼 사실이 기록될 테니까.

그렇다면 그 뒤에 일어날 일은 불 보듯 뻔했다. 그의 눈길을 받기 위한 여자들의 치열한 전쟁이 일어나겠지. 제나 공작이 범인이라고 밝혀질 경우, 제아무리 신탁의 아이라는 명분이 있다 하더라도 지은은 결코 그의 곁에 설 수 없을 테니까. 그렇다면 그의 마음을 얻어 내는 여인이 황후가 될 가능성이 높았다. 그의 마음을 얻기 위해 수단과 방법을 가리지 않을 영애들의 모습이 눈에 선했다.

"지난날 당부했던 말을 기억하는가. 영애의 뜻이 이뤄진다 하더라도……."

문득 붕어하시기 전 마지막으로 뵈었던 선황제 폐하의 모습이 떠올랐다. 가쁜 숨을 몰아쉬며 하셨던 말씀도.

어쩐지 울적해졌다. 과거만큼은 아니었어도 나름대로 나를 아껴 주셨던 그분. 때로는 어르고 때로는 협박 비슷한 말씀도 하셨지만, 선황제 폐하께서는 끝내 내 의사를 존중해 주셨다. 그렇기에 마지막 순간 그런 말씀을 하셨던 거겠지.

푸른 하늘을 올려다보며 작게 속삭였다.

'네, 폐하. 기억하고 있습니다.'

가문의 후계자가 되어 황실과의 연이 끊어진다 하더라도, 외롭디외로운 그의 곁을 지키는 친구로나마 남아 달라 하셨지요.

가슴이 찢어질 듯 아프지만, 결코 쉽지 않은 일이겠지만, 네, 그리하겠습니다. 아버지께서 폐하께 그러하셨듯, 저 역시 그의 믿음을 나눠 가질 수 있는 존재가 되도록 노력할 것입니다.

"후우……."

시린 가슴을 끌어안은 채로 멍하니 걷는데, 무심코 내쉰 한숨에 또 다른 한숨 소리가 섞여 들었다. 화들짝 놀라 주위를 둘러보자, 어딘가 낯익은 풍경이 눈에 들어왔다. 과거 선황제 폐하와 종종 티타임을 갖곤 했던 곳, 바로 중앙궁의 정원이었다.

그런데 누가 한숨을 쉰 걸까? 여기는 아무나 들어오지 못하는 곳인데.

찬찬히 주변을 살펴보았지만, 아무도 보이지가 않았다. 고개를 갸웃하며 좀 더 안쪽으로 들어서자, 그제야 붉게 물든 나무 그늘에 서 있는 여자가 보였다. 순간 그쪽을 향해 내딛으려던 걸음이 절로 멈췄다. 그녀의 머리카락 색이 눈에 들어온 탓이었다.

뭐야, 지은이 왜 여기에 있지? 그것도 수도 귀족의 출입을 반쯤 통제하고 있는 지금과 같은 시기에.

어딘가 미심쩍은 기분에, 모습을 드러내는 대신 잠시 관찰하기로 했다. 뭔가 꿍꿍이가 있어 이곳에 온 것일 수도 있었으니까. 반역죄라는 어마어마한 사안이 걸려 있는 만큼, 행동이 제약된 자신들을 대신해서 제나가나 귀족파가 그나마 신탁의 아이라는 명분이 있는 그녀를 보낸 것일지도 모르잖은가.

한참 동안 나무 아래를 왔다 갔다 하던 지은이 하얀 꽃 무더기 앞에 섰다. 뭔가를 중얼거리던 그녀가 손을 뻗는 순간, 새하얀 빛이 거듭 뿜어져 나왔다. 연속해서 뿜어져 나오는 그 빛에 시들었던 꽃들이 활짝 피어나며 생기를 되찾았다.

절로 눈살이 찌푸려졌다. 신성력을 쓰는 것쯤이야 지난번에도 본 것이었지만, 저렇게 실패 없이 연속으로 쓸 수 있는지는 몰랐는데.

그렇다면 베아트리샤의 일이 있었을 때 보여 준 모습은 무엇이었단 말인가. 그저 못하는 척했을 뿐이었나? 불완전한 신성력이라 자주 실패하는 모양이라고, 나름대로 애썼지만 잘 안된 모양이라고 생각했는데.

머릿속에서 한 장면이 떠올랐다. 프린시아의 아이를 보았던 날 소리 없이 눈물 떨구던 내 모습이, 그리고 신음하면서도 아이를 살려 달라 애원하던 베아트리샤의 모습이.

가슴속에서 뭔가 뜨거운 기운이 솟구쳐 오르는 것이 느껴졌다.

네가 어떻게 그럴 수 있어. 나와 마찬가지로 아이를 잃은 아픔을 잘 알고 있을 네가. 대관절 무엇을 바라기에 그 고통을 모른 척할 수가 있지? 얼마나 대단한 것을 원하기에 그러는 건데?

주먹을 꽉 움켜쥐며 한 발짝 앞으로 나서는 순간, 바스락거리는 소리에 뒤를 돌아본 지은이 몹시 반가운 표정으로 말했다.

"어, 너도 여기 있었네? 잘됐다. 마침 너를 찾아다니던 참이었⋯⋯."

"제나 공녀, 지금 뭐 하시는 겁니까."

파르르 떨리는 입술 사이로 감정이라고는 하나도 느껴지지 않는 고저 없는 목소리가 흘러나왔다. 회귀 전의 내가 구사하던 바로 그 음성이.

"방금 그것, 신성력입니까."

"그, 그런데?"

"쓸 줄 아셨군요. 실패 없이, 세 번 연속으로 구사하면서 말입니다."

"새삼스럽게 무슨 소리야? 내가 신성력을 쓰는 건 지난번에도 봤잖아? 그보다, 중요한 얘기가 있다니까?"

자꾸만 말을 돌리려는 모습에 입꼬리가 절로 비뚜름하게 올라갔다. 언제부터인지는 모르겠지만, 어느새 나는 고개를 숙이면서도 결코 그녀를 인정하지 않았던 그 옛날의 말투를 다시 쓰고 있었다.

"헌데 어째서 그 신성력을 페덴 남작 부인 앞에서는 볼 수 없었을까요?"

"야, 그건……!"

"불완전한 신성력이라 거듭 실패한 줄 알았습니다만, 지금 보니 못 쓴 것이 아니라 그저 안 쓴 것처럼 보이는군요."

"그게 아니……."

"참으로 대단하십니다. 절 이기고 싶다 하셨지요? 그래요, 많이 발전하셨군요. 두 사람의 목숨을 가지고 장난을 치다니 말입니다. 무엇 때문에 그랬는지는 모르겠지만, 최소한 냉정한 면은 저보다 한 수 위이신 듯하군요. 같은 일을 경험했으면서도 그 상황에서 그런 생각을 한 걸 보면 말입니다. 저는 그 순간 아무 생각도 들지 않았거든요."

"……야."

말이 계속될수록 조금씩 표정을 일그러뜨리던 지은이 이를 악물

며 나를 노려보았다. 그러고는 무언가를 말하려는 듯 거듭 입술을
달싹거렸다.

뭐라고 변명하나 보자 싶어 한참을 기다렸지만, 그녀는 머뭇거
리기만 할 뿐 결국 아무런 말도 하지 못했다. 그럼 그렇지. 피식
웃어 버리는 나를 향해 눈꼬리를 사납게 치켜세운 지은이 버럭 고
함질렀다.

"그래! 못 쓴 게 아니라 안 쓴 거다, 됐냐? 이제 속이 시원해?"

"……안 쓴, 거라고요."

"마음대로 생각해. 어차피 뭐라 해도 안 믿을 거잖아?"

"똑바로 얘기하시죠. 안 쓴 겁니까, 못 쓴 겁니까?"

"맘대로 생각하라고 했지? 그리고 내가 신성력을 쓰든 말든 네
가 무슨 상관이야?"

"하……."

어이가 없어 크게 숨을 내뱉었다. 잠시 마음을 가라앉히며 거칠
어진 호흡을 가다듬고 있는데, 갑자기 어디선가 뎅그렁거리는 종
소리가 들려왔다.

뭐야, 또 소집령인가? 왜 하필 이런 때……. 어라?

"왜? 말이 막히기라도 했……."

"조용히 하시지요."

"뭐, 뭐라고?"

"그 입 좀 다물라고 했습니다만."

나는 말문이 막힌 듯 입만 벙긋거리는 지은을 무시한 채 반복되
는 소리에 귀를 기울였다.

뎅뎅, 데데뎅, 뎅뎅, 데데뎅, 뎅, 뎅, 뎅뎅뎅.

어라, 정말 전체 소집령이네. 근데 소집 장소가…… 제2기사단?
게다가 연무장?

뭐야, 대체 무슨 일이지?

황급히 몸을 돌리는데, 옷자락을 붙든 지은이 다급하게 말했다.

"또 어딜 가는 거야? 너한테 할 얘기가 있다니까?"

"저는 할 말 없습니다. 이것 놓으시지요."

"야!"

앙칼진 음성을 뒤로한 채 제2기사단으로 달렸다. 정황상 훈련
상황일 가능성이 높았지만, 평소에 잘 내려지지 않는 전체 소집령
이 발동된 만큼 빨리 가 봐야 했다.

제2기사단의 연무장에는 이미 많은 수의 기사가 모여 있었다.
오랜만에 발동된 전체 소집령에 모두 의아한 기색이었다. 기사단
별로 소집하는 것이야 훈련을 겸해 자주 있는 일이었지만, 근무
중인 자를 제외한 모든 이를 한자리에 불러들이는 경우는 그리 흔
치 않았으니까.

"웬일로 전체 소집령이지?"

"뭐, 또 훈련 상황이겠지."

"그야 그렇겠지만, 장소도 그렇고 발동 시기도 그렇고, 왠지 좀
이상하지 않나?"

모두가 한마디씩을 늘어놓고 있을 때, 안으로 들어선 아버지께
서 말씀하셨다.

"모두 주목하도록. 근위 기사단을 제외한 모든 기사단에 특별
임무가 내려왔다."

"특별 임무라니오?"

"헛, 훈련 상황이 아닙니까?"

"그렇다. 지금 이 시간부터 황궁을 경비하기 위한 최소 인력을 제외한 모든 기사는 정식 기사 다섯, 견습 기사 열을 묶어 한 개 조로 편성될 것이며, 상황 종료 시까지 삼교대로 근무하게 될 것이다. 전부 숙지하였는가?"

"네, 그렇습니다!"

"좋다. 그럼 이제 임무를 전달하겠다. 각 조는 수도로 들어오는 길목에 배치되어 특정 인물을 색출하는 작업을 수행하게 될 것이다. 귀관들이 찾아내야 할 인물은……."

마른침을 삼켰다. 대체 누구를 찾아야 하길래 기사단 전체에 동원령이 내려진 걸까.

"미르와 후작이다. 소환령을 거부하고 도주한 중죄인이니 반드시 체포하도록."

뭐라고? 미르와 후작?

절로 눈이 크게 뜨였다.

그럼 정말로 그가 범인이었단 말인가? 일전에 폐하께서 주셨던 조사 결과 역시 진실이었던 것이고? 이럴 수가. 하는 행동이 영 미심쩍긴 했지만, 갑자기 세를 불린 탓에 함정에 빠진 것이라는 추측 쪽에 더 무게를 두고 있었는데.

"이상의 사실을 모두 숙지하였다면, 소속 기사단 복도에서 자신의 조를 확인한 뒤 즉각 이동하라. 조장으로 임명된 자는 소속 기사단장을 찾아가 맡을 구역을 전달받은 뒤 조원에게 전하도록. 제4기사단은 본인을 찾아오면 된다. 이상."

"네, 알겠습니다!"

우렁차게 답한 기사들이 뿔뿔이 흩어졌다.

소속 조를 확인하기 위해 돌아서는데, 멀리서 붉은 머리카락의 청년이 다가오는 것이 보였다. 햇살을 받은 머리카락이 불꽃처럼 흩날리는 모습에 절로 미소가 지어졌다.

"안녕, 티아. 오랜만이네."

"그러게. 안녕, 세인. 그동안 잘 지냈어?"

"나야 뭐, 늘 그렇지. 그나저나 골치 아프게 되지 않았냐? 한동안 엄청 피곤하겠구만."

고개를 절레절레 흔든 카르세인이 말했다.

"어쩐지 영 미심쩍다 했다만……. 그 인간, 어떻게 이런 대형 사고를 치냐."

"그러게. 대체 무슨 생각일까?"

"모르지. 하여튼 피곤하게 됐어. 오면서 보니 그쪽 영지로 가는 길목에는 죄다 전령을 파견하고 있는 것 같더라. 미르와 영지와 그 근처 국경 수비대에도 전갈이 간 것 같고."

"그렇겠지. 사병까지 붙으면 진짜 큰일이잖아."

"그렇지. 그런데 잡을 수 있으려나 모르겠다. 듣자하니 소환령을 내리기 전부터 이미 도주한 것 같다던데."

고개를 갸웃했다. 이게 무슨 소리지? 소환령을 내리기 전에 도주했다니?

의아하게 바라보자, 카르세인은 가볍게 혀를 차며 말했다.

"마침 아버지랑 있어서 같이 들었는데 말이지. 소환장을 들고 간 전령이 후작의 일행을 따라잡았는데, 그 자리에 없었다는 거야. 몸이 좀 안 좋다며 마차를 타고 가겠다고 했다던데, 정작 마차

안에는 그자 대신 그와 닮은 다른 자가 있었다고 하더라고."

소름이 쫙 끼쳤다. 카르세인의 말이 사실이라면, 미르와 후작은 범인이 확실했다. 그렇지 않고서야 어떻게 닮은 사람까지 준비해 둘 수 있겠는가. 영리한 자이니, 대관식 후 처음으로 열리는 건국 기념제를 위해 대부분의 귀족이 수도로 모여든 이 시기가 위험하다는 것을 감지했을 테지. 해서 탈출을 위해 미리 계획을 세운 것이 틀림없었다.

속으로 혀를 차다, 갑자기 든 생각에 고개를 갸웃했다.

그럼 이번 임무는 소용없는 것 아닌가? 추격까지 따돌리며 미리 도주한 것이라면 수도보다는 제 기반이 있는 영지로 향했을 확률이 높을 것 같은데. 혹시 경각심을 일깨워 줄 겸 미리 대비하는 건가? 최악의 사태가 일어날 경우 긴장을 늦추지 않은 점이 다소 도움이 될 테니.

어쨌든, 그렇다면 이번 임무의 난이도는 몹시 높을 것이 틀림없었다. 국경수비대가 후작보다 미르와 영지를 먼저 접수한다면야 수월해지겠지만, 아무리 전령이 빠르다 해도 앞서 출발한 그를 따라잡기는 요원할 터. 아무래도 장기전을 각오해야 할 듯했다.

어디 그뿐인가? 미르와 영지는 리사 왕국과의 국경 지대에 있으니, 만일 그가 리사 왕국과 연합하기라도 한다면 정말로 긴 싸움을 해야 할지도 몰랐다.

"야, 무슨 생각을 그렇게 하냐?"

"……쓸데없는 생각."

"대충은 알 것 같은데, 너무 걱정하지는 마. 영지에 국경 수비대가 주둔하고 있는 이상 쉽게 반기를 들거나 하지는 못할걸. 그보다 너, 조 확인은 했냐?"

"아, 깜빡했다."

속으로 혀를 찼다. 이런. 그러고 보니 조를 확인한 뒤 즉각 이동하라 했었는데. 늦었으면 어떡하지?

허겁지겁 돌아서는 나를 저지한 카르세인이 말했다.

"그럴 줄 알고 내가 확인했어. 너희 조장은 프레이아 경이고, 임무는 내일부터 시작이야. 그러니 그리 급하게 안 가도 돼."

"그래? 고마워, 세인. 덕분에 살았다."

"고마우면 나중에 밥이나 한번 사든가. 그럼 이제 가 볼까? 조를 확인할 필요는 없으니까, 곧바로 조장을 찾아가면 될 것 같은데."

"응. 그러자."

어깨를 나란히 하고 연무장을 빠져나오는데, 문득 생각 하나가 머릿속을 스치고 지나갔다.

그러고 보니 카르세인, 건국기념제가 끝나면 이틀 정도 시간을 내 달라고 하지 않았던가?

"저기, 세인?"

"엉?"

"그때 약속한 거 있잖아. 기념제가 끝나면 시간 내 달라고 했던 거. 언제가 좋을까? 아무래도 당분간은 어려울 것 같은데······."

"아, 그거. 하긴 너나 나나 임무 때문에 시간 내기가 빠듯하겠다. 뭐, 하는 수 없지. 일단 미르와 후작이 잡힌 다음으로 미루는 수밖에."

"응, 알았어. 그럼 그렇게 알고 있을게."

가볍게 고개를 끄덕이자, 카르세인은 싱긋 미소를 짓고는 곧 교대 시간이라며 내궁으로 향했다.

잠시 멀어지는 그의 뒷모습을 바라보다가, 나는 조원들을 만나기 위해 제2기사단 건물로 걸음을 옮겼다.

"이제 오십니까, 모니크 경."

복도에 들어서자 프레이아 경을 비롯한 몇몇 기사들이 서 있는 것이 보였다. 아무래도 그들이 나와 같은 조인 듯해서, 나는 황급히 그들에게 다가가 사죄의 말을 건넸다.

"죄송합니다. 제가 조금 늦었네요."

"괜찮습니다. 저희도 방금 왔는걸요. 몇몇 분은 아직 안 오셨지만, 일단 우리 조에 하달된 명령을 전달하겠습니다. 임무는 수도 내부 수색, 맡을 구역은 동북쪽의 평민 지구, 시간은 일단 내일 오전부터 저녁까지입니다. 이것 참, 좋아해야 할지 싫어해야 할지 모르겠군요."

하긴 그랬다. 수도 밖으로 나가지 않아도 되는 점은 편하지만, 그 넓은 지역을 일일이 수색하는 게 쉬울 리는 없었으니까. 게다가 미르와 후작이 허를 찔러 수도에 들어왔을 가능성도 존재하는 만큼 대충대충 할 수도 없다는 것이 문제였다.

"담당 구역이 넓은 관계로, 전원이 뭉쳐 다니는 것은 무리일 것 같습니다. 그러니 일단 정식 기사 한 명과 견습 기사 두 명을 묶어 삼 인 일 조로 다니는 것이 어떻겠습니까? 죄인을 발견할 경우 호각을 불어 알리도록 하고요. 다른 조도 함께 투입될 것 같으니 소리를 듣는 데 무리는 없을 것입니다."

"동의합니다."

"좋습니다. 그럼 한 시간 전에 연무장 입구에서 보는 걸로 하고,

오늘은 이만 헤어지죠. 모두 내일 뵙겠습니다."

가볍게 고개를 끄덕이고서, 모두는 각자의 임무 수행을 위해 흩어졌다.

❖

"정말 조심하셔야 해요, 아가씨. 아셨죠?"

"응, 알았다니까. 그 얘기 한 번만 더 하면 열 번째인 거 알아?"

어젯밤 꿈자리가 사나웠다며, 준비하는 내내 조심하라고 잔소리를 늘어놓던 리나는 기어코 열 번을 채우고서야 나를 놓아주었다. 안도의 한숨을 내쉬며 문을 열자 새하얀 제복 차림의 두 남자가 서 있는 것이 보였다.

"좋은 아침입니다, 모니크 영애."

"안녕하세요, 시모어 경, 그리고 쥬느 경. 오늘도 수고가 많으시네요."

"별말씀을요. 황궁에 가는 길이십니까?"

"네. 우선 황궁에 들렀다가 담당 구역으로 갈 거예요. 오늘은 업무를 수행하러 가는 것이니 호위는 필요 없을 것 같네요."

"그러시군요. 알겠습니다. 조심히 다녀오십시오."

"네. 그럼 나중에 봬요."

폐하의 명으로 근위 기사들이 나를 호위하기 시작한 지도 벌써 두 달째. 처음에는 내가 어딜 가건 따라다니는 그들 때문에 다소 불편하기도 했지만, 이제는 한결 괜찮았다. 적어도 기사단 업무를 볼 때만큼은 따라오지 않게 되었으니까. 이는 함께 근무를 서는 동료들의 불편함을 없애기 위한 조처로 근위 기사들 역시 동의한 사항이었다.

황궁에 도착한 나는 같은 조 사람들과 함께 담당 구역으로 이동했다. 프레이아 경과 리안 경, 그리고 제4기사단 소속이나 본 소속을 감안해서 임시로 배정된 견습 기사 스피아 경을 제외하고는 안면만 있는 사이였지만, 조원 모두 제2기사단 소속이었기에 분위기 자체는 그럭저럭 괜찮은 편이었다.

수도 동북쪽에 위치한 평민 지구는 평민 중에서도 제법 부유한 자들의 거주 구역인 덕분인지 그럭저럭 깔끔한 면모를 갖추고 있었다. 물론 귀족 지구에 비하면 한참 모자라지만, 잘 다듬은 길 하며 아기자기하게 꾸민 집이 나름대로 볼만했다. 심지어 광장에는 초대 황제 폐하의 동상까지 있었다.

"모니크 경, 파트너는 숙지하셨지요? 수상한 움직임이 보이거든 바로 호각을 부십시오. 그럼 저녁때 뵙겠습니다."

"네. 프레이아 경도 수고하세요. 이따 뵙겠습니다."

같은 조 사람들과 인사를 나누고서, 나는 파트너가 된 견습 기사 레이크 경, 그리고 스피아 경과 함께 수색 작업을 시작했다.

얼마나 시간이 지났을까? 미르와 후작과 조금이라도 체구가 비슷하거나 수상해 보이는 자는 모조리 검문하기를 한참, 계속해서 신경을 쓴 탓인지 급격히 피로감이 밀려왔다. 마침 점심시간도 가까워 오니 조금 쉬었다 하는 것이 어떨까 생각하며 두 사람을 돌아보는데, 때마침 저편 골목에서 걸어오던 남자가 움찔하며 멈춰 서는 모습이 보였다.

"거기 자네, 잠깐 이리 와 보겠나."

"……."

"우리는 정규 기사단 소속 기사들이다. 잠시 확인할 것이 있어서 그러니 협조해 주길 바란다."

하지만 남자는 소속을 듣자마자 곧바로 뒤돌아 도망치기 시작했다. 수상쩍기 그지없는 그 모습에, 나는 도망치는 남자의 뒤를 좇으며 다급하게 두 사람에게 지시했다.

"레이크 경, 저와 스피아 경이 먼저 따라잡을 테니, 제압하기 힘들어 보일 경우 바로 호각을 부세요. 아셨습니까?"

"알겠습니다."

"좋습니다. 가죠, 스피아 경."

그간의 노력이 헛된 것은 아니었는지, 달리는 속도를 높이자 남자와의 거리가 급격하게 줄어드는 것이 보였다.

좋았어. 저 골목만 돌아가면 따라잡을 수 있겠는데.

그러나 남자를 쫓아 들어간 공간에는 목표했던 자뿐만 아니라 여러 명의 사람이 서 있었다. 무기를 빼 든 채 살기를 뿜어내고 있는 일련의 무리가.

"레이크 경!"

다급하게 외치는 순간, 공기를 가르며 날아간 화살이 호각을 빼들던 젊은 기사의 가슴에 꽂혔다.

왈칵하고 뿜어져 나오는 피, 확 번지는 붉은 내음.

까강.

레이크 경의 손에서 떨어진 호각이 돌바닥에 나뒹굴었다. 바닥

을 적시는 피 사이로 은색 호루라기가 붉게 물들어 가는 모습이
보였다.

슈욱!

공기를 가르는 파공성에, 반사적으로 자세를 낮추며 가로등 뒤로
몸을 숨겼다. 또다시 날아든 화살이 간발의 차로 스쳐 지나갔다.

단검을 뽑아 들고서, 고개를 내밀어 궁수의 위치를 확인했다. 조
금 전보다 가까워진 거리.

맞은편 가로등에 붙어 선 스피아 경에게 수신호를 보냈다. 하얗
게 질린 그가 단검을 뽑아 들었다. 그 모습을 확인한 뒤, 가로등
밖으로 슬쩍 몸을 내밀었다.

곧바로 날아드는 화살.

재빨리 숨었다가, 화살이 지나가자마자 단검을 던졌다.

"윽!"

성공인가?

작지만 똑똑하게 들려오는 신음 소리에 신속하게 검을 뽑아 들
며 스피아 경을 돌아보았다. 어쩔 줄 몰라 하는 모습.

크게 숨을 들이쉰 그가 몸을 빼는 순간, 또다시 화살이 날아왔
다. 기겁한 그가 벽에 찰싹 달라붙었다.

슬쩍 뒤를 돌아보자 핏물에 잠겨 있는 호루라기가 눈에 들어왔
다. 나는 황급히 그곳까지의 거리를 눈으로 가늠했다.

대략 다섯 걸음.

입술을 꽉 깨물었다.

왜 운마저 안 따라 주는 거야. 궁수만 처리했어도 간단했을 텐데.

크게 숨을 들이쉬며 한 걸음 뒤로 물러났다. 그리고 다시 한 걸음.

잠시 기다렸으나 화살은 날아오지 않았다.

'호각을 집는 순간 쏘겠지.'

영리하기 짝이 없는 행동에 이가 갈렸지만, 어찌할 도리가 없었다. 얼핏 보아도 스물이 넘는 적을 상대할 방법은 저것밖에 없었으니까.

심호흡하며 땅을 박찼다.

슈슈슛!

공기를 가르는 여러 개의 파공성.

이를 악물었다.

'제발, 급소만 피해 다오.'

최대한 몸을 숙이며 손을 뻗었을 때, 갑자기 무언가가 시야를 가로막으며 나를 벽으로 밀어 넣었다. 거칠게 부딪힌 등에서 통증이 전해져 왔지만, 나는 아픔을 무시하며 거세게 저항했다.

"시모어입니다, 영애. 안심하십시오."

익숙한 목소리에 스르르 힘이 빠졌다. 천천히 나를 풀어 주는 금발의 기사 뒤로 낯익은 사람들이 보였다. 주위를 경계하고 있는 쥬느 경과 란크 경, 여전히 하얗게 질린 스피아 경까지도.

"시간이 없으니 듣기만 하십시오. 저희는 현재 앞뒤로 포위된 형태입니다. 다행히 동료 하나가 빠져나갔으니, 상대적으로 수가 적은 앞을 뚫은 뒤 지원이 올 때까지 버티면 됩니다. 아시겠습니까?"

"네, 이해했어요."

"좋습니다. 뒤쪽의 궁수는 저희가 처리했으니, 앞에서 날아오는 화살만 조심하시면 됩니다. 그럼 셋을 세면 뛰십시오. 하나, 둘, 셋!"

세차게 땅을 박차고서, 앞장서서 달리는 쥬느 경 뒤에 바짝 붙었다. 그런 뒤 좌로 검을 휘두르는 란크 경에 보조를 맞춰 우측으로 검을 내리그었다. 무언가가 걸린 느낌.

푸확!

뜨거운 액체가 소맷자락을 적시는 순간, 뒤에서 낯익은 비명 소리가 들려왔다.

"으악!"

스피아 경?

가슴속에서 무언가 뜨거운 기운이 올라왔지만, 뒤돌아보는 대신 검을 더욱 세게 휘둘렀다.

쿠쿵.

앞을 가로막는 자와 함께 뒤에서도 누군가가 쓰러지는 소리가 들렸다.

슈우욱!

화살이 쥬느 경을 스치고 지나갔다. 어깨에서 붉은 반점이 피어났지만, 그는 상처를 돌보는 대신 삽시간에 거리를 좁히며 검을 빠르게 휘둘렀다.

눈을 부릅뜬 궁수가 그대로 허물어졌다. 거치적거리는 궁수의 시체를 발로 차 치워 버린 쥬느 경이 돌아섰다.

"호위 대형으로. 천천히 뒤로 물러난다."

옆과 뒤에서 달리던 두 기사가 신속하게 돌아섰다. 보이지 않는 한 사람을 떠올리자 가슴이 서늘해졌지만, 나는 말없이 돌아선 뒤 나를 삼각형 형태로 둘러싼 기사들과 함께 천천히 뒷걸음질을 쳤다.

한 걸음, 두 걸음.

마침내 벽에 등이 닿자, 크게 숨을 내쉰 시모어 경이 검에 묻은 핏물을 털어 내고는 말했다.

"견습 기사의 일은 유감입니다만, 걱정하지 마십시오. 목숨을 다해 지켜 드리겠습니다."

"버티는 것뿐이라면, 저도 거드는 게……."

"아닙니다. 영애께서는 그대로 계십시오. 그래야 저희가 마음 놓고 싸울 수 있습니다."

"……알겠습니다."

나지막하게 답하자, 가볍게 고개를 끄덕인 시모어 경이 검을 곧 추세웠다. 그러고는 충돌. 복면인들에게서 뿜어져 나오는 살기에 오한이 들었다.

채챙!

금속이 맞부딪히는 소리가 연신 귀를 울렸다. 심장이 미친 듯 뛰었다.

누가 이런 일을 꾸민 걸까. 역시 미르와 후작인가?

만일 그라면, 영지로 가는 것을 포기하면서까지 이런 일을 하는 이유가 뭘까. 암살? 교란? 암살이라면, 나를 노리는 건가? 하지만 어떻게? 특별 임무가 내려온 것은 바로 어제였던 데다가, 내가 이곳에 올 거라는 사실을 아는 사람은 우리 조원들뿐인데. 그렇다면…….

"조심……!"

얼굴에 튀는 뜨거운 액체에 화들짝 놀라 고개를 들었다. 란크 경의 왼쪽 팔에서 피가 흐르고 있었다. 상처가 제법 깊어 보였지만, 그는 팔을 힐끗 쳐다보았을 뿐 말없이 검을 고쳐 잡았다.

금속과 금속이 맞부딪히는 소리, 살이 베이는 소리, 신음 소리와 외마디 비명 소리.

세 사람에게 가려진 시야 속, 온갖 소리만이 귀를 파고들었다.

신경이 점점 더 날카롭게 곤두섰다.

지원은 언제 오는 거지? 왜 이렇게 오래 걸리는 거야.

"티아!"

세 사람의 옷이 붉게 물들어 갈 무렵, 멀리서 나를 부르는 목소리가 들려왔다.

순간 귀가 번쩍 뜨였다. 온갖 소음을 뚫고 들어온 음성은 몹시 익숙한 것이었기에.

설마, 카르세인?

잠시 벌어진 틈 사이, 붉은 머리카락을 휘날리며 말에서 뛰어내리는 청년이 보였다. 바들바들 떨며 고삐를 쥐고 있는 검은 머리카락의 여자도.

뜻밖의 사태에 당황한 복면인들의 자세가 흐트러졌다. 그 틈을 타 상대하던 적을 베어 낸 세 기사가 숨을 골랐다.

"빌어먹을! 어서 저년부터 제거해! 목표를 처리하는 건 그다음이다!"

뭐라고?

하지만 생각을 정리할 틈 같은 건 없었다. 빈 공간을 뚫고 들어오는 검을 막아 세우며 호흡을 고르고 있을 때, 다시 시작되는 소음 속에서 무언가 이상한 장면이 눈에 들어왔다. 말의 목을 끌어안고 있는 지은과 그녀에게 달려드는 십수 명의 복면인, 그리고 그런 그들을 막아 세우는 카르세인의 모습이.

어째서 다른 사람들은 오지 않는 거지?

그 순간, 날아드는 검을 막아 낸 란크 경이 비틀거리며 한발 뒤로 물러났다. 축 처진 왼팔을 본 괴한들이 틈을 놓치지 않고 달려 드는 모습에, 나는 황급히 몸을 날려 그를 노리는 검을 걷어 냈다.

"위험합니다! 자리로 돌아가십시오!"

답할 틈도 없이, 삽시간에 달려드는 두 복면인을 막아 세웠다.

까강!

검을 고쳐 쥔 란크 경이 괴한의 옆구리를 베었다. 잠시 트인 시 야에 반대편의 상황이 들어왔다.

쓰러지는 말, 굴러떨어지는 지은, 그리고 휘둘러지는 검.

"영애, 어서!"

힘껏 내지른 검을 뽑아냈다.

푸화악!

가슴을 찔린 복면인에게서 피분수가 뿜어져 나왔다. 지은을 감 싼 카르세인의 등에서도. 안 돼……!

"도와야 해요!"

"안 됩니다!"

재빨리 몸을 굴린 카르세인이 검을 들어 올리는 것이 보였다. 간 신히 공격을 막아 낸 그의 등에서 붉은 피가 뚝뚝 떨어지고 있었다.

"저대로 두면 위험하단 말이에요! 어서 도와야……!"

"영애의 안전이 우선입니다!"

"시모어 경!"

발악하듯 외쳤지만 세 기사는 요지부동이었다. 위태롭기 짝이 없는 모습에 속이 바짝바짝 타들어 갔다.

'저대로 둘 순 없어.'

이를 악물고서, 앞을 막아서는 괴한의 가슴을 그대로 베어 내며 땅을 박찼다.

"영애!"

"위험……!"

쓰러지는 복면인 뒤에서 내질러지는 검.

눈을 부릅뜨는 순간, 누군가가 나를 확 끌어당겼다.

시야를 물들이는 금빛과 붉은빛.

크게 뜨인 눈에 신음을 삼키는 시모어 경의 모습이 들어왔다. 검을 집어 던진 채 나를 감싸 안은 그에게서 뜨거운 피가 뿜어져 나오고 있었다.

"괜찮…… 으십니까."

쥬느 경이 앞을 막아서는 사이, 비틀거리며 두어 걸음 물러난 시모어 경이 물었다. 하얗게 변한 얼굴과 창백하게 질린 입술을 보자 가슴이 서늘하게 식어 내렸다.

"시모어 경……."

"보시다시피, 위험, 합니다. 그러니, 부디……."

팔이 덜덜 떨렸다. 피에 물든 세 기사, 그리고 카르세인. 둘 중 어느 쪽도 택할 수 없는 상황에 깊은 절망감이 들었다. 전신을 감싸는 무력감에 검을 쥔 손에서 점점 힘이 빠졌다.

그때, 윙윙 울리는 귓가에 갑자기 여러 필의 말발굽 소리가 들려왔다. 온갖 소음에도 그 소리는 이상하리만큼 선명했다.

'지원군인가?'

절망이 가득 찼던 가슴에서 한 줄기 희망이 솟아올랐다.

제발, 빨리……!

악착같이 달려드는 괴한을 베어 내며 눈에 힘을 주었다. 영원처럼 느껴지던 시간이 지나고 마침내 선두에 선 사람이 시야에 들어오는 순간, 맥 빠진 입술 새로 허탈한 웃음이 흘러나왔다.

"하……."

바람결에 휘날리는 긴 머리카락.

그것은 벌꿀색이었다.

"미르와 후작!"

쥬느 경이 눈을 부릅뜨며 검을 고쳐 잡는 모습이 보였다. 창백한 얼굴의 시모어 경이 이를 악물며 앞으로 나서는 모습도.

역시 그였나? 이 모든 일을 꾸민 자가?

나는 점점 가까워지는 남자를 노려보며 머릿속으로 생각을 정리했다.

'버틸 수 있을까?'

아니, 더는 무리였다. 상처투성이인 근위 기사들도, 홀로 떨어진 채 지은까지 지켜야 하는 카르세인도.

그만 포기할까? 저자의 목표는 나인 것 같으니, 어쩌면 나 하나로 끝내 줄지도 모르는 일이 아닌가.

'아냐!'

거세게 고개를 저으며 검을 고쳐 쥐었다. 그럴 순 없었다. 이리 쉽게 포기하려고 검을 잡았던 것이 아니었다. 재능이 그리 뛰어나지 않음을 알면서도 악착같이 수련했던 것은, 과거와는 다른 삶을 살아 보고자 했기 때문이 아니었나. 게다가 후작 같은 자가 목격자를 살려 둘 리도 없었다.

그렇다면 남은 방법은 오직 하나뿐. 이 목숨이 다할 때까지 싸우는 수밖에.

죽음을 각오한 탓일까? 소중한 사람들의 얼굴이 하나둘 떠올랐다. 준비하는 내내 잔소리를 늘어놓던 리나, 늘 나를 웃게 해 주었던 가문의 기사들과 정규 기사단의 동료들. 떠나는 날까지도 몸조심하라며 챙겨 주던 알렌디스와 피투성이가 되어 고군분투하고 있는 카르세인. 늘 든든한 울타리가 되어 주시던 아버지.

그리고—.

안개 속으로 사라지던 푸른 머리카락의 청년.

눈시울이 뜨거워졌다. 마지막이 될지도 모르는 지금, 그들이 너무나도 보고 싶었다.

싸늘한 주검이 되어 돌아온 나를 보면 아버지께서는 몹시 슬퍼하시겠지. 그는 어떨까. 그도 슬퍼해 줄까? 아니면, 이제는 상관없는 사람이라며 차갑게 외면할까?

어느새 시야가 뿌옇게 흐려져 있었다. 나는 왼팔로 눈가를 쓱 쓸어내며 한발 앞으로 나섰다.

크게 숨을 들이쉬며 달려들려는 순간, 갑자기 거리를 벌린 복면인들이 일제히 뒤로 돌아 반대 방향으로 달렸다. 어찌 된 영문인지는 알 수 없었지만, 나는 세 기사와 눈짓을 교환하며 재빨리 뒤를 쫓았다. 카르세인을 구할 수 있는 절호의 기회였을 뿐만 아니라, 저들이 후작과 합류하기 전에 조금이라도 숫자를 줄여야 했으므로.

한 걸음, 두 걸음.

거리가 가까워질수록 카르세인의 모습이 점점 더 자세히 보였다. 핏물에 절어 있는 모습을 보자 가슴이 선득했지만, 나는 이를 악물며 거의 따라잡은 복면인을 향해 검을 내질렀다. 그러고는 남자의 등에 깊게 박힌 검을 반 바퀴 돌려 뽑아내며 땅을 박찼다.

'조금만 더 버텨 줘, 세인. 제발 부탁이야.'

그때, 한발 먼저 도착한 미르와 후작이 검을 뽑아 드는 모습이 보였다. 말에서 뛰어내린 그가 그대로 검을 내지르는 것도.

"안 돼! 세인!"

비명을 지르는 순간, 크게 휘둘러진 검이 복면인을 베어 냈다. 그것을 시발점으로 후작의 수하로 보이는 자들이 괴한을 하나둘 막아서기 시작했다.

뭐지? 대체 이게 어떻게 된 거야?

갑작스러운 상황에 혼란스러워하는 사이, 지은에게 달려드는 복면인을 베어 낸 후작이 나를 돌아보았다.

알 수 없는 빛을 담은 연갈색 눈동자.

"미르와 후작!"

뭐가 뭔지 알 수는 없었지만, 수배령이 떨어진 이상 그는 적이었다.

차갑게 노려보며 검을 고쳐 쥐자, 그는 검날에 흐르는 핏물을 털어내며 내게 한 걸음 다가왔다. 조금씩 몸이 떨리는 것이 느껴졌지만, 나는 이를 악물며 검을 들어올렸다.

그때, 믿을 수 없는 소리가 들려왔다. 땅을 울리며 달려오는 소리. 그것은 분명 여러 필의 말발굽 소리였다.

'제발!'

간절한 마음으로 고개를 돌리는 순간, 절로 눈이 크게 뜨였다.

그토록 바라고 또 바랐던 모습이 눈앞에 펼쳐져 있었다.

전속력으로 달려오는 수십 필의 말과 바람결에 펄럭이는 새하얀 제복, 그리고…… 푸른 머리카락의 청년.

"아아……."

잔뜩 굳어 있던 몸에서 힘이 빠져나갔다. 긴장이 풀린 다리가 휘청하며 앞으로 꺾였다.

나는 황급히 나를 붙드는 쥬느 경의 팔에 의지한 채 뿔뿔이 흩어지는 복면인들을 멍하니 바라보았다. 어느새 도착한 근위 기사들이 펜릴 백작의 명에 따라 일사불란하게 움직이는 사이, 말에서 뛰어내린 푸른 머리카락의 청년이 내게 다가왔다.

거칠어진 호흡과 땀에 젖은 머리카락, 잔뜩 흐트러진 차림새. 그가 얼마나 급하게 달려왔는지 보여 주는 뚜렷한 증거들.

온갖 감정이 가슴속에서 교차했다. 기쁨, 슬픔, 반가움, 그리고 미안함……. 하지만 나는 그 모든 감정을 가슴 속에 묻어 둔 채 그저 담담한 어조로 그를 향해 예를 올렸다.

"……제국의 태양, 황제 폐하를 뵙습니다."

그는 말이 없었다. 그저 묵묵히 나를 응시하고 있었을 뿐. 하지만 평온해 보이는 겉모습과는 달리 바닷빛 눈동자는 심하게 흔들리고 있었다. 그 상태로 묵묵히 나를 바라보던 그는 한참 후에야 호흡을 고르며 천천히 입을 열었다.

"……그대, 다친 곳은 없소?"

"네, 폐하. 저는 괜찮습니다. 심려를 끼쳐 드려 송구합니다."

복잡한 감정을 감추며 예를 갖추자, 그는 굳은 표정으로 나를 바라보았다. 무언가를 말하려는 듯 입술을 달싹이는 모습에 가만히 귀를 기울였지만, 그는 묵묵히 망토를 풀어 내게 덮어 주고는 돌아섰다. 피칠갑을 한 세 기사에게 한 발짝 다가간 그가 말했다.

"자세한 얘기는 나중에 들을 터이니, 우선 응급처치부터 받도록. 경들이 오늘 세운 공은 내 절대 잊지 않을 것이다."

"황공합니다, 폐하."

고개 숙여 예를 갖춘 세 사람이 돌아서자 어느새 정리를 마친 근위 기사단장 펜릴 백작이 다가와 말했다.

"장내 정리를 마쳤습니다, 폐하."

"수고하였소. 보고하시오."

"우선 몇 개 조를 풀어 습격자의 신병 확보를 명한 뒤, 미르와 후작을 비롯한 그 수하의 무장을 해제하여 포박해 두었습니다. 부상자들의 응급처치 또한 지시하였습니다만, 상처가 깊어 쉽지는 않을 것 같습니다."

부상자라면 설마?

황급히 주위를 둘러보자 피에 물든 셔츠 차림으로 눈을 감고 있는 붉은 머리카락의 청년이 보였다. 굳게 닫힌 눈꺼풀과 창백한 피부가 시리도록 선명하게 눈에 들어왔다.

심장이 덜컥 내려앉았다.

"세인!"

"……."

"정신 차려, 세인!"

"……티아?"

몇 번이고 반복해서 부르자, 굳게 닫혔던 눈이 힘겹게 열렸다. 흐릿해진 푸른 눈동자에 내 모습이 가득 담겼다.

"괜찮냐……? 다친 데는 없고?"

"지금 내 걱정할 때야? 어쩌자고 혼자서 뛰어든 거야, 대체!"

"우리 꼬맹이, 팔팔한 걸 보니 괜찮은가 보네. 다행이다. 늦지 않아서……."

카르세인의 입가에 힘없는 미소가 걸렸다. 그 모습을 보자 등골이 서늘해졌다. 작년 여름 습격을 당했을 때, 자칫 잘못했으면 다시는 어깨를 쓸 수 없을 정도로 크게 다치고서도 기운만은 넘치던 그가 아니던가. 그런데, 그랬던 그가 저리도 생기 없는 모습이라니.

흔들리는 눈으로 바라보는 나를 향해 스르르 웃음을 지은 그가 말했다.

"이 오라버니, 그렇게 약한 사람…… 아니야."

"……."

"그냥 좀…… 피곤해서 그래. 그러니까……."

"세인? 세인!"

하지만 몇 번을 불러도 닫힌 눈꺼풀은 다시 열리지 않았다.

덜덜 떨리는 손을 코끝에 가져다 댔다. 끊어질 듯 위태로운 숨결을 확인하자 심장이 서늘하게 얼어붙었다.

안 돼! 이렇게 널 잃을 순 없어!

미친 듯 주위를 둘러보자 저 멀리 하얗게 질린 얼굴로 떨고 있는 검은 머리카락의 여자가 보였다. 나는 만류하는 기사들을 뿌리치며 지은의 눈앞에 섰다. 멍한 눈으로 올려다보는 모습을 보자 당장에라도 험한 말이 나갈 것 같았지만, 마지막 남은 이성으로 치밀어 오르는 분노를 꾹꾹 눌러 담았다. 지금 내게는 그녀의 힘이 절실했으니까.

"……제나 공녀."

"……."

"부탁드립니다. 세인을……, 카르세인 경을 살려 주십시오."

지은은 답이 없었다. 이를 악물며 정중하게 다시 한 번 요청해 보았지만, 그녀는 입술을 꽉 깨문 채 고개만 도리도리 저을 뿐 아무런 말도 하지 않았다. 명백한 거부의 몸짓에 간신히 억제한 분노가 다시금 꿈틀거리기 시작했다.

"이런 상황에서까지 모른 척할 셈입니까? 공녀는 신성력을 쓸 수 있지 않습니까."

"……."

"부탁드립니다. 그를 살려 주세요."

"……못해."

"못한다고…… 요?"

그 순간, 간신히 붙들고 있던 이성의 끈이 툭 끊어졌다. 뭐가 어쩌고 어째?

나는 여전히 고개 숙이고 있는 지은의 어깨를 거세게 움켜쥐며 말했다.

"마지막 경고야. 당장 치료해."

"못해."

"장난도 정도가 있어. 널 감싸려다 저렇게 되었는데, 뭐? 못해? 그게 할 소리야?"

"못해! 못한다고! 정말 못한단 말이야!"

"너 진짜 이럴래!"

"나도 그러고 싶지만, 정말로 못한단 말이야! 나는……!"

검은 눈동자 가득 눈물이 차오르는 모습에 이가 부득 갈렸다. 가증스러운 것. 또 불완전한 신성력이라느니 어쩌느니 하는 핑계를 댈 셈인가?

"불완전하다는 핑계를 댈 거면 집어치……."

"내 신성력은……, 사람에게는 통하지 않는단 말이야……."

"핑계 대지 말랬지!"

"진짜야……. 진짜라고……."

까만 눈 가득 고였던 물방울이 뚝뚝 떨어져 내렸다. 그녀의 어깨를 옥죄고 있던 손에서 힘이 스르르 빠져나갔다. 믿을 수 없고 믿기도 싫은 이야기였지만, 어느새 차갑게 식은 머리는 그 말이 사실이라 판단하고 있었다.

"말도 안 돼……."

비틀, 힘이 풀린 몸이 휘청였다. 어떻게 그럴 수가 있어. 사람에게는 통하지 않는다니. 그럼 카르세인은 어떻게 되는 건데?

머릿속을 스치고 지나가는 불길한 생각에 이를 악물었다.

침착하자, 아리스티아. 뭔가 방법이 있을 거야. 그래, 지금이라도 사람을 보내서 대신관을 모셔 오면…….

"티아, 그는 괜찮다. 그러니 진정하거라."

응?

황급히 고개를 돌리자 조금 흐트러진 차림새로 복잡한 표정을 짓고 있는 은발의 기사가 눈에 들어왔다.

"아버지?"

"그래."

성큼성큼 다가온 아버지께서 내 어깨를 토닥이며 말씀하셨다.

"황궁의를 데리고 오느라 조금 늦었다. 출혈이 심해 정신을 잃었다고 하더구나. 해서 신전에 사람을 보냈다. 다소 위중한 상태이긴 하나, 대신관께서 오실 때까지는 충분히 버틸 수 있다 하니 그리 걱정하지 않아도 될 게다."

"후우……."

그제야 꽉 막혔던 숨통이 트이며 주위 상황이 눈에 들어왔다. 카르세인을 비롯한 부상자의 상태를 살피고 있는 황궁의들, 미르와 후작을 신문하고 있는 듯한 푸른 머리카락의 청년과 펜릴 백작, 그리고 시체를 수습하며 신원을 파악할 물건이 없는지 찾고 있는 근위 기사들.

갑자기 얼굴이 확 달아올랐다. 이렇게 많은 사람 앞에서 이성을 잃은 모습을 보였단 말인가?

"그래, 너는 괜찮은 것이냐? 다친 곳은 없고?"

"네, 저는 괜찮아요."

"다행이구나. 흠, 사망자 한 명을 제외하고는 모두 무사할 거라 하니 마음 놓거라."

"네, 아버지."

왠지 민망한 기분에 작게 답하자, 아버지께서는 한결 편안해진 표정으로 품에서 손수건을 꺼내 내 얼굴에 튄 핏자국을 닦아 주셨다. 그리고는 망토에 손을 가져가다 말고 그대로 손을 거둬 얼룩진 손수건을 접으며 말씀하셨다.

"조금 쉬고 있거라. 잠시 폐하께 보고를 드리고 오겠다."

"네, 아버지."

나는 성큼성큼 멀어지는 아버지를 바라보며 고개를 갸웃했다. 뭔가 석연치 않은 기분이 들었다.

이상하네. 왜 이런 느낌이 드는 거지? 카르세인도 버틸 수 있다 하고, 다른 사람들도 사망자 한 명을 제외하고는 다 무사하다는데…….

잠깐. 사망자가 한 사람이라고? 둘이 아니라?

황급히 주위를 둘러보자, 가슴을 부여잡은 채 신음하고 있는 젊은 기사가 보였다.

스피아 경, 무사했구나.

반가운 마음에 스르르 미소를 짓는데, 때마침 고개를 돌리던 그와 시선이 마주쳤다. 잔뜩 일그러진 표정으로 보아 아무래도 고통이 심한 것 같아서, 나는 재빨리 그를 향해 걸음을 옮겼다. 대신관이 곧 온다는 이야기를 해 줄 생각이었다.

"모니크 경, 다친 곳은 없으십니까?"

"네, 저는 괜찮습니다만, 경께서는……."

"그렇군요. 무사하시니 다행, 입니다."

천천히 몸을 일으키던 스피아 경이 가슴을 부여잡으며 신음했다. 나는 재빨리 비틀거리는 그를 부축하며 말했다.

"조금만 더 버티세요. 곧 대신관이 올 겁니다."

"그렇습니까? 그럼 그 전에 해결해야겠군요."

"네? 해결이라니, 무엇을……."

"바로 이것 말입니다."

갑자기 배에서 화끈한 충격이 느껴졌다. 도무지 이해가 가지 않는 상황에 멍하니 눈을 깜빡였다.

뭐지? 이게 대체 어떻게 된…….

"멍청하긴. 아직도 상황 판단이 안 되나?"

손잡이만 보일 정도로 깊숙이 찌른 단검을 반 바퀴 돌려 뽑아낸 남자가 속삭였다. 뭔가 말을 하고 싶었지만, 비명조차 나오지 않는 아픔은 내게서 소리를 앗아 갔다. 삽시간에 눈앞이 어지럽게 변하며 몸에서 힘이 빠졌다.

급격하게 다가오는 땅, 온몸을 타고 흐르는 통증.

"모니크 영애!"

핑 도는 시야 속, 재차 단검을 내리치려는 남자에게 몸을 날리는 기사들이 보였다. 무시무시한 표정으로 달려오는 아버지와 얼어붙은 듯 그 자리에 서 있는 푸른 머리카락의 청년도.

마치 정지된 그림과도 같은 장면이 눈앞을 스치고 지나갔다. 무엇이 그리도 우스운지 배를 잡고 미친 듯 웃어 재끼는 스피아 경. 분노를 뿜어내며 검을 뽑아 드는 아버지. 검날이 내리쳐진 자리에서 붉은 피가 튀어 오르는 모습. 낄낄거리는 남자를 향해 다시 검을 내지르려는 아버지와 그런 아버지를 황급히 막아서는 다른 기사들. 침통한 얼굴로 고개 젓는 황궁의. 그리고…… 난생처음 보는 표정으로 나를 안아 드는 푸른 머리카락의 청년.

무슨 이야기를 하는 거지?

의문이 떠오르는 순간, 먹먹했던 귀가 트이며 온갖 소음이 밀려들었다. 급한 발걸음 소리, 누군가를 다그치는 소리, 황급히 무언가를 뒤지는 듯한 소리를 비롯한 각종 소음들.

그러나 그 수많은 소리의 향연 중에서 가장 똑똑하게 들려오는 건, 거듭해서 나를 부르는 그의 다급한 음성이었다.

"……티아, 아리스티아!"

"……."

"정신 차리시오! 의식을 잃으면 아니 되오!"

"폐……."

바람이 빠지는 듯한 목소리가 새어 나감과 동시에 속에서 울컥하고 뜨거운 무언가가 올라왔다.

"쿨럭."

쇠 비린내 나는 붉은 액체가 새하얀 예복을 적셨다. 하지만 그는
그런 것에는 아랑곳하지 않은 채 계속해서 내게 말을 걸었다.

"대신관이 곧 올 거요. 그러니 그때까지 버텨야 하오. 알겠소?"

"알…… 겠, 습…….."

"대답하지 않아도 좋으니 그저 정신만 놓지 마시오. 절대로, 절
대로 의식을 잃으면 아니 되오."

"네, 폐…… 하. 송구, 합…….."

"제발! 사죄 같은 걸 듣자고 하는 소리가 아니잖소! 그대는 어찌
이런 상황에서까지……!"

딱딱하게 굳은 표정, 잔뜩 화가 난 목소리.

상처받은 듯 흔들리는 바닷빛 눈동자를 보자, 온몸을 관통하는
통증과는 또 다른 아픔이 가슴을 찌르르 울렸다. 어느샌가 그 눈
빛이 익숙해졌다는 것을 깨달았기에.

언제부터였을까? 그가 저런 눈으로 나를 바라보기 시작한 것은.

*"그런 모욕을 참을 정도로, 저런 천박한 여인들에게 그런 하찮
은 소리를 들으면서도 반박 하나 하지 않을 만큼 그렇게 싫은 건
가, 그대는?"*

문득 떠오르는 하나의 기억.

그것은 귀족파의 적극적인 주장으로 다섯 개 왕국의 왕녀 중 태
자빈을 뽑기로 했을 때, 그녀들에게 모욕을 당하면서도 참고 있던

내게 그가 했던 말이었다. 돌이켜 생각해 보면 그것은 무척이나 쓸쓸한 말이었지만, 당시 나는 그에 대한 편견에 사로잡혀 그 사실을 깨닫지 못했다. 황실의 명예에 누를 끼쳐 송구하다며 사죄를 청했을 뿐.

"당장 답해 달라는 것은 아니었소. 아직 시간이 많이 남았으니 벌써 그리 단정 짓지는 말아 달라는 말이었을 뿐. 그러니…… 이제는 나를 그만 피하면 아니 되겠소?"

티아라를 선물 받았을 때, 몹시 혼란스러웠다. 어쩌면 얼어붙은 심장이 다시 한 번 살아날 수 있을지도 모른다는 희망을 품게 한 사람이 과거의 그인지, 지금의 그인지도 구분되지 않았다. 이러지도 저러지도 못한 채 그저 지은이 올 때까지만 버티자고 생각했다. 그리고 반년이 넘도록 피해 다니다 결국 마주쳤던 날, 눈조차 마주치지 못하는 내게 그는 한숨을 쉬며 그렇게 말했다. 수많은 감정을 무표정한 얼굴 뒤에 감춘 채로, 담담한 모습을 가장하면서.

"그대는 신전의 힘을 빌린 일로 내가 그대에게 화라도 낼 것이라 생각하는 건가."

처음으로 습격을 받았을 때, 급하게 달려와 안부를 묻던 그에게 말했다. 폐하께서 꺼리심을 알면서도 신전의 힘을 빌려 송구하다고. 당시 나는 그가 약혼녀인 내가 솔선수범해서 신전을 경계해야 함에도 그 힘을 빌린 사실에 화를 낼 거라 생각했다. 그래서 감사

하다 말하기보다는 사죄를 청했다. 내게 근위 기사를 붙인 사람이
그라는 말을 들었음에도.

"내 이름을 걸고 말하건대, 그대가 바라지 않는 일을 억지로 하
지는 않으리다. 일 년 후에도 그대의 뜻에 변함이 없다면 내 절대
로 그대를 강제로 취하지는 않을 것이오. 그러니 제발 부탁이오.
부디 그때까지 마음을 굳건히 가지고……. 스스로를 외면하지만
말아 주시오."

지은도 회귀했다는 것을 알게 되었을 때, 그동안 세워 놓았던 계
획이 전부 무용지물이 되었다는 사실을 깨달았다. 나를 황태자비
로, 지은을 태자빈으로 삼자는 선황제 폐하와 그에 찬동하는 귀족
들을 보며 반쯤 넋을 놓은 내게 손을 내민 것은 오직 그뿐이었다.
그러고도 그는 좀 더 도와주지 못해 미안하다 사과하고 두려움에
떠는 내게 약속했다. 씁쓸한 마음을 감추며, 손쉽게 얻을 수 있었
던 귀족파의 지지를 버리면서.
하지만 나는 그의 마음 같은 것은 헤아리지 않았다. 끝없이 과거
와 비교하며 의심했다. 내 취향을 알기 위해 온갖 음식을 준비시
킨 그에게, 지은에게는 가 보지 않느냐 물으면서. 그런 내게 그는
한숨을 쉬며 말했다. 자신은 이미 한 사람에게 마음을 모두 주어
다른 사람에게 나눠 줄 것이 없다고.
그렇지만 나는 믿지 않았다. 아니, 오히려 그를 원망했다. 과거
에도 그랬더라면 이렇게 쓰디쓴 감정만 남지는 않았을 것이라며.

"아리스티아, 그대에게 내 곁에 있어 달란 말은 아직 하지 않겠소. 다만, 내게도 조금만 기회를 줄 수 없겠소."

카르세인이 선물한 드레스를 입고 갔던 날, 그는 상처를 감추며 말했다. 자신에게 조금만 더 기회를 줄 수 없겠느냐고. 말 한마디면 모든 것을 줄 수 있는 사람이면서도, 명령 대신 부탁을 하면서.

어째서 이렇게까지 하느냐고 묻는 내게 그는 답했다. 어쩔 수 없이 약혼녀의 의무를 행하는 것을 바라는 게 아니라고, 자신은 그저 한 남자로서 가슴에 품은 여인의 진실된 마음을 얻고 싶은 거라고. 그러고는 미안하다고 사과하는 내게 말했다. 내가 자신을 꺼려 하는 것쯤은 잘 알고 있다고. 내가 짓고 있던 표정보다 두 배는 더 쓰디쓴 얼굴을 한 채로.

"정신 차리시오! 잠들면 아니 되오!"

"······."

"아리스티아!"

거듭 부르는 목소리에 무거운 눈꺼풀을 들어 올렸다. 흐릿해진 시야에 푸른빛의 무언가가 아른거렸다. 조금 전까지만 해도 찌르는 듯한 고통이 지배하고 있었건만, 축 늘어진 몸에서는 이제 아무런 통증도 느껴지지 않았다.

빙글빙글 돌던 세상이 땅속으로 푹 꺼지듯 가라앉았다. 마치 중독된 줄도 모른 채 춤을 추다 그의 품에서 정신을 잃었던 날처럼.

"저와의 혼약을 파기해 주십시오."

그는 끝없이 내게 마음을 표현했다. 중독되어 사경을 헤매고 있을 때에도, 간신히 일어나 알현 신청을 했을 때에도. 뿐만 아니라, 누구에게도 말하지 않던 비밀과 속마음까지도 드러내 보였다. 내게 망설임 없이 어린 시절의 열등감을 말해 주었고, 심지어는 가장 큰 약점이라 할 수 있는 혈통의 비밀마저 털어놓았다. 그것은 매우 큰 신뢰였다. 항상 주위를 의심하고 경계해야 하는 그에게 있어서는 더더욱.

그럼에도 나는 그를 의심했다. 결코 믿지 못했다. 석녀라는 말을 듣자마자 파혼을 요구했던 것은 바로 뿌리 깊은 불신 때문이었다. 정세를 이유 삼은 것은 말 그대로 핑계였을 뿐, 나는 그저 내 상처를 보듬기에만 바빠 또다시 그에게 커다란 상처를 입혔다.

"저, 아리스티아 피오니아 라 모니크는, 모니크가의 쉰네 번째 가주가 될 자로서…… 황실과의 오랜 언약을 이행하고자 합니다."

그리 밀어냈음에도 그는 계속 내게 마음을 주었다. 반발을 무릅쓰고 황실 사냥터를 개방해 성인식을 치를 수 있게 해 주고, 오르골을 통해 간접적으로 마음을 표현하면서. 대신관과의 밀약을 통해 거듭 축복을 받게 하고, 그레이스와의 거래를 통해 사교계에서 무시당하지 않게 하면서……. 보이지 않는 곳에서 말없이 나를 지켜보았다.

하지만 나는 피의 맹세를 하고자 했고, 그는 결국 폭발했다. 그는 천 년에 가까운 황실의 역사상 처음으로 모니크가의 맹세를 거부했다. 냉정하고 이성적인 모습 속에 숨겨져 있던 활화산 같은 분노는 나를 두렵게 했고, 난생처음으로 받아 본 뜨거운 키스는 잠시 잠깐 현실을 잊게 했다. 거듭해서 보여 주는 부드러운 태도에 자꾸만 흔들렸다. 후사를 잇지 못해도 상관없다는 말에 괴로우면서도 행복했다.

"……세월 아래 무뎌지지 않는 것은 없다 하였습니다."

하지만, 그럼에도 나는 끝끝내 한 발짝을 내딛지 못했다. 이미 그는 과거의 그와는 전혀 다른 사람임을 인식하고 있었으면서도, 과거의 악몽이 되풀이될 일은 결코 없을 것이라는 사실을 깨달았으면서도. 황제로서 누구보다도 높은 자존심을 가지고 있을 그가 모든 걸 팽개치고 매달릴 정도로 날 사랑한다는 것을 알고 있었으면서도, 나는 두 번 다시 버림받고 싶지 않다는 이유로 끝까지 그의 마음을 외면했다.

거듭 송구하다고만 말했다. 심지어는, 이미 무너진 자존심을 또한 번 버리며 나를 구하러 달려온 조금 전의 그에게조차.

"폐……."

거칠어진 숨을 내뱉으며 간신히 한 음절을 토해 냈다. 그의 얼굴이 보고 싶어 눈꺼풀을 들어 올렸지만, 흐릿해진 눈에는 이미 아무것도 보이지가 않았다. 온기라도 느끼고 싶어 있는 힘껏 팔을 들어 올려도 따뜻한 온기는 느껴지지 않았다. 떨리는 목소리만 들려왔을 뿐.

"그대, 설마 눈이 보이지 않는 거요?"

"하아……."

"황궁의!"

그렇다고 답하고 싶었지만, 거친 숨을 내뱉는 것 외에는 아무 말도 할 수가 없었다. 비명과도 같은 부름에 누군가가 황급히 다가앉는 소리가 들렸다. 절망 어린 목소리도.

"……송구합니다, 폐하. 신을 죽여 주십시오."

"닥쳐라! 어디서 그런 망발을 내뱉는 것이냐! 당장 살려 내라! 대신관이 올 때까지 버티게라도 해 보란 말이다!"

"망극……."

"대신관은 대체 언제 오는 것이냐. 당장 그를 데려오라. 끌고서라도 데려와! 셋 중 아무라도 좋으니, 누구든 당장 데려오란 말이다!"

미친 듯이 외친 그가 나를 꽉 끌어안았다. 이미 감각이 거의 사라진 몸에서 미세한 온기와 함께 강한 떨림이 느껴졌다.

"조금만 더 버티시오. 곧 대신관이 올 테니, 그대, 제발 조금만 더……."

"폐하, 고정하십시오."

"무사히 일어나기만 한다면, 그대가 바라는 것은 무엇이든 해주리다. 원하는 대로 가문을 잇게 해 주겠소. 황실과 엮이지 않게하겠소. 내가 보기 싫다면, 다시는 그대의 눈앞에 나타나지 않겠소! 그러니 제발 조금만, 조금만 더 버텨 보란 말이오……."

만류조차 뿌리치고 애원하는 그의 목소리는 잔뜩 젖어 있었다. 심장이 빠개질 듯 아파 왔다. 그는 나를 이리도 사랑하고 있었는데.

"이러지 마시오. 그대는 이리 쉽게 포기하는 사람이 아니잖소."

"폐하, 부디……."

"그대는 내 숨이오. 이 몸 안에 흐르는 피고, 외롭고 험한 세상에서 단 하나 남은 소중한 사람이오. 숨결 같은 그대, 나더러 그대를 잃고 어찌 살라고……. 이리도 잔인하게 구는 것이오."

투둑.

뜨거운 눈물이 목덜미에 방울방울 떨어졌다. 그 눈물을 따라 내 가슴속에서도 비가 내렸다.

왜 인정하지 못했을까. 지금의 그를 사랑한다는 것을 깨달은 순간 답은 이미 나와 있었는데. 왜 믿지 못했을까. 이렇게나 깊이, 누구보다 많이, 무엇보다 간절하게 사랑받고 있었으면서.

숨을 쉬는 것이 점점 힘들어졌다. 의식이 조금씩 가라앉았다. 언젠가 한 번 겪어 봤던 느낌에 가슴이 아렸다. 이렇게 끝인가? 아무것도 이룬 것 없이, 허무하기 그지없이, 그저 이렇게?

"안 돼! 아리스티아!"

절규하는 목소리가 들렸다.

바보 같았다, 뻔히 나와 있는 답을 보고도 모르는 척 외면했던 내가. 말하고 싶었다, 내내 숨겨 왔던 그에 대한 마음을. 하지만 이미 굳어 버린 혀는 조금도 움직이지 않았다. 죽음의 손길이 내게 점점 다가오고 있었다.

차가운 그 손길에 몸을 내맡기며, 나는 그를 향해 무언의 말을 건넸다.

미안해요. 항상 배려해 줬던 당신에게 나는 늘 감사하다는 말 대신 죄송하다고만 말했죠. 사죄하는 걸 싫어한다는 것을 알고 있지만, 그럼에도 마지막으로 다시 한 번 그대에게 용서를 빕니다.

미안해요. 상처만 안겨 줘서.

미안합니다. 당신을 믿지 못해서.

지키지 못할 다짐이겠지만…… 약속할게요.

만일 다음이 있다면…… 그때는 반…… 드시…….

4. 기울어진 저울

눈을 떴다.

어딘가 낯선 풍경.

여기가 어디지?

고개를 갸웃하는데, 포효하는 황금 사자의 문장을 수놓은 새하얀 휘장이 눈에 들어왔다. 어째서 내가 황궁에 있는 거지? 더욱이 침실로 보이는 이런 공간에.

천천히 몸을 일으켜 세우다 멈칫했다. 몇 가지 기억이 머릿속을 스치고 지나갔기에. 미친 듯 웃던 스피아 경과 분노하던 아버지, 서서히 생기를 잃어 가는 나를 끌어안고 절규하던 그가 떠올랐다. 마지막 숨을 내쉬며 했던 다짐도.

갑자기 오싹한 기분이 들었다.

나, 어떻게 살아 있는 거지? 의식을 잃는 순간 느꼈던 감각은 분명 죽음을 맞이할 때의 그것과 같았는데.

'설마……?'

문득 떠오른 생각에 몸이 부르르 떨렸다.

아니겠지. 아닐 거야. 아무리 그래도 그렇지, 신이 내게 이렇게까지 잔인할 리는 없어.

크게 숨을 들이쉬며 휘장을 걷는 순간, 군청색 눈동자와 시선이 마주쳤다. 놀란 표정을 지은 것도 잠시, 성큼성큼 다가온 아버지께서 나를 으스러지도록 꽉 끌어안으셨다. 떨리는 음성이 귓가를 울렸다.

"깨어났구나, 티아. 다행이다. 정말 다행이야."

긴장이 풀린 몸에서 힘이 빠졌다.

다행이다. 지난 육 년은 꿈이나 환상 같은 게 아니었어.

아버지도, 그도, 주변의 친인들도 모두 변함없이 그대로일 거란 사실에 몹시 안심이 되었다. 사랑받는 것에 익숙해져 버린 지금, 나를 외면하는 그들의 모습은 상상하기만 해도 끔찍했으니까.

"너를 잃는 줄만 알았다. 말 한마디조차 남기지 못하고 차갑게 식어 가는 너를 보며, 나 자신이 혐오스러웠다."

"……아버지."

"이 얼마나 무능한 자란 말이냐. 제레미아도 그리 허망하게 보냈는데, 이젠 너마저 손 한 번 써 보지 못하고 보낼 뻔하였구나."

"어찌 그런 말씀을……. 아니에요. 아버지께서 왜……."

"내 너를 그자와 같은 조로 배정하지 말았어야 했다. 검은 속셈을 알아차리지 못한 걸로도 모자라 네 곁에 두기까지 하고, 다 끝났다 안심하여 주의를 기울일 생각조차 못했으니……. 모두 내 잘못이다."

자조 섞인 말씀에 가슴이 아팠다. 나는 참으로 불효자식이 아닌가. 아버지께서 저리 심하게 자책하시게 하다니.

숨이 막힐 정도로 강하게 끌어 안겨 있었지만, 조심조심 팔을 빼서 너른 등 위에 얹었다. 죄스러운 마음을 담아 아버지를 마주 안고서, 속삭이듯 작은 목소리로 말했다.

"죄송해요."

"……."

"좀 더 조심했어야 했는데, 제가 생각이 짧았어요. 정말 죄송해요, 아버지."

"아니다. 모두 아비가 불민한 탓이다. 내 제대로 아비 노릇을 하지 못했음이야."

"어찌 그러셔요. 아버지께서는 제게 늘 든든한 울타리이신 걸요. 괴롭고 힘들 때마다 아버지께서 지탱해 주시지 않으셨다면, 저는 여기까지 달려오지도 못했을 거예요. 그러니 그런 말씀 마세요. 네?"

그것은 늘 가슴속에 품고 있던, 그러나 쑥스러워서 차마 드리지 못한 이야기였다. 그 때문인지, 입술 사이로 새어 나온 목소리는 무척이나 작았다. 하지만 아버지께 전달된 것만은 확실했다. 맞닿은 몸이 딱딱하게 굳는 것이 느껴졌으니까.

"……티아."

"그러니까…… 이제 얼굴 좀 보여 주세요, 아버지. 정말 많이 뵙고 싶었어요."

"……그래."

잔뜩 가라앉은 음성이 들려왔다. 나는 천천히 나를 풀어 주시는 아버지를 올려다보았다.

떨리는 눈썹, 젖어 있는 눈동자.

수척해지신 모습을 보자 가슴이 아팠지만, 나는 애써 아무렇지도 않은 듯 미소를 지으며 말했다.

"이런, 사교계의 부인들이 절 무척 미워하겠는걸요. 아버지를 이리 수척하게 만들었으니 말이에요. 집사에게 특별식을 만들라 일러둘 테니, 다 드셔야 해요? 안 그러시면 저, 정말로 부인들에게 미움 받을지도 몰라요."

"……그래. 알았다."

화제를 돌리려 한 걸 알아채셨음에도 아버지께서는 별다른 말씀 없이 고개를 끄덕이셨다. 연신 머리카락을 쓰다듬는 손길에 스르르 입꼬리가 올라갔다.

얼마나 시간이 지났을까? 한참 동안 널찍한 품에서 전해져 오는 포근함에 취해 있는데, 문득 카펫에 수놓인 황가의 문장이 눈에 들어왔다.

맞아, 내가 왜 여기 있는 거지? 그것만 아니었어도 불안에 떨지는 않았을 텐데.

"저, 아버지."

"어찌 그러느냐."

"제가 왜 황궁에 있는 건가요?"

"폐하께서 그리 조치하셨다. 또 어떤 음모가 숨어 있을지 모르니, 모든 배후를 밝혀낼 때까지는 황궁에서 안전하게 보호하겠다고 하시더구나."

"아……."

갑자기 마지막 순간 나를 끌어안고 절규하던 그의 목소리가 떠올랐다. 간절하기 그지없던 애원과 차갑게 식어 가던 몸에 떨어지던 뜨거운 눈물도.

먹먹해지는 가슴 위에 손을 얹었다.

처음이었다. 그토록 무너지는 그의 모습은. 그것도 다른 사람들이 모두 보고 있는 앞에서는 더더욱. 선황제 폐하께서 붕어하셨을 때조차 겉으로는 평정을 유지하던 그가 아니던가.

갑자기 목울대가 뜨거워졌다. 조금씩 젖어 드는 눈을 깜빡이는데, 문득 군청색 눈동자와 시선이 마주쳤다. 움찔하며 몸을 굳히는 나를 본 아버지께서 긴 한숨을 내쉬었다. 그러고는 뭔가를 결심한 표정으로 말문을 여셨다.

"티아, 가문을 잇겠다는 마음에는 변함이 없느냐."

"네? 갑자기 그게 무슨 말씀……."

"아비는 말이다. 불경스러운 말이나 사실 폐하를 탐탁지 않게 여겼단다. 주군으로서의 능력은 인정하지만, 내 딸의 반려로는 달갑지 않았지. 너도 알다시피 정이 별로 없는 분이 아니더냐."

"아버지?"

절로 눈이 휘둥그레졌다. 지금 눈앞에 서 있는 사람이 정말 아버지가 맞나? 황실에 대한 충성심이 누구보다 깊은 아버지께서 저런 말씀을 하시다니.

"맹세를 거부했을 때, 네게 두신 마음이 그리 가볍지 않다는 것을 알았다. 허나 그뿐, 아비는 내심 폐하가 원망스러웠다. 네가 그리 독한 결심을 할 때까지 몰아붙이신 것이, 그리고 그 후로도 계속 괴로워하게 만드신 것이 말이다."

"……."

"묻지는 않았으나 내내 궁금했다. 무엇이 너를 그리도 몰아세우는 것인지. 처음에는 그저 정해진 운명을 싫어하기 때문이라 생각했다. 그다음에는 너를 그리도 괴롭혔던 악몽 때문이라 여겼지."

"……."

"기념제 연회가 있던 날, 기쁜 소식에도 그리 좋아하지 않던 것이 마음에 걸려 찾았다가…… 밤새도록 태엽을 돌리며 울던 너를 보았다. 해서 다음 날 폐하를 찾아갔다."

잠시 숨을 고른 아버지께서 말씀하셨다.

"약속된 기한이 모두 지나갔으니, 이제 그만 너를 놓아 달라 청했다. 한참 동안 침묵하다 물으시더구나. 네가 그리도 자신을 거부하는 게 혹시 꿈 때문이냐고. 답하기 애매하여 침묵하였더니, 씁쓸하게 웃으며 말씀하시더구나. 그럼 역시 그 여인은 제나 공녀였나 보군, 이라고."

"그, 그걸 어떻게……."

"아비도 궁금하여 여쭈었지만, 답변하지 않으셨다. 그저 알았으니 물러가라고 하셨을 뿐. 그리고 며칠 뒤 받은 것이 바로 파혼서란다."

"아……."

그랬던가. 그저 안개 속에서 했던 대화 때문인 줄로만 알았더니, 이런 이유도 있었구나.

문득 한참 동안 혼약파기서를 내려다보다 그를 향해 감사하다고 인사를 올리던 아버지의 모습이 떠올랐다. 그래서 그날 가문을 대표하여 감사하다고 인사를 올리신 것이었구나. 파혼에는 가주인 아버지뿐만 아니라 그 후계자인 내 뜻 역시 포함되어 있다는 것을 표시하기 위해서.

"당시에는 그것이 최선이라 생각했다. 하지만 말이다, 티아. 아비는 네게 묻고 싶구나. 그것이 진정 네가 바라는 것이었느냐고."

"……."

"아비는…… 폐하를 볼 때마다 네 눈빛이 흔들리는 것을 보았단다. 이미 오래전부터 그래 왔지. 그럼에도 그런 결심을 한 건 여러 가지로 걸리는 점이 있기 때문이라는 것을 안다. 하지만 티아, 아비의 눈에는 어쩐지 네가 스스로 가슴에 못을 박고 있는 것처럼 보이는구나."

"……아버지."

"아비는 말이다. 네가 어떤 결정을 하건 지지할 것이다. 그러니 무엇이건 네 마음 닿는 대로 행동하거라. 가문이나 계파는 염려하지 말고. 딸아이가 가슴에 못을 박고 사는 것을 이제 더는 지켜볼 수가 없구나."

흔들리는 눈으로 올려다보자, 아버지의 입가에 희미한 미소가 걸렸다. 갑자기 눈물이 왈칵 솟아올랐다. 어찌 아셨을까. 조금 전 그를 떠올렸을 때, 가문의 사람들과 아버지에 대한 미안함 때문에 주저했던 것을.

말없이 눈만 깜빡이는 나를 향해 커다란 손이 다가왔다. 다 이해한다는 듯, 괜찮다는 듯 어깨를 토닥이는 아버지. 나는 그런 아버지를 한참 동안 올려다보다 벌떡 일어섰다. 그러고는 떨리는 목소리를 가다듬으며 말했다.

"……다녀오겠습니다."

"그래, 다녀오너라."

스르르 미소를 짓는 아버지를 향해 마주 웃어 보인 뒤 서둘러 방을 나섰다. 익숙한 복도의 모양에 절로 안도의 한숨이 나왔다. 역시 중앙궁이었구나. 그는 어디 있을까? 아무래도 집무실에 있으려나?

걸음이 점점 빨라졌다. 서두르는 나를 보며 시종과 시녀들이 놀란 표정을 짓는 것이 보였다. 머릿속에 뿌리 깊이 남아 있는 예법과 이십 년의 삶이 발목을 잡으려 했지만, 그를 만나 진심을 나누고 싶은 마음은 빨라지는 걸음을 늦추기는커녕 더 재촉하게끔 했다. 복잡한 모든 사정 역시 그 걸음 뒤에 남겨졌다.

숨을 몰아쉬며 마지막 모퉁이를 돌자 저 멀리 경계를 서고 있는 근위 기사들이 보였다.

나는 무언가 말을 붙이려는 그들을 저지하며 시종장을 바라보았다. 빙그레 웃음을 지은 그가 가볍게 노크한 뒤 문을 열었다.

"폐하, 모니크 영애가 알현을 청하고 있습니다. 어찌할까요?"

"……들라 하라."

심장이 두근두근 뛰었다. 떨리는 마음으로 들어서자, 푹신한 소파에 다리를 꼬고 앉아 서류를 넘기고 있는 푸른 머리카락의 청년이 보였다.

"후우……."

크게 숨을 들이쉬고서, 그를 향해 조심조심 다가가 예를 갖췄다. 가볍게 손짓해 보인 그가 깃펜을 들어 서류에 무언가를 적으며 말했다.

"앉으시오. 그래, 몸은 좀 괜찮소?"

"네, 폐하."

"다행이군. 범인은 현재 신문 중이오. 습격자 중 두엇 정도를 체포했으니 배후를 밝혀내는 데 어려움은 없을 거고, 기사들은 가슴에 화살을 맞아 사망한 견습 기사 한 명을 제외하고는 모두 무사하니 걱정하지 않아도 되오. 그리고……."

계속해서 이야기를 늘어놓는 청년을 말없이 바라보았다.

단정하게 빗어 넘긴 머리카락, 곧게 뻗은 눈썹, 그리고 서류에 시선을 고정하고 있는 바닷빛 눈동자.

왠지 야속해졌다.

눈이라도 좀 마주쳐 주지. 몹시 그리워하던 얼굴인데.

"……마지막으로, 파혼서는 더 이상 걱정할 필요 없소. 베리타 공작에게 따로 일러두었으니, 오늘 중으로 처리될 것이오."

한참 동안 이 이야기 저 이야기를 늘어놓던 그의 마지막 말에 문득 정신이 돌아왔다.

맞아, 파혼서. 그런 것도 있었지.

머뭇머뭇 말문을 열려는데, 문득 서류를 꽉 쥐고 있는 그의 손이 떨리고 있는 것이 보였다.

어쩐지 가슴이 시렸다. 또 상처를 감추며 진심이 아닌 말을 하고 있구나, 라는 생각이 들어서.

"그러니까, 이제 곧 배후도 처단할 수 있을 테고……."

"폐하."

"황실과의 연도 모두 정리될 테니……."

"폐하."

"더는 걱정할 필요가……."

가슴이 아팠다. 눈조차 마주치지 못한 채 마음에도 없는 소리를 늘어놓는 그가 너무 안쓰러웠다.

그동안 나는 진정 잔인했구나. 짓지도 않은 죄의 대가를 물어 그를 저리도 아프게 했다니. 그저 내 상처를 핥기에 바빠 사랑하는 이가 저리 곪아 가는 것조차 모르고 있었다니.

몸을 벌떡 일으켰다. 가슴이 이끄는 대로 걸음을 옮긴 다리가 나를 그의 앞에 세웠다. 묻는 듯한 눈으로 올려다보는 그를 향해 팔을 뻗고서, 나는 그의 어깨를 끌어당겨 천천히 감싸 안았다.

맞닿은 몸이 뻣뻣하게 굳는 것이 느껴졌다. 미동도 못한 채 한참 동안 얼어붙어 있던 그가 억눌린 음성으로 물었다.

"그대, 지금 뭘 하는……."

"그날, 폐하의 품에 안겨 차갑게 식어 가던 때……."

"……."

"마지막만큼은 폐하의 품에서 맞이할 수 있어 다행이라 생각했습니다."

"……그대?"

"송구했습니다. 그간 폐하의 마음을 믿지 못한 것이."

"설마……."

"그리고…… 후회했습니다. 조금만 더 일찍 깨달았으면 좋았을 거라고요."

천천히 몸을 뗀 그가 나를 멍하니 바라보았다. 바닷빛 눈동자에 격랑이 일고 있었다. 시선을 마주하는 시간이 길어질수록, 그 파도는 점점 더 크게 일렁였다. 한참 후에야 침묵을 깬 그가 떨리는 음성으로 물었다.

"방금 그 말……."

"……."

"진정이오? 내가…… 제대로 들은 것이오? 그대 역시 내게 마음이 있다고…… 그리 말한 것이 맞소?"

믿을 수 없다는 듯 잔뜩 흔들리는, 그러면서도 간절함이 가득 묻어나오는 눈빛. 보일 듯 말 듯 고개를 끄덕이며 미소 짓자, 긴장으로 굳어 있던 얼굴이 스르르 풀리며 멍하니 나를 향했다.

그의 눈에 번지는 환희의 빛을 보았다 생각한 순간, 푸른 물결이 시야를 가득 메우며 시원한 향이 온몸을 감쌌다.

"신이시여……."

귓가에서 들려오는 목소리는 젖어 있었다. 거세게 죄어 오는 힘에 숨이 막혔지만, 나는 그저 맞닿은 몸에서 전해져 오는 떨림을 모른 척하며 그의 목을 그러안았다.

"이 얼마나 그리던 순간인지…… 그토록 간절히 바라고 또 바라던……. 하……."

"폐하."

"같은 하늘 아래 살기만 하면 상관없다고, 먼발치에서나마 볼 수 있으면 그걸로 족하다고……. 그러니 살려만 달라고, 그리 빌고 또 빌었는데……. 감사합니다, 신이시여. 정말 감사합니다."

"폐하……."

무어라 할 말이 없어 그저 침묵했다. 어쩐지 가슴이 먹먹했다.

얼마나 시간이 지났을까? 조금씩 젖어 들던 옷자락이 축축해진 후에야 간신히 몸을 뗀 그가 나를 바라보았다. 습기를 머금어 더욱 짙게 빛나는 바닷빛 눈동자에는 설렘을 가득 안고 있는 내 모습이 담겨 있었다.

천천히 손을 뻗은 그가 내 볼을 어루만졌다. 스치듯 부드러운 손길에 솜털이 오스스 솟아올랐다. 바르르 몸을 떨자, 내 손을 잡아 올린 그가 고개를 숙였다.

깊은 바다가 속눈썹이 드리운 짙은 그늘에 숨어들고, 따뜻한 숨결과 함께 말캉한 무언가가 손등에 와 닿았다. 새털처럼 가볍게, 스치듯 부드럽게 입 맞춘 그가 속삭였다.

"사랑하오, 아리스티아."

"저도…… 사랑해요, 폐하."

낮게 속삭이는 목소리에 머뭇머뭇 답했다. 어떻게든 부끄러움을 줄여 보기 위해 애써 시선을 피했음에도, 흠칫 놀라며 나를 바라보는 눈길이 그대로 느껴졌다.

화끈 달아오르는 얼굴을 감추려 고개를 숙이는 순간, 갑자기 거친 숨소리가 들려왔다. 깜짝 놀라 얼굴을 감추려 했던 것도 잊고 그를 바라보았다. 어느새 코앞까지 다가온 바닷빛 눈동자는 짙게 가라앉아 있었다. 급격히 오른 숨결의 온도, 허락을 구하듯 간절한 시선에 또다시 얼굴이 붉게 달아올랐다.

기다리고 있는 걸까. 내가 무서워할까 봐?

가슴이 터져 버릴 듯 차올라서, 나는 그를 향해 팔을 뻗으며 스르르 눈을 감았다.

으스러질 듯 죄어 오는 힘에 절로 비명이 튀어나왔다. 하지만 그것은 굳게 겹쳐진 입술에 막혀 밖으로 새어 나가지 못했다. 손등에 부드럽게 입 맞추던 조금 전과는 달리, 난폭하게 다가온 입술이 나를 강하게 집어삼켰다. 거세게 몰아붙이는 그 때문에 점점 숨이 차올랐다. 뜨겁게 와 닿는 숨결에 입술이 당장에라도 데어

버릴 듯 달아올랐다.

폭풍 같은 기세에 정신이 하나도 없었지만, 겨우겨우 팔을 들어 그의 목을 그러안았다. 그리고 성난 파도처럼 들이치는 그에게 고분고분 입술을 열어 주었다.

거침없이 들어온 무언가가 입천장을 훑어 내렸다. 뜨겁게 얽혀 오는 그에게 조금씩 동조하며 손가락에 착 감겨 오는 머리카락을 만지작거렸다. 한 치의 틈도 주지 않겠다는 듯, 나를 바짝 끌어당긴 팔이 허리를 단단하게 옭아맸다. 얇은 천 사이로 느껴지는 뜨거운 열기에 심장이 터져 버릴 듯 빠르게 뛰었다.

맞닿은 입술 사이로 거친 숨과 함께 신음이 새어 나갔다. 절박함마저 느껴질 정도로 거세게 휘감아 오는 움직임에 머릿속이 점점 하얗게 변해 갔다.

"하아……."

거친 숨을 토해 내자, 격렬하게 입안을 훑어 내리던 혀가 부드럽게 얽혀 들었다. 꽉 죄었던 허리를 풀어 준 팔이 등줄기를 쓸어내렸다. 느릿한 손길을 따라 내려오는 간질간질하면서도 짜릿한 느낌에 몸이 부르르 떨렸다.

다리에 힘이 풀려 스르르 주저앉는 나를 가볍게 끌어당긴 그가 그제야 입술을 떼며 말했다.

"다시 한 번 얘기해 보시오."

"폐, 폐하."

"아무래도 제대로 못 들은 것 같아서 말이오. 맞게 들었는지 한 번 확인해 봐야 할 것 같소."

"그……."

"음?"

"그게, 그러니까⋯⋯."

"그러니까?"

"저도⋯⋯ 사, 사, 사⋯⋯."

입꼬리를 슬쩍 들어 올린 채 계속하라는 듯 바라보는 청년.

얼굴이 뜨겁게 달아올라서, 화끈거리는 볼에 손등을 가져다 댔다. 눈길을 피하며 고개를 돌리려는데, 문득 뭔가 이상하다는 생각이 들었다.

왜 눈높이가 같은 거지? 앉아 있는 그를 끌어안았으니 분명 달라야 정상인⋯⋯. 어, 어라?

급한 숨을 들이쉬며 몸을 벌떡 일으켜 세우는 순간, 균형을 잃은 몸이 휘청이며 뒤로 꺾였다. 곧 다가올 아픔을 생각하며 눈을 질끈 감는데, 어느새 다가온 단단한 팔이 허리를 휘감으며 나를 붙들었다.

"후우⋯⋯."

가슴을 쓸어내리며 안도의 한숨을 내쉬는데, 갑자기 똑똑하고 노크 소리가 들려왔다.

어, 잠⋯⋯.

"⋯⋯흠흠, 결재하실 서류입니다, 폐하."

헛기침을 삼킨 보좌관이 종이 다발을 책상 위에 내려놓았다. 나는 눈도 마주치지 않고 휑하니 돌아서서 사라지는 남자를 멍하니 바라보았다. 한발 늦게 밀려오는 민망함, 당장에라도 어디론가 숨어들고 싶은 기분.

맙소사, 대체 나를 뭐라고 생각할까. 난 몰라. 이게 전부 다 폐하 때문이야. 그런 자세로 앉아 있지만 않았어도…….

조금 전의 상황이 떠오르자 다시금 얼굴이 달아올랐다. 언제 그렇게 된 것인지는 모르겠지만, 어느샌가 그의 무릎 위에 앉아 목을 끌어안고 있던 나.

'으으, 잊어버리자.'

고개를 흔들어 회상을 떨쳐 냈다. 조심스레 몸을 빼고서, 나는 어딘가 뚱한 표정으로 바라보는 그를 애써 외면하며 매무시를 가다듬었다.

"겨, 결재하셔야지요."

"……."

"보좌관이 기다릴 텐데……."

"……."

"그, 급한 일이면 어쩌시려고……."

바닥에 시선을 고정한 채 우물쭈물 말하자, 그는 가볍게 한숨을 내쉰 뒤 소파에 앉았다. 그러고는 부루퉁한 얼굴로 서류를 훑어 내리다 말고 갑자기 흠칫하며 몸을 굳혔다.

"이런."

"어찌 그러십니까?"

"파혼서 말이오. 회수하는 걸 깜빡하고 있었소."

"아……."

"밖에 누구 있는가. 어서 들어오라!"

몹시 다급한 목소리에 놀란 시종장이 헐레벌떡 뛰어 들어왔다. 안절부절못하는 청년을 본 그의 눈이 휘둥그레졌다.

"당장 행정부에 가서……. 아, 아니야. 즉시 재상을 불러오……."

아니지. 내가 직접 가겠다."

"폐, 폐하?"

평소와는 너무도 달라 보이는 모습에 당황한 시종장이 어쩔 줄 몰라 하며 나를 돌아보았다. 도와 달라는 눈빛.

아무래도 일단 진정하시라 해야겠다 싶어 입을 여는데, 때마침 녹색 머리카락의 남자가 안으로 들어섰다. 어딘가 어수선한 분위기를 눈치챘을 것임에도, 베리타 공작은 반색하는 청년을 향해 태연하게 예를 갖췄다.

"제국의 태양, 황제 폐하를 뵙습니다."

"공작, 마침 잘 왔소. 내 급히 할 말이 있는데, 파혼서 말이오. 혹 처리하였소?"

"그렇잖아도 그 일 때문에 오는 길입니다만……."

"설마, 벌써 처리한 것이오?"

"아닙니다. 모니크 영애가 일어났다는 얘기를 듣고 잠시 보류했습니다만, 아무래도 이제는 처리할 필요가 없어 보이는군요."

빙그레 미소를 지은 공작이 품에서 종이 한 장을 꺼내 내밀었다. 황급히 종이를 펼쳐 내용을 확인한 청년이 안도의 한숨을 내쉬었다.

"큭……."

터져 나오는 웃음을 참으려 황급히 입을 틀어막았다. 하지만 애써 억누른 것도 잠시, 얼빠진 표정으로 서 있는 시종장을 보자 절로 웃음이 터져 나왔다. 하긴 저렇게 놀라는 것도 이해는 갔다. 고작 종이 한 장에 안절부절못하는 폐하라니, 이게 어디 상상이나 할 수 있는 일이던가.

한참 동안 소리 내어 웃다, 따끔따끔한 시선에 고개를 들었다.

어딘가 멍한 눈빛으로 나를 바라보는 청년과 그런 그를 빤히 쳐다보는 녹색 머리카락의 남자, 그리고 여전히 얼빠진 표정으로 서있는 시종장의 모습이 보였다.

안경을 매만진 공작이 슬쩍 입꼬리를 들어 올리며 말했다.

"흠, 아무래도 결혼식을 서두르셔야겠습니다. 슬슬 예산을 짜봐야겠군요."

"……공작."

"한결 보기 좋으십니다. 한동안 집무실에만 틀어박혀 계시더니……. 흠, 이제야 신도 퇴궁할 수 있을 것 같군요."

"계속 이러기요?"

"아, 알겠습니다. 이만 물러가지요."

짜증 부리는 청년을 향해 빙긋 미소를 지은 공작이 사뭇 정중한 태도로 예를 갖췄다. 그러고는 집무실을 빠져나가려다 말고 멈칫하며 나를 돌아보았다.

"모니크 영애?"

"네, 공작 전하."

"같이 나가세나. 영애가 계속 여기 있으면 아무래도 정무에 큰 지장이 있을 듯하군."

"아, 네. 그리하겠습니다."

그러고 보니 너무 오래 있었던 것 같기는 했다. 늘 빡빡한 일정 속에 사는 사람이니 지금도 할 일이 쌓여 있을 텐데.

이만 물러가 보겠노라며 예를 갖추자, 그는 불만스러운 얼굴로 고개를 끄덕이고는 곧 찾아가겠다고 말했다. 장난감을 빼앗긴 아이처럼 부루퉁한 표정.

그 모습이 왠지 귀여워 보여서, 나는 자꾸만 삐져나오는 웃음을 감추며 집무실을 빠져나왔다.

무언가 생각에 잠긴 듯, 복도로 나온 뒤에도 말없이 걷기만 하던 베리타 공작은 잠시 후에야 나를 돌아보며 말했다.

"그래, 몸은 좀 어떤가?"

"괜찮습니다. 신경 써 주셔서 감사합니다."

"다행이군. 후우, 이제 좀 살 수 있겠군그래."

"네? 그게 무슨……."

"영애가 자리보전하는 동안 난리도 아니었다네. 폐하께서도 그렇고, 케이르안도 식음을 전폐한 채 미친 듯이 일만 하지 뭔가. 덕분에 요 일주일 새 전부 죽어 나고 있었지."

"……그랬군요. 폐를 끼쳐 송구합니다."

"아닐세. 덕분에 밀린 업무를 상당히 많이 처리했거든. 속이 다 시원하다네."

베리타 공작은 빙그레 미소를 지으며 말했다. 몹시 즐거워 보이는 그와 보조를 맞추며 걷다, 나는 문득 떠오르는 생각에 천천히 입을 열었다.

"공작 전하, 몇 가지 여쭈어도 되겠습니까?"

"그리하게. 무엇이 궁금한가?"

"얼핏 배후가 밝혀졌다고 들은 것 같습니다만, 누구던가요?"

"호오, 어찌 살아났는지보다 배후가 더 궁금하던가. 과연. 선황제 폐하께서 보셨다면 무척 즐거워하셨겠군."

흐뭇하게 웃어 보인 공작은 슬쩍 주위를 돌아본 뒤 목소리를 낮추어 이야기했다.

"배후는 바로 우리가 처음부터 의심해 오던 사람이네."

"검은 장미…… 말씀이십니까?"

"그렇다네. 이번에는 모르쇠로 넘어갈 수 없을 걸세. 확실한 증인이 있거든."

"혹 미르와 후작을 일컬으심입니까? 하지만 그건……."

"고도의 기만술일 수도 있다고? 그렇지는 않을 걸세. 드디어 그 서류를 입수했거든."

"네? 그게 정말인가요?"

"그렇다네. 아직 진위 여부를 파악 중이기는 하네만, 아마 맞을 걸세. 설사 그렇지 않다 하더라도, 인장이 있으니 서류야 만들어 내면 그만이 아닌가. 중요한 건 증언을 해 줄 사람이지."

"그야 그렇습니다만……."

천천히 고개를 끄덕였다. 어차피 정치라는 것은 명분 싸움. 그동안 우리가 귀족파의 숱한 공격을 받으면서도 오래도록 참아 왔던 것은 그들을 옭아맬 만한 명분이 없기 때문이었지 진실을 몰라서가 아니었으니까. 그런 면에서 미르와 후작이 우리 편으로 돌아섰다는 것은 매우 고무적인 일이었다.

"그리고 설사 그가 배신한다 하더라도 문제없네. 우리에게는 또 다른 증인이 있거든."

"또 다른 증인이오? 그게 누군가요?"

"제나 공녀일세. 제 가문의 일이니 황제 폐하 건이야 증언하지 않겠지만, 적어도 영애에 관한 일은 증언하기로 약조했네. 그러면 최소한 귀족 살인 미수는 물을 수 있겠지."

"공녀가 제 일을 증언한다고요?"

"그렇다네. 공녀가 습격 계획을 처음부터 끝까지 얘기해 줬지. 사실 영애를 살린 것도 그녀일세."

"네?"

눈을 크게 떴다. 거듭 쏟아지는 충격적인 얘기에 정신이 하나도 없었다. 몹시 혼란스러워 하는 나를 이해한다는 듯 바라본 공작은 그간 있었던 일을 차근차근 설명해 주었다.

내가 습격을 받던 날, 지은은 전날과 마찬가지로 또다시 황궁을 찾았던 모양이었다. 그 전날 해 두었던 알현 요청이 수락되었는지 확인하기 위함이었지만, 폐하께서는 긴급회의 중이었기에 알현이 거절되었다고 했다. 궁여지책으로 두 공작이나 아버지 중 한 사람을 만나고자 했지만, 세 분 역시 미르와 후작의 일로 회의 중이라 볼 수 없었다고 했다.

그 무렵 귀족파는 대회의에서의 일을 뒤집을 만한 한 수를 궁리하고 있었고, 때마침 미르와 후작이 실종된 것을 기화로 삼은 제나 공작이 나를 죽인 후 후작에게 죄를 뒤집어씌울 계획을 세웠다고 했다. 우연히 그 이야기를 듣게 된 지은은 어찌할까 고민하다 거듭 황궁으로 찾아온 것이었으나 믿을 수 없는 자에게 말했다가 일이 잘못될까 두려워 이러지도 저러지도 못하는 상태였다고.

'그럼 그때 계속 할 말이 있다고 했던 게…….'

뒤늦은 깨달음에 입술을 깨무는 나를 흘끗 쳐다본 공작은 계속해서 말을 이어 나갔다.

그의 말에 따르면, 낭패한 기색으로 돌아다니는 지은을 발견한 카르세인이 영문을 물었다고 했다. 상황이 심각함을 깨달은 그는 회의가 끝나는 대로 전해 주라며 라스 공작에게 쪽지를 남기고는 곧장 지은과 함께 습격 장소로 향했고, 폐하와 아버지께서는 내게 붙여 놨던 근위 기사의 보고를 받고 급하게 뛰쳐나온 것이었다고 했다.

그랬구나. 어째서 카르세인이 지원군보다 빨리 왔는지, 그리고 왜 지은과 함께 온 것인지 궁금했는데. 그래서 복면인들이 그렇게 지은에게 덤벼들었던 것이었어. 배신을 확인했으니, 입을 막기 위해 필사적으로 제거하고자 했던 게지.

몇 가지 궁금증은 해소되었지만, 그 대신 또 다른 의문점이 생겼다. 어째서 지은은 나를 살리려 했던 걸까? 황후가 되기 위해 사사건건 나와 대립하던 그녀가 아니던가. 혹시 제나 공작의 반역 사실을 알아차렸기 때문인가? 반역죄로 연루되면 살아나기 힘들 테니, 내 목숨을 가지고 거래라도 하려고 했던 건가?

고개를 갸웃하는 내게 공작은 계속해서 당시의 일을 이야기했다.

스피아 경에게 피습당했을 때, 모두 내가 죽을 거라 생각했다고 했다. 장기가 몹시 상한 데다 출혈도 심해서 황궁의마저도 고개를 절레절레 저었다나. 그리고 실제로 맥도 끊겼었다고 했다.

그럼 나는 대체 어떻게 살아난 거지? 맥이 끊겼다는 것은 곧 죽었다는 이야기와 마찬가진데.

"놀라운가? 하긴, 나도 그 이야기를 전해 들었을 땐 그랬지. 실은 지금도 조금 놀랍긴 하다네."

말을 잠시 멈춘 베리타 공작이 천천히 숨을 골랐다.

"내 그 자리에 있지 않아 직접 보지는 못하였으나, 다행히 뒤늦게 도착한 대신관이……. 음?"

공작은 이야기하다 말고 고개를 들어 어딘가를 뚫어져라 바라보았다. 그곳에는 누군가를 찾는 듯 이리저리 돌아다니는 행정부 관료가 있었다.

고개를 갸웃한 공작이 안경을 매만지며 걸음을 옮겼다. 나는 잠시 망설이다 그의 뒤를 따랐다.

"인베스 조사관, 조사가 한창일 텐데 여기는 웬일이지?"

"아, 공작 전하, 여기 계셨군요. 긴급히 보고드릴 일이 있어 전하의 소재를 찾고 있던 중이었습니다."

"그런가? 긴급히 보고할 일이라는 게 뭐지?"

"그것이……"

말끝을 흐리며 나를 힐끔거리는 여자.

아무래도 내 앞에서는 말하기 곤란한 듯해서, 나는 먼저 가 보겠노라며 인사한 뒤 자리를 빠져나왔다.

기다란 복도를 걸으며 고민했다. 지은은 왜 나를 살리려고 했던 것일까. 정말 내 목숨을 두고 거래라도 하려고 한 건가?

이리저리 궁리해 보았지만, 방에 돌아와 푹신한 소파에 몸을 기댈 때까지도 이렇다 할 생각은 떠오르지 않았다.

왜 하필 그때 말이 끊긴 거람. 어디 속 시원하게 설명해 줄 사람 없나? 폐하나 아버지께 여쭙기는 좀 그렇고, 지은을 직접 찾아가기라도 해야 하는 건가?

지끈지끈 쑤셔 오는 머리를 꾹꾹 누르고 있을 때, 조심스럽게 들어온 시녀가 대신관의 방문을 알렸다.

'잘됐네. 그렇잖아도 내일쯤 감사 인사를 하려고 했는데.'

반색하며 일어나자, 눈처럼 새하얀 신관복 차림의 청년이 안으로 들어서는 모습이 보였다.

"생명의 축복이 함께하시기를. 깨어나셨군요, 모니크 영애. 정말 다행입니다."

"오랜만에 뵙습니다, 예하. 심려를 끼쳐 드려 송구합니다."

"아닙니다. 무사하신 모습을 보니 몹시 기쁘군요. 실은 조금 걱정했답니다. 이토록 눈부시게 아름다우시니, 주신께서 그 미모에 반해 데려가시는 것은 아닌가 하고 말입니다."

'또 시작인가.'

작게 한숨을 쉬자, 보일 듯 말 듯 웃음을 지은 그가 내 손을 감싸 쥐며 눈을 감았다. 기도문을 외는 소리가 들리고 곧이어 맞닿은 손에서 새하얀 빛이 터져 나오는 것이 보였다.

"체력이 다소 떨어지신 것을 빼고는 양호하군요. 축복 정도만 걸어 드리면 될 것 같습니다."

"그런가요? 신경 써 주셔서 감사합니다."

"별말씀을. 생명의 아버지께서 주신 아름다움을 찬미하라. 그대에게 우리 주 비타의 축복을 전합니다."

이제는 익숙해진 꽃향기가 나를 감쌌다. 천천히 고개 숙여 감사를 표한 뒤, 나는 그가 자리에 앉기를 기다려 입을 열었다.

"이번에도 예하께 구명지은을 입었군요. 어찌 감사를 드려야 할지 모르겠습니다."

"음, 사실 영애를 살린 것은 제가 아닙니다. 그라스페 님께서 영애를 치유하셨지요."

"네? 그게 무슨……."

"말씀드린 그대로입니다. 영애를 치유한 사람은 제가 아니라 그라스페 님이십니다."

눈을 크게 떴다.

이게 무슨 소리지? 나를 치유한 사람이 지은이라니? 그럼 나를 살렸다고 말한 게 습격 계획을 알렸기 때문이 아니라 신성력을 썼다는 의미였나? 이상하다. 베리타 공작은 분명 대신관이 치유했다는 식으로 말한 것 같은데.

"어떻게 그럴 수가 있습니까? 공녀의 신성력은 사람에게는 통하지 않는다고 알고 있습니다만."

"그렇습니까. 하긴, 그라스페 님의 신성력에는 그런 문제점이 있었지요."

"그렇다면 더욱 이해가 가지 않습니다. 사람을 치유할 수 없는 그녀가 어찌 저를 살렸단 말씀이십니까."

의아하게 바라보자, 그는 생각에 잠긴 듯한 표정으로 말했다.

"그날, 갑작스러운 요청에 놀라 급히 현장으로 향했습니다. 허나 최대한 서둘렀음에도 제가 도착했을 때 영애께서는 이미 가망이 없는 상태였습니다. 생명력이 거의 소진된 데다가 맥마저 끊긴 상태였죠."

"······."

"실로 아비규환이었습니다. 범인은 피를 뚝뚝 흘리면서도 미친 듯 웃고 있었고, 영존께서는 피 묻은 검을 움켜쥔 채 영애만을 뚫어져라 보고 있던 데다가······ 폐하께서는 영애를 끌어안고 절규하고 계셨죠. 황궁의와 기사들은 갈팡질팡하고, 부상자들은 신음하고. 그라스페 님 역시 하얗게 질린 채 주저앉아 계셨습니다만······ 누구도 신경 쓰지 않았습니다. 실은 저 역시 그랬지요."

"······그랬군요."

신음을 삼키며 답하자, 가볍게 고개를 끄덕인 그가 말했다.

"부질없는 걸 알면서도 신성력을 일으켰을 때, 누군가가 갑자기 옆에 다가서더군요. 그라스페 님이었습니다. 넋이 나간 표정으로 알아들을 수 없는 말을 연신 중얼거리고 있었지요. 그 순간 눈부시게 하얀빛이 영애를 감쌌습니다. 제 생애 단 한 번밖에 보지 못한, 짙고도 짙은 신성력이었습니다."

뭐야, 그게? 그럼 지은은 처음부터 신성력을 쓸 수 있었단 말이잖아.

앞뒤가 맞지 않는 말만 자꾸 늘어놓는 모습에 슬쩍 눈살을 찌푸리자, 희미하게 미소 지은 대신관이 자리에서 일어났다. 천천히 고개를 숙여 인사를 건넨 그가 말했다.

"답답하신 것 같군요. 좋습니다. 한 가지 실마리를 드리지요. 그라스페 님께서는 이제 그 누구에게도 신성력을 베푸실 수가 없습니다. 완전히 상실하셨지요."

"그게 무슨……."

"이런, 섹스투스에게 가 볼 시간이군요. 그럼 모니크 영애, 다음에 또 뵙겠습니다."

황급히 반문했지만, 대신관은 엉뚱한 말만을 남긴 채 그대로 방을 빠져나갔다.

아, 진짜. 뭐라고 답이라도 해 주지, 대체 이게 무슨 뜬구름 잡는 소리야. 아기 대신관을 돌보는 일이 뭐 그리 급하다고……. 응? 아기 대신관?

그 순간, 작년 이맘때 대신관과 나눈 대화가 머릿속을 스치고 지나갔다. 얼마 전 금발의 대신관과 함께 했던 얘기도. 대신관들은 태어날 때부터 죽는 날까지 주신 비타의 뜻을 실천해야 하지만, 평생에 단 한 번 비타의 뜻이 아닌 자기 자신의 바람을 실현할 기회가 있다고 했더랬지. 그리고 그 '소원'이라는 것을 이루고 나면, 그들은 자신의 모든 것이라 할 수 있는 신성력을 잃는다고 했다.

그렇다면 지은이 그 소원이라도 빌었단 말인가?

문득 드는 생각에 피식 웃으며 고개를 저었다. 설마 하니 그럴 리가 있겠는가. 소원의 존재도 모르는 데다 대신관도 아닌 지은이 어떻게 그런 일을 했겠어.

어딘가 미진한 기분이 들었지만, 나는 복잡한 상념을 털어 내며 소파에 머리를 기댔다. 아버지께서 돌아오실 때까지 잠시 눈이라도 붙일 생각이었다.

사락사락.

옷자락 스치는 소리에 눈썹을 찡그렸다. 가볍게 어깨를 토닥인 누군가가 흘러내린 머리카락을 조심스레 쓸어 넘겼다. 다정한 그 손길에 스르르 입꼬리가 올라갔다. 어리광 부리듯 볼을 비비며 파고들자, 나지막한 목소리가 들려왔다.

"……아. 티아, 일어나 보거라."

"으음…….."

"이런 곳에서 잠들면 어찌하느냐. 또 아프면 어쩌려고."

조곤조곤 들려오는 익숙한 음성.

나는 무거운 눈꺼풀을 들어 올려 천천히 눈을 깜빡였다. 한결 또렷해진 시야 속에 군청색 제복 자락이 들어왔다. 반짝이는 은빛 휘장도.

"아……. 오셨어요?"

든든한 품에서 몸을 떼며 멋쩍게 웃음을 짓자, 나를 이리저리 훑어보던 아버지께서는 그제야 표정을 풀며 고개를 끄덕이셨다. 천천히 몸을 일으키는데, 문득 몇 발자국 떨어진 곳에서 나와 아버지를 지켜보고 있는 사람과 시선이 마주쳤다. 바닷빛 눈동자에는 부럽다는 듯한 빛이 가득 어려 있었다.

화들짝 놀라서, 허겁지겁 일어나 예를 갖췄다.

"제국의 태양, 황제 폐하를 뵙습니다."

"많이 피곤했나 보오. 하긴, 체력이 많이 떨어졌을 테지."

"송구합니다, 폐하. 잠시 눈을 붙인다는 것이 그만……. 헌데 어찌 두 분께서 함께 오십니까?"

"내 전갈을 넣었소. 그대의 거취 문제도 그렇고 파혼서 문제도 해결해야 하니, 함께 저녁을 들면서 의논하자고 말이오."

"아, 그렇군요."

나는 황급히 매무시를 가다듬은 뒤 앞장서서 걷는 두 분의 뒤를 따라 걸음을 옮겼다.

부지런히 발을 놀린 끝에 들어선 공간은 황제와 몇몇 측근만 이용할 수 있도록 꾸며진 단출한 식당이었다. 두 사람과 함께 원탁에 둘러앉자 잠시 후 들어온 시종과 시녀들이 몇 가지 음식을 내려놓고는 물러났다.

접시에 담긴 내용물을 보자 의아한 생각이 들었다.

'설마 이게 단가?'

아무리 조촐한 식사라도 그렇지, 황제 폐하께서 계시는데 고작 다섯 접시뿐이라고? 그것도 전부 수프 종류로?

슬쩍 눈썹을 찌푸리자, 서둘러 다가온 시녀장이 작은 목소리로 사정을 설명했다. 순간 절로 눈이 휘둥그레졌다. 일주일 만에 처음으로 하는 식사라서 그렇다니, 그것도 두 분 모두 말인가?

"……어서 듭시다."

물끄러미 바라보자 그는 슬그머니 눈길을 피하며 스푼을 집어 들었다. 아버지 역시 마찬가지였다.

나는 모르는 척 딴청을 피우는 두 남자를 보며 작게 한숨을 쉬었다. 일주일간 식음을 전폐하고 일만 하였다고 듣기는 했지만, 설마하니 문자 그대로였을 줄은 몰랐다.

화제를 바꾸기 위함인가? 두 사람은 곧장 내 거취에 대한 이야기를 하기 시작했다. 예법에 따르면 의식이 돌아온 이상 일개 귀족 영애에 불과한 내가 중앙궁에 머무를 수는 없는 법이었지만, 그는 아무리 그래도 황궁이 저택보다는 안전하니 다른 궁을 내주겠다는 입장이었고, 아버지는 공연한 구설에 오르지 않게 집으로 데려가겠다는 견해셨다.

나는 첨예하게 대립하는 대화를 들으며 수저를 입가로 가져갔다. 진지하게 토론하는 두 사람을 보자 어쩐지 웃음이 나왔다. 사랑하는 두 남자와 함께 보내는 이 시간이 무척 즐거웠다. 다소 어색할 줄 알았는데 그렇지 않아서 더욱 그랬다.

"황제 폐하, 행정부에서 보고가 올라왔습니다."

"무슨 일인데 그러는가. 내 긴급한 일이 아니면 방해하지 말라 그리 일렀거늘."

서늘하게 깔리는 목소리에 움찔한 보좌관이 재빨리 답했다.

"견습 기사 스피아가 사망했다 합니다. 후속 조치에 대한 명을 기다린다는 전언입니다."

"그런가? 아쉽게 됐군. 어찌하겠소, 후작? 모니크가에 처분권을 넘겨주길 바라오?"

"……본디 가루를 내려 하였으나, 딸아이가 일어났으니 되었습니다. 뜻대로 하십시오."

"알겠소. 랑클 보좌관, 그 일에 대한 처분은 재판에서 다룰 터이니, 우선 다른 자들의 조사에 힘쓰라 이르도록."

"명을 받듭니다."

그러고 보니 스피아 경 문제도 있었구나.

어깨에서 피를 흘리면서도 미친 듯 웃고 있던 남자가 떠올랐다. 당시의 정황을 보아하건대, 그는 처음부터 제나 공작과 짜고 나를 그곳으로 유인한 게 틀림없었다.

어째서 그런 짓을 한 걸까? 스피아가라면 변방의 작은 남작가에 불과하긴 해도 귀족파보다는 우리 계파에 더 가까운 가문인데.

"그자, 어째서 그랬다던가요? 혹 제게 무슨 원한이라도 있던 건가요?"

조심스레 묻자, 잠시 망설이던 푸른 머리카락의 청년이 스푼을 내려놓으며 말했다.

"복수라 하였소. 아무래도 그대가 파산시킨 제나가 산하 상단의 여식에게 마음을 두고 있던 모양이오. 그 일로 그 여인은 다른 곳으로 시집을 갔다 하더군."

"……그렇군요."

"그리 마음 쓸 것 없소. 그 일이 아니더라도, 그동안 계속해서 그대를 노려 왔다 하니 말이오."

"네? 그것이 무슨 말씀이신지요?"

고개를 갸웃하는 내게 그는 그간 알아낸 사실을 설명해 주었다. 내 성인식 날 애마 실비아의 고삐와 안장 끈을 잘라 놓은 것이 바로 스피아 경이었노라고. 당시의 정황으로 보아하건대 곰에게 화살을 먼저 날렸던 것 역시 실수가 아니었을 가능성이 크다고.

만일 그것이 모종의 계획을 위한 한 수였다면, 어쩌면 나는 일행과 떨어지고 얼마 지나지 않아 폐하를 만난 덕분에 검은 손길을 피한 것이었을지도 모른다. 사실을 말해 줄 자가 죽어 버린 이상 이제는 그것이 진실인지 아닌지, 어째서 오래전부터 나를 노렸던 건지 알 수는 없겠지만.

"어쨌든 티아, 걱정하지 말거라. 많은 수단 중 하나가 사라졌을 뿐 이미 대세에는 지장이 없으니까 말이다. 모레면 모든 일을 정리할 수 있을 게다."

"모레요?"

"그래, 모레가 바로 삼 차 법정이 열리는 날이란다. 다른 자들은 모두 반역죄로 처분받았고, 미르와 후작과 제나 공작, 둘만이 남았지."

그렇구나. 그새 다른 자들의 재판은 전부 끝난 모양이네.

천천히 고개를 끄덕이고서, 나는 더 이상 묻지 않은 채 식사에 전념했다. 아직 풀리지 않은 의문이야 모레 재판에 참석하면 자연히 해소될 일이었으니까.

⟞⟞⟞✦⟝⟝⟝

이틀 뒤.

나는 가문 기사들의 호위를 받으며 황궁으로 향했다. 첨예한 의견 대립은 결국 아버지의 승리로 끝나서, 나는 그날 곧장 짐을 챙겨 집으로 돌아왔다. 그는 상당히 불만스러워 보였지만, 더는 구설에 휘말리게 하고 싶지 않다는 아버지의 말씀에 어쩔 수 없이 고개를 끄덕여야 했다.

그러나 나를 집으로 보내 주는 대신 그는 이것저것 주렁주렁 조건을 달았다. 반드시 둘 이상의 근위 기사의 호위를 받을 것, 이동 시에는 항시 가문의 기사들을 대동할 것, 그리고 매일 자신을 찾아올 것 등. 그 결과가 지금의 대이동이었다.

대회의장에 들어서자 만면에 미소를 띤 계파의 귀족들이 앞다퉈 인사를 건넸다. 나는 오늘따라 무척 적극적으로 나오는 사람들에게 적당히 응대해 주며 자리에 앉았다.

천천히 주위를 둘러보자 귀족파 사람들이 자리한 곳 중 비어 있는 한 좌석이 유독 선명하게 눈에 들어왔다. 그 모습을 보자 절로 웃음이 나왔지만, 나는 자꾸만 올라가려는 입꼬리에 힘을 주며 애써 무표정을 유지했다. 속으로는 춤을 출지언정 노골적으로 마음을 드러내는 것은 곤란했다.

"드디어 마지막 법정이로군. 길게 끌 것 없이 바로 시작하지. 의전관, 미르와 후작을 데려오라."

상석에 자리한 푸른 머리카락의 청년은 예를 받자마자 재판의 속행을 명했다.

잠시 후 벌꿀색 머리카락의 남자가 안으로 들어섰다. 그는 여태껏 보아 왔던 자들과는 달리 몹시 침울한 표정이었다.

"듀플 라 미르와. 제국력 941년생. 미르와 영지의 영주이며, 후작의 작위를 갖고 있음. 정규 기사단 소속 정식 기사이자 제4기사단의 단장. 맞는가?"

"그렇습니다."

"귀하는 황제 폐하 시해 미수 사건 및 모니크 영애 중독 사건의 총책임자로서, 며칠 전 무죄 선고를 받은 홀텐 백작가를 제외한 총 열다섯 개 가문을 지휘하여 독의 반입, 운반, 하독 및 궁내부원의 매수, 증거 인멸 등에 관여하였다는 혐의를 받고 있다. 위와 같은 사실을 인정하는가?"

"아니오. 인정할 수 없습니다."

"그렇다면 귀하는 무죄를 주장하는 건가?"

"그렇지는 않습니다. 저는 단지 그 모든 일을 방조하였을 뿐, 지휘한 자는 아니라고 말씀드리는 겁니다."

긴장 섞인 침묵이 흘렀다.

"방조라. 자세히 이야기해 보도록."

"그 전에 먼저 황제 폐하와 모니크 영애, 그리고 이 일로 고생하신 모든 귀족 여러분께 사죄의 말씀을 드리고 싶습니다. 대귀족으로서 올바르게 처신하지 못한 점, 진심으로 부끄럽게 생각합니다."

사죄의 말을 꺼낸 남자는 상석을 향해 깊게 허리 숙였다. 나를 향해서도. 놀라웠다. 후작의 지위에 있는 자가 허리까지 굽히며 사과할 것이라고는 전혀 생각지 못했는데.

"이 일의 진정한 배후는 제나 공작입니다. 그는 아주 오래전부터 모니크 영애를 노려 오고 있었지요."

"제나 공작이라. 그대의 주장을 뒷받침할 근거는 있나?"

"물론 있습니다만, 그 전에 사건의 경위부터 설명해 드리는 쪽이 나을 것 같습니다. 어찌할까요?"

"그리하도록."

베리타 공작의 말에 고개 숙여 감사를 표한 미르와 후작이 말했다.

"제국의 귀족이라면 누구나 아는 사실입니다만, 모니크가를 제외한 모든 후작가의 직계는 중앙 정계에 진출하기가 어렵습니다. 초대 황제 폐하의 유지를 받들어 영광스럽게도 국경 수호의 임무를 수행하기 때문이죠. 하지만 저는 중앙에서 성공해 보고 싶었습니다. 그래서 선친의 만류에도 부득불 상경했지요. 그것이 문제였습니다."

후작은 계속해서 말을 이어 나갔다. 갓 상경해 아무런 지지 기반이 없던 자신에게 제나 공작이 접근해 온 일, 공감할 수 없는 신념이 다수 있었음에도 계파 내에서의 입지를 넓히기 위해 그와 손을 잡은 사실, 그럭저럭 기반을 다졌다 생각하던 어느 날 그가 자신을 불러들여 나를 독살하라 지시했다는 이야기까지.

"저는 평민보다는 귀족을 위하여 더욱 많은 권리가 보장되어야 한다고 생각하며, 제국 귀족에게 과도한 의무가 부과되고 있다는 계파의 견해에 공감합니다. 하지만, 계파의 이득을 위해 비열한 수단을 쓰고 싶지는 않았습니다. 그렇다고 해서 수장의 지시를 대놓고 거부할 수도 없었고요. 해서 일단 명령을 따르는 시늉만 하고 차차 설득하자 생각했습니다."

마른 입술을 축인 후작이 계속해서 말을 이어 나갔다. 같은 계파라는 생각에 차마 고발하지 못하고 묻어 두었던 것, 내가 중독되어 쓰러졌을 때에야 비로소 자신 말고도 그 일을 추진하는 자가 있었다는 사실을 깨달았다는 것, 어떻게든 사태를 수습하려 백방으로 해독제를 찾았지만 구하기가 몹시 어려웠다는 것, 그리고 그 와중에 대신관이 도착했다는 것 등.

숨소리조차 들리지 않을 정도로 고요한 공간 속에 오직 후작의 목소리만이 울려 퍼졌다. 온갖 수단을 다 써 보았으나 공작은 설득되기는커녕 점점 더 야욕을 드러내기만 했다고 했다. 그는 궁내 부원을 하나둘 포섭하기 시작했고, 내가 회임할 가능성이 있다는 이야기를 듣자마자 눈을 위험하게 빛냈다고 했다. 미심쩍은 기분에 에둘러 만류해 보았지만, 공작은 오히려 화를 내며 이미 황제 폐하에게까지 손을 뻗었다는 사실을 얘기해 주었다고 했다. 그러고는 자신의 말을 듣지 않으면 저를 범인으로 지목할 것이라 협박했다고.

'그랬나. 그래서 그 문서가……'

그러고 보면 라니에르 백작이 그를 지목한 이유도 그것인 듯했다. 아무래도 제나 공작과 모종의 거래를 했던 것이 아닐까. 후작을 배후로 지목하는 대신 식솔들의 안전을 보장해 준다는 식의?

"당장에라도 고발함이 최선인 줄은 알고 있었으나, 자칫하면 공작의 말대로 제가 배후로 몰릴까 두려웠습니다. 해서 일단 해독제를 구한 뒤 폐하께 모든 사실을 고해야겠다는 생각에 영지를 핑계로 수도를 빠져나왔습니다. 그리고 간자들을 통해 영애의 습격 계획을 알게 되었지요. 덕분에 최악의 사태가 벌어지기 전, 현장에 도착할 수 있었습니다."

"흠. 일단 특별한 모순점 같은 건 없어 보이는군. 좋네. 그럼 이제 근거를 들어 보도록 하지. 아, 그 전에……."

잠시 말을 멈춘 베리타 공작이 상석을 향해 말했다.

"폐하, 제나 공작을 소환하는 것이 어떨는지요? 후작의 주장이 사실이라면 이는 곧 공작의 죄가 입증되는 셈이 되니, 번거롭게 두 번 얘기할 필요 없이 한꺼번에 끝내는 편이 좋을 듯합니다만."

"좋은 생각이군. 그리하시오."

청년의 허락이 떨어지자, 재빨리 달려 나간 의전관이 머리카락이 하얗게 센 노인을 데리고 나타났다.

"빅토르 데 제나. 제국력 901년생. 제나 영지의 영주이며, 공작 작위를 갖고 있음. 특별히 적을 두고 있는 곳은 없으나 제국 귀족의 육 할 이상이 참여하고 있는 귀족평의회의 의장으로서 활동하고 있음. 맞소?"

"그렇다."

"흠. 공작의 위를 가진 사람으로서 피고인으로 나와 있는 현실이 몹시 수치스러울 것이라는 점은 이해하나, 본인 역시 그대와 같은 작위인만큼 좀 더 예의를 지켜 주길 바라오."

"……."

"어쨌든, 귀하는 황제 폐하 시해 미수 및 모니크 영애 중독 사건, 그리고 일주일 전에 있었던 모니크 영애 습격 사건의 총지휘자로 지목되어 본 법정에 서게 되었소. 위 사실을 인정하시오?"

"그럴 리가."

비웃듯 입꼬리를 들어 올리는 노인을 지그시 노려보던 베리타 공작이 말했다.

"뭐, 좋소. 미르와 후작? 계속하도록."

"며칠 전 시녀의 내연남이 자수해 왔다 들었습니다. 그러니 그 자부터 신문하심이 어떤지요?"

"자수? 이건 또 무슨 헛소리지? 모함도 유분수지, 어디서 말도 안 되는 수작을 피우는 건가."

나는 두 사람의 신경전을 흥미롭게 바라보며 생각에 잠겼다. 시녀의 내연남이라면 이안 벨로트가 아닌가. 자수를 해 왔다는 것을 보면, 제 딸이 인질에서 해방되었다는 사실을 알게 된 모양이지?

이런저런 생각을 하는 사이, 몹시 초췌해 보이는 중년인이 안으로 들어섰다. 쏟아지는 시선에 잔뜩 움츠러든 남자는 분명 과거에도 폐하의 와인 담당자로 일하던 바로 그자였다.

정황상 제나 공작에게 협박을 당하고 있던 것으로 보이는 자. 그렇다면 혹시 과거의 이안 벨로트 역시 제나 공작과 관련되어 있던 걸까?

"이안 벨로트, 너는 궁내부 소속으로서 현재 황제 폐하의 와인을 담당하는 시종이다. 맞나?"

"그렇습니다."

"며칠 전 너는 본 공작을 찾아와 한 가지 사실을 고발했다. 본 법정에서 당시 네가 했던 이야기를 다시 한 번 말해 보라."

"저자, 그러니까 제나 공작이 하나뿐인 딸아이를 납치해 저를 협박했습니다. 황제 폐하의 와인에 독을 넣지 않으면 딸아이를 죽이겠다고 말입니다. 그리고 제게 시녀를 꼬드겨 모니크 영애의 차에 독을 타게 하고, 만일 잡히게 되면 미르와 후작의 짓이라고 답하라 했습니다! 저, 저도 처음엔 하지 않으려고 했지만, 딸아이를 구하기 위해서는 도저히 방법이 없었습니다. 그래서 그만……."

나는 두서없이 떠드는 남자를 보며 슬쩍 입꼬리를 들어 올렸다. 반역죄에 직접 가담한 자이니 제 목숨을 구하기는 쉽지 않겠지만, 저토록 적극적으로 나오는 것을 보면 아마도 언변에 능한 베리타 공작이 모종의 거래를 제시한 게 아닐까 싶었다. 목숨만큼은 보장해 준다든가, 아니면 최소한 딸의 평생을 보살펴 준다든가 하는 식으로 설득했겠지.

눈을 감은 채 묵묵히 남자의 성토를 듣던 제나 공작이 말했다.

"그래서, 증거는?"

"다, 당신이 분명 그랬……!"

"베리타 공작, 본 공작이 저자의 딸을 납치했다는 증거나 시녀를 유혹하게 했다는 증거가 있나? 설마 고작 저 따위 허무맹랑한 주장만 가지고 제나가를 핍박하려는 것은 아닐 거라 믿겠다."

역시 만만치 않은데. 하긴, 명색이 한 계파를 이끄는 수장이 아닌가.

하지만 아무리 그래 봐야 고작 시간만 끌 수 있을 뿐, 이것은 이미 끝난 게임이었다. 우리는 이미 그가 내놓으라는 것을 포함해 온갖 증거를 확보하고 있었으니까.

"좋소. 일단 다음 증인으로 넘어가고, 조금 전 얘기의 신빙성 여부는 모든 증언을 들은 뒤 다시 따져 보도록 합시다."

안경을 한 번 쓸어 올린 베리타 공작이 말했다.

곧바로 들어온 다음 증인은 와인 담당자와 마찬가지로 무척 익숙한 얼굴이었다. 부들부들 떨고 있는 남자를 보자 한숨이 새어 나왔다.

하, 그럼 그렇지. 어쩐지 하는 짓이 영 수상쩍더라니.

"노베 세나르, 너는 며칠 전 스스로 행정부로 찾아와 자수하며 선처를 구한 바 있다. 네가 저지른 죄에 대해 다시 한 번 말해 보도록."

"저는 황제 폐하께 함구령을 받았음에도 타인에게 모니크 영애의 건강 상태를 누설하였습니다."

"그 대상은 누구지?"

"제나 공작입니다."

"함구령이 내려진 사실을 발설한 이유와 자수를 결심하게 된 이유에 대해 얘기해 보도록."

베리타 공작의 말에 침을 꿀꺽 삼킨 황궁의가 말했다.

"약점을 잡힌 터라, 그의 말을 듣지 않을 수가 없었습니다."

"약점이라. 그게 무엇인가?"

"그것이……."

"답하라."

"……막 황궁의가 되었을 무렵 외진을 나갔다가, 오진 때문에 환자를 사망케 하였습니다. 그 사실이 알려지면 저는 죽은 목숨이나 다름없었습니다. 사망한 환자가 그 가문의 후계자였기 때문입니다."

"그렇군."

과연 약점이라 할 만했다. 황궁의 정도 되는 자가 오진을 한 것으로도 모자라 한 가문의 후계자를 사망케 했다니. 저자의 말마따나 이 사실이 알려졌다면, 그저 황궁의 자격을 박탈당하는 정도로 끝나지는 않았을 것이다. 후계자를 잃은 가문의 분노를 그대로 뒤집어써야 했을 테니, 십중팔구는 목숨을 잃었을 테지.

　한 번 물꼬를 트자, 남자는 한결 편안해진 표정으로 그간의 일을 털어놓았다. 그 일을 묵인해 주는 대가로 제나 공작에게 충성을 다하기로 한 사실, 선황제 폐하와 현 황제 폐하의 건강 상태를 주기적으로 보고했던 일, 그리고 혹여 나를 살필 일이 있다면 아주 사소한 것이라도 낱낱이 고하라 지시받은 것 등.

　상석에 앉은 푸른 머리카락의 청년이 턱을 괴며 몸을 앞으로 기울였다. 슬쩍 올라간 입꼬리와는 달리 서늘하게 가라앉은 바닷빛 눈동자가 제나 공작을 응시했다.

　"흥미로운 이야기로군. 제나 공작, 그대는 어찌 생각하오?"

　"귀담아들을 가치조차 없는 허무맹랑한 이야기라 생각합니다."

　"그렇소? 흠, 와인 담당자에 황궁의라. 게다가 다음 증인은 보조 요리사라 하였던가. 이것 참, 우연 치고는 매우 공교롭지 않소? 누가 보면 마치 짐을 독살할 의도가 있다 생각할 만한 조합이 아니오. 실로 그 일이 일어나기도 했고 말이지."

　"설마 고작 저 정도의 말만 듣고 신을 의심하시는 겁니까?"

　서로를 매섭게 노려보는 두 사람을 보자 예전부터 마음속에 품고 있던 의심 한 조각이 다시금 솟아올랐다.

　와인 담당자, 황궁의, 그리고 보조 요리사.

　그중 후자는 아직 알 수 없지만, 지금까지의 정황을 종합해 보건대 앞의 둘은 제나 공작의 사람임이 분명했다. 현재에도, 그리고 아마 과거에도.

대신관의 말에 따르면, 사내가 그 독에 중독될 경우 불임은 되지 않으나 성격이 포악해진다고 했다.

만일 독살 계획이 지금처럼 발각되지 않고 계속해서 실행되고 있었더라면? 그리고 그 상황에서 공작의 양녀 지은이 황후의 자리에 올라 후계자를 생산했더라면? 모든 것이 가정에 불과하지만, 만일 그리되었다면 공작이 제국을 손안에 움켜쥐는 것도 가능하지 않았을까? 폭군이 된 황제를 몰아낸 뒤 어린 황제의 조부로서 권력을 행사할 수 있었을 테니.

어쩐지 오싹했다. 그저 터무니없는 상상에 불과한 이야기였지만, 나는 이와 비슷한 상황을 이미 알고 있지 않은가. 만일 이 모든 가정이 과거에는 실제로 일어났던 일이라면…….

아냐.

고개를 거세게 흔들었다.

그럴 리가 없어. 이건 그저 망상이야. 아무리 과거와 현재가 비슷한 상황이라고 해도, 과거 그의 주변에 있던 자들이 전부 제나 공작의 사람이었다 해도, 늘 차갑기만 하던 그가 어느 순간부터 유독 증오를 드러내며 나를 못살게 굴었다 해도, 그리고 아무리 과거의 내가 중독이 의심된다고 해도, 그래도…….

"그리고 이것이 바로 제나 공작의 죄상을 입증할 수 있는 직접적인 증거입니다. 이것은 공작이 제게 보낸 기밀 서류로, 황제 폐하를 시해하려 들었던 바로 그 계획을 적은 것입니다."

머릿속을 파고드는 두려운 가정에 몹시 혼란스러웠지만, 나는 간신히 상념을 떨쳐 내며 두 사람의 공방을 지켜보았다.

미르와 후작이 내미는 문서를 차갑게 노려보던 제나 공작이 말했다.

"본인은 그것이 무엇인지 모른다. 본인이 그걸 보냈다는 증거라도 있나? 지금 보기에는 본가와 연관 지을 수 있는 어떤 사항도 없어 보이는데."

"그거라면 본인이 입증할 수 있을 듯하오만."

한 걸음 앞으로 나선 베리타 공작이 서류 더미에서 두어 장의 종이를 뽑아내며 말했다.

"어디 한 번 해 보시지."

차갑게 타오르는 보랏빛 눈동자를 마주하면서도 베리타 공작은 전혀 개의치 않는다는 듯 웃음을 지었다. 뽑아 든 종이를 펼쳐 하단에 찍힌 인장을 모두에게 보여 준 공작이 말했다.

"모두 세 장의 문서에 찍힌 인장을 보셨을 겁니다. 이 인장은 가문의 문장을 새긴 것은 아닙니다만, 특정 가문에서 내걸고 있는 상징이 들어있습니다. 게다가 특이하게도 기치까지 표현되어 있지요. 검과 장미, 그리고 볼렌테 카스티나Volente Castina, 카스티나의 뜻대로. 과연 어느 가문의 것일까요?"

모두의 시선이 한곳으로 쏠렸다. 그 모습을 지켜보던 베리타 공작이 만족스럽다는 듯 입꼬리를 들어 올렸다.

"이 문서는 각각 아피누 자작과 라니에르 백작에게서 입수한 것입니다. 나머지 하나는 모두가 보셨듯 방금 미르와 후작이 제출한 것이고요. 보시다시피 한 장에는 모니크 영애의 독살을 지시하는 내용이 암호로 쓰여 있고, 다른 한 장에는 암호의 해독 방법이 적혀 있습니다. 그리고 문제의 이것, 미르와 후작이 준 것은, 어디 보자. 황제, 독, 매수, 와인……. 흠, 아무래도 황제 폐하 독살 계획이 암호로 적혀 있는 듯하군요. 헌데, 지금 시선이 한곳으로 쏠려 있는 것 같군요. 라스 공작이라. 그럼 이 사건의 진범은 라스 공작이었던 걸까요?"

"……무슨 농담을 그리 무섭게 하는가, 베리타 공작. 행여라도 오해를 살까 두렵군."

"하지만 상징도 그렇고, 이 문구를 가문의 신조로 삼고 있는 것은 오직 라스가뿐……."

"적당히 하라 했을 텐데?"

내내 관망하며 침묵하던 라스 공작이 눈썹을 추켜세우며 말했다. 분위기를 전환하기 위한 농담이라는 것쯤이야 알고 있을 테지만, 아무리 그래도 이런 민감한 사안에 가문의 이름이 언급되는 것 자체가 몹시 불쾌한 모양이었다.

흉흉한 그 기세에 슬쩍 시선을 외면한 베리타 공작이 헛기침을 삼키며 말했다.

"크흠, 처음 이 인장이 찍힌 문건을 입수한 이래, 지난 일 년간 위 문구와 관련 있는 것을 추려 보고자 온갖 자료를 뒤졌습니다. 그 결과 한 가지 사실을 알게 되었죠. 라스가에서 사용하기 전부터 이를 기치로 삼았던 가문이 있더군요. 바로 제나 공작가였습니다."

"분명 과거에는 그런 일이 있었다. 허나 몇 백 년 전의 일을 근거로 들어 본가를 범인으로 지목하는 것은 지나친 비약이 아닌가. 그보다는 라스가 범인이라고 생각하는 것이 합리적이지 않느냔 말이다."

내내 신기했었다. 대대로 귀족파인 줄로만 알았던 제나가 오래전에는 그런 기치를 내걸고 있었다는 사실이. 그리고 그 이유를 알게 됐을 때는 다소 씁쓸했었다. 공작이 우리 가문을 그리도 싫어했던 이유가 혹시 그것 때문이었나 하는 생각에.

뭐, 됐어. 그거야 그리 중요한 것은 아니니까.

그보다는 앞으로 베리타 공작의 입에서 나올 말이 훨씬 흥미진진할 터였다. 제나 공작의 말마따나 몇 백 년 전에 사용했던 문구라는 이유만으로 제나가와 저 인장을 연관 지을 수는 없겠지만, 우리에게는 이미 그 사실을 입증할 수 있는 가장 확실한 증거가 있었으니까.

"실은 말이오. 얼마 전 본 공작이 한 가지 사실을 알게 되었지 뭐요? 제나가의 서재에는 오직 가주만이 들어갈 수 있는 비밀 공간이 있다고 하더군. 헌데 말이오, 그 안에 뭐가 들었는지가 이상하리만치 궁금하더란 말이지. 심지어는 밤잠까지 설칠 정도였소."

"그런 것은 오래된 가문이라면 하나쯤은 다 가지고 있는 법이거늘, 새삼스럽게 궁금할 것이 뭐가 있단 말인가? 아, 미안하네. 베리타가에는 그런 것이 없나 보군. 하긴 삼십 년 전만 해도 고작 변방의 후작가에 불과했으니 그럴 수밖에."

빈정대듯 입꼬리를 들어 올린 제나 공작이 계속해서 말했다.

"그리 궁금했다면 본인에게 직접 물어보지 그랬나? 그랬다면 내 흔쾌히 보여 줬을 수도 있었을 것을. 비록 추구하는 이상이 다르다고는 하나, 본 공작은 제국 최고 명문가의 가주로서 그 정도 아량은 베풀어 줄 수 있다네."

"괜찮소. 이미 보았으니까."

"뭣이라? 보았다니, 무엇을 말인가!"

내내 침착하던 제나 공작의 얼굴에 처음으로 당혹스러운 빛이 어렸다.

어쩐지 웃음이 나와서, 나는 조용히 경청하던 사람들이 공작을 주시하는 모습을 바라보며 슬쩍 미소 지었다.

"암호로 여는 방식이라 다소 고생은 하였소만, 결국 풀어내긴 하였소. 정답은 간단하더군. 볼렌테 카스티나. 참으로 모순된 답이 아니오?"

"그, 그럴 리가 없다! 네놈이 그곳을 열었을 리가……."

"오래전에 만들어서 그런지 무척 고풍스러운 곳이더군. 건국 초기, 가문의 활약상을 담은 벽화가 가장 인상 깊었소. 솔직히 말해 조금 안타까웠다오. 그토록 유서 깊은 명문가가 역사의 뒤안길로 사라지게 생겼다니."

"네 이노옴……!"

"아, 말로만 하지 말고 확실한 증거를 제시하라 했지. 이것이 바로 비밀 장소에서 찾아낸 인장이오. 참고로 이 인장은 이미 저 문서에 찍힌 것과 동일하다고 판명되었다오. 이래도 관계가 없다 하겠소?"

인장을 본 제나 공작은 입만 벙긋거릴 뿐 아무런 말도 하지 못했다. 시뻘겋게 달아오르는 얼굴을 보자 절로 미소가 떠올랐다.

드디어 잡았구나. 오랜 세월 호시탐탐 나와 우리 가문을 노려 오던 원수를, 증거가 없어 내내 벼르기만 했을 뿐 건드릴 수 없었던, 황실에 불순한 의도마저 품고 있던 저 역도를.

답답했던 가슴이 뻥 뚫리는 기분이었다. 두 사람의 공방을 지켜보던 아버지의 입가에 붉은 웃음이 걸리는 것이 보였다. 아니, 그것은 비단 아버지뿐만 아니라 계파의 귀족 모두가 짓고 있는 표정이었다.

부들부들 떠는 노인을 만족스럽게 바라보던 베리타 공작이 말했다.

"그대는 십 년 전 선황제 폐하께서 주신 기회를 결국 이리 저버리는군. 볼렌테 카스티나. 제국의 뜻대로, 이제 그만 사라질 시간이오."

"닥쳐라! 빌어먹던 후작가의 삼남 따위가 감히 누구 앞에서 나불대는 것이냐!"

"그러는 네놈은, 곧 처형될 하찮은 반역자 주제에 감히 뉘 앞에서 입을 함부로 놀리는 것이지?"

"뭣이라? 네놈? 이, 이……!"

노성을 지르던 제나 공작이 갑자기 말을 멈췄다. 그리고는 시뻘겋게 달아오른 얼굴로 입만 벙긋거리다 갑자기 눈을 뒤집으며 털썩 쓰러졌다.

"공작 전하!"

"전하!"

맞은편에서 다급한 외침이 터져 나왔다.

상석의 청년이 가볍게 손을 들어 올리자, 조심스레 다가간 기사가 공작의 상태를 확인했다.

"혼절한 것 같습니다."

"별실로 옮기고, 황궁의를 불러 상태를 확인한 뒤 보고하도록. 베리타 공작? 속개하시오."

"네, 폐하. 그럼 이만 유무죄의 표결로 넘어가겠습니다. 이의가 있는 사람은 지금 거수하십시오."

두 사람은, 아니, 회의장에 있는 사람 중 누구도 공작에게는 일 말의 관심조차 보이지 않았다. 그 가문의 처분이 어떻게 될지만이 초미의 관심사였을 뿐.

혼절한 공작이 별실로 옮겨지는 동안 회의를 속개한 베리타 공 작은 곧장 표결을 요구했다.

"없습니까? 그럼 먼저 미르와 후작에 대한 표결을……."

"폐하, 그 전에 신이 한 말씀 올려도 되겠습니까."

결연한 표정으로 한 발 앞으로 나선 미르와 후작이 말했다. 잠시 그를 내려다보던 푸른 머리카락의 청년이 가볍게 고개를 끄덕였다.

"그리하도록."

"황은에 감사드립니다."

고개 숙여 감사를 표한 후작이 말했다.

"황제 폐하, 그리고 귀족 여러분. 저는 영광스러운 제국의 귀족 으로서 씻을 수 없는 죄를 저질렀습니다. 누명을 쓸까 두려웠다 하더라도, 반역죄를 즉시 고발하지 못한 것은 분명 중죄이지요. 대귀족의 긍지를 저버리고 명예를 실추하였으니, 어떤 말로도 변 명할 수 없다는 것 역시도 잘 알고 있습니다. 허나……. 감히 청하 옵건대 신에게 그간의 실책을 만회할 기회를 주십시오. 남은 평생 제국을 위해 견마지로를 다하겠습니다."

말을 마친 미르와 후작은 처분만 기다린다는 듯 한쪽 무릎을 꿇 은 채 고개를 숙였다. 그 모습을 바라보며 잠시 침묵하던 베리타 공작이 말했다.

"표결에 들어가겠습니다. 미르와 후작이 무죄라고 생각하는 사람은 거수하십시오."

사위는 쥐 죽은 듯 고요했다. 사람들은 모두 서로의 눈치만 살필 뿐 차마 손을 들 생각을 하지 못했다. 유죄 의견을 묻는 말에도 몇몇 사람만 손을 들었을 뿐 대부분은 어딘가 망설이는 기색이었다. 심지어는 황제파의 귀족들조차 그랬다.

"제국법에 따르면, 지금 같은 경우 황제 폐하께 모든 결정권이 넘어갑니다. 이의 있습니까?"

"……."

"없는 것 같군요. 좋습니다. 폐하, 미르와 후작에 대한 처분을 내려 주십시오."

"흠. 처분을 내리기 전에 이 건에 대한 견해를 조금 듣고 싶군. 유무죄를 가리란 소리는 아니니, 하고 싶은 말이 있는 자는 발언하도록."

생각에 잠긴 표정으로 책상을 톡톡 두드리던 청년이 말했다. 모두가 서로 눈치를 보는 사이, 못마땅한 표정으로 주위를 둘러본 리그 백작이 말했다.

"신은 어째서 모두가 망설이는지 모르겠습니다. 그는 제 입으로 모든 사실을 알고 있으면서도 방조했다 하지 않았습니까. 반역 사건입니다. 자칫했으면 황제 폐하께서 크나큰 위해를 입으실 수도 있는 일이었단 말입니다. 마땅히 죄를 물으셔야 합니다."

맞은편에 앉은 한 남자가 손을 드는 것이 보였다. 이번 사건에서 유일하게 무죄 판결을 받은 홀텐 백작이었다.

"신 또한 방조가 죄라는 점에는 이견이 없습니다. 허나 그는 해독제를 구해 오거나 영애의 목숨을 구하는 등 나름의 노력을 기울이지 않았습니까. 또한 마지막에 그가 제시한 문건이 없었다면, 제나 공작의 죄를 명명백백하게 밝히기가 어려웠을 것입니다. 부디 이 점을 참작하여 주십시오."

"맞습니다. 결국 후작의 고발 덕분에 공작의 죄를 밝혀낸 것이 아닙니까. 이를 생각한다면 후작은 반역죄를 다소간 늦게 고발하였을 뿐 묵인했다 볼 수는 없습니다."

홀텐 백작에게 동조하고 나선 이는 뜻밖에도 황제파의 젊은 백작이었다. 그에 힘입은 귀족파 사람들이 너 나 할 것 없이 미르와 후작의 구명을 간청했다. 제나 공작의 몰락이 확실시되는 만큼, 그들의 구심점이 될 만한 사람은 후작밖에 없다는 사실을 인지한 모양이었다.

나는 여전히 찬 바닥에 무릎을 꿇고 있는 남자를 바라보았다. 귀족파의 견해에는 공감하나 비열한 수단은 싫다, 라. 가뜩이나 귀족의 숫자가 모자란 상황에서 귀족파를 전부 쓸어낼 수는 없는 노릇. 온건한 축에 속하는 저자를 살려 둔다면 제나 공작 때와는 다르게 합리적인 정치를 할 수 있지 않을까. 그동안 겪어 본 바로는 제법 말이 통하는 상대였는데.

그때, 조심스럽게 들어온 시종 하나가 베리타 공작에게 종이 한 장을 건네며 무어라 속삭였다. 내용을 쭉 훑어 내린 공작이 고개를 끄덕이고는 종이를 접어 품에 넣었다.

그 모습을 흘낏 바라본 푸른 머리카락의 청년이 말했다.

"미르와 후작에 대한 처분을 내리겠다. 제국법에 따르면 방조 역시 죄임이 확실하며, 따라서 후작 역시 반역죄에 해당한다. 그러나 그간 여러모로 노력해 온 점 및 제나 공작의 죄를 밝히는 데 있어서 상당한 기여를 한 점 등을 참작하여 그 죄를 감한다."

잠시 말을 멈춘 그는 모두가 긴장한 표정으로 마른침을 삼켰을 때에야 다시 입을 열었다.

"미르와가의 서열을 다섯 단계 낮춰 후작가 중 최하위로 한다. 작위는 유지하되, 향후 십 년간 대귀족으로서의 모든 권리를 박탈하고 백작에 준해 대우한다. 또한 미르와 영지의 2할 및 대리석 채석장 세 곳을 몰수하여 황실에 귀속시킨다. 이상."

"명을 받듭니다."

"후작은 그만 일어나도록."

"관대한 처분에 감사드립니다, 폐하. 불명예를 벗을 기회를 주셨으니, 황실과 제국을 위해 분골쇄신하겠습니다."

그제야 몸을 일으킨 후작은 깊게 허리 숙여 감사를 표했다.

나는 그에게서 시선을 떼어 주위를 둘러보았다. 불만을 표하는 자들도 있었지만, 대부분은 그럭저럭 수긍하는 표정이었다.

"그럼 다음으로 넘어가겠습니다. 제나 공작이 유죄라고 생각하는 사람은 거수하십시오."

하나둘 손이 올라가기 시작했다.

주위를 빙 둘러본 베리타 공작이 만장일치를 선언하자, 청년의 입가에 싸늘한 미소가 맺혔다.

가슴이 두근거렸다. 드디어 처분을 내릴 시간인가.

"죄인은 귀족 중의 귀족인 공작의 위에 있는 자로서 제국민에게 모범을 보여야 함에도 방정한 품행을 유지하기는커녕 온갖 악행을 저질러 왔다. 감히 짐의 주위에 제 사람을 심어 염탐하였을 뿐만 아니라 짐의 약혼녀를 여러 차례에 거쳐 해치고자 하였고, 제국민을 상대로 협박, 납치, 살인 등 무수히 많은 죄를 범하였으며, 이를 은폐하기 위해 수단과 방법을 가리지 않았다. 이에 반역죄 등을 물어 빅토르 데 제나를 참수형에 처하고, 제나가의 작위와 영지를 비롯한 일체의 재산을 환수하여 황실에 귀속시킨다."

절로 환호성이 터져 나왔다. 벅차오르는 가슴에 손을 얹으며 옆을 돌아보자, 손등에 핏줄이 불거져 나올 정도로 주먹을 꽉 움켜쥐고 있는 아버지가 보였다. 그 모습은 마치 눈물을 삼키는 것처럼 보였다.

그러고 보면 제나 공작은 내 어머니 역시 해치려 했지.

갑자기 코끝이 찡해졌다. 호시탐탐 가족을 노리던 자에게 드디어 죗값을 받아 내게 되었으니, 얼마나 감회가 새로우실까.

조용히 손을 뻗어 하얗게 변한 주먹을 부드럽게 감싸 쥐었다. 흔들리는 군청색 눈동자를 향해 물기 어린 미소를 짓자, 잔뜩 일그러졌던 아버지의 얼굴이 한결 편안하게 풀렸다.

"하오시면 폐하, 제나가의 식솔들은 어찌 처결하실 것인지요?"

"직계를 제외한 다른 식솔들은 아무것도 몰랐던 정상을 참작, 평민으로 강등하고 향후 오십 년간 수도의 출입을 금하며, 그 외에 따로 죄를 묻지는 않겠다. 단, 후계자 클로제 데 제나를 비롯한 제나가의 모든 직계 혈족은 공작과 동일한 죄를 물어 참수형에 처한다."

"아리스티아 라 모니크! 네년이 감히 날 배신해!"

판결이 떨어지는 순간, 비명과도 같은 고함 소리가 회의장을 울렸다.

나는 고래고래 고함을 지르는 남자를 향해 비뚜름한 미소를 지었다. 나를 죽이려 했던 자는 공작이지만, 이번 사건을 구체적으로 계획하고 지휘한 자는 저자라고 들었다. 그런데, 나를 죽이려 들 때는 언제고 이제 와 저런 소리란 말인가. 웬만하면 거래 조건을 지켜 주려고 했던 나를 먼저 배신했던 것은 저 자신이었으면서.

"끌고 가라."

청년이 귀찮다는 듯 손짓하자, 재빨리 다가온 근위 기사들이 남자를 양옆에서 붙들었다. 질질 끌려 나가는 남자를 잠시 응시하다가, 나는 문득 드는 생각에 상석을 올려다보았다.

공작과 그 직계 혈족은 참수, 나머지 식솔들은 강등 및 추방.

그렇다면 지은은 어떻게 되는 거지? 역시 참수형에 처해지는 건가?

나와 같은 생각을 떠올린 듯, 상석을 올려다본 베리타 공작이 물었다.

"하오시면 폐하, 제나 공녀 역시 참수형에 처하시는 겁니까? 이미 성녀로 알려진 공녀를 참수형에 처하는 것은 조금 문제가 있을 듯싶습니다만……."

조심스러운 물음에 잠시 고민하던 청년이 말했다.

"제나 공녀는……."

타박타박.

인적 없는 층계에 두 개의 발걸음 소리가 울려 퍼졌다. 너울거리는 횃불 아래, 돌벽에 조각된 사자 문장이 오늘따라 유독 무겁게 다가왔다.

서늘하게 식은 공기 때문일까, 아니면 품속에 들어 있는 것 때문일까? 등줄기를 타고 흐르는 선득한 느낌에 몸이 부르르 떨렸다.

"괜찮으십니까."

두어 걸음 뒤에서 따라오던 남자가 걱정스러운 목소리로 물었다. 나는 천천히 고개를 끄덕인 뒤 다시 걸음을 재촉했다.

나선형 계단을 마저 오르자 주위를 경계하고 있는 몇 개의 그림자가 보였다. 갑작스러운 인기척에 흠칫한 맞은편의 인영이 무기를 겨누며 말했다.

"정지. 신분을 밝혀라."

슬쩍 뒤를 돌아보자, 앞으로 걸어 나온 남자가 품에서 작은 패를 꺼내 내밀었다. 꼼꼼하게 패를 살핀 그림자가 옆으로 비켜섰다.

몇 걸음을 더 옮겨 짙은 어둠에 가려진 문 앞에 멈춰 서는 내게 남자가 조심스레 물었다.

"꼭 혼자 들어가셔야 하겠습니까?"

"……."

"알겠습니다. 혹 무슨 일이 생기면 소리를 지르십시오. 곧장 뛰어들겠습니다. 호신용 단검은 갖고 계시지요?"

고개를 끄덕이자, 남자는 말없이 한 걸음 뒤로 물러났다.

나는 크게 숨을 들이쉬며 문고리를 향해 손을 뻗었다. 손바닥을 타고 전해져 오는 금속 특유의 서늘함에 움찔했지만, 다시 한 번 심호흡하며 강하게 잡아당겼다.

짙은 그늘 속에 잠겨 있던 바깥과는 달리, 방 안은 곳곳에 자리한 촛불 덕에 무척이나 밝았다. 나는 호화롭게 꾸며진 내부를 천천히 둘러보았다.

정교하게 수놓은 태피스트리와 화려한 색감을 자랑하는 온갖 장식, 그리고 섬세하게 조각된 각종 가구. 나와는 전혀 다른 취향이었지만, 화사하면서도 천박하지는 않게 꾸며진 방은 나름대로 멋스러웠다.

"누구지? 이 늦은 시간에 방문이라니. 혹 즉결 처분하라는 명이라도 내려온 건가?"

등을 돌리고 선 채 어둠이 깔린 창밖을 바라보던 여자가 말했다. 말없이 침묵하자, 어깨를 으쓱하며 돌아보던 그녀가 흠칫 몸을 굳혔다.

나는 검은 눈동자에 조금씩 고여 드는 두려움을 바라보며 푹 눌러썼던 모자를 뒤로 넘겼다. 흘러내리는 은빛 머리카락을 보며 작게 한숨을 내쉰 지은이 말했다.

"······뭐야. 놀랐잖아."

"사정이 좀 있어서."

"늦은 밤에 몰래 방문해야 하는 사정이라······. 뭐, 좋아. 일단 앉지그래?"

"아니, 이게 더 편해."

"그럼 그러든가."

고개를 까딱한 지은이 의자에 앉았다. 나는 그녀의 머리 위에 면사포처럼 드리워진 보랏빛 천을 바라보며 잠시 고민했다.

무슨 말부터 꺼내야 할까.

이것저것 따져 보았지만, 그럴수록 가슴만 더 답답해졌다. 결국 나는 생각하기를 포기한 채 가장 먼저 떠오른 질문을 내뱉듯 툭 던졌다.

"……왜 나를 살렸어?"

"갑자기 그건 무슨 소리야?"

"습격 계획을 알린 사람이 너라며. 왜 그런 거지? 그냥 묵인했더라면, 최소한 네가 바라던 것 중 하나쯤은 이루었을 텐데. 그러기에는 네 목숨이 아까웠던 건가?"

"……."

"뭐, 좋아. 그것까지는 그렇다 쳐. 그런데 어째서 죽어 가는 날 살려 내기까지 한 거지? 네 목숨을 구하기 위한 것이었다면, 계획을 알려 준 것만으로도 충분했을 텐데."

지은은 답이 없었다. 한참을 기다려 봐도 그녀는 끝내 입을 열지 않았다.

계속해서 시선을 외면하는 지은을 바라보며 작게 한숨 쉬었다.

뭐, 됐어. 애초에 그리 쉽게 답해 줄 것이라고는 생각지 않았으니까.

문득 몇 시간 전 회의장에서 있었던 일이 떠올랐다. 그 안에서 오고 갔던 대화도.

"공녀의 처분에 대하여 하고 싶은 말이 있는 자는 발언하도록."

사람들의 의견을 묻던 푸른 머리카락의 청년.

"볼 필요도 없이 참수형에 처해야 합니다. 제국 역사상, 아니,

타국의 사례를 보아도 반역 죄인의 자손을 살려 주는 법은 없었습니다. 죄인의 자손을 살려 두는 것은 곧 제이, 제삼의 반역으로 이어질 소지가 다분하기 때문입니다."

"백작의 말이 옳습니다. 물론 공녀는 양녀에 불과하지만, 한 번 선례를 남기면 그것이 장래에 어떤 불안 요소로 작용할지는 아무도 모르는 법이 아닙니까. 공녀를 살려 두어 그런 위험을 감수할 이유는 없다 생각합니다."

"맞습니다. 이미 멸문이 선고된 이상, 그 직계인 공녀를 살려 둘 수는 없습니다. 그것은 제나가를 살려 주는 것이나 마찬가지가 아닙니까. 비록 역도의 무리이나 오랜 명문으로서 저력이 있는 가문이니만큼 후일을 위해서라도 확실하게 끝맺으셔야 합니다."

단호하게 말하던 제노아 백작과 그에 동조하던 자파의 귀족들.

"허나 공녀는 이미 제국민들에게 신탁의 아이이자 성녀로 알려진 여인입니다. 자칫하면……."

"헛소리. 반역자의 딸 따위가 성녀일 리가 없잖소. 정 껄끄럽다면, 스스로 목숨을 끊도록 하면 되지 않겠소?"

"그렇다면 공녀에게 독을 내리는 것은 어떻습니까? 참수형보다 훨씬 명예로울 뿐만 아니라 후환 역시 걱정하지 않아도 되니 적절할 듯합니다만……."

"동의합니다."

"신 역시 동의합니다."

단숨에 제압된 미약한 반항과 조금 전까지만 해도 함께하던 동지에게 죽음을 선물하던 귀족파 사람들.

그 안에는 이미 그녀가 세운 공 같은 것은 존재하지 않았다. 오직 정교하게 포장된 명분만이 존재하고 있었을 뿐.

"……나는 말이야. 사실 네가 싫었어."

회상의 여운일까? 입술이 제멋대로 움직였다.

침묵하던 지은이 움찔하는 것이 보였다. 스스로 뱉어 낸 말에 놀란 나도 멈칫했다. 그녀에 대한 감정을 직접 드러낸 것은 처음이었으므로. 늘 그럴싸한 이유를 들어 간접적으로 토했을 뿐, 나는 그녀에 대한 감정을 과거에는 정중함을 가장하여 숨겼고, 회귀 후에는 무시와 경멸 속에 감춰 오지 않았던가.

"당시에는 그게 미움인지도 몰랐지만, 이제 와 생각해 보면 그랬던 것 같아. 아니, 그랬어. 겉으로는 아닌 척, 신경 쓰지 않는 척 태연하게 굴었지만…… 사실은 갑자기 나타나 모든 걸 앗아 간 네가 미웠지."

"……."

"난…… 아무것도 모른다는 얼굴로 웃는 네가 싫었고, 나보다 무엇 하나 나은 점이 없는 네가 그의 사랑을 차지했다는 사실이 분했어. 평생 가꿔 왔던 모든 것을 송두리째 빼앗겼다는 사실을 인정할 수가 없었어."

어차피 풀어 낸 것, 기탄없이 이야기하자는 생각에 하나둘 말을 쏟아 냈다.

어쩐지 입맛이 썼다. 그랬다. 아니라고, 나보다 모자란 저런 여자에게 신경 쓰지 않는다며 아무렇지 않은 척 무시해 왔지만, 나는 내심 그의 사랑을 앗아 간 그녀를 질투했다. 그런 감정은 동등한 사이에서나 존재하는 것이라고, 그러니 근본도 알 수 없는 그녀에게 가질 수 있는 것이 아니라며 애써 부정했을 뿐.

이해할 수가 없었다. 그가 나보다 잘난 것 하나 없는 그녀를 사랑한다는 사실이. 매일매일 반복되는 감정 소모에 지치고 힘들었다. 그래서 미처 이상하다고 생각지 못했다. 십수 년 동안 감정을 감추는 법을 배워 왔어도 자꾸만 솟구치는 짜증을 억누르기 힘들었던 것이, 그리고 내게 늘 차갑게 대하긴 했어도 기본적으로 이성적이던 그가 어느 순간부터 사리분별조차 못하고 증오를 뿜어냈던 것이.

한 번 생각이 미치자, 그동안 품고 있던 의심이 다시금 떠올랐다. 침묵하는 지은을 보며 자문했다. 그녀는 알고 있을까? 과거의 진실을, 이 의심이 사실인지 아닌지를.

"한 가지만 묻자."

말도 안 되는 생각일지는 몰라도, 지금 확인하지 않으면 계속 찜찜할 것 같았다. 나는 뭐냐는 듯 쳐다보는 지은을 향해 그동안 계속해서 머릿속을 맴돌던 의문을 토해 냈다.

"과거에도 이런 일이 있었어? 내가, 그리고 그가…… 중독된 적이 있었냐고."

"……."

"대답해. 있었어?"

"……."

몇 번이고 물어보았지만, 지은은 계속 묵묵부답이었다.

한참을 기다리다 한숨 쉬었다. 결국 답은 얻을 수 없는 것인가.

체념하며 다른 말을 꺼내려는 순간, 고개 돌려 시선을 외면한 지은이 말했다.

"……두통, 어지러움, 불면증, 극심한 감정 변화."

"……."

"전부 그가 죽기 전에 보이던 증상이었어."

"역시 그랬……. 뭐? 죽어? 그가 죽었다고?"

다급한 물음에도 침묵하던 지은은 잠시 후에야 피곤함이 잔뜩 묻어나오는 음성으로 되물었다.

"내가 어느 시점에서 돌아왔을 것 같아?"

"……."

"예전에 했던 말 기억해? 고작 사 년이었다고 했던 얘기 말이야."

"……그래."

"말 그대로야. 사 년이었어, 네가 죽은 뒤로부터. 나는 여기 식으로 스물셋, 그는 스물여섯이었지, 아마."

"……사 년 동안…… 대체 무슨 일이 벌어졌던 거지?"

떨리는 물음에 힘없이 미소를 지은 그녀가 말했다.

"너도 알다시피 나는 정치는 잘 몰라. 나름대로 노력했는데, 그것만큼은 아무리 공부해도 잘 안 되더라고. 그래서 정확하게 무슨 일이 있었는지는 모르겠어."

"……."

"내가 기억하는 건 그것뿐이야. 그냥 두 공작이 떠난 이후로 그는 차츰 더 잠을 못 이루었고, 툭하면 신경질을 부렸다는 것. 언제부턴가 나를 멀리하고 주위를 경계했다는 것. 그리고 어느 날 원정을 나간다며 수도를 떠났다가…… 다시는 돌아오지 않았다는 것."

순간 몸이 굳었다.

수도를 떠나? 황제가? 그것도 원정을 나간다는 명목으로? 친정이라면 못해도 정규 기사단의 절반 이상이 따라나서야 할 텐데, 어떻게 두 공작도 없는 상황에서 수도를 비워 둘 생각을 했지? 증상을 보아하니 아무래도 중독되었던 것 같은데, 판단력이 흐려질 만큼 상태가 심각했던 것인가? 아니면 혹시 수도를 버려야 할 만한 이유라도 있었던 걸까? 가령…….

"그가 원정을 나갈 당시 뭔가 특이한 점은 없었어? 증상이 더 심해졌다든가, 측근이 바뀌었다든가…….

"특이한 일이라……. 글쎄. 자세한 일은 모르겠어. 네가 말한 것 같은 일은 셀 수도 없이 많았는걸. 게다가 그는 내게 정말이지 아무것도 얘기해 주지 않았어. 네가 죽은 뒤로 조금씩 마음이 떠나는 게 보이기는 했지만, 그날 이후로는 정말이지 나를 죽일 듯이 미워했거든. 오죽했으면 회임 중인 나를 버리고 원정을 떠났겠어?"

"잠깐만. 네가 회임 중이었다고?"

"그래."

눈을 질끈 감았다.

그랬던가. 혹시나 했는데, 결국 최악의 가정이 맞았던 모양이다. 아마도 그때쯤 그는 누군가가 자신을 노린다는 사실을 알아챘던 것이 아닐까. 그런 상황에서 지은이 회임까지 하였으니, 추측이 맞는다면 그는 아마 자신의 목숨을 구하기 위해 어쩔 수 없이 수도를 버렸으리라. 후계자가 태어난다면 그는 그 즉시 죽은 목숨이었을 테니.

불현듯 한 가지 의문이 들었다.

어째서 그는 그 길을 택했던 것일까. 냉정하게 생각하면, 수도를 버리는 것보다는 지은을 없애 버리는 쪽이 훨씬 좋은 방법이었을 텐데. 공석이 된 황후 자리를 놓고 교섭할 수 있게 되니, 정세를 뒤집을 가능성도 더욱 높아질 테고.

침음을 삼켰다. 혹 이성이 돌아온 그는 자신의 아이를 가진 지은을 차마 죽일 수 없었던 것이 아닐까. 그래서 도박인 줄 알면서도 군사를 이끌고 떠난 것은 아닐까? 어떻게든 병력을 끌어모아 자신과 지은, 그리고 후계자를 구해 보기 위해서.

"……나는 아무것도 알아낼 수 없었는데, 넌 이미 뭔가 눈치챈 모양이지?"

"……."

"어쨌든 그때 나는 필사적이었어. 너는 지지 세력이라도 있었지만, 내게는 정말 아무것도 없었으니까. 우여곡절 끝에 아이를 가졌고, 황녀를 낳았지만……. 나는 산후 조리도 제대로 못한 채 갓태어난 아이를 안고 도망쳐야 했어. 하지만 결국 붙잡혔지."

자조하듯 쓰게 말하던 지은의 목소리에 조금씩 열기가 어리기 시작했다.

"제멋대로 사랑을 속삭이더니 결국엔 나를 홀로 팽개친 그가 원망스러웠어. 사람을 이상한 곳에 떨궈 놓고는 나 몰라라 하는 신이 증오스러웠어. 마지막 순간, 눈을 감으며 저주했어. 다시 시작할 수만 있다면 나를 이용한 너희에게 반드시 복수해 주겠다고. 그런데…… 눈을 뜨니까 또다시 그가 있더군. 내 가슴에 칼을 찔렀던 자와 함께 말이야."

원망을 주르르 쏟아 놓는 그녀를 멍하니 바라보았다.

정말 너는 아무것도 모르는구나. 그가 어떤 마음으로 수도를 떠났는지, 어떻게 너를 배려했는지, 정말로 너는 하나도 모르는구나.

"그거 알아? 사실 나도 네가 싫었어."

"······."

"넌 내가 모든 걸 앗아 갔다고 말했지만, 결국에는 무엇 하나 빼앗기지 않았으니까. 황후의 자리에서 밀려났어도 계속 귀족들의 지지를 받았고, 나를 황후로 올린 사람들조차 모두 너와 나를 비교했지. 그나마 내가 가진 줄 알았던 신의 사랑도, 그리고 그의 마음마저도······ 결국엔 모두 네 것이었어."

"하······."

피식 웃음이 나왔다. 정말이지 눈물겨운 자기 합리화가 아닌가. 귀족들의 지지와 비교까지는 그렇다고 칠 수 있다.

그런데 뭐? 신의 사랑? 그의 마음?

기가 찼다. 그게 언제부터 내 것이었지? 아니, 애초에 내가 가진 적이 있기는 했나? 그리고 설사 그랬다고 치더라도, 죽은 뒤에 얻은 마음 따위가 무슨 소용이란 말인가.

"아무것도 의지할 수 없는 세상에서 나는 내 몫을 찾기 위해 홀로 고군분투했어. 하지만 모든 것은 전부 네 것이었고, 나는 항상 그 주위를 맴돌 뿐이었지. 아무리 노력해도 나는 너를 따라잡기는커녕 네 그림자에 짓눌려야 했어. 나라는 사람은 오로지 너의 대용품, 너보다 못한 비교 대상이었을 뿐. 나를 나 자신으로 봐 주는 사람은 아무도 없었지. 심지어는, 그래, 이 세상에 온 것조차 내 의지가 아니었어."

"······."

"왜 여기까지 따라왔느냐고 했었지? 모든 걸 바로잡고 싶었던 건 너뿐만이 아니야. 눈을 감는 순간 난 깨달았어. 이제 와 원래 살던 세상으로 돌려보내 달라고 해 봤자 평생 그 기억 속에서 허우적거리고 살 것임을. 그렇다고 해서 기억을 지워 달라고 하면 그거야말로 진정한 패배자가 되는 거라 생각했어. 그래서 그 모든 소원 대신 너와 다시 한 번 만나게 해 달라고 한 거야."

"……."

"나는 말이야, 한 번쯤은 너를 이겨 보고 싶었어. 너에 대한 열등감이 사라졌을 때에야 비로소 자유로워질 수 있음을 깨달았거든. 그래서…… 나를 성녀라고 부르는 사람들을 봤을 땐 정말 기뻤어. 그렇게 불릴 자격이 없다는 거, 누구보다 잘 알고 있었지만. 왠지 해방되는 기분이었어. 이곳에 온 이후로 처음 느끼는 감정이었지. 근데 말이야."

무어라 이야기하려던 그녀는 그대로 말을 삼키며 크게 숨을 들이쉬었다. 그러고는 잠시 침묵하다 가라앉은 목소리로 말했다.

"좀 전에 내가 했던 얘기 기억해? 죽었다가 다시 눈을 떴을 때, 그의 옆에 날 찔렀던 자가 있었다는 것. 그게 누군지 알겠어?"

"……설마?"

"그래. 제나 공작이었어."

눈을 크게 떴다.

정말로 회귀 전 그녀를 죽인 사람이 제나 공작이었단 말인가? 그런데 어째서 지은은 제나가의 양녀로 들어간 거지? 그는 자신을 죽인 원수가 아니던가.

"나는 말이야. 처음에는 그에게 복수할 생각이었어. 그토록 사랑한다 말한 주제에, 결국은 나를 비참하게 버렸으니까. 그래서 열심히 그를 유혹했지. 그에게도 나와 똑같은 상처를 안겨 주고 싶었거든. 뭐, 결과적으로는 네가 나 대신 복수해 준 것 같지만."

"……"

"물론 날 찌른 공작에게도 복수할 생각이었어. 너와 제대로 겨뤄 보고 싶은 생각도 있었지만, 그래서 겸사겸사 제나가에 양녀로 들어간 거야. 가까이 있어야 약점을 잡기도 쉬울 테니까."

그런 거였나. 하지만 공작의 성격상 쉽지 않았을 텐데. 핏줄에 대한 자부심이 남다른 그이니, 필요에 의해 받아들였다고는 해도 혈통을 알 수 없는 지은에게 진심으로 대했을 리가 만무했다. 그것은 그녀가 귀족파 내에서 겉돌던 모습을 생각해 봐도 알 수 있었다. 가문에서조차 대우해 주지 않는데 누가 제대로 된 대접을 해 줬겠는가.

본디 배신이라 함은 어느 정도의 신뢰를 기반으로 하는 것, 애초에 믿음이 존재하지 않는 공작에게 지은이 복수할 기회가 과연 있었을까. 그래서 그토록 신전에 집착한 거였나? 믿음을 얻을 수 없다면 최소한 무시할 수 없는 힘이라도 기르기 위해서?

"네가 중독되었던 때, 증상을 들으면서 뭔가 이상하다고 생각했어. 그리고 그를 독살하려 한 반역 죄인을 찾는다는 말을 들었을 땐…… 이제 끝이구나 하고 생각했지. 아무리 생각해도 범인은 공작 외에는 없었거든. 그래도 이렇게 빨리 덜미가 잡힐 줄은 몰랐지만."

"……"

"왜 너를 살렸냐고 물었지? 그래. 네 말대로 처음에는 내가 살기 위해서였어. 이대로 죽기엔 너무 억울하잖아. 그에게도 너에게도,

그리고 공작에게도 제대로 된 복수는 하나도 못했는데. 아무것도 해 놓은 것 없이, 그렇게 허무하게 죽기는 싫었어."

"그런데?"

"네가 습격을 받았던 그날……. 내가 봤던 그는 내가 알던 그 사람이 아니었어. 내가 알던 그라면 절대로 그런 표정을 지을 수가 없거든. 그런 말투, 그런 행동……. 그래, 절대로 그럴 리가 없지."

"……."

"예전에 내게 했던 얘기 기억해? 지금의 그는 과거의 그와 다르다고 했던 말. 그때는 솔직히 웃기지도 않는다고 생각했어. 답지 않게 무슨 소리냐고, 마음씀씀이로 보면 너야말로 성녀라고 불려야 할 것 같다고 속으로 빈정거렸지. 그런데 말이야, 그걸 보고 나니 뭐가 뭔지 모르겠더라. 정말 과거와 현재는 다른 건가 싶기도 하고, 그럼 나는 여태껏 무얼 한 건가 싶기도 하고……. 그러다 보니까, 이제는 내가 왜 여기 있어야 하는지도 모르겠더라고."

씁쓸하게 웃어 보인 지은이 말했다.

"뭐, 이젠 됐어. 어쨌든 절반의 성공은 거둔 셈이니까."

그 웃음을 보자 머릿속이 복잡해졌다. 나는 한숨을 삼키며 돌아서서 품속에 든 상자를 꺼냈다. 그러고는 그녀에게 보이지 않도록 주의하며 모서리를 어루만졌다.

이제 어떻게 해야 하는 걸까.

"……재판 결과, 나왔지."

등 뒤에서 들려오는 음성은 몹시 가냘팠다. 담담함을 가장하고 있으나 실은 불안에 잔뜩 흔들리고 있는 목소리.

말없이 고개를 끄덕이자, 조금 전보다 한층 더 떨리는 음성이 날아들었다.

"어떻게…… 됐어? 반역 죄인의 자손이니, 사형인가?"

"……."

불편한 침묵이 흘렀다. 한참 동안 그렇게 긴 시간이 지나고 나자, 이윽고 정적을 깨는 한숨 소리가 들려왔다.

"……역시 그렇구나."

끊어질 듯 가느다란 음성. 나는 입술을 꽉 깨물며 상자의 뚜껑을 열어 그 안에 든 것을 가볍게 쥐어 보았다. 유리병 특유의 선득한 냉기가 온몸을 타고 도는 피를 차갑게 식혔다.

"폐하, 자결이라니요. 너무 가혹하지 않습니까."

"본인도 썩 내키지는 않지만, 중론이 그러니 어쩔 수 없잖소."

"하지만……."

"따지고 보면 틀린 말도 아니오. 선례를 남기는 것도 곤란하거니와, 후환이 될 만한 싹은 미리 제거하는 것이 옳으니. 게다가 공녀에게는 신탁으로 부여받은 황위 계승권도 있지 않소. 아무리 생각해도 이번 기회에 깔끔하게 정리하는 편이 낫소."

"폐하……."

상자에 들어 있는 두 개의 유리병을 말없이 바라보았다. 피처럼 붉은 이것은 마시는 즉시 목숨을 잃는 극약, 그리고 이쪽의 투명한 것은──.

"후우. 정 그렇다면 내 방법을 한 가지 제시하리다. 이런 위험을

감수하고 싶지는 않지만, 그대가 그리도 바라니······."

"어떤 방법인가요?"

"사망한 걸로 위장하고 공녀를 빼내 주겠소. 단, 조건이 있소. 황궁을 빠져나가는 즉시 제국령에서 벗어나야 하며, 두 번 다시 제국의 땅을 밟아서는 안 된다는 것이오."

"하지만 그건······."

"그만. 내 이것도 많이 양보한 것이오. 죽은 줄 알았던 그녀가 모습을 드러내면 어떤 일이 일어날지는 그대도 잘 알고 있잖소."

"······네, 폐하."

"선택권은 그대에게 맡기겠소. 허나 될 수 있으면 후환이 없는 방법을 택했으면 하는 것이 내 바람이오."

두 개의 병을 바라보며 고민했다.

어느 것을 택해야 할까?

목숨을 구함받은 것을 생각하면, 투명한 병을 두고 감이 마땅했다. 그녀가 아니었다면 다시 받은 기회를 허망하게 날렸을 뿐만 아니라, 그와 서로의 마음을 확인할 수도 없었을 것이 아닌가.

하지만······.

붉은 병을 조심스럽게 쓸어 보는데, 갑자기 등 뒤에서 웃음기 어린 목소리가 들려왔다.

"인생이란 참 재밌는 것 같아. 그렇지?"

"······뜬금없이 무슨 소리야?"

"아니, 이제는 내가 죽는 모습을 네가 보는구나 싶어서."

"······."

"그래서 집행일은 언제야? 얘기해 줘. 그래야 나도 마음의 준비를 하지."

핏빛을 머금고 있기 때문일까? 손끝에 닿는 유리병에서 왠지 혈향이 뿜어져 나오는 듯했다.

붉은 병을 만지작거리며 생각에 잠겼다. 이것을 내려놓고 간다면 이제 더는 지은과 엮일 일도 없을 터. 그의 마음을 받아들이기로 한 이상, 내게 남은 과거와의 연결 고리는 오직 지은뿐이었다. 그녀만 없어지면 나는 과거의 기억을 완벽하게 단절시킬 수 있었다. 게다가 그녀 자신도 반쯤은 죽음을 택한 것처럼 보이질 않는가.

손이 부르르 떨렸다.

어느 것을 택해야 할까. 붉은 것? 아니면 투명한 것?

한참을 망설이다 돌아서는 순간, 면사포처럼 드리운 보랏빛 천 아래 무언가 하얀 것이 반짝이는 모습이 보였다.

절로 눈이 크게 뜨였다. 밤하늘처럼 새까맣던 지은의 머리카락이 모두 하얗게 변해 있었기에.

문득 깨달았다.

그녀는 정말로 '소원'을 썼구나. 그래서 저렇게 된 거야. 대신관의 말에 따르면, 신성력을 상실할 경우 머리색이 변한다 하였으니.

"……제나가에 대한 처분이 내려졌어. 공작을 비롯한 모든 직계에게 참수형이 선고되었지."

"……."

"네게는…… 몇 가지 사정을 참작해 독을 내리기로 결정이 났어. 집행일은 없어. 강제성은 없으니까. 단, 공작이 참수당할 때까지 살아 있다면, 그때는 너 역시 참수되겠지."

"……."

"공작의 사형 집행일은 열흘 뒤야. 그리고 한 가지만 말할게. 나는 네가 그와 나를 올려다보면서 죽는 걸 보고 싶지는 않아. 간신히 잊어버린 과거의 악몽이 다시 떠오를 것 같거든. 물론, 선택은 어디까지나 네 몫이지만."

텅 빈 눈동자를 외면하며 돌아섰다. 그리고 상자에서 유리병 하나를 꺼내 탁자 위에 올려놓은 뒤, 망설임 없이 방을 가로질렀다.

탁.

문을 닫았다.

희미한 달빛 아래 여러 필의 말발굽 소리가 울려 퍼졌다. 모두가 잠든 깊은 밤. 몇 주에 걸친 재판 탓에 그 흔한 연회 하나 열리지 않은 귀족 지구는 고요하기 짝이 없었다.

짙은 어둠이 깔린 밤거리를 가로지르기를 한참. 저 멀리 아른거리는 불빛이 보였다. 주인의 귀가를 기다리는 듯한 그 모습에 박차를 가하자, 거칠게 갈기를 흔든 말이 달리는 속도를 더했다.

"이제 오십니까, 아가씨."

입구를 지키고 있던 기사가 고개 숙여 인사했다. 묵묵히 답례하고서, 나는 늦은 시간까지 호위하느라 애쓴 기사들에게 감사를 표한 뒤 안으로 들어섰다.

방에 돌아와 간단하게 씻은 후 리나를 내보냈다. 창가에 앉아 새카만 밤하늘을 올려다보며 생각에 잠겼다. 지은과 나, 그리고 과거와 현재의 이야기를.

기분이 몹시 가라앉았다. 지은이 얘기해 준 과거의 일이 머릿속에서 떠나지 않았다. 나도, 그도, 그리고 지은도 모두 비참하기만 했던 슬픈 결말. 곱씹을수록 드는 복잡한 감정, 어딘가 후련하기도 하고 씁쓸하기도 한 그런 기분에 절로 한숨이 나왔다.

날 그렇게 버렸으면 차라리 잘살기라도 하지. 어째서 마음 놓고 원망하지도 못하게 하는 거야. 행복했다 하면, 차라리 마음껏 미워할 수라도 있었을 텐데.

문득 회귀 후 처음으로 신의 음성을 들었던 때가 떠올랐다. 그때 신은 분명 제 축복의 아이 때문에 많은 이들의 운명이 뒤틀렸노라고, 그래서 그를 바로잡기 위해 시간을 되돌렸다 했다.

그렇다면 모두가 비참했던 과거 역시 뒤틀린 운명으로 인해 발생한 것이었을까, 아니면 그저 처음부터 그렇게 정해져 있던 것이었을까.

대관절 운명이란 게 무엇이지? 운명의 실로 엮인 짝이라던 두 사람이 고작 몇 년 만에 사이가 멀어지고, 신의 사랑을 받았다던 축복의 아이가 비참하게 살다 생을 마감하는 것, 천 년에 가까운 역사를 자랑해 온 제국이 고작 공작 하나의 야욕 때문에 무너지는 것이 운명인가? 아니면 그렇게 사이가 멀어졌음에도, 제 목숨이 위태로워진 상황에서조차 끝끝내 지은을 버리지는 않았던 그의 마음, 그게 바로 운명인가?

"너희 인간에게 주어진 피할 수 없는 결정. 그것이 운명tatum이다."

순백의 공간을 웅웅 올리던 음성이 떠올랐다.

신은 운명이란 인간에게 주어진 피할 수 없는 결정이라 했다. 그렇다면 그 운명을 정하는 것은 누구인가. 그리고 피할 수 없는 결정이라는 건 무엇을 뜻하는 것인가.

나는 내게 이런 삶을 안겨 준 신을 여태껏 부정해 왔지만, 지금와서는 그에게 물을 수밖에 없었다. 운명이 무엇인지, 어째서 이런 일을 벌인 것인지를.

달마저 구름 뒤로 숨은 칠흑 같은 어둠을 올려다보며 물었다.

생명의 아버지, 주신 비타여, 당신의 뜻이 정녕 이것이었나? 당신이 말하던 운명이라는 것은 무엇인가? 이렇게 인간들의 뜻을 비틀어 당신이 얻는 것은 또 무엇인가?

당신은 내게 지은으로 인해 많은 이들의 운명이 뒤틀렸다고 했다. 하지만 그 말은 어딘가 이상하다. 당신의 말대로 정해진 미래가 있는 것이라면, 그것은 당신이 지은을 데려오는 순간 이미 뒤틀렸던 게 아닌가? 그녀를 실수로 잃은 것 역시 운명이었을 테니, 지은이 이 세상에 존재하지 않는 것이 바로 예정된 미래가 아니냔 말이다.

그런데도 당신은 지은을 데려와 모두가 불행했던 과거를 만들어 냈다. 그리고 이번에는 그녀의 소원을 받아들여 또다시 시간을 되돌렸다. 아무리 생각해 봐도 나는 그 점을 이해할 수가 없다. 뒤틀린 운명을 바로잡기 위해서라면 그녀를 원래 세상으로 돌려보냈어야 하는 것이 아닌가.

어째서 당신은 그녀와 나를 이 시간으로 보냈지? 무엇 때문에 정해진 미래 대신 그것과 다른 시간을 지켜보고 있는 것이냔 말이다. 그것도 한 번도 아니고 두 번씩이나.

지끈지끈 아파 오는 머리를 문지르다, 문득 스치고 지나가는 생각에 몸을 떨었다. 혹 지금의 내 모습 역시 이미 정해진 운명이었던 것은 아닐까? 혹시 신은 시간을 돌려 그녀 대신 나를 그의 곁에 두려 했던 것은 아닐까. 그래서 지은이 나타나기 전으로, 그러니까 운명이 뒤틀리기 전에 예정되어 있었던 미래를 다시 이끌어내려 했던 것은 아닐까.

'아냐.'

고개를 거세게 저었다.

지금의 나는 지은이 나타나기 전의 아리스티아와는 달랐다. 지금 이 시간을 살고 있는 아리스티아는 분명 나의 선택으로 만들어진 사람이었으니까. 지은이 오기 전까지의 아리스티아였다면 결코 하지 않았을 결정을, 지금의 나는 망설이면서도 하나씩 해오지 않았던가. 비록 그 때문에 많이 부족해졌고, 더는 예전처럼 완벽한 황후감이라 칭송받지는 못하지만서도.

그러니 주신 비타여, 나는 당신이 준 이름처럼 운명을 개척했다고 믿겠다. 오래도록 거부하고 때로는 원망했지만, 이제는 그런 이름을 준 당신에게 감사를 표하겠다. 그 이름이 아니었다면 나는 이미 오래전에 황성에서 멀어져 버렸을 테니. 그랬다면 지금처럼 그와 마음을 나눌 수도, 함께하는 미래를 꿈꿀 수도 없었을 테니.

그와 함께하는 미래, 새로운 운명.

문득 차갑게 식었던 심장에 온기가 돌았다. 갑자기 그가 보고 싶었다. 늘 단정한 옷차림과 깊고 깊은 바닷빛 눈동자, 서늘하지만 다정함이 묻어나오는 목소리가 그리웠다.

이 짙은 어둠만 아니라면 당장에라도 달려갈 텐데. 단단한 품에 안겨 들고서, 갑자기 보고 싶어 무작정 찾아왔노라고 얘기할 텐데.

"아리스티아."

천천히 눈을 깜빡였다.

뭐야, 꿈인가? 그렇지 않고서야 내 방에서 그의 목소리가 들릴 리가……

"그대, 자는 거요?"

"폐하?"

황급히 돌아서자, 부서지는 달빛 아래 몹시 그리던 인영이 보였다. 단정하게 차려입은 검은 예복, 걱정스러운 빛을 머금은 바닷빛 눈동자. 정말 그인가?

"공녀는……"

몸을 날려 품에 안겨 들자, 반사적으로 나를 붙든 그가 흠칫 몸을 굳혔다. 갈피를 잃은 팔이 어쩔 줄 몰라 하다 천천히 내 어깨를 감싸왔다. 맞닿은 몸에서 전해져 오는 온기, 특유의 시원한 향에 감정이 복받쳐 올랐다.

정말 그로구나. 꿈도 허상도 아닌 현실의 그, 나를 사랑해 주는 그가 맞구나.

만일 그가 나를 사랑하지 않았다면, 끝없이 배려하지 않았다면, 혹은 나를 중도에 포기했더라면, 나는 지금처럼 운명을 바꿔 낼 수 있었을까? 내가 과연 과거를 극복하고 사랑을 다시 믿을 수 있었을까?

"······고마워요."

"음?"

"계속 밀어냈는데도 날 포기하지 않아 줘서, 사랑한다 얘기해 줘서. 그리고······ 운명을 바꿀 수 있게 해 줘서."

그는 침묵했다. 대신 손을 뻗어 위로하듯 머리를 쓰다듬었다. 조심스럽기 그지없는, 스치듯 부드러운 그 손길에 갑자기 눈물이 왈칵 솟아올랐다.

이 사람만큼은 그렇게 쓸쓸히 생을 마감하게 두지 않을 거야. 과거의 그처럼 누구도 믿지 못한 채 끝없는 불안에 떨며 외롭게 살도록 하지 않겠어. 그는 내게 새로운 삶을 주었으니까. 때로는 기다리고, 때로는 다가오며, 끝없이 나를 배려하면서······ 새로운 운명을 만들 수 있도록 해 주었으니까.

갑작스러운 눈물에 놀란 그가 무어라 속삭이는 소리가 들렸지만, 나는 입술을 꾹 다문 채 그저 그를 끌어안은 팔에 힘을 주었다. 그리고 마주 안아 오는 품에 기대 눈물을 적셨다. 후련함, 쓸쓸함, 고마움, 그리고 안도가 섞인 물방울이 방울방울 흘렀다.

얼마나 시간이 흘렀을까? 조금은 민망한 기분으로 몸을 떼어 내자, 손을 뻗은 그가 눈가에 남은 물방울을 부드럽게 쓸어 내며 물었다.

"좀 괜찮소?"

"······네, 폐하."

"어찌 그런 거요? 대관절 무슨 얘기를 했기에······."

조심스레 물어 오던 그가 갑자기 멈칫했다. 그러고는 고개를 돌려 허공에 시선을 고정한 채 말했다.

"잠시 나갔다 오겠소."

"네? 이 늦은 밤에 어딜 가시려고……."

"그게 말이오. 그러니까……, 큼. 아무리 약혼한 사이라 해도, 그런 차림의 그대와 단둘이 방에 있는 것은 조금……."

"네? 제 차림이 어때……."

흡.

급한 숨을 들이쉬었다. 황급히 몸을 감싸며 주저앉자, 무어라 말을 남긴 그가 서둘러 방을 빠져나갔다. 홀로 남은 나는 뻣뻣하게 몸을 굳힌 채 닫힌 방문을 멍하니 바라보았다.

맙소사, 내가 방금 뭘 한 거야.

딱딱하게 굳은 고개를 간신히 숙여 다시 한 번 차림새를 살펴보았다. 두어 겹의 주름 장식을 제외하고는 아무런 장식도 없는, 속이 비칠 듯 말 듯한 모슬린 슈미즈.

이런 차림으로 그에게 안겨 들었단 말이야?

어쩔 줄 몰라 하던 그의 표정을 떠올리자 갑자기 얼굴에 피가 확 몰렸다. 두 볼이 뜨끈뜨끈했다.

망연자실하게 앉아 있다, 한숨을 쉬며 옷을 껴입었다. 그리고 얇은 숄을 두르고 다시 한 번 매무시를 점검한 뒤 방문을 열었다.

주위를 둘러보자, 어둑어둑한 복도 끝 창가에 서서 하늘을 올려다보고 있는 청년이 보였다.

"야심한 시각이긴 하지만, 잠시 걷지 않겠소?"

조심스레 묻는 목소리에 고개를 끄덕이고서, 나는 그와 보조를 맞춰 걸으며 어둠에 둘러싸인 정원으로 향했다.

겨울로 접어들고 있는 탓일까? 피부에 와 닿는 밤공기는 제법 찼다. 나는 촉촉하면서도 묵직하게 몸을 감싸 오는 그것을 가슴 깊이 들이마셨다. 호호 불어 낸 입김이 희미하게 피어오르다 공기 중으로 흩어졌다.

구름 속에 숨어 있던 달이 얼굴을 불쑥 내밀었다. 풀벌레조차 잠든 깊은 밤, 은색 빛무리로 물든 공간 속에 오직 그와 나의 발소리만이 울려 퍼졌다. 작고 규칙적인 그 소리에 귀 기울이다, 나는 갑작스럽게 들려오는 음성에 옆을 돌아보았다.

"아리스티아."

"네, 폐하."

"아까 말한 운명이라는 게…… 혹 그 꿈을 일컫는 것이오?"

갑자기 말문이 막혔다. 뭐라고 답해야 하나? 예전에 물었던 것도 그렇고 지금 이 물음도 그렇고, 아무래도 그 역시 과거 얘기를 어느 정도 알고 있는 것 같았다. 하지만 그래 봐야 그가 아는 것은 대략적인 내용 정도일 텐데, 자세한 사정을 모르는 그에게 굳이 얘기할 필요가 있을까? 공연히 잘못 말했다가 상처만 입히면 어떡하지?

"……일단 좀 앉읍시다."

"아, 네, 폐하."

고개를 끄덕이자, 그는 품에서 손수건을 꺼내 의자 위에 깔았다. 그러고는 사양하는 나를 잡아 앉히며 말했다.

"찬 데 앉으면 아니 된다 하지 않았소. 가뜩이나 몸도 약한 사람이."

"……감사합니다, 폐하."

그는 말없이 고개를 끄덕인 뒤 내 옆에 앉았다. 머리 위에 가지를 드리운 델라 꽃나무를 묵묵히 올려다보던 그가 말했다.

"얘기해 주시오. 그대의 꿈에서, 나는 어떤 사람이었소?"

"……"

"알고 싶소. 내가 그대를 어떻게 상처 입혔는지, 그대가 꿈속의 나에게 바랐던 것은 무엇인지."

"……"

"그래서…… 그대가 그런 일을 절대로 겪지 않도록 하고 싶소."

안개 속에서 지금과 비슷한 질문을 받았을 때, 나는 끝내 답을 하지 않았다. 그때의 나는 그를 믿지 못했으니까. 물론 그를 상처 주기 싫다는 생각도 있었지만, 사실 그보다는 뿌리 깊은 불신이 더 큰 이유였다.

하지만 지금은 달랐다. 이제 나는 그를 믿으니까. 그가 내게 가진 마음이 결코 가벼운 것이 아님을 알고 있으니까. 그러니 이미 털어버린 옛일을 말하지 못할 이유는 없었다. 다만 그가 많이 상처받으면 어쩌나, 그 점이 걱정될 뿐.

"저는…… 긴 꿈을 꾸었답니다."

짙게 깔린 어둠 속, 총총히 빛나는 별을 올려다보며 이야기를 시작했다. 열 살, 그를 처음 만났던 때부터 시작된 사연은 참으로 많고도 많았다. 그에게 어울리는 여자가 되고자 악착같이 공부했지만 그럴수록 점점 더 멀어지기만 했던 것. 사교계에서 홀로 고군분투하던 것과 늘 싸늘하기만 하던 그의 마음을 바라 가슴 아파하던 것. 갑자기 나타난 지은에게 그의 사랑을 빼앗기고 황비가 되었던 것과 그녀의 일까지 떠안아 밤을 지새우던 것, 그리고…….

천천히 숨을 골랐다.

'이 이상 이야기할 필요는 없겠지.'

하지만 가장 민감한 부분은 언급하지 않았음에도, 그는 이미 그 뒤의 내용을 대강 짐작한 듯했다. 복잡해 보이는 표정으로 한참 동안 침묵하던 그가 깊은 한숨을 내쉬며 말했다.

"……그렇군. 대강 알겠소. 별로 좋지 못한 결말이었겠군."

"송구합니다, 폐하. 공연한 이야기로 심기를……."

"아니오. 어쩌면 정말로 그리되었을지도 모르는 것을. 어린 시절의 나는 분명 그대에 대한 시기와 질투로 똘똘 뭉쳐 있었으니 말이오."

그는 고개를 들어 하늘을 올려다보았다. 바닷빛 시선이 은색 빛 무리에 닿는 모습에, 나 역시 고개 돌려 조금씩 밝아 오는 밤하늘을 바라보았다. 어느새 한층 옅어진 어둠이 달 주위를 배회하고 있었다.

"국경 시찰을 가다 잠시 들렀던 때, 넋을 잃은 그대의 모습을 보며 많은 생각을 했소. 음, 내 솔직히 말하리다. 검술을 배운단 얘기도 들었고, 성인식 때의 일도 있었지만, 그때까지는 그것이 진심일 거라 믿지 않았다오. 관심을 끌려 그러는 거라고, 황위 계승권 때문에 후비로 떨어질까 두려워 미리 연막을 치는 거라고 생각했소."

"……."

"하지만 그날 본 그대의 모습은 그런 내 생각이 틀렸다 말하고 있었소. 그러자 문득 궁금하더군. 어째서 이리도 나를 두려워하는지, 왜 온갖 부담을 감수하면서까지 혼약을 파기하고자 하는 건지 말이오. 심적인 충격 때문에 넋을 놓았다기에, 원인을 알 수 있을 만한 것들은 죄 가져오라 했소. 그리고…… 베리타 공자의 편지를 보게 되었소."

한숨을 내쉰 그가 말했다.

"처음엔 황당했고, 그다음엔 화가 났소. 아무리 미워했어도 그렇지, 나를 어찌 보았기에 그런 꿈을 꾸는 건가 하고 말이오. 한 마디 해야겠다 싶어 찾아갔는데, 멍하니 앉아 있는 그대를 보자 불현듯 그런 생각이 들었소. 손대면 부서질 듯 위태로워 보인다고. 그제야 잊고 있었던 사실이 떠오르더군. 그대는 고작 열셋이었다는 것, 늘 감정이 없는 것처럼 굴었으나 사실은 어머니를 여읜 충격에 기억마저 잃을 정도로 여린 성품이었다는 것이 말이오."

"……."

"문득 미안했소. 기억조차 못하는 어린 시절의 일을 가지고 내내 미워했다는 것이. 어찌 그런 꿈까지 꾸었을까 생각해 보니 더 그랬소. 아직 어린아이였거늘, 고작 내 치기 때문에 저 지경으로 만든 것이 아닌가라는 생각이 자꾸만 들더군. 영영 저 상태면 어찌하나 싶어…… 몹시 두려웠소."

그랬구나. 그러고 보면 그는 내가 중독되어 비몽사몽이었을 때에도 그 비슷한 얘기를 했었지. 또다시 넋을 잃을까 두려워 섣불리 다가설 수도 없노라고, 해서 아무것도 묻지 못하겠노라고.

"사실 말이오. 그때까지만 해도 나는 제나 공작을 가깝게 여겼소. 두 공작과 그대의 아버지는 어딘가 어려웠지만, 그는 늘 친근하게 다가왔기 때문이었소. 그대를 달리 보지 않았더라면 태자빈 건으로 그를 불신하게 될 일도 없었을 터. 내 그대를 계속 미워하고 공작을 신뢰했더라면 어찌 되었을까……."

한숨 섞인 음성이 공기 중으로 녹아들었다. 생각에 잠긴 표정으로 한참을 침묵하던 그가 불쑥 말했다.

"아리스티아."

"네, 폐하."

"꿈속의 나는 분명 최악이었던 것 같지만…… 지금의 나는 어떻소?"

"훌륭한 황제이십니다."

나지막한 답에, 나를 물끄러미 바라보던 그가 과장된 한숨을 내쉬며 말했다.

"그것뿐이오? 그렇군. 나는 그대에게 그저 좋은 황제였을 뿐이로군."

"……폐하."

"아하, 그래서 그날, 눈썹이 휘날리도록 달려갔던 나는 뒷전이고 카르세인 경에게만 온 신경을 쏟았던 게로군."

"그것이 아니오라……."

황급히 무어라 답하려는 나를 저지한 그가 과장된 어조로 말했다.

"아니지. 그보다 더 큰 적이 있다는 걸 깜빡했군. 답해 보시오, 아리스티아. 그대의 마음을 차지한 사람이 누구인지를. 꿈속의 나요, 아니면 지금의 나요?"

"……꿈속의 그는 그저 모습만 같을 뿐, 폐하와는 전혀 다른 사람입니다. 심려치 마십시오."

"후우, 두 공자에 이어 이제는 가상의 나마저 연적이라니. 그대, 너무 인기가 좋은 것 아니오? 내 이러다 속이 타다 못해 모두 녹아없어지겠소."

"……."

"빨리 식을 올리든가 해야지, 이대로는 아니 되겠소. 꿈속에서조차 넘보지 못하도록 곁을 지켜야 안심이 될 것 같군."

"네…… 에?"

가슴이 두방망이질치기 시작하고, 뒤늦게 얼굴이 달아올랐다.

'뭐, 뭘 빨리 올리겠다는 거야.'

물론 본래 예정됐던 때에 비하면 늦어지기도 했고, 그는 황제이니 더는 미룰 수 없다는 것도 알고 있었지만, 그래도 직접 들으니 왠지 부끄러웠다.

슬쩍 시선을 돌리자, 작게 소리 내어 웃은 그가 나를 끌어당겼다.

"고맙소, 아리스티아. 솔직하게 얘기해 줘서."

조금 전까지와는 달리 몹시 진지한 목소리가 들려왔다. 어깨를 감싼 손이 올라와 위로하듯 머리카락을 쓸어내렸다.

"그리고…… 그리 아픈 꿈을 꾸게 해서 미안하오. 진작 잘하였더라면 그런 일도 없었을 것을."

"……폐하."

"내 잘하리다. 다시는 그런 악몽을 꾸지 않도록 말이오."

진심이 담긴 음성에 가슴 가득 따뜻한 기운이 번졌다. 겨우 진정시킨 심장이 조금 전과는 다른 설렘으로 두근두근 뛰었다.

이제 더는 차가워 보이지 않는 바닷빛 눈동자를 올려다보며 미소 짓자, 부드러운 촉감이 이마에 내려앉았다. 가볍게 잡아 올린 머리카락에도, 그리고 입술 위에도.

얼마나 시간이 지났을까? 단단한 품에 기대 잿빛으로 변한 하늘을 올려다보고 있을 때, 멀리서 새벽의 고요를 가르며 다가오는 발소리가 들려왔다. 그 순간 둘만이 공유하던 마법 같은 시간이 눈 녹듯 사라졌다. 아쉬움의 탄성을 토해 내자, 달래듯 가볍게 어깨를 토닥여 준 그가 말했다.

"무슨 일이냐."

"폐하, 이제는 환궁하셔야 합니다. 곧 기침하실 시각이니, 자리를 비우신 사실이 알려지면 한바탕 소동이 일어날 것입니다."

"알았다. 곧 일어날 터이니, 잠시 물러나 있도록."

응? 몰래 빠져나온 거였어? 어쩐지. 그래서 호위 인원이 그렇게 적었구나.

시각이 촉박하긴 한 모양인지, 시종으로 보이는 남자는 먼발치로 물러난 뒤에도 계속 안절부절못하는 모습이었다. 아무래도 안 되겠다 싶어서, 나는 서둘러 자리에서 일어나 그가 깔아 주었던 하얀 손수건을 곱게 접으며 말했다.

"이것은 제가 세탁해서 돌려 드리겠습니다."

"그리하시오. 뭐, 다른 것으로 돌려주면 더 좋고."

"네? 다른 것이라니오?"

고개를 갸웃하다, 문득 스치고 지나가는 생각에 눈을 동그랗게 떴다. 혹시 내게 손수건을 달라고 얘기하는 건가? 지금 들고 있는 이것이 아니라, 당신의 레이디가 되고 싶다는 의미의 그 손수건?

작게 탄성을 내뱉자, 그는 슬쩍 입꼬리를 들어 올리며 매무시를 가다듬었다. 그러고는 내게 팔을 뻗어 어깨에 걸친 숄을 단단히 여며 주며 말했다.

"찬 데 너무 오래 있었군. 어서 들어가시오. 이러다 또 앓는 것은 아닐까 걱정이 되는군."

"네, 폐하."

"……폐하 말고."

"네?"

"루브라고…… 불러 주지 않겠소?"

절로 눈이 휘둥그레졌다.

내가 잘못 들었나? 방금 그가 뭐라고 했지?

분명 루브라고 불러 달라 했던 것 같은데, 그것은 그의 애칭이 아닌가. 그러니까 지금 나더러…… 애칭을 부르라고 한 거야?

정말? 진짜로?

입술이 파르르 떨렸다. 그토록 바라고 또 바랐어도 절대 허락되지 않았던 그것. 가족이나 친인, 혹은 마음을 나누는 연인 사이에서나 부를 수 있는, 그래서 늘 속으로만 불러보았을 뿐 단 한 번도 소리 내 부를 수 없었던 그의 이름, 루블리스 카말루딘 샤나 카스티나, 루브. 바로 그 이름을 불러 달라 하고 있었다, 그는.

"아직은 무리였나 보군. 되었소. 날이 제법 추우니 이만 들어……."

"……루브."

걸음을 떼려던 그가 놀란 얼굴로 돌아보았다. 자꾸만 메어 오는 목 때문에 쉽지는 않았지만, 나는 크게 뜨인 바닷빛 눈동자를 바라보며 혀끝에 힘을 주어 한 자 한 자 발음해 냈다.

"조심히 가시어요, 폐…… 아니, 루브."

"……."

"서두르셔야지요. 시종이 기다리고 있습……. 폐, 폐하?"

성큼성큼 다가온 그가 나를 꽉 끌어안았다. 놀란 눈으로 올려다보자, 그는 슬쩍 미소를 지어 보이며 내 이마 위에 부드럽게 입을 맞추었다.

"이만 가 보리다. 배웅하지 않아도 되니, 어서 들어가 몸을 녹이시오."

"네, 그리하겠습니다."

"그럼 나중에 봅시다. 아, 그리고……."

"네?"

"고맙소, 티아."

응?

잠시 멍하니 서 있다, 뒤늦은 깨달음에 눈을 크게 떴다. 하지만 그는 내게 무어라 말할 틈도 주지 않은 채 그대로 몸을 돌렸다. 새벽 공기를 가르며 멀어지는 푸른 머리카락의 청년. 보고만 있어도 설레는 그 뒷모습을 바라보며, 나는 두근거리는 가슴 위에 손을 얹었다.

스르르 미소 지었다.

5. 개화

"어서 오십시오, 영애. 제복 차림이신 걸 보니, 오늘도 근무가 있으셨나 봅니다."

나는 고개 숙여 예를 갖추는 남자를 향해 엷게 미소를 지었다. 가슴팍에 부시종장의 표식을 달고 있는 중년인은 황태자 시절부터 그를 모셔 왔던 사람 중 하나였다.

"그렇네. 폐하께선 안에 계시는가."

"아닙니다."

"음? 집무 보실 시간이 아니던가?"

"잠시 오수를 취하고 계십니다. 간밤에 밤새도록 일을 하셨던지라……."

"그런가. 알겠네."

조금 의아했지만, 가볍게 고개를 끄덕인 뒤 돌아섰다.

그가 웬일이지? 아무리 밤을 새웠다 한들 집무 시간에 잠들 사람은 아닌데.

하긴, 돌이켜 생각해 보면 충분히 그럴 만도 했다. 그동안 일이 여간 많은 게 아니었으니까.

아쉬운 마음을 삼키며 중앙궁을 빠져나왔다. 간간이 마주치는 기사들에게 인사하며 외궁으로 향하는데, 저 멀리서 낯익은 한 남자가 걸어오는 모습이 보였다. 흩날리는 붉은 머리카락을 보자 문득 잊고 있었던 일이 떠올랐다.

이런 바보. 아무리 정신이 없었어도 그렇지, 어떻게 그걸 깜빡할 수가 있어.

"모니크 영애가 아닌가. 근무를 마치고 돌아가는 길인가 보군."

"네. 오전 근무였던 터라 이제 복귀하는 길입니다."

"그렇군. 수고가 많네. 아, 그렇지. 케이르안에게 말 좀 전해 주겠나? 이따 저녁에 잠시 보자고 말일세."

"그리하겠습니다. 그런데 공작 전하. 저, 여쭙기도 죄송스럽습니다만…… 카르세인은 좀 어떤가요?"

"음, 몸은 거의 나았네만, 집에서 두문불출하고 있다네."

두문불출한다고?

순간, 괜찮다는 말에 안심하고 넘어갔던 것이 몹시 미안해졌다. 내가 너무 무심했구나. 목숨이 위태로울 정도로 큰 상처를 입었는데, 아무리 잘 치료받았다 한들 아무렇지 않을 리가 없잖은가. 게다가 그는 나를 구하려다 그리 다친 것이 아니었나.

"……그렇군요. 죄송합니다. 공연히 저 때문에……."

"아닐세. 그거야 뭐, 검의 길을 걷기로 한 이상 어쩔 수 없는 숙명이 아니던가."

괜찮다는 듯 내 어깨를 두드린 라스 공작은 선선히 방문을 허락한 뒤 다음에 또 보자며 인사를 남기고 사라졌다. 불꽃처럼 흩날리는 붉은 머리카락을 잠시 바라보다 나 역시 몸을 돌렸다.

───✦───

"모니크 영애가 아니십니까. 오랜만에 뵙습니다."

"오랜만이군, 집사. 카르세인 경을 만나러 왔네. 전해 주겠는가?"

"물론입니다. 잠시만 기다려 주십시오."

정중하게 허리를 숙여 보인 라스가의 집사는 잠시 후 돌아와 나를 카르세인의 방으로 안내했다.

나는 우아한 장식이 돋보이는 나무문을 바라보며 심호흡했다.

응접실이 아니네. 몸은 거의 나았다더니, 아직 많이 안 좋은 건가?

"왔냐? 오랜만이네."

크림색 벽지로 둘러싸인 넓은 방, 동그란 탁자에 턱을 괸 채 앉아있던 붉은 머리카락의 청년이 말했다.

"응, 오랜만이야. 저기…… 늦게 찾아와서 미안해. 몸은 좀 괜찮아? 많이 안 좋은 거야?"

자꾸만 양심이 찔려서, 차마 가까이 다가가지 못한 채 우물쭈물 물었다. 그 모습이 마음에 들지 않았던 것일까? 한쪽으로 고개를 기울인 카르세인이 까딱까딱 손짓을 했다. 그러고는 조심스레 다가선 내게 가볍게 알밤을 먹였다.

"너 말이야. 스승님이 앓아누우셨는데 뭘 하다가 이제야 찾아오는 거야? 엉?"

"……미안."

"흠. 쭈뼛거리는 걸 보니 잘못한 건 아는 것 같네. 뭐, 좋아. 오빠는 관대하니까, 특별히 이쯤에서 봐준다. 너도 막 일어났으니 여러모로 바빴을 테고."

이마가 일일하긴 했지만, 생각보다는 기운찬 모습에 안도했다. 다행이다. 두문불출한다기에 혹 후유증이 심한 것은 아닌가 걱정했는데.

"다친 곳은 좀 어때?"

"그럭저럭 괜찮아. 등이 좀 쑤시는 듯도 하지만, 그 정도쯤이야 늘 있는 일인걸."

"미안해, 세인. 매번 나 때문에……."

"야, 내가 그런 소리 하지 말랬지? 그게 왜 너 때문이야? 널 노린 작자들 탓이지. 그보다, 너야말로 괜찮은 거냐? 그 배신자새……. 미안. 어쨌든 그자 때문에 하마터면 죽을 뻔했잖아."

"응, 괜찮아."

"그래? 다행이네."

그는 고개를 한 번 끄덕이고는 입을 다물었다.

삽시간에 침묵이 내려앉았다. 어딘가 어색한 분위기에, 나는 크게 숨을 들이쉬며 주위를 슬쩍 둘러보았다. 그러고 보니 카르세인의 방에 들어와 본 것은 처음이었다.

널찍한 방에는 주인의 성격을 보여 주듯 꼭 필요한 것을 제외하고는 가구조차 거의 없었지만, 유독 눈에 띄는 특징이 하나 있었다. 그것은 바로 벽에 걸려 있는 온갖 종류의 검이었다. 투박하고 간결한 모양새로 보아할 때 그것들은 모두 장식용이 아니라 실전용 검인 듯했다. 실제로 한두 개는 눈에 익은 것이기도 했고.

저기 저건 아마도 정식 기사로 서임 받을 때 하사받은 검, 오른쪽 제일 위에 있는 건 우리 가문의 검술을 사사할 때 아버지께서 주신 검, 그리고 문가에 있는 것은 평소에 들고 다니는 검. 어, 가운데 저건 알렌디스가 쓰던 것과 똑같이 생겼네.

"뭐가 그리 신기하냐?"

"그냥, 이것저것 많다 싶어서. 원래 검 수집이 취미였어?"

"취미랄 것까진 없고, 전부 의미 있는 거라서 말이지. 하나둘 모아 두다 보니 좀 많아졌네."

"정말? 전부?"

"엉. 어디 보자. 이건 내가 처음으로 잡아 본 진검이고, 이쪽 건 내게 무력감을 안겨 줬던 대련에서 쥐었던 거고. 저건 우리 분대가 최우수 분대로 뽑힌 날 썼던 검, 가장 위에 있는 건 너랑 둘이 습격받던 날 들고 있던 거. 그리고 가운데 것은….."

눈을 빛내며 각각의 검이 가진 의미를 설명하던 카르세인이 갑자기 말을 멈췄다. 푸른 눈동자가 벽에 걸린 온갖 종류의 검을 빠르게 훑었다.

"하……."

"응? 왜 그래?"

"……아냐, 아무것도. 큭. 나도 참 중증이네."

그는 삐죽삐죽 흐트러진 머리카락을 손으로 쓸어 넘기며 피식 웃었다. 어딘가 허탈해 보이는 웃음.

왠지 말을 걸면 안 될 것 같은 기분에 천천히 입을 다물었다. 이제 어찌해야 하나 고민하고 있는데, 때마침 노크 소리가 들렸다. 곧이어 안으로 들어선 시녀가 조심스레 물었다.

"차를 내올까요, 도련님?"

"차?"

"최근 들어 안 드신다는 건 알고 있지만, 손님께서 오셨는데도 다과를 내가지 않는 건 결례라며 작은 마님께서 여쭤 보고 오라 하셔서……."

차를 안 마신다고?

고개를 갸웃했다. 원래 차를 그리 즐기지 않는 건 알고 있었지만, 아예 안 마실 정도는 아니었던 것 같은데.

"형수님께서? 알았다. 그렇게 하지. 아, 아니다. 티아, 오랜만에 차나 한 잔 만들어 줄래?"

"응? 그래, 그러지 뭐. 히비스커스지?"

"엉. 들었지? 찻잎과 뜨거운 물을 내오도록. 간단한 먹을거리도."

"알겠습니다, 도련님."

얼마 지나지 않아 돌아온 시녀는 내게 찻잎과 주전자를 넘겨준 뒤 사라졌다. 잘 말린 찻잎을 덜어 내 우려낸 뒤, 나는 붉은색 히비스커스에 각설탕 하나를 넣은 후 그에게 건넸다.

"여기. 오랜만에 만드는 거라 맛이 괜찮을지 모르겠다."

"네 차야 늘 최고지. 고맙다, 티아."

영롱한 붉은빛을 물끄러미 바라보던 그가 불쑥 말했다.

"오랜만이네. 이렇게 마주 앉아서 차 마시는 거."

"그러게."

"이러고 있으니까 옛날 생각난다. 비 오는 날이면 이렇게 창가에 앉아서 차 마시곤 했었는데."

'맞아. 그때는 정말 그랬는데.'

새록새록 떠오르는 어린 시절의 추억에, 나는 크게 고개를 끄덕이며 말했다.

"맞아. 그때는 비 오는 날이 좋았는데. 아니다. 그건 좀 그랬어. 그 왜, 어쩌다가 조금 늦어서 비 맞았을 때 말이야."

"야, 그건 풀떼기가 최고였지. 솔직히 말해서, 너희 가문 사람들이 난리치는 건 그 자식에 비하면 아무것도 아니었어. 흠. 그러고 보니 풀떼기 녀석, 잘 살고 있으려나."

"……그러게. 그래도 집에는 한두 번 들른 것 같던데."

"그러냐? 그래도 살아는 있었나 보네. 흠, 세상 참 오래 살고 볼 일이라니까. 내가 진짜, 살다 살다 그 자식이 보고 싶은 날이 올 줄은 꿈에도 몰랐다."

피식 웃음을 지은 카르세인이 찻잔을 내려놓으며 말했다.

"오랜만에 옛날 얘기하니까 좋다. 그립기도 하고. 흠, 돌아가고 싶네."

"어린 시절로?"

"엉. 그럼 후회 없이 더 잘해 볼 수 있을 것 같아."

그 말을 듣자 문득 회귀 후의 삶이 떠올랐다. 최근에야 간신히 얻었던 깨달음도.

"다시 돌아간다고 해서 후회가 없을까? 몇 번의 기회를 부여받느냐보다는 주어진 기회를 어떻게 활용하느냐가 훨씬 중요할 것 같은데."

"……그런가."

카르세인은 생각에 잠긴 표정으로 느릿하게 답했다. 그러고는 한참 동안 찻잔만 기울이다 말했다.

"티아."

"응?"

"그때 그 약속 말이야. 이제는 지키지 않아도 될 것 같아."

"응? 왜? 혹시 화났어?"

조심스레 물었다. 어쩔 수 없는 상황 때문이기는 했지만, 어쨌든 자꾸만 미뤄지는 상황이 썩 기분 좋을 리는 없겠다 싶어서였다. 하지만 그는 그 말에 답하는 대신 창밖을 바라보며 다른 이야기를 꺼냈다.

"우리 어머니는 말이야. 원래 사랑하는 다른 분이 있으셨대."

"……."

갑작스런 이야기에 멍하니 눈만 깜빡이는 사이, 카르세인은 여전히 창밖에 시선을 둔 채 계속해서 말을 이어 나갔다.

"선황제 폐하의 주선으로 하게 된 약혼이었지만, 어머니께서는 그분을 보는 순간 한눈에 반하셨던 모양이야. 그런데 어느 날, 그분은 어머니 대신 사랑하는 다른 여자를 찾았노라며 파혼을 요구했다지."

"그게 어떻게 가능하지? 공작 부인께서는……."

"어머니와 파혼하고 사랑하는 여자와 혼인하는 대가로, 그분은 황가에 평생을 바치겠노라고 맹세했거든."

"뭐…… 라고?"

전혀 예상치도 못했던 사실에 신음과도 같은 소리가 튀어나왔다. 사랑하는 여자를 얻는 대신 황가에 평생을 바치겠노라고 맹세를 했다고? 그렇다면 설마 라스 공작 부인의 약혼자였던 사람이 바로 아버지란 말인가? 아버지께서 황녀 전하의 약혼자이셨단 말이야?

문득 오래도록 잊고 있었던 의문이 떠올랐다.

그랬던가. 단순히 어머니의 신분에 문제가 있어서라고 보기엔 맹세가 가진 의미가 지나치게 무겁다고는 생각했었는데. 얼마 전까지 내가 그랬던 것처럼, 아버지 역시 황실과의 혼약을 깨기 위해서 어쩔 수 없이 맹세라는 방법을 선택하신 거였던가. 그래서 세기의 로맨티시스트라 불리시는 것이었구나. 한 여자에게 평생을 바쳤다는 이유도 있었지만, 온갖 부귀와 영화를 누릴 수 있는 황녀의 부군이라는 자리를 차버리고 어머니를 택하셨기에.

"그 일로 어머니께서는 자존심에 크게 상처를 받으셨다고 해. 한때는 황녀의 지위조차 포기하고 신전에 귀의할까도 생각하셨다지. 그런데 그런 어머니께 손을 내민 사람이 바로 아버지셨대."

"……"

"사랑하는 것은 아니었지만, 같이 있으면 편하고 즐거웠기에 결혼을 결심하셨대. 가슴 졸이고 설레어 어쩔 줄 모르는 그런 감정은 아니었어도 그만하면 평생을 맡기고 살 수 있지 않을까라는 생각이 드셨다나. 그렇게 공작 부인이 되고 아버지와 함께 삶을 살아가던 어느 날, 어머니께서는 문득 깨달으셨대. 꼭 불처럼 타오르는 것이 아니어도, 물 흐르듯 잔잔한 사랑 역시 존재한다는 것을. 언제부턴가 그렇게 아버지를 사랑하고 계셨다는 것을."

왠지 주변을 감싸고 있는 공기가 무겁게 가라앉는 듯했다. 무어라 말을 해야 할지 알 수 없었다. 카르세인은 갑자기 왜 내게 이런 이야기를 하고 있는 것일까.

"……나 역시 그렇게 살고 싶었어. 아버지가 그러셨던 것처럼 뜨겁게 사랑하고, 어머니께 받으셨던 것처럼 잔잔하게 사랑받고 싶었지."

"……."

"있잖아, 티아. 혹시 그때 그 들판 기억나? 삼 년 전 너희 영지에서 올라오는 길에 잠깐 걸었던."

"응? 아, 응. 물론이지."

갑작스러운 화제 전환에 조금 당혹스러웠지만, 나는 이유를 묻는 대신 순순히 고개를 끄덕였다. 어쩐지 지금의 카르세인에게는 아무것도 물으면 안 될 것 같았기에. 게다가 그날의 들판은 아직까지도 선명한 추억으로 머릿속에 남아 있기도 했고.

영지에서 수도로 올라오던 때, 마차 바퀴가 진창에 박히는 바람에 어쩔 수 없이 멈춰 섰던 그곳에서 나는 카르세인과 함께 잊을 수 없는 한때를 보냈었다. 반짝이는 가을 햇살 아래 황금빛으로 물든 들판이 넘실거리고, 바람결에 흩날리던 소년의 머리카락은 불꽃처럼 타오르고 있었던 그곳. 무척 평화롭고도 아름다웠던 그날의 풍경을 어찌 잊을 수 있을까.

"사실은 너에게 함께 그곳에 가 보자고 부탁하려 했어. 하고 싶은 얘기도 있었고. 그런데…… 이제는 그럴 필요가 없어졌어. 그러니까 괜찮아. 신경 쓰지 않아도 돼."

어딘가 씁쓸하게 느껴지는 목소리에 멈칫했다. 왜 이제는 갈 필요가 없다는 걸까. 하고 싶었던 얘기라는 건 또 뭐고?

불안한 눈으로 바라보자, 표정을 재빨리 지운 카르세인은 아무 렇지도 않다는 듯 웃어 보이며 말했다.

"너, 슬슬 일어나야 하는 거 아냐? 보아하니 근무 서고 돌아오는 길 같은데."

"아, 응. 그래야지. 그런데 세⋯⋯."

"가자. 아직 멀리는 못 갈 것 같지만, 마차까지는 데려다 줄게."

자리에서 일어난 그가 손을 내밀었다. 더는 말하기 싫다는 듯, 카르세인의 얼굴에는 명백한 거부의사가 드러나 있었다.

하는 수 없이 의문을 삼키며 몸을 일으키는 순간, 반짝이는 무언 가가 눈에 들어왔다. 그것은 늘 하고 다니던 장미 모양 루비 단추 가 아니라 라스가의 문장이 새겨져 있는 금빛 커프스단추였다.

아버지와 공작 부인의 이야기를 들었을 때부터 가라앉은 기분이 한층 무겁게 내려앉았다. 아무래도 뭔가 이상하다는 생각이 들었 지만, 오늘따라 평소와 너무도 달라 보이는 카르세인의 모습에 도 저히 입을 뗄 수가 없었다.

무거운 다리를 간신히 옮겨 밖으로 나왔다. 어느새 어둑어둑해 지고 있는 사위를 둘러보자 한쪽에 대기하고 있는 마차가 보였다. 나는 그곳을 향해 걸음을 내딛으며 말했다.

"그럼 가 볼게, 세인. 조리 잘 하고."

"엉. 너도."

가볍게 손을 들어 보이는 청년을 향해 애써 미소 지은 뒤 돌아서 는데, 갑자기 나를 붙든 카르세인이 다급한 목소리로 말했다.

"저기, 티아."

"응? 왜, 세인?"

"있잖아, 그러니까……."

"……."

"……아무것도 아냐."

긴 시간 망설이던 그는 한참 후에야 힘없이 웃으며 나를 놓아주었다. 나도 많이 약해졌나 보다, 라며 쓱쓱 머리카락을 쓰다듬어 주는 그를 보자 문득 가슴 한구석이 찌르르 울렸다.

왜 그래, 세인. 대체 무슨 일이길래 그러는 거야.

아무래도 이상하다 싶어 기다렸지만, 그는 가라앉은 눈으로 나를 바라보기만 할 뿐 끝내 아무 말도 하지 않았다.

나는 대기하고 있던 기사들의 눈치를 살피며 망설였다. 이제는 가야 하는데, 오늘따라 어딘가 달라 보이는 모습이 마음에 걸린 탓인지 발걸음이 영 떨어지지가 않았다.

"저기, 세인."

"어서 가 봐. 각하께서 걱정하시겠다."

"음……. 알았어. 그럼 정말 가 볼게."

머뭇머뭇 걸음을 내딛다 다시 한 번 뒤를 돌아보았다. 정말 이대로 가도 되는 걸까.

혹시나 하는 마음에 마지막으로 조금 더 기다려 보았지만, 그는 여전히 말이 없었다.

'하는 수 없지.'

한숨을 삼키며 디딤판에 발을 디디는 순간, 등 뒤에서 나지막한 목소리가 들려왔다.

"잘 가, 티아."

무거운 울림을 담은 음성에 가슴 한쪽이 묵직하게 내려앉았다.

그제야 한 가지 깨달음이 머릿속을 스치고 지나갔다. 아아, 그는 지금 내게 이별을 말하고 있는 거구나, 라고.

문득 오늘따라 내내 이상했던 그의 모습이 떠올랐다. 대화를 하다 말고 자꾸만 상념에 빠진 채 침묵하던 태도, 갑자기 꺼내던 옛이야기와 늘 하고 다니던 것 대신 달려 있던 금빛 커프스단추, 그리고 이제는 추억의 장소에 가 볼 필요가 없어졌다는 말까지. 모두 그런 의미였구나. 카르세인은 내게 이별을 고하기 위해 마지막으로 마음을 정리하고 있었던 거였어.

혹시나 하는 생각은 했더랬다. 때로는 친한 친구처럼 때로는 다정한 오라비처럼 굴었지만, 때때로 그가 내게 보이는 태도는 친구나 오라비의 그것이라 보기에는 지나치게 친밀했기에. 그렇지만 일정 수위 이상은 결코 넘지 않는 그를 보며 내가 착각했던 모양이라고 여겼다. 그 역시 나 말고는 친구라 부를 만한 사람이 없기에 그런 거라고, 우정의 표시가 다소 과한 것이었나 보다라고 생각했다. 그랬는데.

굳어 버린 등 뒤로 나를 바라보고 있는 시선이 느껴졌다. 순간 뒤돌아보고 싶다는 충동이 치밀어 올랐지만, 입술을 깨물며 꾹 눌러 참았다. 여기서 돌아보는 건 결코 그를 위한 행동이 아니었으니까. 내가 지금 할 수 있는 건, 아니, 해야 하는 건 오직 그가 고한 작별을 받아들이는 것뿐, 돌아보는 것 따위는 선택지에 존재하지 않았다.

얼어붙은 다리를 떼어 마차에 올랐다. 자리에 앉는데, 불현듯 그와 함께 보냈던 수많은 시간들이 떠올랐다.

서로 못마땅했던 첫 만남. 검을 가르치고 배우며 울고 웃던 순간

들. 등을 맞대고 암살자들과 맞서 싸우던 날. 힘찬 리드에 몸을 맡긴 채 춤추던 시간. 쓰디쓴 약을 건네며 식어 가는 몸에 온기를 나눠 주던 지난겨울. 그리고…… 뇌리 속에 가장 강렬하게 남아있는 황금 들판에서의 한때까지.

떨리는 팔을 들어 손짓했다. 스르르 문이 닫히고, 곧이어 바퀴가 구르기 시작했다. 별안간 눈앞이 뿌옇게 흐려졌다. 드리워진 커튼 틈 사이로 삼 년 전의 그때처럼 쓸쓸하게 서 있는 청년이 보였기에.

마음 한구석이 찌르르 울렸다. 아릿한 가슴에 손을 얹은 채, 나는 조금씩 멀어지는 붉은 점을 향해 작게 속삭였다.

안녕, 세인, 이라고.

다음 날.

나는 그간 빠진 것을 벌충하느라 이틀 연속으로 황궁으로 출근했다. 제법 쌀쌀해진 공기 속에서 경비를 선 지도 한참, 해가 채 뜨기도 전에 시작한 근무는 점심시간이 되어서야 간신히 끝이 났다.

교대하러 온 기사들에게 근무 일지를 넘긴 젊은 남자가 나를 돌아보며 말했다.

"수고하셨습니다, 모니크 경."

"수고하셨어요, 리안 경, 그리고 페덴 경. 그래도 오늘은 좀 수월했네요."

"그러게 말입니다. 늘 이런 업무이면 좋을 텐데요. 아 참, 오늘 근무는 끝이시죠?"

"네."

"으음, 저…… 혹 시간이 되신다면 저희와 같이 식사하지 않으시겠습니까? 그날 이후로 거의 뵙지를 못해 다들 서운한 것 같아서 말입니다."

나는 간절한 눈초리로 바라보는 리안 경을 향해 살며시 미소 지었다. 마침 잘됐다 싶었다. 그렇잖아도 이번 일 때문에 고생한 기사들에게 감사의 뜻을 표할 겸 자리를 한 번 마련해야겠다 생각하고 있었는데.

"네, 좋아요."

"엇, 진정이십니까? 혹시나 했는데, 정말로 승낙하실 줄은……."

"모니크 영애, 여기 계셨군요. 한참 찾아다녔습니다."

갑작스러운 목소리에 일동의 시선이 옆으로 향했다. 나를 부른 중년인을 알아본 것인지, 몹시 기뻐하던 리안 경이 슬쩍 얼굴을 굳혔다.

"중앙궁의 시종장이 아닌가. 여기까진 어쩐 일이지?"

"작일 그냥 갔다는 말을 듣고 무척 서운하셨다며, 근무가 끝나는 대로 들러 달라는 황제 폐하의 전언입니다."

"그런가. 알겠네."

난처한 표정으로 돌아보자, 머뭇거리는 리안 경을 잡아챈 밤색 머리카락의 기사가 말했다.

"폐하를 기다리시게 해서야 되겠습니까. 어서 가 보십시오."

"음, 네. 죄송해요, 두 분. 대신 저녁때는 어떠신가요?"

"정말이십니까? 저희야 아무 때나 좋습니다."

"다행이네요. 그럼 그때 뵙죠."

"알겠습니다. 다녀오십시오, 모니크 경. 다른 동료들에게도 얘기해 두겠습니다."

밝은 표정으로 답하는 젊은 기사를 향해 살며시 미소를 짓고서, 나는 시종을 따라 중앙궁으로 향했다.

"제국의 태양, 황제 폐하를 뵙습니다."

"음? 아직도 그런 예를 갖추는 거요?"

예를 갖추는 나를 물끄러미 바라보던 푸른 머리카락의 청년이 표정을 굳히며 짐짓 엄한 목소리로 말했다.

"그대와 나 사이에 예는 필요 없으니, 앞으로 꼭 해야 하는 경우를 제외하고는 생략하도록 하시오."

"네, 폐하. 그리하겠습니다."

다정한 타박에 절로 입꼬리가 올라갔다. 하지만 그는 아직도 무언가 마음에 들지 않는다는 얼굴이었다.

"그리고…… 음, 보자마자 불만만 늘어놓는 것 같아 미안하오. 허나 둘이 있을 때는 좀 더 편안하게 불러 주면 아니 되겠소? 그대가 그리 말할 때마다 마치 거리를 두려는 것처럼 느껴져서 왠지 기분이 좀 그렇다오."

"아……. 송구, 아니, 죄송해요, 폐하. 시정하겠, 아니, 그러니까……."

이게 아닌데.

너무 오래도록 입에 익어서 그런지, 갑자기 고치려 하니 더 안 되는 것 같았다. 어쩔 줄 몰라 하며 더듬거리는 나를 물끄러미 바라보던 그가 작게 소리 내어 웃었다.

"이런. 조금 더 투덜거려 볼까 했는데 그러지도 못하겠군. 그대, 너무 귀여운 것 아니오."

"폐, 폐하."

"그만하면 되었소. 차차 고쳐지겠지. 그동안 어색해 하는 그대를 지켜보는 것도 꽤 즐거울 듯하군."

얼굴이 홧홧했다. 몹시 즐거워 보이는 바닷빛 눈길을 피해 손 부채질을 하다, 어딘가 석연치 않은 기분에 고개를 갸웃했다.

이상하네. 조금 창백해 보이는 것 같기도 하고, 아닌 것 같기도 하고.

"폐하, 혹시 어디가 미령하십니까? 안색이 좋지 않으신 것 같은데……."

"괜찮소. 조금 피곤할 뿐이오."

눈썹을 찡그렸다. 방금 슬쩍 동요했던 것 같은데. 그러고 보니 간결하긴 해도 늘 힘이 실려 있던 그의 목소리에서 오늘따라 영 기운이 느껴지지 않는 듯도 했다.

'진짜 어디가 안 좋은 거 아냐?'

미심쩍어 하는 나를 보며 난감한 표정을 지은 그가 말했다.

"정말이오. 그간 일이 조금 많았던 탓에 다소 과로한 듯하오."

"……허면 쉬셔야지, 어찌 이러고 계시어요."

"괜찮소. 그럭저럭 견딜 만하오. 대회의가 막 끝난 터라 급한 일이 산더미이기도 하고."

"그래도 쉬셔야 합니다. 그 어떤 일도 폐하의 건강보다 중요하지는 않습니다. 그러니 서류는 이제 그만 내려놓으셔요."

단호하게 말하자, 무언가를 곰곰이 생각하던 그가 불현듯 입꼬리를 들어 올리며 말했다.

"허면 이렇게 합시다. 내 휴식을 취할 터이니, 그대가 이 서류들을 대신 처리해 주지 않겠소?"

"……그게 무슨 말씀이십니까. 이것들은 모두 폐하의 재가가 필요한 사안이 아닙니까."

"황제의 부재시에 황후가 국정을 돌보던 선례가 없는 것도 아니고, 그대는 충분히 그럴 만한 능력도 있잖소. 무엇이 문제인지 모르겠군."

"하지만 그건 벌써 몇 백 년 전……."

작게 항변하다, 낮은 웃음소리에 입을 다물었다. 바닷빛 눈동자 가득 미소를 머금은 그가 무척 즐거워 보이는 얼굴로 물었다.

"방금 그 얘기, 황후라는 말에는 부정하지 않은 것으로 받아들여도 되는 거요?"

"그, 그야……."

당혹스러웠다. 왠지 조금 억울하기도 했고.

언제부터 저렇게 태연하게 된 거지? 그제도 그렇고 오늘도 그렇고, 틈날 때마다 직설적으로 말을 건네면서도 표정 하나 바뀌질 않잖아.

"날짜는 언제가 좋겠소? 나야 빠르면 빠를수록 좋다오."

"……폐하."

"루브."

"아, 루……."

무심코 정정하려다 말고 멈칫했다.

이게 아닌데.

고개를 붕붕 흔들었다. 혼란스러워진 마음을 가라앉히며 심호흡한 뒤, 슬쩍 눈을 흘기며 입을 열었다. 남은 기껏 걱정하고 있는데 자꾸 말이나 돌리고. 그러다 진짜 아프기라도 하면 어쩌려고 그러는 거야. 중독 사건이 마무리된 지 얼마나 지났다고.

"과로하셨다면서 자꾸 이리 시간을 낭비하시면 되겠습니까. 오늘은 이만하시고 어서 들어가 쉬시어요."

"음? 조금 섭섭하려고 하오. 그대와 함께 보내는 시간이 내게는 가장 큰 휴식이거늘, 어찌 이리 등을 떠미는 것이오. 나와 있는 시간이 그리도 불편하오?"

"그런 말씀이 아니잖습니까. 어찌 그러셔요. 저는 다만 폐하께서 편히 쉬셔야 한다는 생각에……."

"그래도 그렇지, 어제도 그냥 가 버리지 않았소. 오늘도 사람을 보냈을 때에야 왔고 말이오. 나만 함께 시간 보내길 원하는 건가 싶어 왠지 좀 서운하오."

그는 토라진 듯한 표정으로 섭섭함을 토로했다. 그 모습을 보자 한숨과 함께 왠지 모를 웃음이 나왔다.

걱정스러운 마음을 몰라 주는 그에 대한 답답한 마음 반, 그리고 그만큼 나를 좋아해 준다는 생각에 흐뭇하면서도 설레는 마음 반. 이런 날이 올 거라고는 전혀 생각지 못했는데, 미처 몰랐던 그의 여러 가지 모습을 알게 되는 것이 몹시 즐거웠다.

"어찌 그리 웃는 것이오?"

"아무것도 아닙니다. 그보다 폐하, 섭섭해 하지 마시어요. 제가 잘못했습니다."

"음?"

"전언이라도 남기고 갔어야 했는데, 그냥 가 버린 제 잘못입니다. 서운하실 수도 있다는 생각을 미처 하지 못하였습니다."

"아니, 음, 잘잘못을 따지잔 얘기는 아니었소."

당황한 듯 헛기침을 삼키는 그를 보자 절로 웃음이 나왔지만, 잘못 웃었다가는 정말 화를 낼 것 같아 꾹 눌러 참았다. 서둘러 표정을 갈무리하고서, 나는 어제부터 간직하고 있던 것을 꺼내 그에게 내밀었다.

의아한 눈으로 은빛 상자를 받아 든 그가 푸른색 끈을 풀었다. 내용물을 확인한 그의 얼굴에 놀란 빛이 어렸다.

"이건⋯⋯."

"부족한 솜씨지만, 어여삐 봐 주셔요."

"허면 그대가 직접 만들었단 말이오? 많이 바빴을 텐데, 언제 이런 것을 다⋯⋯."

"그게⋯⋯ 사실 이번에 만든 것은 아니에요. 죄송해요, 폐하. 다음에 새것으로 다시⋯⋯. 폐, 폐하?"

자리에서 벌떡 일어난 그가 나를 끌어안았다. 조금 놀라기는 했지만, 나는 어느새 익숙해진 품에 얌전히 몸을 맡겼다.

시원한 향에 둘러싸여 눈을 감으려다 멈칫했다. 귓가에 스치는 숨결에서 열이 느껴진 듯했기에.

아무래도 이상하다 싶어, 그의 품에서 슬쩍 손을 빼내 닿지 않는 이마 대신 뺨에 가져다 댔다.

매끄러운 피부에서 전해져 오는 열기.

여태껏 이런 상태로 있었단 말이야? 화난 눈으로 올려다보자,

그는 아차 하는 표정을 지으며 재빨리 나를 놓아주었다.

"황궁의를 부르겠습니다."

"괜찮소. 그리 심한 것도 아니……."

"이리 열이 심하신데 괜찮다니요. 아니 될 말씀입니다. 당장 시료를 받으셔야지요."

"음, 실은 이미 받았소. 과로로 인한 몸살이라고 하더군."

"……."

"속여서 미안하오. 걱정 끼치고 싶지 않아 그랬소. 하루 쉬었더니 한결 나아지기도 했고……."

그럼 어제도 아파서 쉬고 있었단 얘기잖아.

눈을 가늘게 뜨며 쏘아보자, 그는 안절부절못하며 나를 바라보았다.

나는 그 모습을 보며 깊은 한숨을 내쉬었다. 마음 같아서는 당장 휴식을 취하라 하고 싶은데, 간절한 눈초리하며 아까 했던 얘기가 마음에 걸려 쉽게 입이 떨어지지가 않았다.

"……결재하실 서류는 이게 다입니까?"

"오늘 안으로 봐야 하는 건 그게 전부이긴 하오만, 어찌 그러오?"

"부족한 능력이라 가능할지는 모르겠으나, 최대한 간결하게 요약해 보겠습니다. 허니 그동안만이라도 쉬고 계셔요."

"고맙소, 티아."

얼굴을 활짝 편 그는 상자를 들여다보는 척하며 슬쩍 내 옆자리로 옮겨 앉았다. 망가질세라 제대로 쥐지도 못한 채 사자의 문장이 수놓여 있는 천 조각을 한참 동안 살펴보는 모습이 왠지 귀여워, 나는 나도 모르게 입꼬리를 들어 올린 채 그가 하는 양을 바라보았다.

"헌데 말이오. 내게 준 이 손수건, 예전에 보았던 그것 같은데 맞소?"

"아……. 네, 맞습니다."

첫 달거리를 시작했던, 아니, 그렇다고 착각했던 날, 그에 대한 생각에 젖어 바늘을 움직이다 어느새 손수건 한 장을 만들었더랬다. 익숙한 손놀림으로 황가의 문장을 수놓고 그의 이니셜까지 완성하고서야 정신을 차렸지.

잘라 버리려 했지만 끝내 자를 수 없었던 그것. 한 땀 한 땀마다 그를 향한 미련이 고스란히 녹아있던 하얀 손수건.

석녀라 모욕당했을 때, 상처받은 자존심에 눈이 뒤집혔다. 똑같이 되갚아 주겠다는 생각에 공개적으로 파혼 선언을 했다. 그러고는 집에 돌아와 착잡한 마음으로 이것만 들여다보았더랬다.

나를 찾아왔던 그는 손수건을 발견하고는 내게 물었다. 이것의 의미가 무엇이냐고, 자신을 정인으로 생각한 것이 맞느냐고.

차갑게 답했었다. 과거에는 그랬으나 지금은 아니라고.

"그럼……."

"……그땐 죄송했어요, 폐하."

"아니, 탓하자는 것이 아니오. 그저…… 그때도 나를 정인으로 여겼는지 궁금해서 그러는 것일뿐."

당황한 기색으로 서둘러 답하는 청년. 사소한 말과 표정 하나도 조심스레 살피는 모습이 어딘가 안쓰러웠다. 하긴 그럴 만도 했다. 나는 그를 늘 밀어내기만 했으니까.

천천히 손을 뻗어 그의 손등 위에 얹었다. 그리고 열기 올라 뜨거운 손을 감싸 쥐며 엷게 미소를 지었다.

"당연하지 않습니까. 그때에도 그리고 지금도, 폐하께서는 제게 유일한 정인이신걸요."

"……티아."

한 자 한 자 정성 들여 말하자, 바닷빛 눈동자에 파문이 일었다. 한참 동안 말없이 바라보던 그가 천천히 나를 끌어당겨 품에 안았다.

"고맙소. 실은 공연히 억지를 부려 내키지 않는 일을 강요한 것이 아닌가 걱정하였다오."

"내키지 않다니요. 그럴 리가 없잖습니까."

"그대의 마음을 못 믿는 것이 아니오. 다만 그리해서라도 그대가 내 것이 되었다는 증표를 갖고 싶었소. 그러면 혹 다시 날아가 버리는 것은 아닐까 하는 이 두려움이 조금은 가시지 않을까 싶어……."

가슴이 아팠다.

나는 정말 나쁜 여자였구나. 마음 하나 주체하지 못하여 이토록 상처만 입혔으니. 확실하게 잘라 내지도, 그렇다고 해서 곁을 주지도 않는 나를 보며 그는 어떤 마음이었을까. 오래도록 그래 왔으니, 혹시라도 마음이 변할까 두려운 것은 어쩔 수 없는 일이리라. 실제로도 나는 그의 마음을 알면서도 버림받는 것이 두려워 거듭 망설이지 않았던가.

"내일은 예복용 스카프를 만들어 드릴게요. 모레는 장갑, 그리고 글피에는……."

"……티아."

"허니 걱정하지 마시어요. 네?"

"그대, 어찌 이리……."

짙게 변한 바닷빛 눈동자가 나를 응시했다. 그 안에는 몸살 때문이 아닌 또 다른 열기가 담겨 있었다. 나는 두근거리는 긴장감에 슬쩍 눈을 내리깔며 그의 목에 팔을 둘렀다.

깊은 바다가 점점 가까워지고 말캉한 피부가 맞닿으려는 순간, 갑자기 멈칫한 그가 팔에서 힘을 풀었다. 그러고는 슬쩍 한숨을 내쉬며 말했다.

"아, 이런."

"폐하?"

"……옮기거나 하면 안 되잖소. 아쉽지만 이걸로 참아야겠군."

그는 무척 아쉽다는 얼굴로 내 손을 잡아 올려 손등에 입을 맞추었다. 몹시 다정한 태도에 가슴이 설레었지만, 그보다는 걱정이 먼저 앞섰다. 입술에서조차 높아진 체온이 전해져 온 탓이었다.

"이제 정말로 쉬시어요. 이러다 더 심해지시면 어찌합니까."

"알겠소. 그리하리다. 그런데 음, 티아?"

"네, 말씀하셔요."

"지난날 황궁 정원에서의 일을 기억하오? 부황 폐하의 국장이 있던 날 말이오."

"물론 기억합니다. 헌데 갑자기 그건 왜……?"

"그날, 내 깜빡 잠이 들었잖소. 늘 불면증 때문에 고생하였거늘, 살면서 그리 편안하게 잠을 자 본 것은 처음인 듯싶소. 그래서 말인데……."

가슴이 두근두근 뛰었다. 굳이 말을 더 잇지 않아도 지금 그가 무엇을 바라는지 알 것 같았기 때문이었다.

무어라 답하지는 못하고 볼만 붉히자, 그는 슬쩍 미소를 짓고는 내 무릎 위에 머리를 기대며 몸을 뉘었다. 다리에서 느껴지는 짜릿한 느낌에 흠칫 몸이 굳었다.

"불편하오?"

"아, 아뇨. 그런 것이 아니라……."

늘 내가 올려다보던 바닷빛 눈동자가 이번에는 나를 올려다보고 있었다. 어딘가 낯설기도 하고 부끄럽기도 한 모습에 얼굴을 붉히자, 입꼬리를 들어 올린 그가 스르르 눈을 감았다.

흐트러진 머리카락이 자꾸 눈길을 끌었지만, 애써 시선을 떼며 조심조심 서류 뭉치를 끌어당겼다. 대여섯 묶음 정도로 되어 보이는 그것은 베리타 공작의 능력을 보여 주듯 그리 두껍지는 않았으나 유독 두 묶음만이 제법 두터웠다.

그럼 일단 이것들부터 처리해 볼까.

둘 중 하나는 우선 제외했다. 겉장에 찍혀 있는 궁내부의 표식으로 보아 비교적 손쉽게 처리할 수 있는 일이었으므로.

나는 행정부에서 올린 것을 골라 소리 나지 않게 주의해서 넘겼다.

이건 국경 지역 유민에 관한 얘기구나. 얼마 전에 에네실 후작을 파견했다 들었는데, 생각보다 잘해 주고 있는 모양이네. 응? 리사 왕국과 다른 왕국들 사이의 분쟁을 중재했다고? 무력 동원 없이, 그저 외교적인 수단만으로?

찰랑거리는 백금발에 밝은 녹안, 늘 미소를 머금고 있던 젊은 후작이 떠올랐다. 정치적 감각이 있는 줄은 알고 있었지만, 이렇게까지 수완이 좋은 줄은 미처 몰랐는데.

입가에 절로 흐뭇한 미소가 걸렸다. 어쩐지 이번 대에는 유독 뛰어난 인재가 많은 것 같아 기분이 좋았다.

그건 그렇고, 이건 내가 건드릴 수 없겠는데.

두터운 종이 뭉치에는 민감한 사안이 잔뜩 적혀 있었다. 심지어는 각국과 협의한 내용과 폐하의 결재만 있으면 즉시 효력을 발휘하는 조약의 초안까지도 있었다.

나는 조심스레 종이를 내려놓은 뒤 얇은 서류 뭉치를 집어 들었다. 본디 두꺼운 것들부터 처리하려고 했지만, 궁내부의 일이야 금방 할 수 있으니 우선은 다른 것부터 끝내는 편이 나을 듯했다.

신전에서 보내온 공문에는 고위 신관이 대폭 물갈이되었다는 것과 앞으로도 황실과 긴밀한 관계를 유지하고 싶다는 대신관의 요청이 적혀 있었다. 리사 왕국에서 보내온 외교 문서는 왕녀를 볼모로 보내겠다는 내용이었고.

반역 죄인들에 대한 서류도 있었는데, 재산의 환수 내역을 보고 깜짝 놀랐다.

제나 공작가의 재산이 이렇게 많았어? 산하 상단을 몇 개나 파산시켰는데도? 아무리 초대 황후 폐하를 배출한 가문이라 해도 그렇지, 이건 거의 왕국 하나와 견줄 정도잖아.

지난번 조사에서 이미 알게 된 사실이기는 했지만, 아무래도 제나가의 사람들이 우리 가문을 싫어한 이유는 그것이었던 모양이었다. 본가가 제국의 제일 충신이라 불리기 전, 황실에서 행하는 모든 음지의 일은 제나가의 몫이었던 것. 볼렌테 카스티나의 기치를 내걸었던 것 역시 그 때문이었으나, 피의 맹세로 인한 절대적 신뢰 관계가 구축되면서 그들은 본가에 그 역할을 빼앗기게 되었고, 점점 황가와 멀어지다 급기야는 귀족파로 노선마저 바꾸게 된 것이었다.

"어찌 그리 심각한 표정이오? 무언가 좋지 않은 내용이라도 있는 것이오?"

"아, 폐하, 일어나셨어요? 좀 더 주무시지 않고요."

잠이 덜 깬 듯 낮게 가라앉은 음성에 들고 있던 서류를 내려놓으며 묻자, 그는 가볍게 고개를 끄덕이며 나를 올려다보았다. 조금 흐릿해진 바닷빛 눈동자가 어느새 나를 담고 있었다.

"두어 시간 가까이 잤으니 되었소. 이리 푹 잔 건 정말 오랜만이군."

"늘 그리 잠 못 이루셔서 어찌합니까. 하루 이틀도 아니고……."

"음, 그 문제는 조만간 해결할 수 있을 것 같소."

"정말이셔요? 어떻게 말인가요?"

"그대가 곁에 있을 때마다 숙면을 취하곤 하였으니, 앞으로는 늘 함께 있으면 될 것 아니오."

"……."

말문이 막힌 나를 본 청년이 싱긋 미소를 지었다. 한결 좋아 보이는 그 모습에 안도하며 청년의 이마를 짚어 보았다. 여전히 미열이 있기는 했지만, 아까 전보다는 조금 내린 듯했다.

"그건 그렇고, 무슨 내용이었길래 그러오? 최근에는 심각한 일이 거의 없을 텐데."

"별것은 아니었어요. 음, 신전에서 보내온 것은 적절히 답례만 취해 주시면 될 듯해요. 예하께서 신전 청소에 열을 올리고 있으신가 봅니다."

"그렇군. 알겠소. 다른 것은 어떻소?"

"행정부에서 올린 사안이 세 건인데, 내무부에서 하나, 그리고 외무부에서 두 건이에요. 내무부에서 올린 건 반역자들의 재산 환수에 대한 것이고요. 이번 일로 황실 소유 재산이 몹시 늘었던데, 일부러 그러신 거죠?"

"국고로 넣지 않고 황가 소유로 돌린 것 말이오?"

그는 그 이상 답은 하지 않았지만, 슬쩍 입꼬리를 들어 올려 긍정을 표시했다. 그럴 줄 알았어. 하긴 뭐, 아무렴 어때. 내가 모니크가의 여식이 아니었다면 뭐라 한마디 했겠지만, 본가의 사람들이야 계파보다는 황가를 우선으로 생각하니까.

나는 밉지 않게 슬쩍 그를 흘겨보며 말했다.

"외무부에서 올린 것 중 하나는 직접 보셔야 할 것 같아요. 각국과의 협의 사항과 조약의 초안 같은 것이 있어서요."

"그렇소? 흠. 그대가 보았을 땐 어땠소?"

"음……. 제가 외교 분야를 잘 몰라서 그런지 애매하게 해석되는 조항이 두어 개 보였어요. 폐하께서 보시기에도 그러하다면, 그대로 결재하시기보다는 외무부의 관료들을 불러 일부러 그리한 것인지 확인부터 하시는 게 나을 것 같습니다."

"그렇군. 조언 고맙소. 유념하리다."

진중하게 답하는 청년을 보자 문득 무어라 형용할 수 없는 기분이 들었다. 아직도 실감 나지가 않았다. 내 무릎을 베고 누운 그와 함께 이렇게 정세를 논한다는 것이, 그가 내 의견을 묻고 진지하게 들어준다는 것이.

"음? 어찌 그러오?"

"아, 아니에요, 폐하. 제가 어디까지 얘기했었죠?"

"흠. 본인을 앞에 두고 딴생각이라. 왠지 자존심이 상하는군."

"어찌 또 그러셔요."

작게 한숨 쉬며 답하자, 그는 슬쩍 입꼬리를 들어 올리며 말했다.

"외무부에서 올린 두 개의 서류 중 다른 하나를 얘기해 줄 차례요."

"아, 맞다. 리사 왕국에서 보내온 공문인데, 기어이 왕녀를 볼모로 보내겠다는 내용이었어요."

"그것참. 필요 없다는데 왜 자꾸……."

그는 작게 중얼거리다 말고 갑자기 침묵했다. 그러고는 한참 동안 나를 빤히 바라보다가 벌떡 몸을 일으켰다.

"폐하?"

"오해하지 마시오, 티아. 내게는 그대밖에 없소. 절대 왕녀를 후궁으로 들이거나 하는 일은 없을 것이오."

당황한 얼굴을 보자 왠지 웃음이 나왔다. 아예 신경이 쓰이지 않았다면 거짓이지만, 그렇게까지 마음 쓰지는 않았는데.

잠시 잠깐 화난 척해 볼까 하는 생각도 들었지만, 나는 그냥 살포시 미소를 지으며 고개를 끄덕였다.

"알겠어요. 오해하지 않을게요."

"고맙소."

안도의 한숨을 내쉬는 그를 보자 자꾸만 웃음이 나왔지만, 애써 표정을 관리하며 쌓여 있는 서류들을 차곡차곡 정리했다. 그가 봐야 할 것을 따로 빼둔 뒤 조금 멀리 있는 서류를 집기 위해 몸을 뻗는데, 갑자기 다리부터 시작된 찌릿찌릿한 느낌이 등골을 타고 머리까지 올라왔다.

"으……."

"이런, 괜찮소, 티아?"

걱정스레 묻는 그를 향해 어색하게 웃음 짓자, 그는 저린 다리를 조심조심 움직여 보는 나를 미안하다는 듯 바라보며 말했다.

"이를 어찌한다? 그렇다고 내 안마를 해 줄 수도 없고……."

"아, 안마라니요. 괜찮습니다, 폐하. 잠시 후면 풀릴 것입니다."

황급히 손사래를 치자, 바닷빛 눈동자에 문득 장난기가 어렸다. 옆으로 바짝 당겨 앉은 그가 한껏 입꼬리를 끌어 올리며 말했다.

"대신 나도 그대를 위해 무릎을 내어 주리다. 자, 누우시오. 다리를 쭉 펴고 있으면 한결 나을게요."

"아, 아뇨, 폐하. 저는 괜찮……."

"사양하지 말고, 어서."

거세게 도리질했지만, 그는 눈 깜짝할 사이에 나를 끌어당겨 자신의 무릎 위에 뉘었다. 그러고는 소스라치게 놀라 일어나려는 나를 가볍게 눌러 저지하며 말했다.

"이래야 공평하잖소. 그냥 있으시오."

"그, 그래도……."

"자, 그대가 빠뜨린 서류요. 기왕 도와주기로 한 것, 끝까지 부탁하오. 자세는 그대로 유지하고."

"폐하."

"루브."

한숨을 삼켰다. 다시 한 번 몸에 힘을 주어 일어나 보려 했으나, 아직도 저릿한 다리 때문에 쉽지가 않았다. 아무래도 안 되겠다 싶어 간절한 눈초리로 올려다보았지만, 그는 아무것도 모른다는 듯한 얼굴로 빙긋이 미소를 지을 뿐 아무런 행동도 취하지 않았다.

쿵쿵 뛰는 심장 소리가 그에게 들릴 만큼 커졌다. 두 볼이 뜨겁게 달아오르는 것이 느껴졌다.

"덥소?"

"……아닙니다."

"헌데 어찌 그리 얼굴이 붉은 것이오."

"……자꾸 놀리실 거예요?"

볼멘 음성이 흘러나가자, 그는 쿡쿡 소리 내어 웃으며 나를 일으켜 주었다. 허리께까지 늘어지는 은빛 머리카락을 부드럽게 쓸어내린 그가 말했다.

"곤란하군. 그렇잖아도 인기가 차고 넘치는데, 이리 귀엽기까지 하다니."

"……폐하."

"안 되겠소. 봄까지 기다리려고 했는데, 아무래도 날짜를 앞으로 당겨야 할 것 같군. 그래, 신년제 기간은 어떻소?"

"……"

"그런 눈으로 보지 마시오. 아직 두 달가량 시간도 남은 데다 신년 하례를 위해 대부분의 귀족이 상경하는 때이니 번거롭지도 않잖소. 역도의 무리야 다음 주면 모두 처형당할 테니, 그때쯤이면 정권도 충분히 안정되었을 테고. 그다지 걸릴 것은 없다 보오만."

그건 그렇네.

제국의 주인인 황제 폐하의 결혼식인 것을 감안하면 준비 기간이 다소 빠듯하긴 하지만, 서둘러서 한다면 못할 것도 없었다. 다른 이유도 제법 그럴싸했고. 겨울인 점만 제외하면 그의 말대로 그리 걸리는 점은 없…… 이 아니라, 이게 아니잖아.

또 말려들었다는 생각에 아차 했지만, 이미 때는 늦은 뒤였다.

나는 즐거움이 넘실거리는 바닷빛 눈동자를 흘겨보며 자리에서
벌떡 일어났다.

"장난까지 걸어오시는 것으로 보아 이미 다 나으신 것 같군요.
다행입니다. 안심하고 물러가도 될 듯하군요."

"음? 물러가다니, 어딜 말이오?"

"잠시 잊고 있었는데, 기사단의 동료들과 약속이 있어서요."

"잠……."

"그럼 이만 물러나겠습니다, 폐하. 편히 쉬십시오."

보란 듯 정중하게 예를 갖춘 뒤, 그가 무어라 말하기 전에 재빨
리 밖을 향해 걸음을 옮겼다. 하지만 안타깝게도 내가 집무실을
나서는 속도보다 그가 나를 잡아채는 쪽이 더 빨랐다. 황급히 나
를 막아 세운 그가 말했다.

"잘못했소. 이제 장난치지 않으리다."

"……."

"정말이오. 당황한 표정이 몹시 귀여워서 그만……."

정말이지, 자꾸 놀리기만 하고. 대체 언제부터 저렇게 변한 거
람. 원래 저리 장난기 넘치는 사람이 아니었는데. 뭐, 그래서 싫다
는 건 아니지만서도.

"티아."

"네, 폐하."

"미안하오. 음, 하지만 결혼식 얘기는 진심이오. 그러니 한번 진
지하게 고려해 줄 수 없겠소?"

"……그런 건 저보다는 아버지와 상의하시는 게……."

"그렇다는 건, 그대는 빠른 시일 내에 해도 괜찮다는 거요?"

"이만 물러나겠습니다."

속삭이듯 답한 뒤 집무실을 뛰쳐나왔다.

새하얀 돌기둥에 몸을 기대고서, 달아오른 볼을 두 손으로 감쌌다. 그리고 빠르게 뛰는 심장 위에 손을 얹으며 가쁜 숨을 몰아쉬었다.

거기서 그 얘기는 왜 꺼내는 거야. 물론 나도 싫다는 건 아니지만, 이건 너무 갑작스럽잖아.

얼마나 시간이 지났을까? 돌기둥에서 전해 오는 서늘한 기운에 문득 정신이 들었다. 천천히 주위를 둘러보자 어스름이 짙게 깔린 창밖의 풍경이 눈에 들어왔다.

언제 이렇게 시간이 흘렀지? 이러다 늦는 거 아냐?

황급히 몸을 떼어 기사단을 향해 걸음을 옮겼다. 허겁지겁 안으로 들어서자, 웅성거리며 모여 있던 기사들이 우르르 달려와 내 주위를 둘러쌌다.

절로 눈이 휘둥그레졌다.

뭐, 뭐야. 왜 이리 사람이 많은 건데?

"모니크 경, 이제 오십니까?"

"아, 네. 그런데 리안 경, 설마 이분들이 전부……?"

"죄송합니다. 원래는 이리 많지 않았는데, 경과 함께 식사한다는 소문이 퍼지는 바람에 그만……. 그나마 선별한 것이니 한 번만 봐주십시오."

"아, 네, 저야 아무래도 괜찮습니다."

선선히 답하자 리안 경은 그제야 안심한 듯 빙긋 미소를 지었다. 나 역시 마주 웃음 지으며 식당으로 향했다.

넓찍한 식탁을 사이에 두고 둘러앉자, 싱글벙글 웃음 지은 기사들이 한 마디씩 말을 건넸다.

"모니크 경, 많이 드십시오."

"경과 함께 밥을 먹는 날이 올 줄은 몰랐는데, 정말 감개가 무량합니다."

"무사하신 모습을 보게 되어 다행입니다."

"감사해요. 여러분도 많이 드세요."

"네, 알겠습니다!"

우렁차게 답한 기사들이 식기를 집어 들었다. 금세 주위가 왁자지껄해졌다.

말없이 포크를 놀리는 자, 옆 사람과 대화를 나누는 자, 몇몇 주제를 가지고 토론을 벌이는 자 등, 각양각색의 기사들을 바라보며 즐거운 마음으로 포크를 놀렸다. 이렇게 유쾌할 줄 알았다면 진작이런 자리를 마련해 보는 건데.

한참 동안 주변과 어울리며 음식을 들고 있는데, 물 잔을 내려놓은 프레이아 경이 진중하게 표정을 가라앉히며 내게 말했다.

"죄송합니다, 모니크 경. 제가 조를 그리 나누지만 않았더라도……."

"아니에요. 저 역시 동의한 사항인 걸요. 그보다는 공연히 저 때문에 다른 분들께 불이익이 가는 것은 아닐까 걱정입니다."

"그런 것은 없었으니 걱정 마십시오. 레이크 경의 유가족에게도 막대한 보상이 돌아갔다 들었습니다."

"그렇군요. 공연한 일에 휘말려 목숨을 잃은 것을 어찌 보상하겠느냐마는……. 그나마 다행이네요."

"안타까운 일이기는 하나, 그는 공무 수행 중에 명을 달리한 것이 아닙니까. 그것은 기사로서 마땅히 각오해야 할 사항이지, 경께서 자책하실 일은 아닙니다."

"맞습니다."

몇몇 기사가 단호하게 말하는 프레이아 경에게 동조하며 고개를 끄덕였다. 덕분에 한결 가벼워진 마음으로 당시에 있었던 일과 역도의 무리에 대해 대화를 나누고 있는데, 갑자기 젊은 기사 하나가 문득 생각났다는 듯 말했다.

"저, 그런데 모니크 경."

"네?"

"저기 말입니다. 음……."

"말씀하세요."

"저기, 그러니까…… 조만간 기사단을 관두신다는 소문이 사실입니까?"

순간 분위기가 싸늘하게 가라앉았다. 나는 안절부절못하는 젊은 기사를 보며 난감한 미소를 지었다. 어떻게 대답해야 하지? 일이 이렇게 된 이상, 그만두긴 해야 할 텐데.

"음, 그게……."

"어어, 왜 망설이시는 겁니까. 설마……."

"아, 안 됩니다! 절대 안 됩니다!"

"결단코 반댑니다!"

"경께선 우리 기사단의 여…… 가 아니라! 어쨌든 안 됩니다!"

동시다발적으로 터져 나오는 소리에 깜짝 놀라 눈만 깜빡이는데, 갑자기 자리에서 벌떡 일어난 맞은편의 기사들이 깊게 허리 숙여 예를 갖췄다.

"사자에게 충성을. 제국의 태양, 황제 폐하를 뵙습니다."

"제국에 영광을. 사실이다. 신년제에 맞춰 결혼식을 치르려면 지금부터 준비해야 하니까."

응? 이게 무슨 소리지?

황급히 몸을 돌리자, 고개를 한쪽으로 기울인 채 삐딱하게 서 있는 푸른 머리카락의 청년이 보였다.

"겨, 결혼식이라니오?"

"폐하, 그것이 무슨 말씀……."

"말한 그대로다. 그러니 모두 그리 알도록."

성큼성큼 다가온 그가 한 손으로 내 어깨를 감싸며 말했다. 그러고는 깜짝 놀라 올려다보는 내게 슬쩍 웃어 보이며 물었다.

"싫소?"

"……폐하."

"싫다면 내 무르리다. 싫소?"

"그, 그건 아니지만……."

"그럼 됐군."

두근두근 뛰는 가슴 위에 손을 얹으며 눈을 내리깔자, 고개를 숙여 귓가에 입술을 가까이 한 그가 작게 속삭였다.

"후작을 만나고 오는 길이오. 그 역시 신년제에 국혼을 치르는 것에 동의한다 하더군."

"아……."

"이제 겨우 두 달 남짓 남았으니, 그동안 이것저것 준비하려면 몹시 바쁘겠군. 조금만 수고해 주시오. 내 많이 도와주리다."

말캉한 무언가가 이마에 가볍게 닿았다 떨어졌다. 그 순간 여기 저기서 탄식과 비명, 그리고 한숨 소리가 들려왔다.

"안 돼!"

"이럴 수가……."

"크흑."

"모니크 경이…… 우리의 여신님이……."

"뭐라? 여신?"

갑자기 고개를 홱 돌린 그가 기사들을 노려보았다. 서늘하게 빛나는 바닷빛 눈동자를 마주한 기사들이 움찔 몸을 굳혔다.

비뚜름하게 올라간 청년의 입술 사이로 차갑기 그지없는 음성이 새어 나왔다.

"내 예비 신부가, 경들의 뭐라고?"

"그, 그것이……."

"리안 경이던가? 경이 답해 보라."

"그, 그러니까…… 모니크 경은 저희들의 여신……. 아, 아니, 모두의 우상, 아니, 그러니까, 기사단의 마스코트……."

"하."

기가 찬다는 듯 푸른 머리카락을 거칠게 쓸어 올리는 모습에 나는 깜짝 놀라 그의 소맷자락을 잡아당겼다. 불안한 눈으로 올려다보자, 그는 안심하라는 듯 어깨를 가볍게 토닥여 주고는 말했다.

"본디 인기가 많은 줄은 알고 있었지만, 그대가 이토록 사랑받는지는 미처 몰랐군. 그간 기사로 살면서 힘겨운 시간을 보낸 것은 아닐까 걱정하였는데 다행이오."

"폐하."

"갑시다. 결혼식 준비에 차질이 없으려면 지금부터 움직여야 하지 않겠소."

"그, 그렇지만……."

머뭇머뭇 뒤를 돌아보자 침울한 표정으로 이쪽을 바라보고 있는 기사들이 보였다. 아무래도 안 되겠다 싶어 그의 제안을 거절하려는데, 갑자기 기사들의 얼굴이 하얗게 질리는가 싶더니 가장 앞에 서 있던 프레이아 경이 다급한 목소리로 말했다.

"급하신 듯한데 어서 가 보십시오, 모니크 경."

"하지만……."

"저희는 괜찮습니다. 부담 갖지 마십시오."

"그, 그렇습니다. 저희는 괜찮습니다!"

갑자기 다들 왜 저러지? 혹시 그가 뭐라고 한 건가?

혹시나 하는 마음에 뒤를 돌아보았지만, 그는 무표정한 얼굴로 기사들을 바라보고 있을 뿐 평소와 다름없는 태도였다. 나는 고개를 갸웃하며 그를 잠시 올려다보다 기사들을 향해 말했다.

"……그럼 먼저 실례하겠습니다. 죄송해요, 여러분."

"아닙니다, 모니크 경. 그럼 살펴 가십시오."

우렁찬 인사를 뒤로 한 채, 나는 그와 함께 식당을 빠져나왔다. 왠지 모르게 찜찜한 기분은 남았지만, 맞잡은 손에서 전해져 오는 온기는 무척이나 따스했다.

사흘 뒤.

나는 사직서를 제출하러 황궁으로 향했다. 아버지께 드리면 간단하게 해결될 일이긴 했지만, 그래도 몇 년간 해 온 일인데 공식적인 절차를 밟는 편이 나을 것 같아서였다.

하얀 봉투를 받아 든 아버지께서는 복잡해 보이는 표정으로 직인을 찍어 주셨다. 나 역시 애매한 심정이었다. 맞지 않는 옷을 벗은 듯 후련한 기분 반, 그리고 어딘가 아쉽고 허전한 느낌 반이라고나 할까.

"그간 수고했네, 모니크 경."

"……감사합니다, 단장님."

처음이자 마지막으로 불려 보는 '경'이라는 호칭, 그리고 처음이자 마지막으로 붙여 보는 '단장님'이라는 경칭.

나는 복잡한 기분을 가슴에 품은 채 두 개의 어깨끈을 떼어 내려놓았다. 순간 어떻게든 저것을 달아 보고자 이를 악물고 노력했던 지난 육 년 동안의 세월이 머릿속을 스치고 지나갔다.

갑자기 목울대가 뜨겁게 달아올랐다.

"늘 네가 이 일을 관두길 바랐는데…… 막상 이걸 보니 기분이 이상하구나."

한참 동안 내가 내려놓은 어깨끈만 어루만지던 아버지께서 말씀하셨다. 동의하듯 고개를 끄덕이자, 깊게 가라앉은 군청색 눈동자가 나를 향했다.

"이제야 조금 실감이 나는구나. 두 달 후면 내 딸을 시집보낸다는 것이."

"죄송해요, 아버지. 오래도록 모시고 싶었는데……."

"아니다. 아비는 네가 행복하다면 그걸로 충분하다. 게다가 어디 먼 곳으로 가는 것도 아니니, 언제든지 만날 수 있지 않느냐."

"그야 그렇지만……. 아, 아버지. 지금 이 말씀, 분명히 약속하신 거예요? 수도를 떠나시거나 하면 안 돼요, 네?"

"그래, 약속하마. 내 이리 어여쁜 딸을 두고 어딜 가겠느냐."

머리카락을 쓸어 주는 손길이 무척 포근했다. 잠시 그 느낌에 취해 있다가, 나는 문득 머릿속을 스치고 지나가는 생각에 아버지를 돌아보았다.

"저, 아버지. 혹시 저녁에 시간 있으세요?"

"어찌 그러느냐."

"요즘 들어 아버지와 단둘이 시간을 보낸 적이 없는 것 같아서요. 오랜만에 데이트, 어떠세요?"

"그런 일이라면야 언제든 환영이지. 알았다. 그럼 이따 보자꾸나."

"네. 그럼 이따 봬요."

생긋 미소 지은 뒤 단장실에서 빠져나오는데, 입구에서 서성거리던 기사들이 우르르 달려와 나를 에워쌌다. 허전한 어깨 부분을 확인한 그들이 간절한 눈초리로 물었다.

"저, 정말 관두신 겁니까?"

"아, 안 됩니다. 이럴 수는 없……."

"제발 아니라고 말씀해 주십시오."

성인식도 채 치르지 못한 어린 나이에 입단해 단장의 보좌관이라는 중책을 맡았던 나. 모니크가 출신이라는 이유로 알게 모르게 특혜를 받았고, 때마침 선발 기준이 바뀌는 바람에 금세 정식 기사 자격까지 취득했던 나. 그럼에도 그들은 나를 미워하기는커녕 아끼고 좋아해 주었다. 물론 일부는 질시하기도 했지만, 그렇지 않은 대부분의 사람들 덕분에 나는 무척 편안하게 기사단 생활을 영위할 수 있었다.

그 모든 것에 대한 감사를 담아서, 나는 주위를 둘러싼 사람들에게 정중하게 인사를 건넸다.

"그동안 죄송하고, 또 감사했습니다. 늘 폐만 끼쳤는데 이리 아껴 주신 점, 진심으로 감사드려요."

"아, 아닙니다!"

"저희야말로 모니크 경과 함께할 수 있어서 영광이었습니다!"

우렁찬 답변에 환하게 미소 짓고서, 나는 늘 고마웠던 그들을 향해 다시 한 번 고개 숙여 인사했다.

"감사합니다. 그리고 앞으로도 잘 부탁드려요. 이전처럼 동료로서 함께 근무하지는 못하겠지만요."

"물론입니다!"

"고마워요. 그럼 다음에 또 뵙겠습니다."

감사의 뜻을 담아 재차 웃어 보였다. 이제는 자주 오지 못할 제2기사단 건물을 마지막으로 한 번 돌아보고서, 떨어지지 않는 다리를 억지로 떼어 걸음을 옮겼다.

외궁을 거의 벗어났을 때, 맞은편에서 벌꿀색 머리카락을 단정하게 늘어뜨린 남자가 걸어오는 모습이 보였다. 긴 다리를 성큼성큼 옮겨 가까이 다가온 젊은 남자가 고개 숙여 인사를 건넸다.

"오랜만에 뵙습니다, 모니크 영애."

"오랜만이네요, 미르와 후작 각하. 일전에는 정말 감사했습니다."

"아닙니다. 저는 죄인이 아닙니까. 불미스러운 일을 막지 못하고 방관한데다 영애를 제대로 구하지도 못했으니…… 정말 죄송합니다, 영애. 무어라 드릴 말씀이 없습니다."

"아, 아뇨. 이렇게까지 사과하실 필요는……."

거듭 사죄하는 남자를 황급히 만류했다. 이럴 필요까진 없는데. 일부러 나서서 음모를 꾸몄던 것도 아닌데다가, 그는 이미 자신이 저지른 죄에 대한 대가도 치르지 않았던가.

"아 참, 국혼 날짜가 잡혔다지요? 축하드립니다. 영애께서는 분명 훌륭한 제국의 어머니가 되실 겁니다."

"과분한 칭찬이세요. 어쨌든 감사합니다."

"다치신 곳은 좀 어떻습니까? 진작 안부를 여쭈었어야 했는데, 염치가 없어 차마 그럴 수가 없었습니다."

"괜찮습니다. 그리고 그리 자책하지 않으셔도 됩니다. 각하의 협조가 없었다면 재판에서 아주 힘들었을 테니까요."

"그리 말씀해 주시니 감사합니다. 음, 참으로 염치가 없습니다만, 말이 나온 김에 한 가지만 부탁드려도 되겠습니까?"

"그게 뭔가요?"

"저희 계파에 대한 감정이 좋지 않으시겠지만, 모쪼록 일부 때문에 전체를 미워하지는 말아 주십시오. 어려운 부탁인 줄은 압니다. 허나 따지고 보면 우리는 모두 제국을 위해 일하는 사람들이 아닙니까."

틀린 말은 아니었다. 계파라 함은 본디 실현 방법에 대한 견해의 차이가 있을 뿐, 그 본질은 더 나은 제국의 건설을 위해 존재하는 것이었으니까. 게다가 그를 망각한 것처럼 보이던 일부, 즉 강경 노선을 걷던 자들은 이번 일로 인해 대부분 그 세력을 잃게 되었으니만큼, 앞으로 귀족파는 미르와 후작을 위시한 온건파들이 장악할 것이 분명했다. 그리되면 여러 가지 면에서 이전보다는 한결 나아질 테지.

부드러운 미소를 머금고 있는 남자를 바라보자 문득 그의 어깨에 달린 두 줄의 어깨끈이 눈에 들어왔다.

자숙하는 의미에서 모든 직위를 반납했다 하더니, 정말로 제4기 사단의 단장 자리마저 내놓은 건가. 마땅한 적임자가 없으니 그래 봐야 곧 재임명되겠지만.

"이런. 국혼 준비로 정신없으실 텐데, 바쁘신 분을 너무 오래 붙잡았군요. 죄송합니다, 영애."

"아닙니다. 어차피 한 번쯤 인사드리려 했던 걸요. 그럼 다음에 뵙겠습니다, 각하. 다시 한 번 감사드려요."

"아닙니다, 영애. 그럼 살펴 가십시오."

정중하게 고개를 숙이는 후작에게 마주 인사한 뒤 집으로 향했다.

아직 점심때도 되지 않은 이른 시간이라 그런지 수도의 귀족 지구는 바쁘게 오가는 하인과 하녀들만 보일 뿐 지나가는 마차 하나 없이 한산했다. 유독 우리 저택 앞만이 진입 대기 중인 여러 대의 마차로 붐비고 있었을 뿐.

그러고 보니 조만간 가신들이 방문한다 했었지. 그게 오늘이었나?

고개를 갸웃하는 사이, 내가 타고 있는 마차를 알아본 마부들이 서둘러 길을 내주었다.

일렬로 도열하고 있는 고용인들 사이를 지나 저택에 들어서자 깊숙이 허리 숙인 집사가 나를 맞이했다.

"다녀오셨습니까, 아가씨."

"응. 그런데 집사, 저 마차들은 다 뭐지? 가신들이 방문하는 날이 오늘이었나?"

"본디 내일이었습니다만, 하루 일찍 도착한 것 같습니다."

"그래? 예정에 없던 일이라 수고스럽겠지만, 차질 없이 부탁해. 아, 그렇지. 아버지께는 전갈 보냈어?"

"네. 방금 보냈습니다."

"그렇구나. 그럼 나는 올라가 있을 테니, 모두 모이거든 불러 줘."

빙긋 미소를 지어 보이고서, 방에 올라와 수틀을 잡았다. 바늘에 은색 실을 꿰어 새하얀 천에 가문의 문장을 수놓았다. 그것은 약속한 대로 폐하께 드릴 정표를 이것저것 만들다 정작 아버지께는 드린 게 없다는 생각에 만들기 시작한 기사용 장갑이었다.

얼마나 시간이 지났을까? 이제는 가 보셔야 한다는 리나의 말에 바늘을 내려놓고서, 나는 반쯤 완성된 은빛 방패를 한 번 돌아본 뒤 응접실로 향했다.

"오랜만에 뵙습니다, 아가씨."

"정말 오랜만이에요, 여러분. 그간 잘 지내셨나요?"

영지를 돌봐야 하는 최소 인원을 제외한 대부분의 가신이 모인 응접실은 무척 북적거렸다. 아버지를 위한 상석을 비워 두고 자리에 앉자, 나를 맞이했던 이들도 하나둘 착석했다. 곧이어 들어온 시녀들이 모두의 앞에 차와 간단한 먹을거리를 내려놓았다.

"각하께서는 아직 귀가하지 않으셨나 봅니다."

"아, 네. 전갈을 보냈으니 곧 오실 겁니다. 본론은 그때 얘기하도록 하고, 그동안 잠시 담소를 나눌까요? 음, 그렇지. 요즘 영지의 분위기는 어떤가요?"

"별다른 것은 없습니다. 다만……."

화기애애한 분위기 속에서 한참 동안 소소한 이야기들을 나눴다. 어느 남작의 후계자가 득남했다느니, 신전의 신관이 바뀌었느니, 올가을은 풍작이라 수입이 제법 늘었다느니, 그리고 예전에 하멜가에서 할양받은 광산이 의외로 알짜라느니 등등.

모두의 찻잔이 비워지고 새롭게 가득 채워졌을 무렵, 언제나 그렇듯 단정한 제복 차림의 아버지께서 응접실로 들어서셨다.

"각하를 뵙습니다."

"다들 오랜만이군. 앉게."

가볍게 손짓한 아버지께서 자리에 앉으시자, 왼쪽에 앉아 있던 가신 중 한 사람이 진지한 표정으로 본론을 꺼냈다.

"아가씨께서 국혼을 치르시게 되었단 말씀을 듣고 모두 올라오는 길입니다. 물론 감축드릴 일이긴 합니다만, 조금은 당혹스러운 것도 사실입니다. 각하, 대관절 이게 어찌 된 일입니까? 분명 혼약을 파기하신 걸로 알고 있었습니다만."

"공식적인 파혼 절차는 아직 밟지 않은 상태였지. 뭐, 그것도 그렇고, 폐하께서 티아를 끔찍이 아기시는 터라 내 그리 결정을 내렸네. 급하게 일이 돌아간 탓에 사후 통보식이 된 점은 미안하군."

"허면 작위는 어찌 되는 것입니까? 다른 후계자감도 없는 상황에서 유일한 후계자인 아가씨마저 황실의 일원이 되신다면……."

"그 점에 대해서는 폐하와 이미 얼추 얘기를 끝냈네만, 그대들과 상의한 후 최종 결정을 내릴 생각일세. 들어 보겠나?"

아버지와 그가 봤다는 합의는 상당히 파격적이었다. 그것에 따르면 나는 황후가 되더라도 계속해서 모니크가의 후계자로서 활동할 수 있었다. 뿐만 아니라, 아버지께서 비타의 품으로 돌아가신 후에도 작위는 환수되는 것이 아니라 내게 승계된다 했다. 그 경우 모니크가의 모든 것은 황실이 아닌 오직 나만의 소유가 되며, 추후 황태자가 될 황자를 제외한 은발의 아이 중 하나에게 작위를 넘기면 된다고. 아무래도 그것은 만에 하나 그와 틀어졌을 때를 대비한 아버지의 요구 사항인 것 같았다.

게다가 만일 방계 출신 중에 은발의 아이가 태어난다 하더라도 우선권은 내게 있으며, 그 아이에게 작위를 넘길지 여부 역시 내 결정에 달려 있다고 했다. 즉, 나는 황후인 동시에 미래의 모니크 후작으로서 황실의 의지와는 관계없이 가문의 모든 것을 좌지우지할 독립적인 권한을 가지게 된다는 이야기였다. 정말 그렇게 된다면, 만에 하나 그와 틀어진다 하더라도 누구도 나를 함부로 대할 수는 없을 것이었다. 뭐, 그럴 일이야 결코 없겠지만.

그 외에도 향후 십 년간 황실 직할령에서만 나오는 몇몇 특산품의 독점 판매를 허용한다든가, 예물이라는 명목으로 하사하는 어마어마한 양의 귀금속 등, 가문에 떨어지는 자잘한 이익들은 상당한 수준이었다. 물론 지참금 조로 나가는 지출 역시 막대할 터이지만, 덕분에 가신들은 별다른 반발 없이 수용하는 분위기였다. 일부는 황자가 다다음대 후작이 되었을 때의 위상을 생각하며 싱글벙글하기도 했다.

"축하드립니다!"

"축하드립니다, 황후 폐하!"

"아가씨께서는 분명 훌륭한 국모가 되실 겁니다."

"암요. 우리 아가씨 같은 영애가 또 어디 있겠습니까? 역시 폐하께서 여자 보는 눈이 있으십니다."

"왜, 왜들 그러세요."

너 나 할 것 없이 늘어놓는 칭찬에 몹시 민망했다. 애써 만류해 보았지만, 그럴수록 그들은 더욱 즐거워할 뿐이었다. 정말 잘 어울린다는 둥, 선황제께서 그리 원하실 때부터 알아봤다는 둥, 이리 파격적인 대우를 보면 폐하께서 내게 푹 빠진 게 틀림없다는 둥, 얘기를 들으면 들을수록 얼굴이 붉게 달아올랐다.

도저히 배겨 낼 자신이 없어 아버지를 간절하게 바라보았다. 하지만 아버지께서는 그저 흐뭇한 미소를 지은 채 나를 귀엽다는 듯 바라보실 뿐이었다. 아무래도 더는 안 되겠다 싶어서, 나는 우물쭈물 변명을 늘어놓으며 자리에서 일어났다.

등 뒤에서 즐거움이 가득 담긴 웃음소리가 흘러나오고 있었다.

"죄인에게 죽음을!"

"반역자에게 저주를!"

제국력 964년 열한 번째 달의 다섯 번째 날.

오늘이 무슨 날인지 알고 있기라도 한 것인지, 하늘은 초겨울답지 않게 유독 새파랬다. 한기를 잔뜩 품은 대기와는 달리, 수도에서 가장 넓은 귀족 지구의 광장은 그곳을 가득 메운 군중의 열기로 한껏 달아올라 있었다. 분노에 차 내딛는 발 구름 소리, 선창하는 자에 맞춰 일제히 외치는 구호가 너른 공간을 우렁우렁 울렸다.

"반역자에게 죽음을!"

"신탁의 아이를 해하려 한 자에게 비타의 저주를!"

나는 먹먹한 귀를 슬쩍 문지르며 절로 찡그려지려는 표정을 폈다. 광장을 가득 메운 피의 광기, 죽음의 냄새.

갑자기 기분이 확 가라앉았다.

그래, 그때도 저랬었다. 과거 내가 참수를 당하던 그날도.

"황제 폐하를 시해하려 한 희대의 악녀에게 죽음을!"

"신탁의 아이를 사칭한 황비에게 신의 저주를!"

군중의 증오에 가득 찬 목소리, 희대의 악녀라며 퍼붓던 저주, 돌팔매질을 비롯한 온갖 종류의 모욕, 그리고 그 모습을 무심하게 바라보던 과거의 그.

문득 마지막 순간 고개를 돌리던 지은과 그런 그녀를 감싸 안던 그의 모습이 떠올랐다.

'그녀는 어떻게 되었을까?'

한숨을 삼켰다. 오늘까지도 자결했다는 소식이 없는 것으로 보아, 어쩌면 지은은 처형장으로 오고 있을 죄인의 무리에 포함되어 있을지도 몰랐다.

"……소?"

"……."

"티아?"

"……네?"

"괜찮소? 그러게 내 나오지 말라고 했잖소."

옆자리에 앉아 있던 청년이 하얗게 질린 손을 감싸 쥐며 조심스레 물었다. 나는 걱정스러운 빛이 깃든 눈동자를 바라보며 크게 숨을 들이쉬었다. 무겁게 내려앉았던 기분이 한결 나아지는 듯한 느낌.

"괜찮아요. 다른 것도 아니고 반역 죄인을 처형하는 일이잖아요. 더욱이 국혼도 발표하신 마당인데 당연히 나와야지요."

"그래도 그대, 안색이 너무 좋지 못하잖소."

안쓰럽다는 듯 바라보는 청년을 향해 엷게 미소를 지었다. 꼭 잡힌 손을 꼼지락거리자, 그에게서 전해 오는 온기가 서늘하게 얼어붙은 가슴을 따뜻하게 덥혔다.

그 느낌이 기분 좋아 눈꼬리를 부드럽게 휘었다. 그제야 그의 입가에도 스르르 웃음이 걸렸다.

와아아!

갑자기 배 이상으로 커진 함성이 광장을 울렸다. 반사적으로 고개를 돌려 단상 아래를 내려다보았다. 빽빽하게 몰린 군중 속, 유독 소란스러운 곳이 있었다. 아무래도 죄인들을 호송하는 마차가 도착한 모양이었다.

"죄인에게 죽음을!"

"반역자에게 죽음을!"

뒷짐 지듯 두 팔을 결박당한 죄인들이 하나둘 모습을 드러냈다. 나는 쿵쿵 뛰는 가슴 위에 손을 얹으며 재빨리 그들의 면면을 살폈다. 하지만 마지막 사람이 내리고 마차의 문이 닫힐 때까지도 지은의 모습은 보이지 않았다.

"후우……."

꽉 막힌 숨을 토해 내자, 의아하다는 듯 돌아본 그가 물었다.

"어찌 그러오?"

"그게, 제나 공녀가 보이지 않아서요."

"아. 그 일이라면 조금 전 전갈을 받았소. 지난밤……."

우우우!

흥분한 군중의 외침 소리에 그의 음성이 파묻혔다. 대열을 유지하려는 수도경비대의 움직임이 필사적으로 변하고, 단상을 둘러싼 기사들의 어깨에 잔뜩 힘이 들어갔다.

한차례 실랑이가 벌어지는 사이, 무너질 듯 말 듯한 저지선을 겨우 통과한 죄인들이 집행대 위에 올라섰다. 경비대의 감시를 피해기어코 날아든 십수 개의 돌멩이가 아슬아슬하게 목표물을 스치고 지나갔다.

뿌우우!

웅장한 뿔피리 소리에 소란이 잦아들었다. 기대에 찬 군중의 눈초리가 단상 위로 모였다.

한참 전부터 대기하고 있던 의전관이 가슴을 쭉 펴며 한 걸음 앞으로 나섰다. 기다란 두루마리를 펼친 그가 엄숙한 목소리로 내용을 읽기 시작했다.

"위대한 제국에 영광 있으라. 찬연한 태양의 광휘가 함께하사……."

의전관의 말이 이어지는 동안에도, 내 손은 여전히 그에게 꼭 잡혀 있었다.

그 덕분일까, 아니면 지은이 눈앞에서 죽는 모습을 보지 않게 되었기 때문일까? 조금 전보다는 한결 마음이 편안했다.

차분한 표정을 유지하며 죄인들을 내려다보았다.

고개를 푹 숙이고 있는 자, 넋이 나간 듯 무언가를 끝없이 중얼거리는 자, 그리고 증오에 찬 눈길로 단상 위를 노려보는 자.

붉게 타오르는 보라색 눈동자와 시선이 마주치는 순간, 맞잡은 손에 힘을 한 번 준 청년이 나를 부드럽게 놓아주며 자리에서 일어났다.

"제국에 영광 있으라. 사랑하는 제국의 백성들이여, 작금의 사태를 맞이하여 짐은 슬픔을 금할 수가 없도다. 성황 미르칸 루 샤나 카스티나, 선황제 폐하께서 비타의 품으로 돌아가신 지 고작 반년. 아직도 그분의 광휘가 이토록 찬연하거늘, 불측한 저 역도의 무리는 그분의 몸이 채 식기도 전에 제국과 황실에 반기를 드는 사특한 짓을 저질렀다. 그뿐인가? 저들은 주신께서 정해 주신 짐의 예정된 반려, 그대들의 어머니가 될 신탁의 아이를 여러 번 해하고자 하였다. 이에 짐은 역도들에게 제국법의 엄정함을 보여 주고자 한다."

"죄인에게 죽음을!"

"반역자에게 저주를!"

일제히 내딛는 발 구름 소리에 땅이 울렸다. 엄숙한 얼굴로 주위를 한 번 둘러본 그가 오른손을 들어 올리자, 집행 개시를 알리는 붉은 깃발이 기수의 움직임에 따라 위아래로 나부끼며 펄럭펄럭 춤을 췄다. 도끼날을 햇빛에 비춰 본 사형집행관들이 죄수들의 등 뒤에 가서 섰다.

높게 치켜 올라간 날에 반사된 빛이 조각조각 흩뿌려지는 순간, 붉게 타오르는 보라색 눈동자가 그와 나를 향했다. 증오로 가득 찬 노인의 입매가 사납게 이지러졌다.

"네 이 연놈들! 내 지옥에서도……!"

푸확!

붉은 피가 솟구쳐 올랐다. 순간 선득한 느낌이 목덜미를 스치고 지나갔지만, 나는 고개를 돌리는 대신 선혈이 흐르는 처형대에 시선을 고정했다. 그러고는 털썩 쓰러지는 몸을 내려다보며 꽉 막힌 숨을 토해 냈다.

묘한 탈력감이 느껴졌다.

이제야 정말로 끝이 났구나. 과거에서부터 시작되었던 질기고도 질긴 악연이.

제나가가 본가에 대해 가진 심정을 이해 못하는 바는 아니었지만, 그는 그 정도가 지나쳤다. 폐하를 해하려 한 것으로도 모자라서 저와 피를 나눈 조카와 그 딸인 내게 독을 먹이면서까지 본가의 대를 끊어 놓으려 했으니까.

어디 그뿐인가? 그는 황위에 대한 탐욕으로 폐하에게 접근했을 뿐 아니라 두 번에 걸쳐 지은을 이용했고, 과거에는 폐하를 중독시키고 나를 제거하는 데 성공하기까지 했다.

어쩌면 신이 나를 돌려보낸 이유 중의 하나는 이것이 아니었을까. 공작의 탐욕 때문에 죄 없이 스러져 간 많은 생명을 구하기 위해서? 물론 두 번씩이나 다른 상황을 보고 있는 신의 뜻 따위를 어찌 짐작하겠냐마는.

짐짝처럼 실려 나가는 시체들을 한번 돌아보고서, 나는 그만 돌아가자며 내미는 그의 손을 잡았다. 그리고 제국과 황실의 안녕을 거듭 외치는 소리를 들으며 마차에 올랐다.

과거를 모두 청산했으니, 이제는 다가올 미래를 준비할 시간이었다.

⋙�֍⋘

숨 막힐 정도로 바쁜 일정이 이어졌다.

그것은 나를 도와 궁내부를 지휘하는 여러 귀부인들 역시 마찬가지였다. 피곤함에 지쳐 잠들고 두어 시간 자고 일어나 다시 일을 시작하는 생활이 이어졌다.

어떻게 시간이 흐르는지도 모른 채 숨 가쁘게 달리기를 한참, 거듭되던 강행군은 결혼식을 하루 앞둔 날이 되어서야 끝이 났다. 다른 이들은 모두 바빴지만, 나는 결혼식을 앞둔 신부의 특권으로 모처럼 한가한 시간을 보내고 있었다. 오랜만에 푹 자고 일어난 덕인지 기운도 쌩쌩했다.

"아가씨, 대신관 예하께서 뵙기를 청하십니다."

보안을 위해 임시로 배정된 궁으로 옮긴 지도 어느덧 사흘째. 생글거리는 리나는 벌써 궁내부의 복장을 입고 있었다. 나는 그녀의 옷자락에 수놓인 직속 시녀의 표식을 바라보다 천천히 입을 떼었다.

"알았어. 그런데 리나, 황궁 시녀가 되겠다는 생각에는 정말 변함이 없는 거야?"

"에이 참, 아가씨도. 그렇다니까요. 그 얘기만 벌써 열 번째인 거 아세요?"

"하지만 언제까지 내 시중만 들 순 없잖아. 지금에라도 조치를 취해 줄 테니 다시 한 번 생각해 보는 게……."

"저는 지금이 좋아요. 황궁 시녀가 얼마나 인기 직종인데 그러세요? 게다가 다른 사람도 아니고 황후 폐하의 직속 시녀데. 그러니 그 얘긴 그만하시고 어서 나가 보세요. 예하께서 기다리신다니까요?"

"응, 알았어. 잠시만."

탁자 위에 흩어진 은색 편지지들을 그러모아 벽난로에 넣었다. 붉은 불꽃 속에서 검게 변하는 종이들을 보자, 그 안에 담겨 있는 과거의 악몽들까지 한 줌의 재가 되어 사그라지는 느낌이었다.

어쩐지 눈앞이 흐려지는 것 같았지만, 나는 묘하게 잠겨 드는 기분을 뒤로한 채 일어섰다.

방문을 열자 언제나와 같이 바닥까지 끌리는 백발을 가지런히 늘어뜨린 대신관이 서 있는 모습이 보였다.

"생명의 축복이 함께하시기를. 오랜만입니다, 영애."

"정말 오랜만에 뵙습니다, 예하. 그간 안녕하셨는지요?"

"조금 바쁘긴 했지만 그럭저럭 잘 지냈습니다. 청소는 얼추 끝냈는데, 아직 뒷정리가 남아서 말입니다. 그나저나 축하드립니다, 영애. 흠, 영애라 부르는 것도 오늘이 마지막이로군요."

보일 듯 말 듯 미소를 지은 대신관이 말했다. 수줍게 고개를 끄덕이자, 수려한 얼굴에 걸린 웃음이 조금 짙어졌다.

"그럼 일단 신부를 위한 축복부터 내려 볼까요? 생명의 아버지께서 주신 아름다움을 찬양하라. 그대에게 우리 주 비타의 축복을 전합니다."

희게 빛나는 손이 머리 위를 스치고 지나가자, 달콤한 꽃향기가 주위를 짙게 물들였다. 나는 온몸을 감싸는 청량감에 눈을 감으며 스르르 미소를 지었다.

"한결 좋아 보이십니다."

"그런가요?"

"네. 늘 힘들어 보이시더니, 오늘은 표정이 무척 좋으시군요. 후작 부인께서 지금 영애의 모습을 봤다면 몹시 기뻐하셨을 겁니다."

투명한 연두색 눈동자에 알 수 없는 빛이 어렸다. 사르르 흩어지는 신비한 목소리가 공기를 울렸다.

"다행입니다. 이제야 후작 부인께 진 빚을 조금이나마 갚은 것 같군요."

고개를 갸웃했다. 대관절 그 빚이란 게 뭐지? 지난번에도 한 번 그런 얘기를 했던 것 같은데.

조심스레 의미를 묻자, 어렵지 않다는 듯 고개를 끄덕인 대신관이 말했다.

"어린 시절, 상크투스 비타로 찾아왔던 여인이 있었습니다. 어머니를 치유해 주길 빌었는데, 척 보기에도 무척 쇠약한 상태였죠. 당시 저를 돌봐 주던 고위 신관들은 제게 기부금 없이는 그 누구에게도 신성력을 베풀어서는 안 된다고 말했습니다. 해서, 마음이 무거웠지만 모르는 척 외면했지요."

"……."

"며칠 뒤 여인은 저를 찾아와 말했습니다. 너 때문에 내 어머니가 죽었노라고. 이미 짐작하셨겠지만, 그 여인이 바로 후작 부인입니다. 치유 받지 못해 죽은 어미는 영애의 외할머니이시고요."

그렇구나. 그러고 보면 예전에 아버지께서 해 주셨던 얘기에도 그 비슷한 내용이 있었지. 제나 공작의 여동생이었던 외할머니는 어떤 기사와 사랑에 빠져 야반도주했으나 곧 현실에 부딪혔고, 남편마저 죽고 나자 이런저런 일을 하다 병에 걸렸노라고. 외할머니를 살리기 위해 제나가를 찾은 어머니는 도움을 받기는커녕 문전박대를 당했고, 제대로 치료받지 못한 외할머니는 결국 돌아가셨다고 했다. 그 복잡한 악연의 고리 속에 대신관도 속해 있었던 모양이었다.

"그 일로 후작 부인은 저를 몹시 증오하셨습니다. 중독된 사실을 늦게 발견한 것에는 그런 이유도 있었지요. 나중에 용서받기는 했습니다만, 늘 죄책감이 남아 있었습니다. 영애의 일이 있은 후로는 더 그랬지요."

"……그렇군요."

"영애께서 후유증을 떨쳐 내셨다는 사실을 들었을 때, 무척 기뻤습니다. 이제야 빚을 조금 갚은 것 같았다고나 할까요."

말을 마친 그는 생각에 잠긴 듯한 표정으로 허공을 응시했다.

그랬던가. 그래서 그토록 죄인을 자처하며 축복을 내려 주고, 내게는 유독 저자세를 보이며 이것저것 해 주려 애썼던 건가. 그저 신탁으로 부여받은 이름 때문에 잘해 주는 거라 생각했는데, 그 이면에는 다른 이유도 있었던 거였구나.

만일 과거에도 지금처럼 자그마한 접점이 있었더라면, 대신관은 계속해서 제국에 머물렀을까? 그때에도 귀족파의 습격이라든가 신탁이라든가 하는 것이 있었더라면, 아마 그는 어머니께 느낀 부채 때문에라도 남지 않았을까. 그랬다면 제나 공작도 그리 쉽게 독을 쓰지는 못했을 텐데. 언제고 독의 존재를 발견해 낼 수 있는 대신관의 존재는 몹시 부담스러운 것이었을 테니.

"무슨 생각을 그리하십니까."

"아, 아무것도 아닙니다. 그보다 예하, 한 가지만 여쭈어도 되겠습니까?"

선선히 고개를 끄덕이는 대신관을 향해 나는 오래도록 품어 왔던 질문을 던졌다. 운명이란 무엇이고 신의 뜻이란 무엇인지, 그리고 지은과 내게 내려진 이름은 또 무슨 의미인지에 대해서. 스스로는 이미 결론을 내렸지만, 그것은 신성력을 통해 신을 증명하는 대신관이라면 혹 다른 답을 가지고 있을까 하는 마음에 던진 질문이었다.

하지만 그는 그저 웃으며 말했다. 이미 답을 가지고 계신 것 같다고, 무수한 고민 끝에 자신이 내린 결론이라면 그것이 정답 아니겠느냐고.

"어차피 영애께서는 지금껏 스스로 고민에 대한 답을 내려오지 않으셨습니까."

대신관은 엷은 웃음과 함께 말을 이었다.

"헌데 제게 답을 물으신다면, 저로서는 그런 고민의 과정과 결과 모두가 주신의 뜻이라고 말씀드릴 수밖에요."

"아……."

그렇구나.

작은 탄성과 함께 고개를 끄덕였다. 모든 것을 비타의 뜻이라 여기는 대신관에게는 그것이 당연할지도 모른다.

문득 깨달았다. 피오니아라는 이름, 그렇게도 벗어나고자 했던 신의 이름이 주어지고 나서야 나는 그 멀고도 험한 길에 첫발을 내딛을 결심을 했단 것을.

그럼에도 신에게 의지하고 싶은 마음은 들지 않지만, 그래, 이제와 그것이 무슨 상관일까. 결국 그 길을 돌아와 이곳에 서 있는 나는 지금 이 순간 그 누구도 부럽지 않을 만큼 행복하다 할 것인데.

한결 편안한 마음에 스르르 미소를 짓자, 보일 듯 말 듯한 웃음을 지으며 나를 바라보던 대신관이 말했다.

"그러고 보니 영애께 드릴 것이 있었군요."

"네?"

"받으십시오. 영애께 드리는 선물입니다."

그는 품에서 작은 인형 두 개를 꺼내 내게 내밀었다.

"이게 무엇인가요?"

나는 대신관이 내민 인형들을 바라보며 물었다. 헝겊을 이어 붙여 만든 그것은 몹시 엉성하고 투박했다. 마치 어린아이가 만든 것처럼.

"콰르투스가 보낸 것입니다. 영애 덕분에 보금자리를 얻게 된 아이들이 감사의 표시로 만들었다 하더군요."

"아……."

그제야 인형의 모습이 제대로 눈에 들어왔다. 푸른색 머리카락을 가진 남자 인형과 은빛 머리카락을 가진 여자 인형의 머리 위에는 왕관과 티아라로 보이는 물체가 각각 놓여 있었다.

무심코 뻗으려던 손끝을 거두어들였다. 성의가 고맙기는 하지만, 아이들에게 내가 해 준 것은 그저 냉정한 거래의 대가일 뿐이었으니까.

"……제가 받을 만한 것은 아닌 것 같습니다."

"아니오. 받아 주셔야 합니다."

몹시 단호한 말투에 절로 눈이 크게 뜨였다. 그런 모습은 그와 만난 이후로 처음 보는 것이었으므로.

하지만 조금은 엄한 듯하던 표정은 이내 스르르 풀렸다. 그가 기도를 해 줄 때마다 나타나던 꽃무리처럼, 그렇게.

"악의에는 악의로, 순수한 마음에는 순수한 마음으로. 아이들에게는 그저 고맙다 이야기하는 것만으로도 충분하답니다."

"……그래도, 될까요?"

조금 더 앞으로 내밀어진 한 쌍의 인형을 조심스럽게 받아 들었다. 서툰 손으로 만든 그것들은 빈말로도 멋지다 이야기하기 힘들었지만, 나는 환한 미소를 지으며 두 인형을 품에 당겨 안았다.

"정말, 예쁘네요. 고맙다고 꼭 전해 주세요."

이 인형을 만들었을 아이들과 어딘가에 있을 금발의 대신관을 향해, 나는 진심을 다해 감사를 표했다. 이 마음이 꼭 전달되기를 바라며.

대신관이 다녀간 이후로 더 이상 방문객은 없었다. 하긴, 결혼식 전날의 신부를 찾아올 만한 사람은 그리 많지 않았으니까. 아버지께서도 막바지 준비에 바쁘신 탓에 아마도 식전에나 뵐 수 있을 듯했고.

리나는 내일을 위해서는 푹 자 두어야 한다며 초저녁부터 잠자리에 들 것을 종용했지만, 이상하게 싱숭생숭한 마음 때문인지 도통 잠이 오지가 않았다.

도저히 안 되겠다 싶어 이불을 걷고 일어났다. 그리고 창가로 다가가 무심코 커튼을 걷다 깜짝 놀랐다. 어느새 소복하게 내린 눈이 온 세상을 하얗게 물들인 것이 아닌가.

"와아······."

절로 감탄이 새어 나왔다. 창문을 열어젖혀 손을 밖으로 내밀어 보았다. 펼쳐진 손바닥 위로 얼어붙은 물방울이 나풀나풀 내려앉았다. 달빛 아래 소복이 쌓인 눈이 은색으로 반짝이는 모습이 무척이나 아름다웠다. 신비로우면서도 어딘가 몽환적인 느낌.

그림 같은 광경에 한참 빠져 있을 때, 정적을 가르는 노크 소리가 들려왔다.

이 시간에 무슨 일이지?

고개를 갸웃하며 들어오라 말하자 잠시 후 중앙궁의 시녀로 보이는 여인이 안으로 들어섰다. 조심스레 건네는 종이쪽지를 받아 펼치자 황실 특유의 화려한 서체로 몇 마디 말이 적혀 있는 것이 보였다.

온 세상이 순백의 이불을 덮은 이 밤, 오늘따라 유독 그대가 그립군.
티아, 잠시만 베르 궁의 정원으로 나와 줄 수 있겠소? 그대와 더불어 은빛 꽃을 보며 추억에 잠기고 싶군.

입가에 절로 미소가 걸렸다.

알겠노라고 답을 전하고서, 서둘러 옷을 갈아입었다.

설레는 가슴 때문일까? 몇 번이고 헛손질하고 나서야 나는 간신히 외투까지 갖춰 입은 뒤 방을 나섰다. 한 차례 실랑이를 각오했는데, 조금 전 들렀다 간 시녀장 때문인지 근위 기사들은 의외로 별말 없이 내 뒤를 따랐다.

환한 달빛 아래 순백의 구름 이불이 펼쳐져 있었다. 앙상한 나뭇가지에 눈꽃이 도도록이 솟아나고, 살며시 벌어진 입술 사이로 뽀얀 입김이 피어올랐다. 바람 하나 불지 않는 사위, 설야 특유의 고요한 평화.

그 포근한 침묵을 깨며 걸음을 떼었다. 발아래서 들리는 뽀득뽀득 소리에 절로 웃음이 나왔다.

베르 궁 입구는 인기척 하나 없이 조용했다. 아무래도 그는 아직 도착하지 않은 모양이었다.

말없이 뒤로 물러나는 근위 기사들을 향해 미소를 지어 보이고서, 조심조심 정원 안으로 발을 들여놓았다. 군데군데 타인의 발자취가 있던 산책로와는 달리 그곳에는 누구의 흔적도 없는 순결한 눈밭이 펼쳐져 있었다. 어쩐지 심장이 두근두근 뛰었다.

뽀드득 소리를 내며 첫 발자국을 새겼다. 눈꽃이 만발한 정원 한가운데, 입구에서부터 은빛 꽃나무까지 통하는 한 줄기 길이 만들어졌다. 조심조심 나무 앞에 도착해서, 설레는 긴장감에 외투 깃을 여미며 고개를 한껏 뒤로 젖혔다. 혹 그동안 꽃이 피었을까? 마지막으로 봤을 때는 봉오리가 반쯤 벌어져 있었는데.

발돋움하며 이리저리 살피다 한숨 쉬었다. 그득그득 쌓인 눈 때문에 꽃이 피었는지 아닌지 잘 보이지가 않는 탓이었다.

"티아."

어떻게 하면 눈을 털어 낼 수 있을까 고민하다, 깜짝 놀라 뒤를 돌아보았다. 그곳에는 푸른 머리카락의 청년이 미소 띤 얼굴로 서 있었다.

나는 놀란 가슴을 쓸어내리며 배시시 웃음을 지었다. 부드럽게 풀린 입술 사이로 반가움이 가득 담긴 목소리가 흘러나왔다.

"놀랐잖아요, 폐하. 오셨어요?"

"음? 무슨 생각을 하고 있었기에 그리 놀란 것이오?"

"기척 없이 오셨으니까 그렇지요. 어찌하신 거예요? 아무 소리도 들리지 않았는데."

"아. 하얀 눈밭에 그대의 발자국만 찍혀 있길래, 나도 모르게 그 위만 밟으며 걸어왔지 뭐요. 그래서 소리가 나지 않았나 보군."

내 발자국만 따라 밟았다고? 진짜로?

고개를 빼어 그의 뒤를 살피자, 정말로 한 개의 발자국 길만 새겨져 있는 것이 보였다. 왠지 모를 간질간질한 기분에 수줍게 미소 짓자, 나를 향해 마주 웃음을 지은 그가 한 걸음 다가와 어깨를 감싸며 물었다.

"혹 자고 있었던 것은 아니오? 공연히 휴식을 방해하는 건 아닌가 싶어 망설였다오."

"아뇨. 잠이 잘 오지 않아서……."

"그렇소? 다행이군. 실은 그대에게 꼭 해야 할 얘기가 있어서 말이오."

"네? 꼭 해야 할 이야기라뇨?"

고개를 갸웃하며 물었지만, 돌아오는 답은 없었다. 그저 길게 드리운 머리카락을 어루만지는 손길만 느껴졌을 뿐.

무언가 생각에 잠긴 듯, 그는 제법 긴 시간 동안 침묵한 후에야 비로소 입을 열었다.

"내일이면 드디어 결혼식이로군."

"그러네요. 벌써 내일이라니. 참으로 세월이 빠른 것 같아요."

"일각이 여삼추라. 본인은 내일이 오기만을 하루하루 손꼽아 기다렸거늘. 벌써라고 표현하는 걸 보면, 그대는 그것이 아니었나 보오."

"어찌 또 그러셔요. 그런 의미가 아니라는 거, 잘 아시면서."

가볍게 눈을 흘기는 나를 향해 엷게 미소 지은 그가 말했다.

"농담이오. 실은 본인도 막상 결혼식이 내일로 다가오자 왠지 기분이 이상하였다오. 부황 폐하도 생각나고 후작 부인도 자꾸 떠오르는 것이…… 영 잠이 오질 않더군."

"……."

"잠시 거닐까 하고 나왔는데, 달빛에 비친 눈꽃이 마치 그대의 머리카락처럼 곱게 반짝이는 게 아니겠소. 그 순간 저 꽃이 생각났다오. 그대에게 아직 하지 못한 말도. 그래서 쪽지를 보낸 것이오."

말을 마친 그가 크게 숨을 들이쉬었다.

대체 내게 하지 못했다는 이야기가 뭘까?

의아하게 바라보는데, 갑자기 불어온 바람이 그와 나를 가볍게 스치고 지나갔다. 그 결에 눈꽃 핀 나무에서 새하얀 빗방울이 나풀나풀 떨어져 내렸다.

불현듯 나를 향해 있던 바닷빛 시선이 위로 향했다. 갑자기 왜 그러나 싶어서, 나는 고개를 갸웃하며 뒤를 돌아보았다.

"와아……."

절로 탄성이 새어 나왔다. 눈꽃이 떨어져 내린 가지 위로 은빛 꽃봉오리가 모습을 드러내고 있었다. 벌어진 봉오리 사이로 피어오를 듯 말 듯 수줍게 얼굴을 내민 꽃잎도 보였다.

드디어 볼 수 있는 걸까? 그토록 보고 싶어 했던 은빛 꽃을?

"……아름답군."

"정말 그러네요."

"일전에도 이야기했지만, 저 꽃은 정말이지 그대를 닮았소. 온갖 고초를 겪으면서도 끝내 지지 않고 꿋꿋하게 버텨 내는 것 하며, 보여 줄 듯 말 듯 애태우던 모습이."

문득 가슴이 벅차올랐다. 과거, 채 꽃을 피우지도 못하고 스러져 가는 나무를 보며 어찌 그리 나와 닮았느냐고 한탄하던 기억이 떠올랐기에.

정말 저 꽃과 내가 닮았다면, 활짝 피어오를 날만 남은 저 꽃처럼 내게도 그와 함께 행복할 날만 남은 것일까?

솟아오르는 감동에 눈을 깜빡이며 그를 돌아본 순간, 믿을 수 없는 광경이 눈앞에 펼쳐졌다. 절로 눈이 휘둥그레지고, 너무 놀라 굳은 몸이 딱딱하게 얼어붙었다.

"폐……."

말조차 제대로 잇지 못하고 입만 벙긋거리는 나를 올려다본 그가 부드럽게 미소를 지었다. 옛이야기 속 기사가 제 레이디에게 했던 것처럼, 마치 공경하듯 내 손을 받쳐 올린 그가 손등에 입술을 가져다 댔다.

얼어붙은 피부를 간지럽히는 따뜻한 숨결에 그제야 정신이 들었다. 대체 지금 뭘 하는……!

"폐, 폐하, 이게 무……."

"티아, 내 그대에게 하고픈 이야기가 있소."

"이, 일단 일어나셔요. 제국의 주인께서 무릎을 꿇으시다니, 이 무슨 망측한 일입니까. 어서 일어나세요, 네?"

그러나 그는 요지부동이었다. 뿐만 아니라, 어쩔 줄 몰라 하며 마주 무릎 꿇으려는 나를 힘주어 저지하기까지 했다.

대체 왜 이러는 거야. 누가 보기라도 하면 어쩌려고.

반사적으로 시선이 정원 입구로 향했다. 경악한 듯 바라보는 근위 기사들을 보자 속이 바짝바짝 타들어 갔다. 어떡하지? 저 인원을 일일이 입단속 하기는 어려울 텐데.

그때, 이 일을 어찌 수습해야 하나 고민하고 있는 내 귓가에 나지막한 목소리가 들려왔다.

"내 몸에 흐르는 피와."

순간 몸이 굳었다. 방금 그가 뭐라고 했지?

천천히 고개를 돌리자, 바닷빛 눈동자와 시선이 마주쳤다. 의심스럽게 바라보는 나를 곧게 응시한 그가 입을 열었다.

"내 몸 안에서 뛰는 심장으로."

눈을 크게 떴다. 잘못 들은 것이 아니었단 말인가?

그러니까, 그가 내게, 진짜로 하고 있다고? 모니크가와 황실 사이의 오래된 언약, 피의 맹세를?

"이 생명과 마음을 걸고……."

거칠어진 숨을 내뱉으며 터질 듯 빠르게 뛰는 심장 위에 손을 얹었다. 흔들리는 시야 속에 결연한 의지를 담고 있는 바닷빛 눈동자가 들어왔다.

갑자기 목이 메었다.

"그대에게 평생을 바치오니."

"……폐하."

서늘한 공기 때문에 한껏 얼어붙어 있던 손이었는데, 한때는 스치기만 해도 차갑게 식어 내리던 손이었는데, 그랬던 손끝에서 갑자기 뜨거운 기운이 느껴졌다. 심장으로 흘러들어 온 기묘한 그 열기는 곧 온몸 구석구석으로 퍼지기 시작했다.

"부디 내 소원을 허락해 주오. 나의…… 정인이여."

조금씩 눈앞이 흐려지고 있었다. 나는 꽉 메인 목을 가다듬으며 떨리는 목소리로 물었다.

"그대의 소원은…… 무엇입니까."

"나의 소원은, 죽는 날까지 그대와 함께하는 것. 같이 잠들고, 함께 일어나며, 힘을 합쳐 제국을 돌보고, 기쁨과 슬픔을 나누며, 서로가 서로만을 바라보면서…… 그렇게 살아가는 것. 그것이 바로 내 소원이오."

쉽게 변하지 않을 마음이라는 것을 믿었지만, 사실 그 이면에는 혹시 또 모른다는 불안감이 도사리고 있었다. 만에 하나 그가 변한다 하더라도, 이토록 사랑받았다는 사실만으로도 충분히 살 수 있을 거라며 스스로를 안심시켰다. 그럼에도 끝내 떨쳐 버리지는 못했던 한 줄기 두려움, 또다시 다른 여자에게 그를 빼앗길지도 모른다는 공포.

어쩌면 지은에게 그의 마지막 배려를 말해 주지 않았던 건 바로 그 때문일지도 몰랐다. 그 말을 들은 그녀가 혹시라도 마음을 고쳐먹고 다시 그의 주위를 배회할까 봐서.

그랬는데─.

뿌옇게 흐려진 눈에서 한 줄기 눈물이 흘렀다. 모두 잊었다 했으나 끝내 잊지 못했던, 마음속 깊은 곳에 박혀 있던 가시 하나. 기억을 지우지 못하는 이상 죽을 때까지 안고 갈 수밖에 없다고 생각했던 마지막 상처 한 조각이 눈물로 화해 스르르 녹아내렸다. 벅차오르는 감동과 그에 대한 애정, 그리고 기쁨과 안도가 스며든 눈물이 자꾸만 쏟아졌다. 나는 일렁이는 시야 속에서 유독 눈에 띄는 푸른빛을 바라보며 떨리는 입술을 열었다.

"건국 이래, 황가의 사람이 맹세의 주체가 된 적은 없었습니다."

"그럼 본인이 최초가 되겠군."

"대가가 평생인 데도요?"

"그대가 내 소원을 들어주면, 나도 그대의 평생을 갖게 되잖소. 공평한 거래라고 생각하는데."

"맹세를 어기면 목숨을 잃게 되는데도?"

"상관없소. 죽는 날까지 그대를 향한 마음이 변할 일은 없을 테니까. 그러니 티아, 나의 정인이여. 이제는 답해 주시오. 내 소원을 받아들이겠소?"

확신에 가득 찬, 그러나 부드러운 재촉에 또다시 눈물이 흘러내렸다. 터질 듯 부풀어 오르는 가슴 위에 손을 얹으며, 나는 죄어 오는 목을 가다듬어 한 음절 한 음절을 입 밖으로 토해 냈다.

"……그대의 소원을 허락하니."

회귀 후 처음으로 마주쳤던 어느 날, 알 수 없는 적의를 감춘 채 무심함을 가장하여 나를 바라보던 소년이 떠올랐다. 오만하기 짝이 없다며 짜증 어린 눈초리로 바라보던 모습도, 그와 나를 칭송하는 연극을 보며 입가에 걸었던 비뚜름한 미소도.

그랬던 그가 내게 무릎을 꿇은 채 영원을 맹세하고 있었다. 자신의 목숨까지 걸어 가면서.

"그대의 피와 심장은 나의 것."

떨리는 음성이 새어 나가자, 청년은 빙그레 미소를 지었다. 부드럽게 나를 잡아당겨 두어 발자국 앞으로 오게 한 그가 맞잡은 손을 끌어 가슴 위에 가져다 댔다.

두근두근, 설레는 울림을 머금은 심장 박동이 손바닥을 타고 내게 전해져 왔다. 마치 이것은 처음부터 너의 것이었다고 말하는 것처럼.

"누구든 맹세를 어기는 자, 피의 저주를 받을지니."

가까워진 거리 때문일까? 한결 커다랗게 보이는 바닷빛 눈동자 안에는 온통 내 모습만이 가득 들어차 있었다.

황금색 눈 가득 물기를 머금은 여인은 나조차도 처음 보는 얼굴을 하고 있었다. 방울방울 흐르는 눈물과는 달리 은은하게 걸린 행복한 미소, 발그레하게 붉힌 두 볼과 환한 표정. 마치 난생처음으로 고백을 받고 있는 소녀와도 같은, 그러면서도 사랑받고 있다는 자신감에 가득 찬 여인과도 같은 그런 얼굴을.

"이것은 신성한 언약, 사자와 창에 새겨진…… 피의 맹세라."

약속의 말을 마치는 순간, 뜨거운 무언가가 가슴속을 훑고 지나가는 듯한 느낌이 들었다. 그제야 몸을 일으킨 그가 나를 꽉 끌어안으며 속삭였다.

"사랑하오, 티아."

"사랑해요, 루브."

환하게 미소를 지은 그가 천천히 고개를 숙였다. 입술이 가볍게 내려앉았다. 정수리에, 이마에, 눈꺼풀에, 그리고 입술 위에. 뜨겁게 맞닿은 입술 사이로 마지막 남은 눈물 한 방울이 또르르 굴러 떨어졌다. 기쁨과 행복이 녹아내린 물방울은 그의 입맞춤처럼 무척 달았다.

그 달콤함에 함빡 빠져 있을 때, 갑자기 주인을 알 수 없는 매혹적인 향기가 코끝을 스치고 지나갔다. 그제야 구름 위를 노닐듯 몽롱하던 정신이 돌아왔다.

손을 뻗어 부드럽게 밀어내자, 입술을 떼어 낸 그가 스르르 눈을 떴다. 조금은 짙어진 듯한 바닷빛 눈동자가 나를 응시했다.

"티아?"

"폐하, 이게 무슨 향이죠? 분명 처음 맡아 보는 건데. 마치 꽃향기 같은……!"

절로 눈이 크게 뜨였다.

은색 꽃봉오리가 활짝 열려 있는 것이 보였기에.

달빛 아래 한껏 피어오른 여섯 장의 꽃잎이 은은하게 빛나고, 탄성을 지르는 순간에도 눈 이불을 덮고 있던 은색 꽃들이 여기저기서 자태를 뽐내며 모습을 드러냈다. 언젠가 그가 해 줬던 말처럼 화려하지는 않지만 우아한 꽃, 달빛을 받아 더욱 아름답게 빛나는 은색 꽃들이 하나둘 피어오르는 광경은 무척이나 신비롭고 또 감격스러웠다.

"아름답군. 그대처럼."

한참 동안 말없이 꽃만 바라보던 그가 말했다. 귓바퀴에 와 닿는 숨결에 순간 짜릿한 전율이 흘렀다.

바르르 몸을 떨자, 황급히 나를 놓아준 그가 외투를 단단히 여며 주며 말했다.

"날이 춥소. 이만 들어갑시다."

"하지만……."

"이러다 감기라도 걸리면 큰일이잖소. 오늘은 이만 들어가고 내일 다시 옵시다. 응, 티아?"

걱정스러운 목소리에 배시시 웃음 지었다. 추워서 몸을 떤 건 아니었는데. 뭐, 조금 아쉽긴 하지만 어쩔 수 없지.

살며시 고개를 끄덕이자, 안도의 한숨을 내쉰 그가 내게 손을 내밀었다. 나는 따뜻한 그 손을 붙잡고 입구를 향해 한 걸음 내디뎠다.

순간, 점점이 이어진 한 줄기 발자국 길이 눈에 들어왔다.

내가 홀로 걸어왔던ㅡ.

그리고 그 역시 홀로 걸어왔던 바로 그 길이.

어쩐지 그 모습이 지금까지의 그와 나의 삶과 비슷하다는 생각이 들었다.

과거에도 현재에도 늘 혼자였던 그, 과거에도 회귀 후에도 홀로 고민을 끌어안고 걸어왔던 나. 지배하는 자의 숙명 탓인지 감정에 있어서는 늘 서툴렀던 그와 나, 그래서 항상 외로웠던 우리.

'우리라…….'

문득 입가에 미소가 걸렸다. 하나이면서 둘이고, 둘이면서 하나인, 이제는 '우리' 라는 말로 묶일 수 있는 그와 나. 외따로인 독립 개체가 아니라 서로가 서로에게 종속된 그와 나, 우리.

우리라는 말을 곱씹을수록 가슴이 꽉 차오르는 것만 같았다. 심장이 기분 좋은 울림을 담고 두근두근 뛰었다.

슬쩍 뒤를 돌아보았다.

외롭게 찍혀 있는 하나의 발자국.

그리고 나란히 찍혀 있는 두 개의 크고 작은 발자국.

한 걸음 한 걸음 옮길 때마다 새하얀 눈밭 위에 두 개의 발자국이 나란히 만들어졌다. 이제 더는 혼자가 아니라는 듯이.

문득 코끝이 찡해졌다. 나도 모르게 멈춰 서서, 두 개의 발자국만을 하염없이 바라보았다. 무심코 걸음을 옮긴 그가 한 발짝 앞에서 멈춰 서며 의아한 눈으로 돌아보았다.

"어찌 그러오?"

"……아무것도 아니에요. 아, 춥다. 어서 가요, 우리."

기억하고 있는 미래가 더는 존재하지 않는 이상, 앞으로 그와 내게 펼쳐질 날들에 대해 알 수는 없다. 하지만 나는 믿는다. 그는 내 곁에서, 그리고 나는 그의 곁에서 평생을 살아갈 것을. 우리는 늘 함께할 것임을.

마지막으로 뒤를 한 번 돌아보고서, 나는 활짝 미소를 지으며 한 걸음 앞선 그의 발자국 옆에 작은 발자국을 찍었다. 함께 걸어 나갈 우리의 미래처럼.

epilogue 1

"아가……. 아니, 황후 폐하."

나긋나긋한 음성에 고개를 돌렸다. 조신한 척 서 있는 모습에 빙 그레 미소를 짓자 리나는 샐쭉한 표정으로 입술을 삐죽였다. 황후의 직속 시녀이니만큼 이제 그녀도 체통을 지켜야 한다는 사실은 알고 있었지만, 늘 호들갑을 떠는 모습을 봐 온 탓인지 영 어색했다.

"웃지 마세요, 폐하. 저도 쑥스럽단 말이에요."

"알았어. 그런데 그건 뭐니?"

"아, 이거요? 폐하께 온 선물이라고 하던데요?"

언제 삐쳤냐는 듯 생글 웃어 보인 리나가 내게 작은 상자 하나를 보여 주었다.

어딘지 모르게 익숙한 겉모습에 고개를 갸웃했다. 은빛 상자에 녹색 리본이라. 분명 어디서 많이 봤던……. 어, 설마?

"이거, 누가 보낸 거지?"

"익명으로 온 거라 잘 모르겠어요. 포장한 모양새가 낯이 익어서 가져오긴 했는데, 어찌할까요? 일단 풀어 볼까요?"

"응, 그래. 풀어 봐."

리본을 풀어 내용물을 살펴본 리나는 이상이 없다는 것을 확인하고서야 상자를 내밀었다.

순간, 반가움과 함께 무어라 형언할 수 없는 감정이 가슴속을 채웠다. 보드라운 녹색 벨벳 천 위에 놓여 있는 것은 백금으로 만든 퀸이었다.

에메랄드로 만든 보석 티아라를 쓴 은빛 퀸.

알렌, 너로구나. 나와 오랜 시간 체스놀이를 했던 사람도, 늘 녹색 리본을 묶어 선물을 보내던 사람도 너였으니.

이제는 조금 괜찮은 거니? 그래서 이렇게 선물을 보내온 거야? 항상 공작 전하를 통해 전해 들었을 뿐, 내게는 소식 하나 남기지 않아 서운했었는데.

조심스레 백금 퀸을 쓸어 보는데, 문득 언젠가 알렌디스가 해 주었던 충고가 떠올랐다. 내게 퀸을 무의식중에 피하고 있는 것이 보인다며 좀 더 적극 활용해 보라 했던 그 말이.

알렌, 이제 나는 그날의 조언대로 무의식의 봉인을 풀었어. 그래서 네게 정말 고맙고, 또 미안해. 다시 만날 그날까지 잘 지내기를, 그리고 너도 행복해지기를 진심으로 바랄게.

먹먹한 마음으로 백금 퀸을 만지작거리고 있을 때, 갑자기 머리 위에 검은 그림자가 드리워졌다. 고개를 채 들어 올리기도 전에 휙 끌어당겨진 몸이 시원한 향에 폭 파묻혔다. 익숙한 향기에 절로 미소가 맺혔다.

"폐하."

"그대, 무얼 그리 보고 있소?"

"아, 선물이에요. 친구에게서 받은."

"그렇군."

조심스레 퀸을 내려놓자, 그는 허리를 숙여 나와 눈높이를 맞췄다. 금실로 이니셜이 수놓인 예복용 스카프를 보자 가슴이 두근거렸다. 저건 내가 선물한 거잖아. 이럴 줄 알았으면 더 멋지게 만들걸.

아쉬운 마음에 슬쩍 한숨을 내쉬는데, 한참 동안 나를 바라보던 그가 갑자기 가라앉은 목소리로 말했다.

"이를 어찌한다……."

"네, 폐하? 어찌 그러셔요?"

"그대, 너무 아름다운 것 아니오. 그렇잖아도 인기가 넘치는데, 이대로 내보냈다 연모하는 이가 더 늘어날까 걱정되는군. 그냥 식이고 뭐고 다 관두고, 누구도 보지 못하게 꼭꼭 숨겨 둘까."

"네? 폐하께서도……."

면사포로 얼굴을 가리고 있어 다행이었다. 그렇지 않았다면 붉게 물든 두 볼을 곧바로 들켰을 테니까.

수줍게 웃음을 짓자, 그는 나를 다시 한 번 꽉 끌어안았다. 사랑스럽다는 듯 쓸어내리는 손길에 가슴이 두근두근 뛰었다.

천천히 다가온 손이 기다란 면사포를 조심스레 들어 올렸다. 열기를 머금은 바닷빛 눈동자가 나를 뚫어져라 바라보고 있었다.

쿵쿵.

심장이 빠르게 뛰기 시작했다. 뜨거운 눈빛을 마주하자 짜릿한 전율이 등골을 타고 흘렀다. 다가오는 입술에 긴장하며 눈을 감는 순간, 달아오른 공기를 깨며 잔뜩 기어 들어가는 목소리가 들려왔다.

"저, 두 분 폐하, 참으로 송구합니다만…… 이제 내려가셔야 할 시간입니다."

얼굴이 확 달아올랐다.

'그러고 보니 리나가 있었잖아.'

나는 어쩔 줄 몰라 하는 리나를 보며 얼굴을 붉혔다. 잊고 있었던 것은 마찬가지인 듯, 멍하니 리나를 바라보던 그가 실소를 머금었다. 고개를 절레절레 저으며 쿡쿡 웃는 모습에 절로 미소가 지어졌다.

"갑시다."

"네? 함께요?"

"그렇소. 앞으로는 늘 함께하자 하지 않았소. 해서 내 그대를 데리러 왔소."

"음, 하지만……."

"쉿. 관례 같은 건 잊어버리시오. 그깟 것에 얽매여 먼 길을 홀로 걸어오게 하긴 싫단 말이오. 자, 그만 갑시다. 이러다 늦겠소."

"네, 폐하."

'어쩜 저리 말을 설레게 하는지.'

배시시 웃으며 손을 잡자, 서둘러 안으로 들어선 시녀들이 치렁치렁 늘어지는 면사포와 드레스의 뒷자락을 받쳐 들었다. 그 모습을 지켜보던 리나가 조심스레 부케를 건넸다. 그것은 원래 계획했던 것과는 다른 꽃다발이었다.

"이건……?"

"내 그것으로 바꾸라 명을 내렸소."

천천히 고개를 끄덕였다.

'역시 그렇구나.'

원래는 어머니께서 좋아하셨다던 하얀 애기동백꽃으로 결정했었는데, 리나가 내미는 작은 부케는 화사하게 피어난 은색 꽃으로 만들어져 있었다.

문득 어젯밤의 일이 떠올랐다. 달빛 아래 펼쳐져 있던 새하얀 눈밭과 활짝 만개한 은색 꽃, 그리고 영원한 사랑을 맹세하던 푸른 머리카락의 청년의 모습이.

두근거리는 마음으로 조심스레 부케를 들어 올렸다. 마지막으로 차림을 한번 점검하고서, 면사포를 내려 얼굴을 가렸다. 그리고 힘주어 잡아 오는 그의 손에 의지해 조심조심 층계를 내려갔다.

한참을 걸어 높은 첨탑에서 내려오자, 대기하고 있던 신관들과 하급 귀족들이 일제히 고개를 숙였다.

"황제 폐하, 만세!"

"황후 폐하, 만세!"

"제국이여, 영원하라!"

"태양과 달에게 경배를!"

크게 외치는 그들에게 가볍게 답례하며 푸른색 카펫 위에 발을 디뎠다. 오직 신부만이 밟을 수 있는 길을 지나 대신전에 도착하자 마중을 나온 고위 신관들이 우리를 반겼다.

파격적인 행동에 놀란 사람들이 눈을 휘둥그레 떴다. 어쩐지 한숨이 나왔다. 이제 예식의 시작인데, 긴 시간 동안 저 시선들을 어떻게 견딘다지?

모두가 놀라는 와중에도, 연두색과 초록빛 신관복을 입은 신관들은 진지한 표정으로 성가를 부르기 시작했다.

나는 기다란 옷자락과 면사포가 곱게 끌리도록 조심하며 그에게 보조를 맞춰 느릿느릿 걸었다. 여섯 개의 계단을 더 올라 대신관 앞에 서자, 초록빛 망토 위로 기다란 백발을 늘어뜨린 대신관이 천천히 입을 열었다.

"생명의 축복이 함께할지니. 생명의 아버지, 주신 비타이시여, 지금 당신의 앞에 영광스러운 제국의 태양과 고귀한 달이 될 신탁의 아이가 서 있습니다. 부디 이들의 결합을 축복하사……."

신비로운 목소리가 축복의 기도문을 읊는 동안에도 등 뒤에서는 여전히 따끔따끔한 시선이 느껴졌지만, 대신관은 그에 아랑곳하지 않고 짧은 축사를 끝낸 뒤 엄숙한 표정으로 말했다.

"루블리스 카말루딘 샤나 카스티나, 제국의 태양이시여, 그대는 주신 비타의 교리에 따라 아리스티아 피오니아 라 모니크를 반려로 맞이하여 기쁠 때나 슬플 때나 괴로울 때나 즐거울 때나 죽음이 두 사람을 갈라놓는 순간까지 한결같이 사랑하고 위로하며 존중하고 지킬 것을 맹세합니까?"

"맹세한다."

"아리스티아 피오니아 라 모니크, 그대는 주신 비타의 교리에 따라 루블리스 카말루딘 샤나 카스티나 황제 폐하, 제국의 서른네 번째 태양을 반려로 맞이하여 기쁠 때나 슬플 때나 괴로울 때나 즐거울 때나 죽음이 두 사람을 갈라놓는 순간까지 한결같이 사랑하고 위로하며 존중하고 지킬 것을 맹세합니까?"

"맹세합니다."

짧지만 몹시 무거운 서약의 말을 마치자, 조심스레 다가온 고위 신관이 폭신한 방석 위에 놓인 화려한 보석 상자를 열었다. 푸른 벨벳 위로 영롱하게 빛나는 다이아몬드 반지가 모습을 드러냈다. 반지 위에 손을 얹고 짧게 축복의 기도문을 읊은 대신관이 말했다.

"예물을 전하십시오, 폐하."

부드럽게 왼손을 잡아 올린 그가 천천히 반지를 끼웠다. 손가락을 타고 올라오는 짜릿한 전율에 절로 몸이 떨렸다.

새하얀 천을 들어 그와 나의 손을 하나로 묶은 대신관이 축사를 내리는 동안, 그는 바르르 떨리는 손을 꽉 움켜쥔 채 나를 빤히 쳐다보았다. 바닷빛 눈동자에 어린 짙은 열기. 길게 드리운 면사포에 가려졌음에도 확연하게 보이는 그 눈빛은 몹시 뜨거웠다.

갑자기 목이 탔다. 심장이 긴장 어린 설렘으로 빠르게 뛰었다.

어떻게 식이 진행되었는지 잘 기억나지가 않았다. 떨리는 손으로 간신히 결혼서약서에 서명한 것과 거듭 들려오던 성가, 그리고 주신 비타의 이름으로 우리의 결합이 적법하게 성립하였음을 선언하며 축복을 내리던 대신관의 목소리만이 기억날 뿐. 고개를 숙여 보인 대신관이 사라지고, 청년이 힘을 주어 나를 돌려세웠을 때에야 이제 퇴장할 시간이라는 것을 겨우 깨달았을 정도로 나는 정신이 하나도 없었다.

"아리스티아 피오니아 라 모니크, 짐의 맹약자이자 오직 하나뿐인 반려여, 그대에게 제국 제일의 여인이자 가장 고귀한 여인, 가장 빛나는 여인이며, 가장 사랑받는 여인인 황후의 칭호를, 그리고 영광된 카스티나의 성을 내린다. 주신 비타와 태양의 가호가 그대와 함께하기를."

"폐하?"

눈을 크게 떴다. 놀란 것은 마찬가지인 듯, 그의 말을 따라 축사를 외쳐야 할 사람들이 침묵하고 있었다. 오직 하나뿐인 반려까지는 관례상 붙이는 문구로 생각할 수 있겠지만, 맹약자라는 말은 도저히 이해할 수 없을 테니까.

"어쩌자고 그런 말씀을……."

"쉿, 괜찮소."

손을 뻗어 내 입술에 가져다 댄 그가 말했다. 한참 동안 다정하게 바라보기만 하던 그는 소란이 잦아든 후에야 얼굴을 가린 면사포를 걷어 내고는 고개를 숙여 입을 맞췄다. 부드럽기 그지없는 몸짓에 비로소 긴장이 풀렸다. 수줍게 미소를 지으며 올려다보자, 그의 입가에도 웃음이 스르르 번져 나갔다.

악단의 웅장한 연주와 함께 결혼의 성립을 알리는 종소리가 수도로 울려 퍼졌다. 나는 시녀들이 옷자락을 들어 올리는 것을 확인한 뒤 시종에게서 새하얀 장갑을 받아 드는 그를 올려다보았다.

'저것도 내가 만들어 준 거잖아.'

어쩐지 심장이 간질간질했다. 어딘가 뿌듯하기도 하고 쑥스럽기도 한 느낌.

"어찌 그러오?"

"그게, 그 장갑이랑 스카프……."

"아, 이것 말이오? 사랑하는 아내가 손수 만들어 준 것이니, 이런 날 당연히 착용해야 하지 않겠소."

사랑하는 아내…….

가슴이 두근두근 뛰었다. 곱게 미소를 지으며 발을 내딛는데, 갑자기 그가 걸음을 멈췄다. 어찌 그러나 싶어 돌아보자 미소 띤 얼굴로 우리를 바라보고 있는 은발의 기사가 눈에 들어왔다.

갑자기 코끝이 찡했다. 담담하게 웃고 계셨지만, 나를 향한 군청색 눈동자는 젖어 있었기에.

'아버지……'

혀끝에 빙빙 도는 말을 간신히 삼키는데, 갑자기 한 발짝 앞으로 나선 그가 아버지를 향해 슬쩍 고개를 숙였다.

또다시 소리 없는 경악성이 퍼져 나갔다. 나 역시 깜짝 놀라 그를 올려다보았다. 대체 지금 뭘 한 거지? 아무리 황후의 아버지라 한들, 일국의 황제인 그가 고개 숙여 예를 표하다니.

하지만 그는 아무렇지도 않다는 듯한 표정으로 담담하게 말했다. 곱게 키운 딸을 주어 고맙다고, 반드시 행복하게 해 주겠노라고.

순간 눈물이 핑 돌았다. 그에 대한 감사의 마음과 아버지에 대한 복잡한 심경이 뒤섞였다. 행여나 눈물을 떨굴세라, 나는 황급히 고개를 숙이며 아버지를 향해 예를 갖췄다.

감사합니다, 아버지.

아버지가 아니었다면, 저는 새롭게 얻은 기회를 이리 붙잡지 못했을 거예요. 저 정말 잘 살게요. 그러니 부디 지켜봐 주세요. 행복한 딸의 모습을.

입구를 나서자 각양각색의 표정으로 검례를 취하는 기사들이 보였다. 간혹 보이는 반가운 얼굴들에 무어라 말을 건네고 싶었지만, 일말의 망설임도 없이 걸음을 옮기는 그 때문에 그저 미소만 지어 보인 뒤 뚜껑 없는 마차에 올랐다. 아직 한겨울인 탓에 뽀얀 입김이 새어 나왔지만, 외투를 걸쳐 주고는 어깨를 감싸 안은 그 덕분인지 그리 춥지는 않았다.

"출발하라."

마차의 바퀴가 서서히 구르기 시작했다.

일제히 허리를 숙이는 하급 귀족들을 지나자 신전 밖의 풍경이 눈에 들어왔다. 활짝 핀 얼굴로 환호하는 사람들, 바삐 손을 놀리며 음식을 파는 행상들, 이리저리 뛰어다니는 아이들.

무척이나 즐겁고 행복해 보이는, 흥겨운 분위기에 젖어 있는 그 모든 사람들을 향해 나는 한껏 미소를 지었다. 앞으로 우리가 함께 다스려야 할 곳에 대한 사랑을 듬뿍 담아서.

……제34대 황제 루블리스는 미르칸, 아드리안과 함께 제국의 중흥기를 이끌어 간 세 명의 황제 중 하나로, 과감한 개혁을 통해 기틀을 다진 미르칸 황제의 유산을 이어받아 제국을 본격적으로 발전시킨 업적으로 유명하다.

그러나 루블리스 황제는 그 업적보다는 황후에 대한 유별난 사랑으로 후세에도 명성을 떨치고 있는데, 그의 결혼식은 아직도 황실 역사상 가장 파격적인 것이었다고 평가받고 있다. 당시 그는 관례를 무시한 채 황후와 함께 입장하여 사람들을 놀라게 했을 뿐만 아니라, 황후의 아버지인 모니크 후작에게 딸을 주어 고맙다며 고개를 숙여 보여 모두를 경악케 했다고 한다. 또한 이날 그는 황후에게 변치 않는 마음을 약속하며 자신의 맹약자라 일컬었는데, 이 말의 의미에 대해 분분하던 견해는 훗날 아드리안의 일기가 발견된 후에야 비로소 사라지게 되었다.

이른바 맹약 사건이라 불리는 이 일은 후일 루블리스 황제가 세기의 로맨티시스트로서 이름을 날리는 가장 큰 계기가 되었으며, 이를 토대로 수많은 로맨스 소설이 양산되기도 하였다.

……(중략)…….

이상에서 볼 수 있듯 제국 역사상 전무후무한 사랑을 받은 아리스티아 황후는 얼음 황제라고도 불리는 루블리스 황제의 마음을 사로잡은 유일한 여인으로서 그 이름이 널리 알려져 있다. 그녀는 초대 황후와 더불어 국정에 참여한 몇 안 되는 황후로도 유명하며—대표적 업적으로 세제 개혁 및 재정의 내실화, 기사단 행정 체제의 정비가 있다.—훗날 빛나는 업적을 세워 휘황輝皇이라고도 불리는 아드리안을 훈육해 낸 모후이기도 하니, 가히 최고의 황후라 할 것이다. ……(하략)…….

—『재미로 보는 제국의 야사』제34권,
저자 미상, 7∼63페이지에서 발췌 —

epilogue 2

친애하는 황후 폐하께.

떠나올 때 잠시 뵌 이후 처음으로 보내는 편지로군요. 그간 강녕하셨는지요? 듣자하니 제국에는 어느덧 봄기운이 만연하다 하더군요. 추위에 약하신 터라 혹시 고생하고 계신 것은 아닐까 걱정했는데, 다행입니다.

이곳 리사 왕국은 아직 겨울이지만, 생각보다 그리 춥지는 않습니다. 물론 사절단의 몇몇 사람들은 감기에 몹시 고생하고 있지만 뭐, 폐하께서도 아시다시피 신이야 워낙 강골이니까요.

참, 이쪽 일은 걱정하지 마십시오. 크리얀스 3세는 아직도 후궁 건에 대해 미련을 버리지 못한 것 같긴 합니다만, 감히 각하 앞에서 얘기를 꺼낼 용기는 없는 모양이니까요. 하긴 황후 폐하의 아버지 앞에서 감히 그런 얘기를 꺼낼 자가 얼마나 되겠습니까. 게다가 이곳에 온 첫날 각하께서 보여 주신 모습도 있고……. 뭐, 어쨌든 그렇습니다.

그런데 음, 송구합니다만 폐하, 이런 말투로는 더 이상 못 쓸 것 같군요. 아무리 어린 시절의 친우라 하여도 이제는 황후 폐하가 되신 만큼 되도록 예를 갖추려고 했는데, 도저히 못해 먹겠습니다. 그러니 그간의 우정으로 너그러이 봐주시면 감사하겠습니다.

아, 이제야 좀 살 것 같네.

그래, 황궁 생활은 할 만하냐? 폐하께서는 잘해 주시고? 혹시라도 폐하께서 속상하게 하는 일이 있거든 언제든지 얘기해. 이 오라비의 품은 생각보다 넓으니까. 아무렴 내가 너 하나쯤 건사 못하겠냐? 그러니 사양 말고 이야기하도록.

아차차, 이건 폐하께는 비밀이다. 알지? 내 목숨 아끼자고 하는 소리는 아니야. 전부 너를 위해서 하는 소리니까, 그렇게 웃어넘기지 말고 꼭 새겨듣도록 해. 남자들은 의외의 면에서 꽁하는 경우가 있거든.

어쨌든 뭐, 이곳 일은 걱정하지 않아도 될 거야. 난 각하께서 그렇게 살벌해지시는 모습은 처음 봤거든. 물론 에네실 후작이 어느 정도 성과를 냈으니까 가능한 일이기도 하지만, 처음부터 각하를 파견했으면 이미 오래전에 해결되고도 남았을 것 같더라고.

아무튼 덕분에 이것저것 많이 배우고 있다. 그러니 내가 필요하면 언제든 얘기해. 아마 예전보다는 한결 도움이 될 거야. 정치적으로건 아니면 다른 필요로건 말이지.

아, 정치적이라고 하니까 생각났는데, 혹시 너희 가문에 은발의 여자가 있냐? 실은 얼마 전에 조금 이상한 걸 봤거든. 이곳 민심도 살필 겸 거리를 걷고 있는데 글쎄, 은발인지 백발인지 모를 긴 머리카락의 여자가 지나가는 거 아니겠어? 너나 각하보다는 훨씬 백색에 가깝기는 했지만, 어쨌든 은빛도 분명 섞여 있었단 말이지. 너도 알다시피 은발은 모니크가의 핏줄이 아니고서는 가질 수 없는 거잖아? 그래서 혹시나 하는 마음에 붙들었는데, 그 여자 얼굴이 제나 공녀와 똑 닮은 것 있지. 정말 신기하지 않아? 세상에는 똑같은 얼굴의 사람이 몇 있다고 하더니, 그게 사실이었나 봐.

아차차, 그게 중요한 게 아니고, 아무튼 혹시나 해서 적는다. 각하께서 별말씀 없는 걸 보면 아닐 것 같긴 한데, 혹시 너희 가문 방계의 사람이 아닌가 해서 말이야. 다른 곳도 아니고 리사 왕국에 모니크가의 핏줄이 있다고 하면 문제가 생기지 않겠어? 게다가 은발인데 말이지.

이런, 각하께서 찾으신다. 아무래도 회견에 참석할 시간이 다 된 모양이야.

그럼 나중에 보자, 티아. 이만 줄일게.

너의 절친한 벗, 카르세인 데 라스.

작가 후기

『버림 받은 황비』는 사실 제가 2004년부터 끄적거렸던 습작 「카스티나 제국사」를 리메이크한 글입니다. 습작이라고 해 봐야 시놉시스만 있을 뿐 완결까지 쓰지도 못했고, 간혹 설정만 새로 덧붙이며 홀로 즐거워했던 글이지만요.

생업에 치여 「카스티나 제국사」를 까마득히 잊고 있던 어느 날, 문득 연재소설을 보다 그런 생각이 들었습니다. 차원이동 여주에 게 밀려나는 악녀는 처음부터 악녀였을까? 만일 내가 차원이동을 했다면 어땠을까? 과연 잘 적응하고 잘 해낼 수 있었을까? 또한 회귀물을 보며 이런 의문이 들었죠. 회귀해서 복수한 주인공은 정 말 속이 시원할까? 복수하고 난 다음엔 무엇을 하지? 영문도 모르 고 복수를 당하는 회귀 전 가해자는 정말 죄를 받아야 마땅한가? 그 또한 다른 의미에서의 피해자가 아닐까?

그 순간 떠올린 것이 버려두었던 습작이었고, 그렇게 『버림 받 은 황비』가 탄생하게 되었습니다. 사실 그때는 「버황」이 출판까지 될 것이라고는 꿈에도 생각지 못했어요. 이렇게 긴 이야기가 될 줄도 전혀 몰랐죠. 많은 분들의 도움이 없었다면, 이 이야기는 결 코 끝을 맺을 수 없었을 거라 생각합니다.

결코 짧다고 할 수 없는 긴 연재 기간 동안, 정말 많은 분들의 도움을 받았습니다.

먼저 수많은 밤을 함께 지새우며 저와 같이 고민하고 조언을 아끼지 않아 주신 작가 유은서(젬씨) 님, 아프신 와중에도 거듭 반복되던 수정 작업을 함께 해 주셨을 정도로 「버황」을 아끼고 사랑해 주셨지요. 당신이 없었다면 「버황」도 존재하지 않았을 거예요. 항상 존경하고 감사드리고 있습니다.

그리고 많이 부족한 글임에도 거듭 출간 제의를 보내 주셨던 김래현 편집장님, 편집장님이 아니었다면 이 글이 이렇게 지면으로 나가는 일은 결코 없었을 거예요. 바쁘신 와중에도 여러모로 알찬 조언을 해 주시고 마음 써 주신 점, 항상 감사드리고 있습니다.

마지막으로 항상 옆에서 말없이 저를 지지해 주었던 P와, 연재 기간 내내 「버황」을 사랑하고 아껴 주셨던 독자 여러분께 감사드립니다. 이 글이 여러분께 조금이나마 즐거움을 드렸기를 진심으로 기원합니다.

2014년 봄, 정유나 드림.

부록

설정집 V.
독자 서평 V.

A. 개요

카스티나 제국의 귀족 가문들은 각각 공식 문장official emblem, 보통 문장common emblem, 그리고 약식 문장informality emblem으로 불리는 세 가지 문장을 사용한다. 각 문장은 그 크기나 화려함에 있어 정도의 차이는 있으나, 가문을 대표하는 몇 가지 상징을 공통적으로 포함하고 있다.

B. 공식 문장official emblem

공식 석상에서 사용하는 문장으로 주로 가문의 깃발이나 태피스트리, 조각 등에 사용된다. 가문의 주요 상징을 중심으로 망토, 깃털, 꽃 등을 배치해 화려하게 꾸민 것이 특징이며, 황실의 피가 섞인 가문의 경우 예외적으로 왕관을 문장에 포함하는 것이 허용된다.

문장이 비교적 단순하던 과거에는 각 가문의 기치 역시 공식 문장에 표기되었으나, 세월이 흐를수록 그 구성이 지나치게 복잡해지면서 빠지게 되었다.

공식 문장은 새로운 상징이 추가될 때마다 변경될 수 있다.

C. 보통 문장common emblem

평상시에 사용하는 문장으로, 가문의 주요 상징은 남기되 주변 장식을 간소화함으로써 공식 문장을 다소 단순화한 것이 특징이다. 공식 문장에서 빠진 각 가문의 기치가 표기되어 있으며, 주요 상징을 위주로 한 만큼 새로운 것이 추가된다 하더라도 변경되지 않는 경우가 많다.

D. 약식 문장informality emblem

주로 인장 등에 사용하는 문장으로 반지나 브로치 등에 음각으로 조각해야 하기에 문장을 최대한 단순화한 것이 특징이다. 따라서 오직 가문의 주요 상징만이 존재할 뿐 장식이나 기치 등의 부가적인 내용은 존재하지 않는다.

E. 주요 상징

각 가문을 의미하는 대표적인 상징으로, 상위 가문이 사용하는 것을 하위 가문의 주요 상징으로 삼을 수는 없다. 단, 보조적인 수단으로 공식 문장에 넣는 것은 허용된다. 이 경우 상위 가문이 사용하는 모양을 그대로 가져다가 쓸 수는 없으며 변형 과정을 거쳐야 한다.

공작 및 후작가의 경우, 주요 상징을 기반으로 하여 각 가문의 별칭이 붙여졌을 정도로 주요 상징이 갖는 의미는 크다. 모니크가의 경우 별칭은 '제국의 창'이며, 주요 상징은 교차된 네 자루의 창과 은빛 방패이다.

각 가문을 의미하는 것이니만큼 주요 상징이 변경되는 경우는 거의 없으나, 영지전에서의 승리, 황제의 상징 하사 등 극히 예외적인 경우 기존의 것에 새로운 것이 추가되는 때도 있다.

* * * 각 가문의 주요 상징 및 문장 예시

1. 카스티나 황가

(1) 주요 상징과 색
: 포효하는 사자, 금색과 푸른색.
(2) 공식 문장

(3) 보통 문장

(4) 약식 문장

2. 라스 공작가[=의전 서열 1위]

(1) 주요 상징과 색

: 검과 장미, 붉은색.

cf) 본디 양손대검이 주요 상징이었으나 제33대 황제 미르칸 루 샤나 카스티나가 대규모 숙청 작업을 벌이면서 하이델가의 상징인 붉은 장미를 하사, 주요 상징이 롱소드와 붉은 장미로 바뀌게 되었다.

(2) 공식 문장

(3) 보통

(4) 약식 문장

3. 베리타 공작가[=의전 서열 2위]

(1) 주요 상징과 색
: 교차된 두 개의 열쇠와 월계수 잎, 녹색.

cf) 본디 교차된 두 개의 열쇠만이 주요 상징이었으나 제33대 황제 미르칸 루 샤나 카스티나가 대규모 숙청 작업을 벌이면서 라우렐가의 상징인 월계수잎을 하사, 이를 주요 상징에 포함하게 되었다.

(2) 공식 문장

(3) 보통 문장

(4) 약식 문장

4. 모니크 후작가[=의전 서열 3위]

(1) 주요 상징과 색
: 교차된 네 자루의 창과 방패, 은색.

cf) 본디 교차된 네 자루의 창만이 주요 상징이었으나 제33대 황제 미르칸 루 샤나 카스티

나가 대규모 숙청 사업을 벌이면서 카이실가의 상징인 방패를 하사, 이를 주요 상징에 포함하

게 되었다.

(2) 공식 문장

(3) 보통 문장

(4) 약식 문장

5. 제나 공작가[=의전 서열 4위]

(1) 주요 상징과 색

: 자수정 티아라와 검은 장미, 보라색.

(2) 공식 문장

(3) 보통 문장

(4) 약식 문장

독자 서평 V. 같은, 그러나 다른

작성자 : 유은서

·

당신은 무엇을 위해 살고 계신지요. 이루고 싶은 꿈을 위해 달리는 분도 있을 것이고, 누군가를 위해 한 평생을 바치고 싶다는 분도 계실 것이고, 그저 하루하루 흘러가는 것을 음미하고 계신 분도 있으리라 생각합니다.

여기 한 사람이 있습니다. 여러분이 지금껏 주의를 기울여 그 성장을 따라오신 아이, 이제는 빛나는 사랑의 증거로 많은 고난을 헤치고 사랑하는 이와 하나 된 황후, 아리스티아.

원하지도 않았지만 주어진 예비 황후라는 이름. 외로웠던 그 길을 걸으며 황제 루블리스 한 사람만을 바라본 채 자신을 몰아세워야 했던 첫 번째 삶의 끝은 그 끝을 알 수 없을 만큼 그녀를 비참하게 만들었습니다. 마지막의 마지막까지도 그녀에게 주위를 둘러 볼 여유 같은 것은 존재하지 않았습니다.

되돌릴 수 있다면 다시는 그를 사랑하지 않겠노라고 다짐했던 그녀는 끈질기게 부정했음에도, 결국 자신으로 인해 과거의 그와는 너무나 달라진 그와 사랑에 빠집니다. 그러나 같은 길을 가고 싶지 않다는 생각으로 아리스티아는 자신의 마음마저 외면한 채 루블리스를 거부합니다. 결국 또 다른 삶의 끝에서야 그 사랑을 받아들였으면 좋았을 것을, 하고 후회하고 말지요.

사람들은 누구나 어떻게 살 것인가, 하고 고민합니다. 오늘 저녁은 무엇을 먹을까 하는 소소한 것에서부터 앞으로 남은 내 인생의 시간을 어떻게 사용할 것인가 하는 고민까지. 우리의 인생에서 그 모든 질문들과 답에 선호의 차이는 있을지언정 경중은 없지 않을까 생각합니다. 그 자체가 내 삶의 도화지를 채워 나가는 색깔들이니까요. 그저, 색채의 차이만 있을 뿐.

아리스티아의 첫 번째 삶은 무채색으로 점철되어 있었습니다. 유년기에는 남들이 정해 놓은 잣대에 자신을 맞추기 위해, 루블리스를 만난 이후에는 그만을 바라보느라 자기 자신의 삶에 대해서는 깊이 생각해 본 적이 없었지요.

그러나 루블리스에 대한 사랑이라고 생각했던 것도 사실은 집착이나 진배없었습니다. 독 때문에 신경질적으로 성격이 변해 있던 탓도 있으나 그럼에도 배 속 아이를 루블리스로 인해 잃고도 그저 그와의 가교가 되어 줄 것이 사라졌다는 것에 가장 먼저 생각이 미쳤을 정도이니까요.

독 기운과 함께 치밀어 오르는 화기로 루블리스의 가슴팍에 비녀를 내리꽂은 것을 제외하면 그녀 자신을 둘러싼 운명에서 스스로 선택한 것은 없다고 해도 과언이 아니었습니다.

예비 황후로서 선택된 것도, 황비의 위를 받아 황궁에 들어가게 된 것도, 지은의 뒤치다꺼리를 하는 것까지 모두. 그랬기에, 분명 자신의 위치에서 나무랄 데는 없으나 그녀의 지난 생은 안타까움이 남습니다.

그렇지만 다시 시작하게 된 두 번째 삶에서 그녀는 자신의 길을 걷기로 다짐합니다.

그 와중 무엇보다 그녀에게 힘이 되어 준 것은 그녀의 아버지, 모니크 후작이었습니다. 아버지의 사랑은 막 돌아온 그녀에게 주위를 살필 여유를 주었죠. 그렇게 한 사람에게 향했던 눈을 돌려 보니 미처 깨닫지 못했을 뿐, 그녀의 주위에는 이미 많은 사람들이 그녀와 함께였습니다.

그렇게 새로운 삶을 인정하고 앞으로 어떻게 살아야 할 것인가 고민하던 아리스티아는 재능도, 신체적 조건도 부족하지만 자신의 길을 개척하기 위해 당장 드레스를 벗어 던지고 검을 손에 쥐었습니다. 아버지, 친구들, 그리고 주위의 많은 사람들과 따뜻한 교감을 나누며, 그리고 과거의 악몽들을 하나하나 아름다운 나날들로 덮어 가며 그녀는 불가능하다고 여겨졌던 정식 기사에 이릅니다.

그렇지만 오히려 달라진 아리스티아, 그리고 그녀만을 바라보는 루블리스에 의해 귀족파의 공세는 이전보다 더 음험하고 직접적으로 그녀를 노리게 됩니다. 덕분에 이전에는 의심조차 하지 못했던 독의 존재를 알아챈 아리스티아는 노력하여 얻은 정식 기사, 그리고 모니크가의 후계자라는 위치에서 직접 그 전말을 파헤치기 시작합니다. 결국은 배후의 중심을 캐내어 어머니대로부터 내려온 구원舊怨을 종결짓지요.

시간은 첫 번째 삶에서도, 그리고 두 번째 삶에서도 한결같이 흘러갈 뿐이었습니다. 그러나 아리스티아가 그동안 걸어간 발자국, 그리고 그 결과는 확연하게 달라졌지요.

수년의 시간 동안 아리스티아는 끊임없이 고민했습니다. 정치적인 이슈들도 그렇지만 그것을 제외하고서라도 문제가 되는 것이 있었으니까요. 루블리스, 지은, 그리고 카르세인과 알렌디스까지.

그녀에게 첫 친구가 되어 준, 그러나 동시에 그녀의 아픔을 너무 섣불리 열어 보려 했던 알렌디스는 그녀를 지키기 위해 그녀를 떠납니다. 귀족파에게서, 그리고 자신의 집착에서.

친구로서 그녀를 곁에서 지켰던 카르세인은 알렌디스를 보고 조심스럽게 곁을 지키며 주위를 맴돌다 그녀를 잡을 기회를 놓치고 맙니다.

지은은 되돌아온 뒤, 예전과는 달리 무던히 노력하는 모습을 보여 주지만 복수심으로 일관하다 결국 티아에 의해 운명이 결정지어지고 말지요.

루블리스는 끊임없이 그녀의 곁을 맴돌며, 그녀만을 사랑하겠다고 이야기하지만 자신의 마음마저 믿을 수 없는 아리스티아는 매번 그를 거절하여 상처 입히기도 하고요.

시간이 흐르며 아리스티아의 결정이 쌓여 갈 때마다 그녀의 삶은 기쁨과 슬픔, 설렘과 씁쓸함, 그리고 그 외에도 수많은 색으로 다채롭게 채워집니다. 그 위에, 주위의 이들과 주고받는 감정들이 아름다운 무늬를 그려 나가죠.

아직도 그 그림은 현재진행형입니다. 아주 오랜 후, 그녀가 삶을 끝낸 뒤에나 완성될 테니까요. 그렇지만 확실한 건, 어쨌든 그녀의 삶은 이전의 것과는 확연하게 달라졌다는 것입니다.

첫 번째 삶이 그려 낸, 차분하고 안정되어 있지만 오히려 그 내면에는 온갖 색이 섞여 있는 무채색의 그림. 그리고 조금 서툴지만 제 색을 드러내어 그려낸 두 번째 삶의 그림. 저는, 그녀가 새로 그려 낸 그림이 더 마음에 듭니다. 앞으로 그녀의 삶이 이대로 아름답게 그려져 바라보는 사람들마저 행복하게 만들 수 있기를, 마음 깊이 바라봅니다.

자, 그렇다면 아리스티아의 새로운 발걸음을 쭉 함께 따라 걸어온 여러분은 지금, 어떤 그림을 그려 내고 계신가요?

*본 서평은 연재 시 올라왔던 독자분의 글을 허락을 받고 올린 것입니다. 흔쾌히 허가해 주신 '유은서' 님께 감사드립니다.

BLACK LABEL CLUB 007
버림 받은 황비 5

1판 1쇄 발행 2014년 4월 29일
1판 14쇄 발행 2022년 11월 7일

지은이 정유나
펴낸이 신현호
편집장 예숙영
편집 박상희
편집디자인 한방울
영업 김민원
물류 이순우 박찬수

펴낸곳 ㈜디앤씨미디어
출판등록 2002년 5월 1일 제117-90-51792호
주소 서울시 구로구 디지털로 26길 111 JnK디지털타워 503호
대표전화 (02)333-2513 팩스 (02)333-2514
전자우편 dncbooks@dncmedia.co.kr
디앤씨북스 블로그 http://blog.naver.com/dncbooks

ISBN 978-89-267-6194-6 (04810)
ISBN 978-89-267-6212-7 (SET)